CARAMBAIA

Walt Whitman

Dias exemplares

Tradução e posfácio
Bruno Gambarotto

A ORDEM DE UM MOMENTO FELIZ

No fundo do bosque, 2 de julho de 1882 – Se farei isto, que seja sem mais demora. Ainda que incongruente e cheio de saltos e lacunas, como é esta barafunda de anotações de diário, apontamentos da guerra relativos aos anos de 1862 a 1865, comentários sobre a Natureza de 1877 a 1881, e depois de tudo isso as observações sobre o Oeste e o Canadá, tudo empacotado e amarrado com um barbante, a decisão e, na verdade, a injunção me chegam ao dia de hoje, nesta hora – (e que dia! Que hora acabou de passar! O vigor da grama alegre e da brisa que sopra, com todos os espetáculos do sol e do céu e a temperatura perfeita, que nunca antes tinham me saciado tão completamente, corpo e alma): chegar em casa e desatar o pacote e reunir os rabiscos de diário e memórias, tais como são, curtos ou longos, uns seguidos dos outros, em páginas impressas, e deixar que as lacunas da miscelânea e as ausências de conexão deem conta de si mesmas. De qualquer forma, ilustrarei um estágio da humanidade: o modo como uns poucos dias e horas da vida (e estas não por valor ou proporção relativa, mas por acaso) foram vividos. E provavelmente ainda outro ponto, o modo como preparamos longamente um objeto, planejando e aprofundando e moldando, e então, quando chega a hora de realizá-lo, encontramo-nos ainda bastante despreparados e botamos a coisa de pé de qualquer jeito e permitimos que a crueza e o atropelo contem a história, mais do que a obra consumada. De qualquer forma, obedeço à ordem de um momento feliz, que parece curiosamente imperativa. Talvez, caso não faça mais nada, eu leve a público o livro mais fragmentário, espontâneo e direto que já se imprimiu.

NOTA: As páginas 6-22 reproduzem quase palavra a palavra uma carta de próprio punho de janeiro de 1882 a um amigo insistente. Em seguida, trago algumas experiências sombrias. A guerra pela almejada secessão foi, é claro, o acontecimento maior do meu tempo. Comecei em fins de 1862, seguindo com perseverança pelos anos de 1863, 1864 e 1865, a visitar os doentes e feridos do exército, nos campos de batalha e nos hospitais da cidade de Washington e região. Desde o início eu conservei comigo caderninhos para anotações improvisadas a lápis para recobrar a memória de nomes e circunstâncias e do que especialmente queria etc. Nelas, resumi casos, pessoas, as coisas que via, situações de acampamento, à beira dos leitos, e não poucas vezes ao lado dos corpos dos mortos. Algumas eram esboçadas a partir de narrativas que ouvia e compilava enquanto velava ou esperava ou atendia alguém em meio a essas cenas. Conservo dezenas desses caderninhos. Eles compõem uma história especial daqueles anos, exclusivamente minha, repleta de associações que possivelmente nunca poderão ser contadas ou cantadas. Gostaria de poder transmitir ao leitor as associações presas a esses fascículos enlameados e amassados, cada qual composto de uma ou duas folhas de papel, dobradas para caber no bolso e presas com um alfinete. Eu os conservei tal como os deixei depois da guerra, aqui e ali manchados com não poucas gotas de sangue, escritos apressadamente, às vezes na clínica, não raro em meio à agitação da incerteza ou da derrota ou da ação ou em meio a preparativos para ela ou durante a marcha. As páginas 29-101 são, em sua grande maioria, cópias literais desses caderninhos apavorantes e sujos de sangue. ¶ De natureza completamente diferente é a maioria dos apontamentos seguintes. Algum tempo depois da guerra sofri um derrame paralisante que me prostrou por muitos anos. Em 1876 comecei a superar o pior momento. A partir daí, passei parte de muitas estações, em especial os verões, em um refúgio no condado de Camden – Timber Creek, um riachinho (tributário do grande Delaware, a 12 milhas de distância) – com lugares ermos e primitivos, córregos sinuosos, margens reclusas e repletas de árvores, fontes de água doce, e os encantos que pássaros, mato, flores silvestres, coelhos e esquilos, velhos carvalhos, nogueiras etc. podem oferecer. Nesses momentos e nesses lugares, foi escrita a maior parte do diário da página 103 em diante.

RESPOSTA A UM AMIGO INSISTENTE

Você me pede itens, detalhes do começo da minha vida – de minha ascendência e genealogia, em especial das mulheres de minha ancestralidade, e de seu distante ramo holandês, da parte materna –, da região em que nasci e fui criado, e minha mãe e meu pai antes de mim, e os pais de ambos antes deles – com palavras sobre as cidades do Brooklyn e de Nova York, sobre os tempos em que lá vivi, ainda menino e jovem rapaz. Você diz que deseja se debruçar sobre esses detalhes, principalmente como embriões e antecedentes de *Folhas de relva*. Pois bem; você terá ao menos algumas amostras de tudo. Muitas vezes refleti sobre o sentido dessas coisas – que só se pode abarcar e completar questões desse tipo explorando o que está por trás de si mesmo, talvez muito por trás, diretamente, e assim chegar à sua gênese, aos seus antecedentes e estágios cumulativos. Assim, por acaso, acabei dando fim ao tédio da indisposição e do confinamento de uma semana organizando esses artigos pensando em outro propósito (ainda irrealizado, talvez abandonado); e se você ficar satisfeito com eles, autênticos e simples em sua data de ocorrência e fato, e contados à minha maneira, meio prolixa, aqui estão. Não vou hesitar em citar trechos de outros textos e anotações porque faço tudo para poupar trabalho; mas eles serão as melhores versões do que desejo expressar.

GENEALOGIA – VAN VELSOR E WHITMAN

Nos últimos anos do século passado, a família Van Velsor, da parte de minha mãe, vivia em sua fazenda em Cold Spring, Long Island, estado de Nova York, próximo aos limites a leste do condado do Queens, mais ou menos a 1 milha do porto.[1] A família do meu pai – provavelmente a quinta geração dos primeiros ingleses que chegaram à Nova Inglaterra – era nessa época formada por gente do campo com terra própria (e era um belo território, de 500 acres, terra boa, com leves declives a leste e sul, cerca de um décimo dela constituído de bosques cheio de árvores nobres e antigas), distante 2 ou 3 milhas, em West Hills, condado de Suffolk. O nome Whitman nos estados do Leste, e depois se ramificando pelo Oeste e pelo Sul, começa, sem dúvida, em certo John Whitman, nascido em 1602 na Velha Inglaterra, onde cresceu e se casou, e onde seu filho mais velho nasceu em 1629. Ele chegou à América a bordo do *True Love* em 1640 e viveu em Weymouth, Massachusetts, lugar que se tornou a colmeia-mãe dos perpetuadores do nome a partir da Nova Inglaterra; morreu em 1692. Seu irmão, o reverendo Zechariah Whitman, também chegou a bordo do *True Love*, naquela época

1. Long Island foi primeiro ocupada a oeste por holandeses e, em seguida, a leste pelos ingleses – sendo que a fronteira que separava as duas nacionalidades ficava um pouco a oeste de Huntington, onde a família de meu pai vivia e eu nasci. [TODAS AS NOTAS SÃO DO AUTOR.]

ou algum tempo depois, e viveu em Milford, Connecticut. Um filho desse Zechariah, de nome Joseph, migrou para Huntington, Long Island, e ali se estabeleceu permanentemente. O *Dicionário genealógico* de Savage (vol. IV, p. 524) assinala que a família Whitman já estava assentada em Huntington antes de 1664, por obra desse Joseph. É quase certo que foi desse início, e de Joseph, que derivaram os Whitman de West Hill, assim como os demais no condado de Suffolk, eu entre eles. Joseph e Zechariah voltaram ambos para a Inglaterra e retornaram diversas vezes; tiveram famílias numerosas, e muitos de seus filhos nasceram no país de origem. Escutamos falar do pai de Joseph e Zechariah, Abijah Whitman, que viveu nos idos de 1500, mas sabemos pouco sobre ele, exceto o fato de que por algum tempo esteve na América.

Essas reminiscências de origem vieram a mim muito vividamente em uma visita que fiz há não muito tempo (em meu 63º ano) a West Hills, e ao cemitério em que estão enterrados meus ancestrais de ambas as partes. Tirei das anotações dessa visita, escritas naquele exato local:

OS ANTIGOS CEMITÉRIOS WHITMAN E VAN VELSOR

29 de julho de 1881 – Depois de mais de quatro anos de ausência (exceto por uma breve visita para levar meu pai uma última vez ali, dois anos antes de sua morte), fui a Long Island a passeio por uma semana, no lugar onde nasci, a 30 milhas da cidade de Nova York. Circulei pelos antigos lugares familiares, observando, refletindo, demorando-me neles, e recobrei a memória de tudo. Fui à velha propriedade dos Whitman na parte alta da ilha e tive a perspectiva a leste, com o declive a sul, das amplas e belas terras cultivadas de meu avô (1780) e de meu pai. Lá estavam a casa nova (1810) e o velho carvalho, com seus 150 ou 200 anos; lá estavam o poço, a horta em declive e, um pouco mais distante, o que restou, em bom estado de conservação, da casa de meu bisavô (1750-1760), ainda de pé, com suas madeiras rijas e o teto baixo. Perto dali, uma magnânima floresta de altas e vigorosas nogueiras negras com seu porte magnífico, sem dúvida as belas filhas ou netas das nogueiras negras dos idos de 1776 ou antes. Do outro lado da estrada se estendia o famoso pomar de macieiras, cerca de 20 acres, árvores plantadas por mãos que há muito se tornaram pó debaixo da terra (as de meu tio Jesse), mas muitas delas evidentemente capazes de dar anualmente flores e frutos.

Escrevo estas linhas sentado sobre um velho túmulo (certamente, no mínimo centenário), na colina do cemitério de muitas gerações dos Whitman. Cinquenta túmulos ou mais são facilmente identificáveis, e o mesmo número desprovido de qualquer forma – montes de terra já afundados, lápides quebradas ou em pedaços, cobertas de musgo –, a colina cinza e estéril, os montes de nozes por cima, o silêncio, interrompido apenas pelo vento murmurante. Sempre há a mais profunda eloquência dos sermões ou dos poemas em qualquer um desses antigos campos-santos, que são tantos em Long Island; então o que este significa para mim? Toda a minha história familiar, em sua sucessão de elos, desde o primeiro povoamento até hoje, contada aqui – três séculos concentrados neste acre de terra estéril.

O dia seguinte, 30 de julho, dediquei à localidade materna e – se é possível – senti-me ainda mais envolvido e impressionado. Escrevo este parágrafo na colina do cemitério dos Van Velsor, próxima a Cold Spring, o mais significativo depositório de mortos que se pode imaginar, sem o menor toque de arte, longe disso, com o solo estéril, uma elevação plana de meio acre quase totalmente desprovida de vegetação, o topo de uma colina cercado de árvores altas e robustas e bosques densos, muito primitivos, ermo, sem visitantes, sem estradas (aqui não se chega a cavalo, é preciso trazer os mortos e acompanhá-los a pé). Há cerca de vinte a trinta túmulos, todos bem simples; e muitos mais quase inteiramente destruídos. Meu avô Cornelius, minha avó Amy (Naomi) e muitos parentes, próximos ou distantes, da parte de minha mãe, estão enterrados aqui. O panorama que tinha diante de mim, de pé ou sentado – o perfume delicado e selvagem do bosque, uma garoa fria e leve, a atmosfera emocional do lugar e as reminiscências inferidas –, fazia justiça ao lugar.

A FAZENDA MATERNA

Saí desse lugar de túmulos ancestrais e caminhei uma distância de 80 ou 90 varas até o local da fazenda dos Van Velsor, onde minha mãe nasceu (1795) e onde cada lugar me fora familiar quando criança e jovem (1825-1840). Na época, ali ficava uma casa de madeira, ampla e desconexa, cinza-escura, com oficina, granja, um celeiro grande e um caminho largo. De tudo isso não resta um vestígio sequer; tudo foi demolido, apagado, e o arado e o rastelo passaram por sobre suas fundações e caminhos e tudo o mais, por muitos verões; hoje cercada, com grãos e trevos crescendo como em qualquer outro belo campo de cultivo. Apenas o grande buraco do porão, com alguns pequenos montes de pedra rachada, esverdeada pela relva e pelo mato, identifica o lugar. Todo o cenário, com o que ele desperta – memórias de meus dias de juventude já distantes meio século, a cozinha enorme e a lareira e a sala de estar adjuntas, a mobília simples, as refeições, a casa cheia de gente alegre, o rosto feliz da minha avó Amy com sua touca quacre, meu avô, "o Major", vermelho, jovial, forte, de voz sonora e fisionomia característica –, com o próprio panorama presente, foi responsável pela metade do dia mais importante de todo o meu passeio.

Pois ali, naquele espaço cercado de colinas, bosques e saúde, minha mãe tão querida, Louisa van Velsor, cresceu (sua mãe, Amy Williams, de denominação quacre ou da Sociedade dos Amigos – a família Williams, sete irmãs e um irmão –, o pai e o irmão marinheiros que encontraram a morte no mar). Os Van Velsor eram conhecidos por seus bons cavalos, animais puro-sangue que os homens criavam e treinavam. Minha mãe quando jovem foi uma amazona corajosa e contumaz. Quanto ao próprio cabeça da família, a velha raça da Holanda, tão profundamente enxertada na ilha de Manhattan e nos condados de Kings e Queens, jamais gerou exemplar tão marcante e completamente americanizado quanto o major Cornelius van Velsor.

DOIS ANTIGOS INTERIORES FAMILIARES

Sobre a vida doméstica e interior do meio de Long Island, naquele tempo e antes, aqui estão duas amostras:

"Os Whitman, no começo deste século, viviam em uma grande casa de fazenda, térrea e de água-furtada, feita de madeira forte, que ainda está de pé. Uma cozinha grande, onde a fumaça se elevava como um véu, com chaminé e forno enormes, formava uma ponta da casa. A existência da escravidão em Nova York na época, e a posse, da parte da família, de doze ou quinze escravos, de eito e domésticos, davam ao ambiente uma aparência patriarcal. Perto do pôr do sol, negros bem jovens podiam ser vistos, em bando, nessa cozinha, em roda, de cócoras, comendo seu jantar de leite e pamonha. Na casa e na comida e na mobília, tudo era muito simples, mas substancioso. Não se conheciam carpetes e fogões, tampouco café, e chá ou açúcar ficavam restritos às mulheres. O fogo que subia da lenha dava luz e calor às noites de inverno. Havia carne de porco, vaca ou frango e todos os vegetais e grãos mais comuns em abundância. A sidra era a bebida que os homens costumavam beber e era servida nas refeições. As roupas eram em sua maioria costuradas em casa. As viagens eram feitas por homens e mulheres no lombo dos cavalos. Ambos os sexos trabalhavam com as próprias mãos – os homens na fazenda, as mulheres na casa e ao redor dela. Os livros eram poucos. A cópia anual do almanaque era um regalo, e era lida em voz alta durante as longas noites de inverno. Não posso me esquecer de mencionar que essas duas famílias estavam próximas do mar o bastante para avistá-lo dos pontos altos e escutar em momentos de silêncio o quebrar das ondas; estas, depois de uma tempestade, ofereciam à noite um som muito particular. Então todos, homens e mulheres, desciam frequentemente à praia e tomavam banho de mar, e os homens saíam a serviço em expedições para cortar capim-marinho e para pescar mariscos e peixes." – John Burroughs, *Notes on Walt Whitman as Poet and Person*.

"Os ancestrais de Walt Whitman, de ambos os lados, materno e paterno, serviam mesa farta, preservavam a hospitalidade e o decoro, tinham uma excelente reputação no condado, e muitas vezes eram de pronunciada individualidade. Se este espaço permitisse, julgo que faria descrições pormenorizadas de alguns de seus homens, e ainda mais de algumas das mulheres. Sua bisavó da parte materna, por exemplo, era uma mulher forte e de pele morena, que viveu até uma idade avançada. Fumava tabaco, cavalgava como um homem, controlava até mesmo o cavalo de mais difícil trato e, viúva no fim da vida, visitava diariamente suas terras, frequentemente sobre a sela, conduzindo o trabalho dos escravos e valendo-se de linguajar no qual, em situações mais afervoradas, não eram poupados xingamentos. As duas avós imediatas eram, no melhor sentido, mulheres de qualidade superior. A avó materna (Amy Williams era seu nome de solteira) era uma amiga, ou quacre, de temperamento doce e sensível, dada à vida doméstica e profundamente intuitiva e espiritual. A outra (Hannah Brush) era igualmente nobre, talvez de personalidade mais forte; viveu até uma idade avançada, teve uma prole imensa, era uma mulher natural, foi professora na juventude e tinha um pensamento bastante sólido. W. W. dava muita importância às mulheres de sua ancestralidade." *Idem*.

Dessa ascendência de pessoas e cenários, nasci em 31 de maio de 1819. E vivi por algum tempo na própria localidade – uma vez que os sucessivos estágios de amadurecimento de minha infância, juventude e início da vida adulta foram todos vividos em Long Island, que por vezes sinto como que parte de mim. Menino e homem, vaguei e vivi em praticamente todos os lugares da ilha, do Brooklyn a Montauk.

PAUMANOK E MINHA VIDA ALI QUANDO CRIANÇA E JOVEM

É digna de total e particular investigação esta Paumanok (para dar destaque a seu nome aborígene[2]), que se estende a leste através dos condados de Kings, Queens e Suffolk por 120 milhas – a norte o estuário de Long Island, uma série bela, variada e pitoresca de enseadas, istmos e como que invasões marítimas, por 100 milhas até o ponto oriental. Do lado do oceano, a grande baía do sul, pontuada de um sem-número de colinas, em sua maioria pequenas, algumas

2. "Paumanok (ou Paumanake, ou Paumanack, o nome indígena de Long Island), com a extensão de mais de 100 milhas; em formato de peixe – repleta de praias marítimas, arenosa, tempestuosa, intratável, de infinitos horizontes, ar forte demais para os inválidos, suas baías, um maravilhoso refúgio para pássaros aquáticos, os campos ao sul cobertos de capim-marinho, o solo da ilha geralmente duro, mas bom para acácias-meleiras, os pomares de macieiras e as amoreiras, e com incontáveis fontes da mais deliciosa água do mundo. Há muitos anos, entre os habitantes do litoral – uma forte raça selvagem, hoje extinta, ou antes inteiramente transformada –, um nativo de Long Island era chamado *Paumanacker* ou *Creole-Paumanacker*." – John Burroughs.

bem grandes, vez por outra longas barras de areia, a uma distância que varia de 200 varas a 1,5 milha da praia. Enquanto às vezes, como em Rockaway e no extremo leste, ao longo de Hamptons, a praia corre direto pela ilha, com o mar quebrando sem obstáculos. Muitos faróis a leste; uma longa história de trágicos naufrágios, alguns até em anos mais recentes. Quando jovem, vivi a atmosfera e as tradições de muitos desses naufrágios – de um ou dois, praticamente uma testemunha. Na região da praia de Hempstead, por exemplo, ocorreu o naufrágio do navio *México* em 1840 (mencionado em "Os adormecidos", de *F. de R.*). E em Hampton, alguns anos depois, a destruição do brigue *Elizabeth*, um caso terrível, em um dos piores vendavais de inverno, quando Margaret Fuller faleceu com marido e filho.

No interior dessas barras ou praias, essa baía a sul é por toda parte relativamente rasa; e, nos invernos frios, toda gelo espesso na superfície. Quando menino, eu muitas vezes saía com um ou dois amiguinhos por esses campos congelados, de trenó, machado e arpão em punho, em busca de cardumes de enguias. Abríamos buracos no gelo, às vezes encontrando minas ricas de enguias e enchendo nossos cestos desses grandes, gordos e deliciosos camaradas de carne branca. Os cenários, o gelo, o trenó que empurrávamos, os buracos que abríamos, as enguias que abatíamos etc. – tudo isso, é claro, era muito divertido, bem como gostam as crianças. As praias dessa baía, inverno e verão, e o que ali fazia em meus primeiros anos – tudo aparece costurado por todos os poemas de *F. de R.* Uma coisa que gostava muito de fazer era sair em grupo no verão para caçar ovos de gaivota. (As gaivotas colocam dois ou três ovos, de mais da metade do tamanho dos ovos de galinha, bem na areia, e deixam que sejam chocados pelo calor do sol.)

O extremo leste de Long Island, a região de Peconic Bay, eu conhecia muito bem também – velejei mais de uma vez ao redor da Shelter Island, ao sul, rumo a Montauk – passei muitas horas em Turtle Hill, próximo ao velho farol, no ponto mais extremo, observando o incessante rolar do Atlântico. Costumava ir lá e confraternizar com os pescadores de anchovas, ou os grupos anuais de pescadores de robalo. Às vezes, pela península de Montauk (ela tem cerca de 15 milhas e bons pastos), encontrava os estranhos pastores, rudes, semibárbaros, que naquele tempo viviam ali inteiramente indiferentes à sociedade e à civilização, ocupados, naqueles ricos pastos, de grandes bandos de cavalos, vacas ou ovelhas, propriedades de fazendeiros de vilarejos a leste. Às vezes, também, uns poucos índios remanescentes, ou mestiços, que naquele período viviam em Montauk, mas, creio eu, hoje estão todos extintos.

Mais para o meio da ilha se estendem as planícies de Hempstead, naquele tempo (1830-1840) semelhantes a uma pradaria, aberta, desabitada, um tanto estéril, coberta de arbustos de mirtilo e mata-bezerro, embora repleta de bons pastos para o gado, em grande parte vacas leiteiras, que se alimentavam ali às centenas, mesmo milhares, e à noite (as planícies eram também propriedade dos vilarejos, e esse era o uso comum da região) podiam ser vistas no caminho de volta para casa, distribuindo-se regularmente nos lugares corretos. Muitas vezes estive no limite dessas planícies perto do pôr do sol, e ainda sou capaz de recuperar na fantasia esses intermináveis e coesos rebanhos de vacas e escutar a música dos sinos de lata ou cobre, tinindo próximos ou distantes, e respirar o frio do ar da noite, doce e levemente aromático e observar o pôr do sol.

Na mesma região da ilha, um pouco mais a leste, estendiam-se porções de terra amplas e dominantes, cobertas de pinheiros e carvalhos-arbustivos (era ali, principalmente, que o carvão era produzido), monótonas e improdutivas. Apesar disso, conheci ali muitos dias bons, inteiros ou não, caminhando por aquelas encruzilhadas solitárias e inalando o perfume selvagem e particular. Aqui, e por toda a ilha e suas praias, passei alguns períodos por muitos anos, às vezes cavalgando, às vezes de barco, mas geralmente a pé (era invariavelmente um bom andarilho na época), absorvendo campos, praias, incidentes marítimos, tipos, os homens das baías, os agricultores, os pilotos – sempre tive bastante contato com estes últimos e com os pescadores – saía todo o verão em passeios a vela – sempre gostei da praia deserta, a sul, e nela conheci algumas das minhas horas mais felizes até hoje.

Enquanto escrevo, recobro a experiência inteira, ainda que passados quarenta anos ou mais – o marulhar relaxante das ondas e o cheiro do sal –, os tempos da meninice, desenterrando ostras com os pés descalços e calças dobradas – caminhando pelos riachos – o perfume do carriço – o bote de feno, o ensopado de peixe e ostras e as excursões de pesca – ou, mais tarde, pequenas viagens descendo e saindo pela baía de Nova York, em barcos de pilotos. Nos anos seguintes, também, quando vivia no Brooklyn (1836-1850), fui regularmente toda semana, durante as estações de clima ameno, a Coney Island, naquele tempo uma longa faixa de litoral praticamente deserta, que tinha inteira para mim, e onde gostava, depois de tomar banho de mar, de correr pela areia batida e declamar Homero ou Shakespeare para as ondas e as gaivotas. Mas estou avançando rápido demais e não posso perder de vista o meu percurso.

MINHA PRIMEIRA LEITURA – LAFAYETTE

De 1824 a 1828, nossa família viveu no Brooklyn, nas ruas Front, Cranberry e Johnson. Nesta última meu pai construiu uma boa casa para a família, e depois outra na Tillary Street. Vivemos nelas, uma após a outra, mas elas estavam hipotecadas, e nós as perdemos. Ainda me recordo da visita de Lafayette.[3] Durante boa parte desses anos, frequentei escolas públicas. Deve ter sido entre 1829 e 1830 que fui com meu pai e minha mãe assistir a um sermão de Elias Hicks em um salão de baile em Brooklyn Heights. Mais ou menos nessa época, arrumei um emprego como aprendiz em um escritório de advogados, pai e dois filhos, da família Clarke, na Fulton Street, próximo à Orange Street. Eu tinha uma boa escrivaninha e um nicho de janela para mim; Edward C. gentilmente me ajudou com caligrafia e redação e (o acontecimento central da minha vida na época) me inscreveu em uma grande biblioteca circulante. Por um tempo me diverti lendo toda sorte de narrativas; primeiro, *As mil e uma noites*, todos os volumes, uma delícia. Depois, com

3. "Na visita do general Lafayette a este país, em 1824, ele foi ao Brooklyn e percorreu a cidade com pompa. As crianças foram dispensadas das escolas para saudá-lo. Começava-se a construir um prédio para uma biblioteca pública gratuita para jovens, e Lafayette aceitou interromper seu trajeto e colocar a pedra de fundação. Com muitas crianças chegando ao local, onde uma enorme escavação para o prédio já estava pronta, cercada de montes de pedra bruta, muitos cavalheiros auxiliaram as crianças erguendo-as em pontos seguros ou bons para assistir à cerimônia. No meio de todos, Lafayette, também ajudando as crianças, pegou o pequeno Walt Whitman, com seus 5 anos, apertou a criança por um instante contra o peito e deu-lhe um beijo, depositando-o em um ponto seguro na escavação." – John Burroughs.

incursões em muitas outras direções, experimentei os romances de Walter Scott e toda a sua poesia (e continuo a gostar de romances e poesia até hoje).

OFICINA GRÁFICA – VELHO BROOKLYN

Cerca de dois anos depois fui trabalhar em um jornal semanal e gráfica para aprender o ofício. O jornal era o *Long Island Patriot*, propriedade de S.E. Clemens, que também era agente dos correios. Um velho gráfico da oficina, William Hartshorne, personagem revolucionária que vira Washington, foi um bom amigo, e conversei muito com ele sobre os velhos tempos. Os aprendizes, eu com eles, fazíamos as refeições, pagas, na casa de sua neta. Eu costumava de vez em quando sair a cavalo com o chefe, que era muito gentil com os meninos como eu; aos domingos ele nos levava a uma enorme igreja de pedra, rústica, com cara de fortaleza, na Joralemon Street, próxima de onde hoje fica a prefeitura do Brooklyn – (naquela época, havia vastos campos e pequenas estradas por toda parte[4]). Depois disso fui trabalhar no *Long Island Star*, jornal de Alden Spooner. Durante todos esses anos meu pai prosseguiu no seu ofício de carpinteiro e construtor, com seus altos e baixos. Era uma família crescente de filhos – oito no total – meu irmão Jesse era o mais velho, eu, o segundo, minhas queridas irmãs Mary e Hannah Louisa, meus irmãos Andrew, George, Thomas Jefferson, e em

4. Do Brooklyn daquela época (1830-1840), praticamente nada resta, exceto o traçado das ruas antigas. A população ficava entre 10 e 12 mil. Por 1 milha, a Fulton Street era margeada por magníficos olmos. Era um lugar totalmente rural. Como exemplo de valores, a título de comparação, pode-se mencionar que 25 acres naquela que é hoje a parte mais cara da cidade, entre as avenidas Flatbush e Fulton, foram comprados então pelo sr. Parmentier, um *emigré* francês, por 4 mil dólares. Quem se recorda dos lugares antigos tais como foram? Quem se lembra dos velhos cidadãos da época? Entre os primeiros, estavam os bares de Smith & Wood, o de Coe Downing e ainda outros, na região da balsa, a própria balsa, a Love Lane, o Heights, o Wallabout, com sua ponte de madeira, e a estrada que seguia para além da Fulton Street até o portão do pedágio. Entre os últimos, estavam o majestoso e genial general Jeremiah Johnson, além de Gabriel Furman, reverendo E.M. Johnson, Alden Spooner, sr. Pierrepont, sr. Joralemon, Samuel Willoughby, Jonathan Trotter, George Hall, Cyrus P. Smith, N.B. Morse, John Dikeman, Adrian Hegeman, William Udall e o velho sr. Duflon, com seu jardim militar.

seguida meu irmão mais novo, Edward, nascido em 1835, e sempre terrivelmente incapacitado, como eu mesmo nos últimos anos.

CRESCIMENTO – SAÚDE – TRABALHO

Meu desenvolvimento (1833-1834-1835) se deu em uma juventude forte e saudável (cresci muito rápido, aos 15, 16 anos, tinha o tamanho de um homem feito). Nossa família nesse período mudou-se de volta para o campo, minha mãe ficou muito doente por bastante tempo, mas por fim se recuperou. Durante esses anos passei quase todos os verões em Long Island, ora a leste, ora a oeste, muitas vezes meses inteiros. Aos 16, 17 anos e daí em diante, tinha muito gosto em frequentar sociedades de debate e participei ativamente delas, de tempos em tempos, no Brooklyn e um ou dois vilarejos do interior na ilha. Era um leitor onívoro de romances, devorei tudo que me caiu nas mãos naqueles anos e posteriormente. Apreciava o teatro, também, em Nova York, e ia sempre que podia – às vezes testemunhando belos espetáculos.

Em 1836-1837, trabalhei como compositor em oficinas gráficas na cidade de Nova York. Na época, quando tinha pouco mais de 18 anos, e depois por algum tempo, ensinei em escolas de vilarejo nos condados de Queens e de Suffolk, em Long Island, "com comida e hospedagem". (Essa última considero uma de minhas melhores experiências e mais profundas lições sobre a natureza humana longe do público e nas massas.) Em 1839, 1840, fundei e publiquei um jornal semanal em meu vilarejo natal, Huntington. Então, retornando a Nova York e ao Brooklyn, trabalhei como gráfico e escritor, quase sempre de prosa, com fortuitas e tímidas incursões na "poesia".

MINHA PAIXÃO PELAS BALSAS

Vivendo no Brooklyn ou em Nova York a partir dessa época, minha vida, então, e ainda mais nos anos seguintes, ficou curiosamente identificada com a balsa da Fulton, que já se tornava a maior do tipo no mundo em virtude de sua importância geral, volume, variedade, rapidez e pitoresco. Mais tarde, quase diariamente (de 1850 a 1860), eu fazia a travessia nos barcos, muitas vezes na cabine do piloto, onde tinha uma vista total, absorvendo os espetáculos, os complementos, as cercanias. Que correntes e refluxos oceânicos, abaixo – que enormes marés humanas também, com seus movimentos sempre variáveis. Eu realmente sempre tive uma paixão por balsas; para mim, elas fornecem poemas vivos – inimitáveis, incessantes, sempre correntes. O cenário do rio e da baía, tudo em Nova York, a qualquer hora de um belo dia – as correntes marítimas, velozes e espargidas – o panorama sempre novo dos navios a vapor, de todos os tamanhos, muitas vezes uma fila dos grandes saindo rumo a portos distantes – as miríades de escunas de velas brancas, esquifes, botes e os iates maravilhosamente belos – os botes de pesca majestosos, que circulavam pelo Battery e por ali passavam rumo a leste por volta das cinco da tarde – a vista da Staten Island ou descendo pelo Narrows ou, no sentido inverso, subindo o Hudson – que revigoramento de espírito essas imagens e experiências me trouxeram anos atrás (e por muitos anos desde então). Meus antigos amigos pilotos, os Balsir, Johnny Cole, Ira Smith, William White e meu jovem amigo de balsa, Tom Gere – como me lembro bem deles todos.

IMAGENS DA BROADWAY

Além da balsa da Fulton, vez por outra ao longo dos anos, conheci e frequentei a Broadway – aquela avenida especial de Nova York, com sua massa humana e variada e tantos notáveis. Ali eu vi, naquela época, Andrew Jackson, Webster, Clay, Seward, Martin van Buren, o aventureiro Walker, Kossuth, Fitz-Greene Halleck, Bryant, o príncipe de Gales, Charles Dickens, os primeiros embaixadores japoneses e muitas outras celebridades da época. Sempre alguma coisa nova ou inspiradora; e, mais do que tudo para mim, a apressada e vasta amplitude daquelas correntezas humanas sem fim. Lembro-me de ver James Fenimore Cooper em um tribunal na Chambers Street, atrás da prefeitura, onde ele conduzia um caso (penso que era uma acusação de difamação que ele tinha perpetrado contra alguém). Também me lembro de ver Edgar Allan Poe e de ter conversado com ele brevemente (deve ter sido entre 1845 e 1846) em seu escritório, no segundo andar de um prédio de esquina (Duane ou

Pearl Street). Ele era editor e proprietário, total ou parcial, do *The Broadway Journal*. A conversa foi sobre um escrito meu que ele tinha publicado. Poe era bastante cordial, de uma forma tranquila, parecia bem pessoalmente, em suas roupas etc. Tenho uma lembrança clara e agradável de sua aparência, voz, modos e conversa; muito gentil e humano, mas reprimido, um tanto cansado. Outra de minhas reminiscências, aqui na região oeste da cidade, pouco abaixo da Houston Street, foi uma vez que vi (deve ter sido por volta de 1832, um dia claro e frio de janeiro) um homem muito velho, curvado, frágil, mas de constituição forte, barbado, coberto de ricas peles, com um grande gorro de arminho na cabeça, conduzido e assistido, quase carregado pelos degraus de sua elevada entrada frontal (uma dezena de amigos e criados disputando entre si, segurando-o e conduzindo-o cuidadosamente), e então erguido e acomodado em um belo trenó, envolvido em outras peles, para um passeio. O trenó era conduzido por um belíssimo grupo de cavalos, como eu nunca tinha visto. (Não pensem vocês que hoje em dia temos à nossa disposição todos os melhores animais; nunca houve cavalos como há cinquenta anos em Long Island, ou no sul, ou na cidade de Nova York; as pessoas buscavam alma e coragem em um animal, não apenas velocidade domada.) Bem, eu, um menino de 13 ou 14 anos, parei e observei longamente o espetáculo daquele velho senhor coberto de peles, cercado de amigos e criados, e cuidadosamente acomodado no trenó. Lembro-me dos cavalos fogosos e impacientes, o cocheiro com o chicote e o ajudante ao lado, por prudência extra. O velho senhor, que recebia tanta atenção, eu quase consigo vê-lo. Era John Jacob Astor.

Os anos de 1846-1847, os seguintes, me encontram ainda na cidade de Nova York, trabalhando como escritor e gráfico, com minha boa saúde de sempre e vivendo bons momentos em geral.

PASSEIOS E COCHEIROS DE ÔNIBUS

Uma fase daqueles dias não deve ficar de forma alguma sem registro – a saber, os ônibus do Brooklyn, com seus cocheiros.

Os veículos ainda hoje (escrevo este parágrafo em 1881) dão uma ideia do caráter da Broadway – as linhas da Quinta Avenida, da Madison Avenue e da 23rd Street ainda funcionam. Mas os dias exuberantes das carruagens da velha Broadway, tão peculiares e numerosas, acabaram. As Yellow Birds, as Red Birds, a Broadway original, a 4th Avenue, a Knickerbocker e uma dezena de outras de vinte ou trinta anos atrás, todas se foram. E os homens especialmente identificados com os ônibus, e que davam vitalidade e sentido a eles – os cocheiros – uma raça magnífica, estranha, natural e sensível – (não apenas Rabelais e Cervantes, como Homero e Shakespeare os teriam admirado) – como me lembro bem deles, e aqui preciso falar um pouco a seu respeito. Quantas horas, pela manhã e pela tarde – quantas noites deliciosas eu tive – talvez junho ou julho, com o ar mais fresco – atravessando toda a extensão da Broadway, escutando algum caso (e os mais vivos casos já contados, e os mais curiosos trejeitos) – ou talvez declamando alguma passagem tempestuosa de *Júlio César* ou *Ricardo* (era possível berrar tão alto quanto quisesse naquela rua grave, pesada, densa e ininterrupta). Sim, eu conhecia todos os cocheiros de então, Broadway Jack, Dressmaker, Balky Bill, George Storms, Old Elephant, seu irmão Young Elephant (que veio depois), Tippy, Pop Rice, Big Frank, Yellow Joe, Pete Callahan, Patsey Dee e outras dezenas, pois eram centenas. Tinham imensas qualidades, em sua maioria animais – comer, beber, mulheres –, um orgulho pessoal enorme, de certa forma –, talvez uns poucos desleixos aqui e ali, mas eu confiaria neles de um modo geral, em sua honra e gentileza simples, sob quaisquer circunstâncias. (Suponho que os críticos deem boas risadas, mas a influência daquelas viagens e cocheiros de ônibus da Broadway e as declamações e aventuras sem dúvida entraram na gestação de *Folhas de relva*.)

AS PEÇAS E AS ÓPERAS TAMBÉM

E alguns atores e cantores tiveram um bocado a ver com o negócio. Por todos esses anos, de tempos em tempos, frequentei o velho Park, o Bowery, os teatros da Broadway e da Chatham Square e as óperas italianas na Chambers Street, no Astor Place ou no Battery – em muitas temporadas, estive na lista da entrada franca, escrevendo para jornais ainda muito jovem. O velho Park – quantos nomes e lembranças as palavras trazem de volta! Placide, Clarke, sra. Vernon, Fisher, Clara F., sra. Wood, sra. Seguin, Ellen Tree, Hackett, o jovem Kean, Macready, sra. Richardson, Rice – cantores, atores trágicos, comediantes. Atuações perfeitas! Henry Placide em *Napoleon's Old Guard* ou *Grandfather Whitehead* – ou no *Provoked Husband* de Gibber, com Fanny Kemble no papel de Lady Townley – ou Sheridan Knowles em seu *Virginius* – ou o inimitável Power em *Born to Good Luck*. Essas e muitas outras, nos anos de juventude e depois. Fanny Kemble – nome que também evoca grandes cenas cômicas –, talvez a maior. Eu me lembro bem de sua atuação como Bianca em *Fazio* e Marianna em *The Wife*. Os palcos não exibiram nada melhor – os mais velhos de todas as nações assim o dizem, e meu coração e cabeça pueris o sentiram em cada mínima célula. A mulher tinha acabado de chegar à idade madura, era forte, mais do que simplesmente bela, nascida da ribalta, tivera três anos de experiência em Londres e excursionando pelas cidades inglesas, e então chegou à América para dar a ela aquela jovem maturidade e vigoroso poder em todo o zênite – ou talvez manhã – de seu brilho. Foi sorte minha vê-la praticamente todas as noites em que ela atuou no velho Park – decerto em todas as suas personagens principais.

Naqueles anos, escutei bem interpretadas todas as óperas italianas e outras em voga, *Sonnambula*, *The Puritans*, *Der Freischutz*, *Huguenotes*, *La Fille du régiment*, *Faust*, *Étoile du Nord*, *Poliuto* e outras. *Ernani*, *Rigoletto* e *Il Trovatore* de Verdi, com *Lucia*, *Favorita* ou *Lucrezia* de Donizetti, e *Massaniello* de Auber, ou *William Tell* e *Gazza ladra* de Rossini, estavam entre minhas especiais alegrias. Escutei Alboni todas as vezes que cantou em Nova York e região – também Grisi, o tenor Mario e o barítono Badiali, o melhor do mundo.

Essa paixão musical acompanhou minha paixão pelo teatro. Menino ou rapaz, assisti (lendo-os cuidadosamente um dia antes) a quase todos os dramas de Shakespeare, interpretados maravilhosamente bem. Ainda hoje não consigo conceber nada melhor do que o velho Booth em *Ricardo III* ou *Lear* (não sei dizer qual é a melhor), ou Iago (ou Pescara, ou Sir Giles Overreach, para sair de Shakespeare) – ou Tom Hamblin em *Macbeth* – ou o velho Clarke, mesmo como o fantasma em *Hamlet* ou como Próspero em *A tempestade*, com a sra. Austin no papel de Ariel, e Peter Richings como Calibã. Então outros dramas, e ótimos atores, Forrest como Metamora ou

Damon ou Brutus – John R. Scott como Tom Cringle ou Rolla – ou a Lady Gay Spanker de Charlotte Cushman em *London Assurance*. Alguns anos depois, no Castle Garden, no Battery, eu ainda me lembro das esplêndidas temporadas da trupe musical Havana sob a condução de Maretzek – a banda maravilhosa, a fria brisa do mar, o vocalismo insuperável – Steffanone, Bosio, Truffi, Marini em *Marino Faliero*, *Don Pasquale* ou *Favorita*. Nunca houve melhores atores ou cantores em Nova York. Foi aqui também que depois escutei Jenny Lind. (O Battery – suas associações passadas – quantas histórias essas velhas árvores e passeios e quebra-mares poderiam contar!)

POR OITO ANOS

Em 1848-1849, fui editor do jornal *Daily Eagle*, no Brooklyn. O último ano transcorreu em uma agradável viagem e expedição a trabalho (na companhia de meu irmão Jeff), atravessando os estados centrais, descendo os rios Ohio e Mississippi. Vivi um período em New Orleans e trabalhei ali na equipe editorial do jornal diário *Crescent*. Depois de um tempo, fiz uma difícil viagem de volta ao Norte, subindo o Mississippi e viajando pela região, chegando aos Grandes Lagos, Michigan, Huron e Erie, e às cataratas do Niagara e ao sul do Canadá, retornando finalmente através do centro do estado de Nova York e descendo o rio Hudson; viajando ao todo cerca de 8 mil milhas, ida e volta. De 1851 a 1853, trabalhei na construção de casas no Brooklyn. (Por um breve período do início dessa fase, imprimi um jornal diário e semanal, *The Freeman*.) Em 1855 perdi meu pai. Iniciei o trabalho de impressão de *Folhas de relva* na oficina gráfica de meus amigos, os irmãos Rome, depois de muitas revisões de manuscrito – (tive enorme dificuldade de abandonar os rotineiros toques "poéticos", mas por fim consegui). Nesse momento (1856-1857), completo meu 37º aniversário.

FONTES DO CARÁTER – RESULTADOS – 1860

Para resumir o que tenho dito desde o início (e, é claro, muitas coisas não registradas), creio serem três as principais fontes e marcas formativas do meu caráter, agora solidificado para o bem e para o mal, e seu desenvolvimento literário subsequente, entre outros: de um lado (sem dúvida o melhor), o ramo da natividade materna, trazido até aqui da distante Holanda; de outro, a tenacidade subterrânea e a estrutura óssea central (a obstinação, o caráter ingovernável) que tenho a partir dos elementos ingleses paternos; e a combinação do meu local de nascimento em Long Island, as praias, os cenários da infância, tudo que absorvi, com as populosas Brooklyn e Nova York – com, suponho eu, minhas experiências posteriores na explosão da secessão, por fim.

Pois, em 1862, assustado com as notícias de que meu irmão George, um oficial no 51º Regimento de Voluntários de Nova York, fora gravemente ferido (na Primeira Batalha de Fredericksburg, 13 de dezembro), corri para o campo de batalha na Virginia. Mas preciso voltar um pouco.

O INÍCIO DA GUERRA DE SECESSÃO

Notícias sobre o ataque ao forte Sumter e à *bandeira* no porto de Charleston, Carolina do Sul, foram recebidas na cidade de Nova York no fim da noite (de 13 de abril de 1861) e imediatamente disseminadas pelas edições extras dos jornais. Eu tinha ido à ópera na 14th Street naquela noite. Depois do espetáculo, por volta da meia-noite, eu descia a Broadway no caminho para o Brooklyn, quando escutei à distância os gritos dos vendedores de jornais, que então corriam e gritavam pela rua, apressando-se de um lado para outro ainda mais furiosamente que de costume. Comprei uma edição e caminhei até o hotel Metropolitan (jardim de Niblo), onde enormes lampiões ainda ardiam e, com uma multidão que improvisadamente se reuniu, li as notícias, que eram evidentemente autênticas. Para auxiliar alguns que não tinham jornais, um de nós leu o telegrama em voz alta, enquanto todos escutavam silenciosamente e com atenção. Nenhum comentário foi ouvido na multidão, que tinha chegado ao número de trinta ou quarenta pessoas, mas todos ficaram parados pouco mais de um minuto, antes de dispersarem. Quase sou capaz de vê-los agora, novamente sob os lampiões à meia-noite.

LEVANTE NACIONAL E ALISTAMENTO VOLUNTÁRIO

Disse em algum outro lugar que as três presidências que precederam 1861 mostraram como a fraqueza e a vilania dos governantes eram tão possíveis aqui na América sob uma república como na Europa sob influências dinásticas. Mas o que posso dizer sobre a pronta e esplêndida luta contra a escravidão secessional, o arqui-inimigo personificado, desde o instante em que ele de forma inequívoca revelou o próprio rosto? O levante vulcânico da nação, depois da bandeira incendiada em Charleston, provou por certo algo que fora anteriormente muito colocado em dúvida e de pronto e substancialmente estabeleceu o problema da desunião. Em meu julgamento esse continuará sendo o maior e mais estimulante espetáculo já desvelado em qualquer tempo, antigo ou atual, em nome do progresso político e da democracia. Não por aquilo que simplesmente veio à tona – embora fosse importante –, mas pelo que indicava profundamente, que era de eterna importância. Descendo pelos abismos da humanidade do Novo Mundo, formou-se e se consolidou um sedimento fundamental de vontade de união nacional, determinada e da maioria, que se recusava a ser influenciado ou desafiado, enfrentando todas as emergências e capaz, a qualquer momento, de romper todos os laços superficiais e eclodir como um terremoto. É, sem dúvida, a maior lição do século, ou da América, e é um poderoso privilégio ter feito parte disso. (Dois grandes espetáculos, provas imortais da democracia, inéditos em toda a história passada, são oferecidos pela guerra secessional – um no início, outro no fim. Eles são o alistamento geral e voluntário, o levante armado, e a dispersão pacífica e harmoniosa dos exércitos no verão de 1865.)

SENTIMENTO DE ALTIVEZ

Contudo, mesmo depois do bombardeio de Sumter, a gravidade da revolta e o poder e disposição dos estados escravagistas em relação a uma forte e continuada resistência militar à autoridade nacional não eram percebidos de forma alguma no Norte, exceto por uns poucos. Nove décimos da população dos estados livres observavam a rebelião que se iniciara na Carolina do Sul com um sentimento em parte de altivez e em parte de incredulidade e raiva. Não se pensava que à Carolina do Sul se uniriam Virginia, Carolina do Norte ou Georgia. Um grande e prudente oficial nacional vaticinava que tudo se acabaria em "sessenta dias", e o povo em geral acreditou no vaticínio. Lembro-me de conversar sobre o assunto em uma balsa da Fulton com o prefeito do Brooklyn, que dizia que apenas "esperava que os *fire-eaters* do Sul realizassem algum ato aberto de resistência", para que então fossem tão efetivamente reprimidos que nunca mais ouviríamos falar em secessão – embora temesse que eles nunca tivessem coragem de fazer qualquer coisa de fato. Lembro, também, que algumas companhias do 13º do Brooklyn, que se encontravam no arsenal da cidade e partiram dali para uma campanha de trinta dias, estavam todas providas de pedaços de corda, conspicuamente atadas a seus mosquetes, com as quais trariam de volta, em cada um, um prisioneiro do audacioso Sul, conduzido em um laço no rápido e triunfante retorno de nossos homens!

BATALHA DE BULL RUN, JULHO, 1861

Todos esses sentimentos estavam destinados a serem contidos e revertidos por um terrível abalo – a Primeira Batalha de Bull Run – certamente, tal como a conhecemos, uma das mais singulares lutas registradas. (Todas as batalhas e seus resultados são muito mais questão de acidente do que geralmente se pensa; mas essa foi inteiramente um acidente, um acaso. Ambos os lados se autoproclamaram vencedores até o último instante. Cada qual tinha, a bem da verdade, rigorosamente o mesmo direito de bater em retirada. Por uma ficção, ou uma série de ficções, as forças nacionais no último minuto explodiram em pânico e fugiram do campo de batalha.) As tropas derrotadas começaram a invadir Washington à luz do dia, passando pela Long Bridge, em 22 de julho, uma segunda-feira – o dia inteiro úmido de garoa. O sábado e o domingo da batalha (dias 20 e 21) tinham sido extremamente quentes e secos – poeira, fuligem e fumaça em camadas cobertas de suor, seguidas de outras camadas mais uma vez cobertas de suor, e tudo absorvido por aquelas almas agitadíssimas – suas roupas saturadas da pólvora presente no ar – por toda parte, em estradas secas e campos batidos, o alvoroço dos regimentos apinhados em carroças, a artilharia etc. – todos os homens com essa roupa de chuva e suor e sujeira, recuando, invadindo a Long Bridge – uma horrível marcha de 20 milhas, retornando a Washington frustrados, humilhados, aterrorizados. Onde estão as suas bazófias e o orgulhoso alarde com que partiram? Onde estão suas bandeiras e as bandas de música e as cordas com que trariam consigo seus prisioneiros? Bem, não se escutam bandas tocando – e não há bandeira além da que se vê pendurada, envergonhada e sem vida, no estandarte.

O sol nasce, mas não brilha. Os homens aparecem, a princípio esparsos e envergonhados, depois em grupos maiores, nas ruas de Washington – aparecem na Pennsylvania Avenue e nas entradas das casas e porões. Eles chegam em turbas, outros em grupos, companhias, bandos. Ocasionalmente, algum raro regimento em perfeita ordem, com seus oficiais (algumas lacunas na formação, os mortos, os verdadeiros bravos), marchando em silêncio, com os rostos cabisbaixos, o semblante duro, esgotado, todos da cor do carvão, imundos, mas todos com seus mosquetes e passos firmes; mas são exceções. As calçadas da Pennsylvania Avenue, da 14th Street etc., ocupadas por uma multidão, apinhadas de cidadãos, negros, amanuenses, observadores, todos; mulheres nas janelas, a expressão curiosa nos rostos, enquanto as turbas de soldados em retirada, cobertos de sujeira (eles nunca acabam?), passam; mas nada dizem, não há comentários (metade dos observadores, secessionistas do tipo mais vil, nada dizem, mas o diabo se ri furtivo em seus rostos). Pela manhã, os soldados derrotados estão por toda parte, misturando-se à população da cidade – objetos de aparência estranha, rostos e olhos estranhos, ensopados (a garoa não para o dia inteiro) e alquebrados, famintos, exauridos, os pés cobertos de bolhas. Boas pessoas (mas muitas delas também não) preparam apressadamente alguma refeição. Botam caldeirões no fogo para sopa e café. Arrumam mesas nas calçadas – compram carroças cheias de pães cortados em sólidos pedaços. Aqui estão duas senhoras de idade, belas, as primeiras na cidade no que se refere a cultura e encantamentos: elas oferecem um estoque de comida e bebida em uma mesa improvisada sobre uma tábua grosseira e o renovam a partir de suas casas a cada meia hora, o dia inteiro; e ali na chuva elas permanecem, ativas, silenciosas, de cabelos brancos, e oferecem comida, embora as lágrimas escorram por seu rosto, quase sem cessar, todo o tempo. Em meio à profunda agitação, às multidões, ao movimento e ao desesperado nervosismo, parece estranho ver muitos, mas muitos dos soldados dormindo – em meio a tudo, um sono pesado. Eles caem em qualquer lugar, nas escadas de entrada das casas, colados a porões ou cercas, na calçada, em um canto de algum terreno baldio, e dormem profundamente. Um pobre menino de 17 ou 18 anos jaz ali, nas escadarias de uma enorme casa; ele dorme tão tranquilo, tão imperturbável. Alguns se agarram a seus mosquetes firmemente, mesmo no sono. Alguns em grupos; camaradas, irmãos, juntos – e quando se deitam, a chuva cai soturnamente.

Enquanto a tarde passa e a noite chega, as ruas, os bares, agrupamentos por toda parte, ouvintes, gente que pergunta, terríveis casos, o terror imaginário, baterias camufladas, nosso regimento todo em pedaços etc. – narrativas e narradores, tortuosos, tonitroantes, vaidosos centros das multidões das ruas. Decisão e humanidade parecem ter abandonado Washington. O principal hotel, o Willard's, está cheio de oficiais – apinhado, lotado, entupido de oficiais. (Eu os vejo e quero ter uma palavra com eles. Eis aí vocês, oficiais! – mas onde estão suas companhias? Onde estão seus homens? Incompetentes! Chega de falar sobre as possibilidades da batalha, a probabilidade de dispersão e por aí afora. No fim das contas, acho que essa é sua obra, essa retirada. Escondam-se, bradem, façam-se de senhores da razão nos sofisticados salões do Willard's e nos bares e onde quer que seja – não há explicação que os salve. Bull Run é obra dos senhores; se vocês valessem metade ou um décimo de seus homens, isso jamais teria acontecido.)

Enquanto isso, em Washington, entre os grandes homens e seus séquitos, uma mistura terrível de consternação, incerteza, fúria, vergonha, impotência e perplexa frustração. O pior não é apenas iminente, mas se encontra ali. Em poucas horas – talvez antes da própria refeição – os generais secessionistas, com suas vitoriosas hordas, estarão diante de nós. O sonho da humanidade, a alardeada União que pensávamos tão forte, tão invencível – Ó! Ela agora parece estraçalhada como porcelana. Que fase amarga – talvez a orgulhosa América jamais conheça fase semelhante. Ela precisa fazer as malas e correr – não há tempo a perder. Aqueles palácios brancos – o Capitólio coroado com seu domo na colina, tão altivo sobre as árvores – serão eles poupados, ou serão destruídos primeiro? Pois é certo que a conversa entre determinados magnatas e oficiais e burocratas e funcionários por toda parte, nas 24 horas que se seguiram a Bull Run, dentro e fora de Washington, era alta e indisfarçada no sentido da completa submissão e da transmissão do poder aos sulistas e da pronta renúncia e partida de Lincoln. Se os oficiais e forças secessionistas tivessem imediatamente seguido e, por um ousado movimento napoleônico, tivessem invadido Washington no primeiro dia (ou mesmo no segundo), eles poderiam ter feito as coisas à sua maneira e com uma poderosa facção nortista para lhes dar apoio. Um de nossos coronéis que retornava expressou em público naquela noite, em meio a um grande grupo de oficiais e cavalheiros em um salão lotado, a opinião de que era inútil lutar, de que os sulistas tinham afirmado claramente sua superioridade e que o melhor rumo para o governo nacional era desistir de qualquer outra tentativa de pará-los e admiti-los novamente na condução do país, nos melhores termos que eles estivessem dispostos a garantir. Não se ouviu uma voz contra esse juízo em meio àquela enorme multidão de oficiais e cavalheiros. (O fato é: estávamos diante de uma das três ou quatro crises que vivemos naquele instante e posteriormente, durante as flutuações de quatro anos, quando os olhos humanos entendiam ser no mínimo tão provável assistir ao último suspiro da União como a sua continuidade.)

FIM DO ESTUPOR – COMEÇO DE OUTRA COISA

Mas a hora, o dia, a noite passaram, e, seja lá o que retorne, uma hora, um dia, uma noite como aquela nunca mais retornam. O presidente, recuperando-se, começa naquela mesma noite séria e rapidamente a trabalhar no intuito de reorganizar suas forças, colocando-se a postos para um trabalho futuro e mais seguro. Caso não reste mais nada de Abraham Lincoln para que a história o preserve, basta para consagrá-lo com louros na memória de todo o tempo futuro o fato de que ele suportou aquela hora, aquele dia mais desesperador que uma tempestade – na verdade, um dia de crucificação –, o fato de que aquele dia não o subjugou, que ele tenazmente o suportou e decidiu erguer a si e a União a partir dele.

Então os grandes jornais de Nova York imediatamente apareceram (começando naquela noite, e prosseguindo na manhã seguinte, e incessantemente por muitos dias depois) com artigos que soavam por todo o país com as mais altas e vibrantes e claras trombetas, cheias de incentivo, esperança, inspiração e sólida resistência. Que editoriais magníficos! E por quinze dias eles não cessaram. O *Herald* foi o primeiro – lembro-me bem dos artigos. O *Tribune* foi igualmente inspirador e poderoso – e o *Times*, o *Evening Post* e outros jornais principais não ficaram nada atrás. Eles chegaram em boa hora, pois eram necessários. Pois, com a humilhação de Bull Run, o sentimento popular no Norte, de sua extrema arrogância, recuou às profundezas da melancolia e apreensão.

(De todos os dias da guerra, houve dois em especial que jamais esquecerei. Foram o dia que sucedeu as notícias, em Nova York e no Brooklyn, daquela primeira derrota em Bull Run, e o dia da morte de Abraham Lincoln. Eu estava em casa no Brooklyn em ambas as ocasiões. No dia do assassinato recebemos as notícias bem no início da manhã. Minha mãe preparou o café da manhã – e as outras refeições depois – como sempre; mas nenhum de nós comeu nem sequer um bocado o dia todo. Tomamos meio copo de café cada um; foi tudo. Pouco se falou. Compramos todos os jornais de manhã e à noite, e os frequentes extras daquele período, e os passávamos silenciosamente uns aos outros.)

NO FRONT

Falmouth, Va., diante de Fredericksburg, 21 de dezembro de 1862 – Começando minhas visitas aos hospitais de campanha no exército do Potomac. Passo boa parte do dia em uma enorme mansão de tijolos às margens do Rappahannock, usada como hospital desde a batalha – parece ter recebido apenas os casos mais graves. Do lado de fora, ao pé de uma árvore, a umas 10 jardas da frente da casa, vejo uma pilha de pés, mãos, braços etc. amputados, um carregamento inteiro para uma carroça simples. Muitos cadáveres jazem próximos, cada qual coberto com seu cobertor marrom de lã. No gramado da frente, na direção do rio, veem-se covas recentes, a maioria de oficiais, seus nomes em pedaços de aduelas de barril ou tábuas quebradas, enfiadas na terra. (A maioria desses corpos foi posteriormente desenterrada e transportada até o Norte para os amigos.) A enorme mansão está lotada, no primeiro e no segundo piso, tudo improvisado, sem organização, tudo péssimo, mas tenho certeza de que é o melhor que se pode fazer; todos os ferimentos bastante graves, alguns assustadores, os homens em seus velhos uniformes de batalha, sujos e ensanguentados. Alguns dos feridos são oficiais e soldados rebeldes, prisioneiros. Um, do Mississippi, capitão, gravemente atingido na perna – converso com ele algum tempo; ele me pede jornais. (Eu o reencontrei três meses depois em Washington, a perna amputada, passando bem.) Eu atravessava os quartos, nos andares de cima e de baixo. Alguns homens estavam morrendo. Não tinha nada a oferecer naquela visita, apenas escrevi umas poucas cartas para os familiares em casa, mães etc. Também conversei com três ou quatro, que pareceram mais suscetíveis à conversa e necessitando falar.

DEPOIS DA PRIMEIRA FREDERICKSBURG

23 a 31 de dezembro – Os resultados da batalha recente estão aos olhos de todos por toda parte na região em milhares de casos (centenas morrem todos os dias), nos hospitais de campanha, brigada e divisão. São simples tendas, e às vezes muito simplórias, os feridos deitados no chão, com sorte se seus cobertores estão estendidos em camadas de gravetos de pinheiro e cicuta ou pequenas folhas. Não existem leitos; raramente se vê uma maca. Faz muito frio. O chão está congelado, por vezes neva. Perambulo de um caso a outro. Não consigo distinguir se faço bem a esses feridos e moribundos; mas não consigo deixá-los. De vez em quando algum jovenzinho convulsivo me faz parar, e faço o que posso por ele; de qualquer forma, paro e permaneço sentado a seu lado por horas, caso ele queira.

Além dos hospitais, saio ocasionalmente em longas caminhadas pelos acampamentos, conversando com os homens etc. às vezes, à noite, entre os grupos que se reúnem em torno das fogueiras, em seus abrigos de arbustos. Eram espetáculos curiosos, cheios de personagens e grupos. Logo travo contato com todos no acampamento, oficiais e homens, e sempre sou bem empregado. Às vezes sigo em um grupo de reconhecimento com os regimentos que conheço melhor. Quanto à ração, o exército aqui presente parece ser relativamente bem abastecido, e os homens têm o bastante, quanto é possível, principalmente carne de porco salgada e biscoitos. A maioria dos regimentos se abriga em pequenas e frágeis tendas. Uns poucos construíram para si cabanas de pau a pique, com pontos para acender o fogo.

DE VOLTA A WASHINGTON

Janeiro de 1863 – Deixei o acampamento em Falmouth, com alguns feridos, há poucos dias, e cheguei à estrada que margeia o rio Aquia, e segui subindo o Potomac em um vapor do governo. Muitos feridos vão conosco nas carroças e no barco. As carroças são apenas estrados. A viagem pela estrada, de 10 ou 12 milhas, se fez em grande parte antes que o sol nascesse. Os soldados que vigiavam a estrada saíram de suas tendas ou abrigos nos arbustos com o cabelo desgrenhado e a aparência sonolenta. Os que estavam em serviço caminhavam em seus postos, alguns em barrancos acima de nós, outros bem abaixo do nível do caminho. Via enormes acampamentos de cavalaria fora da estrada. No desembarcadouro do rio Aquia, havia grande quantidade de feridos que seguiam para o Norte. Esperei cerca de três horas, e nesse intervalo circulei entre eles. Muitos queriam enviar mensagens à família, aos pais, irmãos, mulheres etc., o que fiz por eles (via correio, no dia seguinte, de Washington). No barco eu tinha minhas mãos cheias. Um ferido morreu ao subir a bordo.

Agora permaneço em Washington e região e visito diariamente os hospitais. Frequento muito o do Escritório de Patentes, da 8th Street, H Street, da Armory Square e outros lugares. Tenho condições agora de fazer um pouco de bem, com dinheiro (como esmoler) e ganhando experiência. Hoje, da tarde de domingo até as nove da noite, visitei o Campbell Hospital; cuidei em especial de um caso na ala 1, um jovem muito doente, pleurisia e febre tifoide, filho de um agricultor, D.F. Russell, Companhia E, 60º de Nova York, deprimido e fraco; demorou bastante até que demonstrasse interesse; escrevi uma carta para sua mãe, em Malone, condado de Franklin, Nova York, a seu pedido; dei-lhe frutas e um ou dois outros presentes; coloquei a carta no envelope e postei etc. Então atravessei toda a ala 6, observei cada caso, sem, creio eu, perder um; dei a cada um, entre vinte e trinta pessoas, um presente, como laranjas, maçãs, biscoitos doces, figos etc.

Quinta-feira, 21 de janeiro – Dediquei a maior parte do dia ao Armory Square Hospital; visitei quase que totalmente as alas F, G, H e I; cerca de cinquenta casos em cada ala. Na ala F forneci a todos os homens papel e envelopes selados; distribuí em pequenas porções, a internos habilitados, um pote grande de *berries* em conserva, doadas a mim por uma senhora – a mesma que as preparou. Encontrei vários casos que me pareceram bons destinatários de pequenas somas de dinheiro, que lhes doei. (Os feridos muitas vezes acabam sem dinheiro, e os anima receber até as pequenas quantias que eu lhes dava.) Quando acabaram os meus papéis e os envelopes selados, distribuí uma boa quantidade de leitura para entretê-los; e também, quando julguei cabível, tabaco, laranja, maçãs etc. Casos interessantes na ala I; Charles Miller, leito 19, Companhia D, 53º da Pensilvânia, tem apenas 16 anos de idade, muito vivo, garoto corajoso, perna esquerda amputada abaixo do joelho; no leito ao lado, outro jovem bastante doente; dei a cada um presentes adequados. No leito acima, também, amputação da perna esquerda; dei-lhe um potinho de framboesas; leito J, mesma ala, dei uma pequena quantia de dinheiro; também a um soldado de muletas, sentado em sua cama próximo de... (Fico cada vez mais surpreso diante da enorme quantidade de jovens de 15 a 21 anos no exército. Depois encontrei uma quantidade ainda maior entre os sulistas.)

À noite, no mesmo dia, fui ao encontro de D.F.R., a quem aludi anteriormente; encontrei-o visivelmente melhor; de pé e vestido – um triunfo; ele depois se recuperou e retornou ao seu regimento. Distribuí nas alas uma grande quantidade de papel e quarenta ou cinquenta envelopes selados, cujo estoque tinha renovado, e os homens tinham grande necessidade.

CINQUENTA HORAS ABANDONADO E FERIDO NO CAMPO DE BATALHA

Eis o caso de um soldado que encontrei entre os leitos aglomerados no Escritório de Patentes. Ele gosta de ter com quem conversar, e nós vamos escutá-lo. Foi gravemente ferido na perna e no flanco em Fredericksburg naquele fatídico sábado, 13 de dezembro. Ficou dois dias e noites sem socorro no campo de batalha, entre a cidade e aqueles medonhos terraços de canhões; sua companhia e regimento tinham sido compelidos a abandoná-lo à própria sorte. Para tornar as coisas ainda piores, aconteceu que ele caiu com a cabeça levemente para baixo na colina e não foi capaz de se levantar. No fim de cerca de cinquenta horas ele foi levado, com outros feridos, sob uma bandeira de armistício. Pergunto-lhe como os rebeldes o trataram, enquanto permaneceu durante aqueles dois dias e noites ao alcance deles – se foram até ele, se o maltrataram. Ele responde que muitos rebeldes, soldados e outros, estiveram com ele. Alguns, quando em grupos, falavam com dureza e sarcasmo, mas nada mais grave que isso. Um homem de meia-idade, contudo, que parecia circular com boas intenções entre os mortos e feridos pelo campo de batalha, aproximou-se dele de um modo que ele jamais esquecerá; tratou nosso soldado com gentileza, cobriu-lhe os ferimentos, animou-o, deu-lhe alguns biscoitos, um trago de uísque e um pouco de água; perguntou-lhe se era capaz de comer um pouco de carne. O bom secessionista, contudo, não mudou a posição de nosso soldado, pois isso poderia ter feito com que o sangue, estancado e coagulado, irrompesse das feridas. Nosso soldado é da Pensilvânia; seu momento é bem difícil; os ferimentos se provaram graves. Mas ele ainda mantém a esperança e no momento está melhorando. (Não é incomum que os homens permaneçam no campo de batalha desse modo, um, dois, três, mesmo quatro ou cinco dias.)

CENAS E PESSOAS NOS HOSPITAIS

Escrever cartas – Quando possível, incentivava os homens a escrever, e eu mesmo, quando solicitado, escrevia todo tipo de carta para eles (incluindo cartas de amor muito delicadas). Quase ao mesmo tempo que desenrolo estas anotações, escrevo para um novo paciente à sua mulher. M. de F., do 17º de Connecticut, Companhia H, acaba de chegar (17 de fevereiro) de Windmill Point, tem os olhos e cabelos negros e aparência hebraica. Quer uma mensagem telegráfica para sua mulher, New Canaan, Connecticut. Concordo em enviar a mensagem – mas, para garantir o envio, também me sento e escrevo para ele uma carta à sua mulher e a despacho no correio imediatamente. Ele teme que ela venha visitá-lo, e não quer isso, tem certeza de que logo ficará bem.

Sábado, 30 de janeiro – Tarde, visita ao Campbell Hospital. Cena de limpeza da ala e distribuição de roupas limpas aos homens – por toda a ala (6), pacientes se vestindo ou sendo vestidos – o tronco desnudo – o bom humor, a alegria – as camisas, as gavetas, os lençóis etc. e a arrumação geral para o domingo. Dei a J. L. 50 centavos.

Quarta-feira, 4 de fevereiro – Visita ao Armory Square Hospital, passando quase que totalmente pelas alas E e D. Papéis e envelopes fornecidos a todos que o desejaram – como sempre, muitos homens em necessidade de ambos os artigos. Escrevi cartas. Vi e conversei com dois ou três membros do 14º Regimento do Brooklyn. Um pobre sujeito na ala D, com um terrível ferimento em uma terrível condição, teve algumas lascas soltas de osso retiradas das proximidades do ferimento. A operação foi demorada e causou-lhe grande dor – no entanto, depois de começada, o soldado a suportou em silêncio. Ele sentou-se, segurou-se – estava destruído – permanecera bastante tempo quieto em uma única posição (não por dias, mas por semanas), um rosto moreno, porém lívido, com olhos cheios de determinação – pertencia a um regimento de Nova York. Havia uma reunião pouco comum de cirurgiões, médicos-cadetes, enfermeiros etc. em torno de sua cama – achei que toda a coisa foi bem executada e feita com delicadeza. Em um caso, a esposa sentou-se ao lado do marido, sua enfermidade era febre tifoide, estava em péssimo estado. Em outro, ao lado do filho, uma mãe – ela me disse que tinha sete filhos, e aquele era o mais novo. (Uma mãe ótima, gentil, saudável, doce, de bela aparência, não muito velha, com um gorro na cabeça e vestida como se estivesse em casa – que encanto ela dava a toda a ala.) Gostei da enfermeira na ala E – observei como ela permaneceu ao lado de um pobre sujeito que acabava de ter sofrido, naquela manhã, para piorar sua outra enfermidade, uma terrível hemorragia – ela gentilmente o auxiliou, aliviou-o do sangue, levava um pano à sua boca sempre que ele tossia – ele estava tão fraco que só era capaz de virar a cabeça sobre o travesseiro.

Outro jovem de Nova York, de rosto belo e vivo, repousava havia muitos meses em decorrência de um ferimento desagradável, sofrido em Bull Run. Uma bala o acertara na bexiga, de frente, logo abaixo da barriga, saindo pelas costas. Ele sofrera muito – água saiu do ferimento, em lentas porém constantes quantidades, por muitas semanas – de modo que permanecia constantemente em uma espécie de poça – e havia ainda outras situações desagradáveis. Ele estava animado, contudo. Naquele momento já relativamente confortável, estava com irritação na garganta, adorou a barra de marroio-branco que lhe dei, além de outras duas ou três coisinhas.

HOSPITAL DO ESCRITÓRIO DE PATENTES

23 de fevereiro – Não posso deixar de mencionar o grande hospital do Escritório de Patentes. Há umas poucas semanas a enorme área do segundo andar daquele que é o mais nobre dos prédios de Washington estava quase lotada de fileiras de doentes, gente gravemente ferida e soldados moribundos. Eles estavam alojados em três dependências bem grandes. Fui até lá muitas vezes. Era uma cena estranha, dura e, com todos os seus detalhes de sofrimento e morte, uma espécie de visão fascinante. Vou às vezes à noite para apaziguar e aliviar os casos particulares. Duas dessas imensas dependências estão cheias de caixas de vidro altas e pesadas, repletas de modelos em miniatura de todo tipo de utensílio, máquina ou invento que já tenha passado pela cabeça do homem inventar; e com curiosidades e presentes estrangeiros. Entre essas caixas existem passagens laterais, talvez de 8 pés de largura e bastante longas, e nelas estão colocados os doentes, além de uma longa fila dupla deles de um lado a outro, passando pelo meio do saguão. Muitos eram casos péssimos, ferimentos e amputações. Então uma galeria passava por sobre o saguão, na qual também se encontravam camas. Era, realmente, uma visão muito curiosa, especialmente à noite, quando iluminada. As caixas de vidro, as camas, as formas nelas acomodadas, a galeria acima, o chão de mármore sob os pés – o sofrimento e a força de suportá-lo em muitos graus – vez por outra, o gemido de alguém que não foi capaz de reprimi-lo – às vezes um pobre sujeito em vias de morrer, com o rosto emaciado e os olhos vítreos, o enfermeiro ao lado, o médico também presente, mas nenhum amigo ou parente – essas foram as visões de agora há pouco no Escritório de Patentes. (Os feridos desde então têm sido removidos dali, e agora o lugar está novamente vazio.)

A CASA BRANCA À LUZ DA LUA

24 de fevereiro – Um momento de tempo ameno e agradável. Caminhei bastante a esmo, às vezes à noite sob a lua. Hoje à noite observei por um bom tempo a casa do presidente. O pórtico branco – como um palácio, alto, colunas redondas, sem uma nódoa, como a neve –, as paredes também; a doce e suave luz da lua, inundando o mármore pálido e produzindo curiosos matizes pálidos e sem vida, e não sombras; por toda parte a suave, transparente, nebulosa, delicada renda do luar; os brilhantes e abundantes conjuntos de lampiões a gás, na fachada, nas colunas, no pórtico etc. e ao seu redor; tudo tão branco, tão marmoreamente puro e deslumbrante e, ao mesmo tempo, suave; a Casa Branca de futuros poemas, sonhos e dramas, ali sob a lua suave e profusa; a belíssima fachada, nas árvores, sob a lua que tudo iluminava e inundava, cheia de realidade, cheia de ilusão; as formas das árvores, sem folhas, silenciosas, no tronco e em miríades de ângulos de galhos, sob as estrelas e o céu; a Casa Branca da terra e da beleza e da noite; sentinelas nos portões e pelo pórtico, silenciosas, caminhando ali em sobretudos azuis – sem pará-lo, mas observando-o com olhos atentos, para onde quer que você se mova.

UMA ALA DE HOSPITAL DO EXÉRCITO

Permitam-me especificar uma visita que fiz ao Campbell Hospital, um conjunto de prédios térreos, aparência de barracão, nos charcos, no fim de uma via de bondes puxados a cavalo, na 7th Street. Há um longo prédio destinado a cada ala. Vamos à ala 6. Ela tem hoje, julgo eu, entre oitenta e cem pacientes, em parte doentes, em parte feridos. O prédio não é mais do que tábuas, bem caiadas por dentro, e as costumeiras camas de ferro fino, estreitas e baixas. Caminha-se pelo corredor central, com fileiras de ambos os lados, as cabeças para a parede, os pés para quem passa. Vê-se o fogo aceso em grandes fogareiros, e o branco geral das paredes é aliviado por alguns ornamentos, estrelas, círculos etc., feitos de folhas persistentes. A vista de todo o prédio e seus ocupantes pode se captar de uma só vez, pois não há divisões. É possível escutar gemidos ou outros sons de insuportável sofrimento de dois ou três dos leitos, mas no geral há silêncio – quase uma dolorosa ausência de qualquer manifestação. A maioria dos doentes ou feridos é formada por sujeitos evidentemente jovens, filhos de agricultores ou coisa do gênero. Atenção às belas e largas estruturas, aos semblantes vivos e francos e às muitas provas ainda presentes de um físico e constituição fortes. Atenção aos modos pacientes e mudos de nossos feridos americanos que jazem em tão triste reunião; representantes de toda a Nova Inglaterra, e de Nova York, New Jersey e Pensilvânia – de fato, de todos os estados e cidades – amplamente do Oeste. A maior parte deles sem amigos ou conhecidos aqui – sem rostos familiares e dificilmente uma palavra de ânimo ou prudente compaixão, ao longo de suas por vezes longas e tediosas enfermidades ou suas dores decorrentes dos dolorosos ferimentos.

UM CASO DE CONNECTICUT

Esse jovem na cama 25 chama-se H.D.B., do 27º de Connecticut, Companhia B. Sua família vive em Northford, perto de New Haven. Ainda que não tenha mais do que 21 anos, ou algo em torno disso, já bateu muita perna pelo mundo, mar e terra, e viu conflitos em ambos. Quando o vi pela primeira vez, ele estava muito doente, sem apetite. Recusava ofertas de dinheiro – dizia que não precisava de nada. Como eu estava bastante ansioso para fazer alguma coisa, ele confessou que estava louco para comer um bom pudim caseiro de arroz – pensei que ele ia gostar disso mais do que tudo. Naquele momento, seu estômago estava bastante fraco. (O médico, que consultei, disse que alimento lhe faria mais bem do que qualquer outra coisa; mas as coisas no hospital, embora melhores do que de costume, o revoltavam.) Logo arranjei o pudim de arroz de B. Uma senhora de Washington (sra. O'C.), vindo a saber de sua vontade, preparou-lhe o pudim, e eu o levei no dia seguinte. Ele depois me disse que viveu dele por três ou quatro dias. Esse B. é um bom exemplo do jovem americano do Leste – um típico ianque. Gostei dele e dei-lhe um bom cachimbo de lembrança. Depois ele recebeu de sua casa uma caixa de coisas e insistiu muito que eu jantasse com ele, o que fiz, e foi muito bom.

DOIS GAROTOS DO BROOKLYN

Nessa mesma ala estão dois jovens do Brooklyn, membros do 51º de Nova York. Conhecia os dois desde meninos, da cidade, então eles me pareceram próximos. Um deles, J. L., jaz ali com um braço amputado, o toco se recuperando muito bem. (Eu o vi estirado no chão em Fredericksburg em dezembro último, todo ensanguentado, logo depois de seu braço ter sido removido. Ele estava bastante sereno a respeito disso, mastigando um biscoito na mão que lhe restava – não estava agitado.) Ele vai se recuperar, e ainda pensa e fala em trombar com rebeldes.

UM VALENTE SECESSIONISTA

Os grandes soldados não estão reunidos mais em um dos lados do que no outro. Aqui está uma amostra, um sulista desconhecido, rapaz de 17 anos. No Departamento de Guerra, há alguns dias, testemunhei uma apresentação de bandeiras capturadas ao secretário. Entre outros, um soldado de nome Gant, voluntário do 104º de Ohio, trouxe uma bandeira rebelde, que, segundo um dos oficiais me relatou, fora levada até a boca de nosso canhão e colocada ali por um menino de 17 anos, que na verdade tentava parar a boca de fogo com tábuas de cerca. Ele foi morto nesse esforço, e o estandarte, destruído por um tiro de nossos homens.

OS FERIDOS DE CHANCELLORSVILLE

Maio de 1863 – Enquanto escrevo, os feridos começam a voltar da sangrenta Chancellorsville, onde eram comandados por Hooker. Eu estava presente quando os primeiros apareceram. Os homens em serviço me disseram que os casos graves ainda estavam por chegar. Se assim é, lamento por eles, porque estes já estão muito mal. Você precisa ver a cena dos feridos que desembarcam aqui, no desembarcadouro da 6th Street, à noite. Dois barcos carregados apareceram por volta das sete e meia na noite passada. Um pouco depois das oito, começou a cair uma chuva forte e prolongada. Os soldados pálidos e desamparados haviam sido desembarcados e paravam no cais e na vizinhança por toda parte. A chuva, provavelmente, lhes foi bem-vinda; de qualquer forma, estavam expostos a ela. Umas poucas tochas iluminam o espetáculo. Por toda parte – no cais, no chão, nas laterais –, os homens ficam sob cobertores, colchas velhas etc., com trapos sangrentos enrolados na cabeça, braços e pernas. O auxílio é pouco, e à noite é formado por uns parcos cocheiros e carregadores. (Os feridos se tornaram cena comum, e as pessoas ficaram insensíveis.) Os homens, a despeito de sua condição, ali jazem, e pacientemente esperam a sua vez de serem transportados. Perto, as ambulâncias chegam em grupos, e uma depois da outra são chamadas a se aproximar e acomodar seu carregamento. Casos extremos são enviados em macas. Os homens geralmente fazem pouco ou nenhum barulho, a despeito de seu sofrimento. Alguns gemidos não podem ser suprimidos, e vez por outra um grito de dor surge enquanto carregam um homem para dentro da ambulância. Hoje, enquanto escrevo, outras centenas são aguardadas, e hoje e amanhã mais, e assim por muitos dias. Muitas vezes eles chegam a uma soma de mil por dia.

UMA BATALHA NOTURNA, UMA SEMANA ATRÁS

12 de maio – Há uma parte da recente batalha em Chancellorsville (a Segunda Fredericksburg), que ocorreu faz pouco mais de uma semana, no sábado, na noite de sábado e no domingo, sob o comando do general Joe Hooker, da qual eu gostaria de fazer um breve relato – (o relance de uma terrível tempestade no mar, da qual algumas sugestões bastam e detalhes completos são impossíveis). A luta havia sido bastante acalorada durante o dia e, depois de um intervalo, a parte final foi retomada à noite e sustentada com furiosa energia até as três horas da manhã. Naquela tarde (de sábado), um ataque súbito e forte de Stonewall Jackson havia dado enorme vantagem ao exército do Sul e rompido nossas linhas, cortando-nos como uma cunha e deixando as coisas dessa forma na escuridão. Mas, às onze da noite, Hooker fez um movimento desesperado e logrou que as forças secessionistas recuassem, restaurando suas linhas originais e retomando seus planos. A agitação da luta cruenta rendeu inúmeras e estranhas e terríveis imagens. A luta havia sido geral, tanto em Chancellorsville como a noroeste, em Fredericksburg. (Ouvimos notícias sobre fraqueza na batalha, episódios, fugas de nossa parte. Não penso nisso. Penso na bravura feroz, regra geral.) Um batalhão, o 6º de Sedgewick, lutou quatro vivas e sangrentas batalhas em 36 horas, recuando diante da ameaça maior, mas mantendo-se, lutando com o mais implacável desespero sob todas as circunstâncias, atravessando o Rappahannock no último e derradeiro instante, mas atravessando. O batalhão perdeu muitos, muitos valentes, mas obteve vingança, uma ampla vingança.

Porém é sobre o imenso esforço da noite de sábado, se estendendo pela madrugada e pelo domingo de manhã, que eu quero especialmente falar. Ocorreu sobretudo na floresta e envolveu um engajamento geral. A noite estava muito agradável, por vezes a lua surgia clara e alta, a Natureza inteira calma em si mesma, a grama nova do verão tão viva, e a folhagem das árvores – e no entanto a batalha rugindo em fúria e muitos bons companheiros desamparados, sempre em maior número, e todos os instantes, em meio aos disparos dos mosquetes e o tonitroar dos canhões (pois também houve disputa entre artilharias), o sangue vermelho da vida exsudando de cabeças ou troncos ou membros sobre aquela grama verde e fresca de orvalho. Trechos de floresta pegaram fogo e muitos dos feridos, incapazes de se mover, foram consumidos pelas chamas – o fogo varre amplas áreas e incendeia também os mortos – alguns soldados têm seus cabelos e barbas chamuscados – alguns, queimaduras no rosto e nas mãos – outros, buracos de fogo em seus uniformes. O clarão dos disparos do canhão, as chamas rápidas e agitadas e a fumaça, e o imenso bramido – mosquetes por toda parte, a luz tão viva de um lado e de outro que ambos eram quase capazes de se ver – o choque, os passos pesados dos homens – os gritos – a proximidade – escutamos os gritos dos secessionistas – nossos homens comemoram aos gritos quando avistam Hooker – combates corpo a corpo, o apoio de ambos os lados, determinados como demônios, eles muitas vezes disparando sobre nós – mil feitos são dignos de novos e grandes poemas – e a floresta ainda em chamas – e muitos não apenas queimados – ainda outros, incapazes de se mover, ardem até morrer.

Depois os acampamentos dos feridos – Céus, que cena é essa? – isso é mesmo *humanidade* – essa carnificina de açougueiros? São muitos deles. Ali eles jazem, em sua ampla maioria, em uma clareira da floresta, cerca de duzentos ou trezentos pobres sujeitos – os gemidos e os gritos – o cheiro de sangue misturado ao frescor do perfume da noite, da relva, das árvores – esse matadouro! Oh, melhor que as mães e as irmãs desses homens não possam ver – não possam conceber, jamais conceber, essas cenas. Um homem foi atingido por um projétil no braço e na perna – ambos são amputados – os membros descartados ficam ali. Alguns têm as pernas explodidas – alguns, balas que lhes atravessam o peito – alguns, ferimentos indescritivelmente horríveis no rosto e na cabeça, todos mutilados, repugnantes, despedaçados, perfurados – alguns no abdômen – alguns não mais do que meninos – muitos rebeldes gravemente feridos – eles alternando regularmente com os demais, o mesmo com todos – os cirurgiões os atendiam do mesmo modo. Eis o acampamento dos feridos – eis um fragmento, uma reflexão à distância da cena sangrenta – enquanto por toda parte a lua clara e cheia surgia por vezes tranquila e suave em seu brilho. Em meio à floresta, a cena de almas bruxuleantes – em meio aos sons dos choques, dos estampidos, dos gritos – o impalpável perfume da floresta – e no entanto a fumaça cáustica e sufocante – a lua radiante, que do céu olhava a intervalos tão plácidos – o céu tão celestial, o claro-escuro lá em cima, aqueles oceanos flutuante superiores – umas poucas e grandes e plácidas estrelas além – surgindo silenciosa e languidamente e, então, desaparecendo – a noite melancólica e drapejada acima, ao redor. E ali, nas estradas, campos e bosques, aquela luta, jamais uma tão desesperada em qualquer tempo e lugar – ambos os grupos agora com força total – as massas – sem batalhas de mentira, sem jogo parcial – ferozes demônios selvagens lutando ali – coragem e desprezo da morte, a regra, quase sem exceções.

Que história poderá algum dia oferecer – pois quem pode saber? – a louca e irrefreável contenda dos exércitos, em todos os seus pequenos e grandes pelotões – cada qual impregnado, dos pés à cabeça, de propósitos mortais e desesperados? Quem conhece o combate corpo a corpo – os muitos conflitos nos bosques escuros, de emaranhadas sombras à luz do luar – os grupos e pelotões que se contorcem – os gritos, o ruído ensurdecedor, os disparos de pistolas e mosquetes – o canhão distante – os vivas e chamados e ameaças e a música terrível das imprecações – a mistura indescritível – as ordens, a persuasão, o incentivo dos oficiais – os demônios completamente vivos nos corações humanos – os gritos poderosos, *Carregar, homens, carregar* – o brilho da espada desembainhada, o fogo e a fumaça que rolam? E ainda o céu nebuloso, claro, partido – e a luz da lua derramando em prata suave suas nódoas radiantes sobre tudo. Quem pinta a cena, o súbito pânico parcial da tarde crepuscular? Quem pinta o irrepreensível avanço da 2ª Divisão da 3ª Unidade, sob o comando do próprio Hooker, de súbito reorganizada – aqueles fantasmas em velozes fileiras pelo bosque? Quem mostra o que se move nas sombras, fluidos e firmes – para salvar (e salvou) o nome do exército, talvez a nação? Enquanto lá os veteranos defendem a posição. (O bravo Berry não caiu ainda – mas a morte o assinalou – logo cairá.)

RESTOS SEM NOME DO MAIS BRAVO SOLDADO

Sobre cenas como essas, afirmo, quem escreve – quem pode escrever a história? Sobre tantos grupos – sim, milhares, a norte e sul, de heróis jamais celebrados, heroísmos desconhecidos, o desespero de ações de primeira, inacreditáveis, improvisadas – quem conta? Nenhuma história jamais – nenhum poema canta, nenhuma música celebra, aqueles que são os mais bravos homens – os mais bravos feitos. Não há relatório formal de general, nem livro na biblioteca, nem coluna no jornal, que embalsame os mais bravos, a norte e sul, leste e oeste. Anônimos, desconhecidos permanecem, e até hoje, os mais bravos soldados. Os mais viris – nossos meninos – nossos corajosos queridos – não há retrato deles. O mais típico deles (representando, sem dúvida, centenas e milhares) rasteja para uma moita de arbustos ou samambaias ao receber um tiro fatal – ali se abrigando um pouco, ensopando as raízes, a relva e o solo com sangue vermelho – a batalha avança, recua, muda de cenário, corre – e ali, talvez sob dor e sofrimento (no entanto menos, bem menos, do que se supõe), os últimos ventos da letargia como uma serpente ao seu redor – os olhos vítreos da morte – ninguém se importa – talvez os pelotões funerais, sob trégua, uma semana depois, não busquem no lugar retirado – e ali, por fim, o mais Bravo Soldado se desfaça sobre a mãe terra, sem conhecer enterro e reconhecimento.

ALGUNS CASOS EXEMPLARES

18 de junho – Em um dos hospitais, encontro Thomas Haley, Companhia M, 4ª Cavalaria de Nova York – um garoto irlandês normal, belo exemplo de jovem virilidade física – alvejado nos pulmões – morte inevitável – veio da Irlanda a este país para guerrear – não tem um único amigo ou conhecido aqui – dorme profundamente neste momento (mas é o sono da morte) – tem um buraco de bala que vara o pulmão. Vi Tom quando chegou, três dias atrás, e não imaginei que pudesse viver doze horas – (e no entanto ele parece bastante bem aos olhos de um observador fortuito). Está deitado com seu tronco exposto para refrescar-se, um homem bem constituído, o bronzeado ainda não desapareceu de seu pescoço e rosto. É inútil falar com ele, com sua triste ferida, e os medicamentos que lhe deram e a completa estranheza de cada objeto, rosto e peça de mobília, o pobre sujeito, mesmo quando acordado, é como um animal assustado e tímido. Boa parte do tempo ele dorme ou cochila. (Às vezes, acho que ele sabe mais do que demonstra.) Muitas vezes vou até ele e fico sentado ao seu lado em total silêncio; ele vai respirar por dez minutos tão suave e regularmente quanto um bebê. Pobre jovem, tão bonito, atlético, com um belo e profuso cabelo brilhante. Uma vez, quando ali o estava observando enquanto dormia, ele de súbito, sem o menor alarme, despertou, abriu os olhos e me lançou um longo e firme olhar, virando o rosto muito levemente para ver melhor – um longo, claro e silencioso olhar – um leve suspiro – e então se virou e voltou a cochilar. Ele conheceu pouco, pobre menino moribundo, do coração do estranho que o velava.

W.H.E., Co. F, 2º de Nova York – Um caso de pneumonia. Ficou internado no hospital destruído ao sul do rio Aquia por sete ou oito dias antes de ser trazido aqui. Foi destacado de seu regimento para ir ao local e ajudar como enfermeiro, mas não demorou, ele mesmo, a adoecer. É um homem mais velho, de rosto amarelado, um tanto magro e de cabelo grisalho, viúvo, com filhos. Expressava forte desejo de tomar um bom e forte chá verde. Uma excelente senhora, sra. W., de Washington, logo lhe enviou um pacote; e também uma pequena soma de dinheiro. O médico disse que podia tomar o chá à vontade; o chá ficava em uma mesa ao seu lado, e ele se servia o dia todo. Ele dormia bastante; não conseguia falar muito, pois estava ficando surdo. Ocupava o leito 15, ala I, Armory. (A mesma senhora acima, sra. W., enviou aos homens um pacote enorme de tabaco.)

J. G. está no leito 52, ala I; é da Companhia B, 7º da Pensilvânia. Dei-lhe uma pequena soma de dinheiro, um pouco de tabaco e envelopes. A um homem ao lado, dei também um quarto de dólar; ele corou quando o ofereci – recusou de início, mas, quando eu soube que ele não tinha um centavo, mas muita vontade de ler jornal, insisti. Ele ficou claramente muito grato, mas pouco expressou.

J. T. L., da Companhia F, 9º de New Hampshire, está no leito 37, ala I. Gosta muito de tabaco, dei-lhe um pouco, e também algum dinheiro. Foi acometido de gangrena nos pés; um caso terrível; vai perder três dedos, não há dúvida. É um exemplo comum de homem do campo da Nova Inglaterra, conservador, rude e cheio de coragem, que me impressionou por sua semelhança com a celebrada e cantada gata que era melhor do que parecia ser.

Leito 3, ala E, Armory: gosta muito de picles, de alguma coisa forte. Depois de ter consultado o médico, dei-lhe uma pequena garrafa de rábano-picante; também algumas maçãs; e um livro. Algumas enfermeiras são excelentes. Gosto bastante da enfermeira dessa ala. (Sra. Wright – um ano depois eu a encontrei no Mansion House Hospital, Alexandria – ela é uma enfermeira perfeita.)

Em uma cama, um jovem homem, Marcus Small, Companhia K, 7º do Maine – disenteria e febre tifoide – caso bastante grave – converso com ele muitas vezes – acha que vai morrer – aparentemente, vai. Escrevo por ele uma carta para sua casa, em East Livermore, Maine – permito que ele fale um pouco, mas não demais, e o aconselho a ficar bem quieto – eu mesmo falo a maior parte do tempo – fico bastante tempo com ele, enquanto ele segura a minha mão – falo num tom animador, mas lento, baixo e controlado – falo sobre sua dispensa e partida para casa tão logo seja capaz de viajar.

Thomas Lindly, 1ª Cavalaria da Pensilvânia, alvejado gravemente no pé – pobre jovem, sofre muito, tem de ser constantemente medicado com morfina, seu rosto cinzento e levemente luzente, os olhos cheios de brilho e juventude – dou-lhe uma bela maçã, deixo-a à vista, digo-lhe que pode assá-la de manhã, já que se sente melhor de manhã e consegue comer um pouco no desjejum. Escrevo duas cartas para ele.

Do lado oposto, uma velha senhora quacre senta-se ao lado de seu filho, Amer Moore, 2º Regimento de Artilharia dos E. U. – ferimento à bala na cabeça duas semanas atrás, muito fraco, bastante lúcido – paralisado da cintura para baixo – certamente morrerá. Troco com ele algumas poucas palavras todos os dias e noites – ele responde amistosamente – não quer nada – (logo depois de ter chegado me falou sobre seus assuntos domésticos; sua mãe era inválida, e ele temia que soubesse de sua situação). Morreu depois que ela chegou.

MEUS PREPARATIVOS PARA AS VISITAS

Em minhas visitas aos hospitais descobri que era na simples questão da presença pessoal, e emanando mera alegria e magnetismo, que eu era bem-sucedido e ajudava mais do que com cuidados médicos ou guloseimas ou presentes em dinheiro ou com o que quer que fosse. Durante a guerra eu tinha à disposição a perfeição da saúde física. Meu hábito, quando possível, era me preparar para iniciar uma daquelas rondas diurnas ou noturnas que podiam durar de duas a quatro ou cinco horas, fortificando-me com um descanso prévio, banho, roupas limpas, uma boa refeição e uma aparência tão alegre quanto possível.

PRÉSTITOS DE AMBULÂNCIAS

23 de junho, pôr do sol – Enquanto escrevo este parágrafo, vejo uma fila de cerca de trinta enormes carroças de quatro cavalos, usadas como ambulâncias, repletas de feridos, passando pela 14th Street, no caminho, provavelmente, para os hospitais Columbian, Carver e Mount Pleasant. Esse é o modo como os homens chegam agora, raramente em pequenos números, mas quase sempre nesses longos e tristes préstitos. Ao longo do inverno passado, enquanto nosso exército acampava do lado oposto de Fredericksburg, fileiras similares de ambulâncias eram frequentes pela 7th Street, passando lentamente desde o cais dos barcos a vapor, com carregamentos do rio Aquia.

FERIMENTOS GRAVES – OS JOVENS

Os soldados eram praticamente todos jovens e muito mais americanos do que geralmente se supõe – eu diria que nove entre dez eram naturais da terra. Entre os chegados de Chancellorsville, encontrei uma enorme quantidade de homens de Ohio, Indiana e Illinois. Como sempre, havia todo tipo de ferimento. Alguns dos homens assustadoramente queimados em decorrência de explosões de carros de munição. Uma ala tinha uma enorme fileira de oficiais, alguns com ferimentos horríveis. Ontem foi talvez pior do que de costume. Realizaram-se amputações – os ajudantes faziam os curativos. Ao passar, era preciso tomar cuidado com o olhar. Outro dia vi um cavalheiro, aparentemente um visitante curioso, em uma das alas, parar e voltar-se um instante a um ferimento medonho que examinavam. Ele ficou pálido e, num instante, desmaiou e veio ao chão.

O MAIS ANIMADOR DE TODOS OS ESPETÁCULOS DE GUERRA

29 de junho – Pouco antes de o sol se pôr neste fim de tarde, uma enorme cavalaria passou – um belo espetáculo. Era claro que os homens haviam travado confronto. À frente vinha um grupo montado de dezesseis trombetas, caixas e címbalos, que tocavam marchas enlouquecidas – faziam meu coração saltar. Depois, os principais oficiais, seguidos de companhia após companhia, com seus oficiais à frente, formando, é claro, a parte principal da cavalgada; logo após, uma longa fileira de homens com cavalos de carga, muitos negros montados em cavalos especiais – com uma longa fileira de carruagens repletas de bagagem, cada qual levada por quatro cavalos, e por fim uma retaguarda heterogênea. Era um espetáculo notadamente guerreiro e alegre; os sabres retiniam, os homens pareciam jovens e saudáveis e fortes; o trote elétrico de tantos cavalos na estrada batida, e a postura intrépida, o cavalgamento elegante e a aparência viva de milhares de belos jovens americanos – como era bom de ver. Uma hora mais tarde outra tropa passou, em número menor, talvez trezentos homens. Eles também pareciam fazer parte do exército, homens de campanha acostumados ao campo e à fuga.

3 de julho – Esta manhã, por mais de uma hora, novamente longas fileiras de cavalaria, muitos regimentos, muito excelentes homens e cavalos, em colunas de quatro ou cinco. Eu os vi na 14th Street, chegando do norte à cidade. Centenas e mais centenas de cavalos reservas, algumas das éguas com potros trotando ao lado. (Parecia também haver alguns prisioneiros.) Como eram inspiradores esses regimentos de cavalaria. Nossos homens estão em geral bem montados, sentindo-se bem, são jovens, demonstram alegria na sela, seus cobertores enrolados atrás de si, seus sabres retinindo ao lado do corpo. Esses sons e movimentos e o tropel dos cascos de tantos cavalos tinham um efeito curioso sobre as pessoas. O som das trombetas – era possível ouvi-las ao longe, atenuadas, misturadas a outros sons. Então, assim que todos já tinham passado, uma fileira de ambulâncias surgia no sentido contrário, seguindo lentamente ao norte pela 14th Street, levando uma grande quantidade de feridos aos hospitais.

BATALHA DE GETTYSBURG

4 de julho – O tempo hoje, em geral, está bom, quente, mas, por causa de uma chuva leve na noite passada, fresco e sem poeira, o que é um grande alívio para esta cidade. Eu vi a parada por volta de meio-dia, Pennsylvania Avenue, desde a 15th Street até o Capitólio. Havia três regimentos de infantaria (suponho que os responsáveis pela patrulha aqui), duas ou três sociedades da fraternidade dos Odd Fellows, uma porção de crianças em caleches e um esquadrão de policiais. (Imposição inútil aos soldados – eles já estavam bastante encarregados de trabalho para cuidar ainda mais desses.) Enquanto descia a avenida, via um enorme anúncio brilhante sobre o quadro de notícias do escritório de um jornal. Nele se lia "Gloriosa Vitória do Exército da União!". Meade vencera Lee em Gettysburg, Pensilvânia, ontem e anteontem, e o fez recuar de forma memorável, tomando 3 mil prisioneiros etc. (Depois vi o despacho de Meade, muito modesto, e uma espécie de ordem do dia do próprio presidente, bem religiosa, agradecendo a Deus e conclamando a população a fazer o mesmo.) Caminhei até o Armory Hospital – levei comigo garrafas de xarope de cereja e amora-preta, forte e bom, mas inofensivo. Segui por muitas das alas, anunciando aos soldados as notícias de Meade e dando a todos um bom copo dos xaropes com água gelada, bastante refrescante – todos preparados e servidos por mim mesmo. Enquanto isso, os sinos de Washington entoam seus repiques crepusculares ao Quatro de Julho, e as costumeiras saraivadas das pistolas, fogos e canhões dos garotos.

UM ACAMPAMENTO DA CAVALARIA

Estou escrevendo, perto do pôr do sol, assistindo a uma companhia de cavalaria (que realizava o serviço metereológico) chegando debaixo de chuva, organizando seu acampamento noturno em um amplo descampado, uma espécie de colina, do lado oposto a minha janela. Lá estão os homens com seus paletós de riscas amarelas. Todos apearam dos cavalos; os cavalos liberados estão parados com suas cabeças baixas e flancos molhados; eles serão levados em grupos para beber água. As pequenas tendas e barracas são rapidamente montadas. Vejo as fogueiras já acesas, e as panelas e chaleiras sobre elas. Alguns homens estão trabalhando nas varas das tendas, manejando habilmente seus machados com golpes lentos e fortes. Vejo grandes bandos de cavalos, maços de feno, grupos de homens (alguns com seus sabres ainda afivelados nos flancos), um pequeno número de oficiais, pilhas de madeira, as chamas das fogueiras, selas, arreios de cavalos etc. A fumaça sobe, mais homens chegam e desmontam – alguns enfiam estacas na terra e amarram os cavalos nelas; alguns saem para buscar água com baldes, alguns cortam madeira e assim por diante.

6 de julho – Uma chuva constante, escura e quente e pesada. Uma fileira de carroças de seis mulas acaba de passar levando pontões – enormes chatas de extremidade quadrada – e tábuas pesadas para reforçá-las. Escutamos dizer que o rio Potomac transbordou no interior, e conjeturamos se Lee será capaz de retornar atravessando-o novamente, ou se Meade vai realmente trucidá-lo. O acampamento da cavalaria na colina é um campo de observação infinito para mim. Nesta manhã lá estão os cavalos amarrados, comendo, pateando, pingando, soltando vapor pelas narinas, mastigando feno. Os homens emergem das tendas pingando também. As fogueiras estão meio apagadas.

10 de julho – Ainda o acampamento oposto – talvez cinquenta ou sessenta tendas. Alguns limpam seus sabres (o dia está agradável), outros limpam as botas ou vêm para fora ler ou escrever – outros cozinham ou simplesmente dormem. Nos longos e temporários fundos das tendas, com suas varas cruzadas, estão os acessórios de cavalaria – cobertores e sobretudos ficam pendurados para tomar ar – ali estão os grupos de cavalos amarrados, comendo, pateando sem parar e balançando os rabos para afastar as moscas. Fico um bom tempo na minha janela do terceiro andar e observo a cena – uma centena de pequenas coisas acontecem – objetos particulares ligados ao campo e que não poderiam ser descritos, nenhum deles com justiça, sem contornos muito acurados e coloridos em palavras.

UM SOLDADO DE NOVA YORK

Nesta tarde, 22 de julho, passei um bom tempo com Oscar F. Wilber, Companhia G, 154º de Nova York, enfraquecido com diarreia crônica e um ferimento grave. Ele me pediu que lesse um capítulo no Novo Testamento. Aceitei e perguntei-lhe o que deveria ler. Ele disse: "Escolha". Eu abri no fim de um dos primeiros livros dos evangelistas e li os capítulos que descreviam as últimas horas de Cristo e as cenas da crucificação. O pobre rapaz abatido pediu-me que lesse também o seguinte, o da ressurreição de Cristo. Li muito lentamente, pois Oscar estava fraco. Isso lhe agradou muito, ainda que seus olhos estivessem marejados. Ele me perguntou se eu era religioso. Eu disse: "Talvez não, meu caro, da forma que você quer dizer, mas talvez seja a mesma coisa". Ele disse: "Ela é minha fortaleza". Ele falou sobre a morte e disse que não a temia. Eu disse: "Mas, Oscar, você não acha que vai melhorar?". Ele disse: "Até posso melhorar, mas não é provável". Conversou tranquilamente sobre sua condição. O ferimento era muito grave, vertia muito pus. Ademais, a diarreia o prostrou, e eu sentia, ali mesmo, que seu fim estava próximo. Ele se comportava de forma bastante viril e afetiva. O beijo que lhe dei quando estava indo embora, ele devolveu quatro vezes. Ele me deu o endereço de sua mãe, sra. Sally D. Wilber, posto dos correios de Alleghany, condado de Cattaraugus, Nova York. Eu tive outras várias conversas com ele. Ele morreu poucos dias depois da que acabo de descrever.

MÚSICA FEITA EM CASA

8 de agosto – Hoje à noite, enquanto procurava me refrescar, sentado ao lado de um soldado no Armory Hospital, fui atraído por uma cantoria agradável na ala ao lado. Enquanto meu soldado dormia, eu o deixei, e, entrando na ala de onde vinha a música, sentei-me ao lado da maca de um jovem amigo de Brooklyn, S. R., gravemente ferido na mão em Chancellorsville, e que estava sofrendo muito, mas naquele momento à noite estava bem acordado e relativamente tranquilo. Ele estava apoiado em seu lado esquerdo para conseguir uma melhor perspectiva dos cantores, mas os mosquiteiros das macas ao lado lhe obstruíam a vista. Caminhei até eles e os ergui todos, e sua visão ficou livre, e então me sentei ao seu lado e observei e escutei. A cantora principal era uma jovem enfermeira de uma das alas, acompanhada de um melodeão e de enfermeiras de outras alas. Elas ficaram ali, formando um grupo bastante encantador, com seus rostos saudáveis e belos; de pé um pouco atrás delas estavam dez ou quinze soldados convalescentes, homens jovens, enfermeiras etc., com livros em suas mãos, cantando. É claro que não foi uma apresentação como as dos grandes solistas na ópera de Nova York, mas creio ter sentido tanto prazer naquelas circunstâncias, sentado ali, quanto senti ao ouvir as melhores composições italianas, cantadas por cantores aclamados pelo mundo inteiro. Os homens deitados por toda parte em suas macas (alguns gravemente feridos – alguns que jamais se levantariam dali), as próprias macas, com seu drapejado de cortinas brancas, e as sombras nas partes mais baixas e altas da ala; em seguida o silêncio dos homens e suas posturas – tudo ao redor era uma visão para se admirar sem parar. E ali se elevavam docemente as vozes ao teto de madeira, alto e branco, e com alegria o teto as enviava todas de volta. Elas cantavam bem, em sua maioria velhas canções graciosas e hinos declamatórios e melodias apropriadas. Por exemplo:

Os meus dias correm ligeiros,
E eu, de outras terras peregrino,
Não os pretendo deter
Seja por faina ou perigo –
Pois eis o Jordão cristalino!
Os amigos já o atravessam
E logo teremos lugar
Em suas margens de luz.

Trabalhemos, meus irmãos!
O lar prometido se avista,
Deus nos deixou a palavra,
Mantenham acesos os lumes!
Pois eis o Jordão cristalino!
Os amigos já o atravessam
E logo teremos lugar
Em suas margens de luz.

ABRAHAM LINCOLN

12 de agosto – Vejo o presidente quase todos os dias, pois por acaso ele passa por onde eu moro, indo e vindo de sua residência fora da cidade. Ele nunca dorme na Casa Branca durante a estação de calor e dispõe de uma residência em local salubre a 3 milhas ao norte da cidade, a Casa dos Soldados, um estabelecimento militar dos Estados Unidos. Eu o vi esta manhã por volta das oito e meia, saindo a trabalho, seguindo pela Vermont Avenue, próximo a L Street. Sempre está em companhia de 25 ou 30 soldados de cavalaria, com sabres desembainhados erguidos por cima dos ombros. Dizem que essa guarda vai contra seu desejo pessoal, mas assim o querem seus conselheiros, e ele consente. O grupo não oferece grande espetáculo de uniformes e cavalos. O sr. Lincoln, na sela, geralmente cavalga com um tranquilo cavalo cinza de bom porte, apresenta-se em um traje negro, um tanto poeirento e desbotado, veste um chapéu preto e duro e parece absolutamente normal em sua postura etc., não diferente do mais comum dos homens. Um lugar-tenente, com fitas amarelas, cavalga à sua esquerda e, seguindo-os atrás, em duplas, vêm os homens da cavalaria, em suas jaquetas com faixas amarelas. Geralmente seguem a trote lento, uma vez que a velocidade é determinada por quem eles servem. Os sabres e acessórios tinem, e o *cortège* inteiramente desprovido de ornamentos em seu caminho na direção da Lafayette Square não desperta nenhum interesse, apenas um ou outro estranho passa e olha. Vejo perfeitamente o rosto moreno de *Abraham Lincoln*, com rugas profundas, os olhos sempre me parecem ter uma latente e profunda tristeza na expressão. Tanto é que trocamos meneios, e bastante cordiais. Às vezes o presidente vai e vem em uma caleche aberta. A cavalaria sempre o acompanha de sabres erguidos. Muitas vezes noto que, quando sai à noite – e às vezes pela manhã, quando chega cedo –, ele para na grande e bela residência do secretário de Guerra, na K Street, e com ele se reúne. Se está em sua caleche, vejo de minha janela que ele não desce, permanece em seu veículo, e o sr. Stanton sai ao seu encontro. Às vezes, um de seus filhos, um menino de 10 ou 12 anos, o acompanha, cavalgando em seu pônei à direita. No início do verão, eu o via vez por outra com sua mulher, perto do fim da tarde, em uma caleche, para um agradável passeio pela cidade. A sra. Lincoln vinha vestida toda de preto, com um longo véu de crepe. A equipagem é do tipo mais simples, apenas dois cavalos, nada mais. Uma vez eles passaram por mim muito próximos, e eu vi o rosto do presidente por completo, enquanto se moviam lentamente, e seu olhar, ainda que absorto, por acaso se encontrou com o meu. Ele meneou e sorriu, mas bem ao fundo de seu sorriso percebi nitidamente a expressão à qual aludi. Nenhum artista ou retrato captou a profunda, ainda que sutil e indireta, expressão do rosto desse homem. Existe algo mais ali. É preciso um dos grandes pintores de retratos de dois ou três séculos atrás.

PERÍODO DE CALOR

Ultimamente o calor tem causado bastante sofrimento aqui; há onze dias o sentimos entre nós. Saio com uma sombrinha e um leque. Vi dois casos de insolação ontem, um na Pennsylvania Avenue, e outro na 7th Street. A City Railroad perde cavalos todos os dias em seus trilhos. Mas Washington tem vivido um agosto mais vivo e está provavelmente diante de um verão mais cheio de energia e satisfação do que nunca em sua existência. Há provavelmente mais eletricidade humana, mais população a produzi-la, mais negócios, mais diversão do que jamais existiu. Os exércitos que rapidamente passaram pela cidade, vindos de Fredericksburg – que marcharam, brigaram, lutaram, viveram seu poderoso enfrentamento em Gettysburg –, rodaram, circularam de novo e retomaram seus caminhos sem parar, tanto na ida quanto na volta. E Washington sente que viveu o pior; talvez sinta que será daqui por diante soberana. Assim ela aqui permanece com as colinas que a cercam pontuadas de canhões, consciente de um caráter e identidade diferentes do que ostentava há cinco ou seis semanas e consideravelmente muito mais orgulhosa e agradável.

SOLDADOS E CONVERSAS

Soldados, soldados, soldados, você os encontra por toda parte na cidade, muitas vezes homens de aparência soberba, ainda que inválidos, vestidos com uniformes gastos, trazendo bengalas e muletas. Muitas vezes conversei com eles, ocasionalmente conversas longas e interessantes. Um, por exemplo, terá atravessado toda a península sob o comando de McClellan – ele narra para mim as batalhas, as marchas, as estranhas e rápidas mudanças daquela acidentada campanha, e dá vislumbres de muitas coisas que não se contam nos relatórios oficiais ou nos livros ou nos diários. Essas, realmente, são as coisas genuínas e preciosas. O homem estava lá, tem estado há dois anos, viveu inúmeras batalhas, a carne supérflua da fala há muito não existe em suas palavras, e, se o que ele me oferece é pouco, é o músculo e a medula. São revigorantes esses duros, vivos e intuitivos jovens americanos (soldados experimentados, apesar de toda a sua juventude). O jogo e o sentido vocal tocam mais do que os livros. Observa-se algo de majestoso no homem que cumpriu seu papel em batalhas, especialmente se ele é muito calado sobre elas quando você deseja que as revele. Fico sempre perdido diante da ausência de trombetas e trombeteiros entre esses jovens militares americanos. Encontrei uns poucos que estiveram em todas as batalhas desde que a guerra começou, e conversei com eles sobre cada uma delas em todas as partes dos Estados Unidos e sobre muitos dos engajamentos em rios e portos. Encontrei homens aqui de cada estado da União, sem exceção. (Existem mais sulistas, especialmente homens dos estados de fronteira, no exército da União do que geralmente se supõe.[5]) Hoje duvido ser possível ter uma boa ideia do que essa guerra é de fato, ou do que é genuinamente a América e seu caráter, sem uma experiência do gênero da que estou tendo.

A MORTE DE UM OFICIAL DE WISCONSIN

Outra cena característica do sombrio e sangrento ano de 1863, tirada das anotações de minha visita ao Armory Square Hospital, em um dia de verão quente, mas agradável. Na ala H nos aproximamos da maca de um jovem lugar-tenente de um dos regimentos de Wisconsin. Atravessei com passos leves o chão de tábuas, pois a dor e a respiração difícil da morte estão nessa maca. Vi meu lugar-tenente quando chegou de Chancellorsville e tenho estado com ele ocasionalmente dias e noites inteiros. Ele se recuperava bem até a noite

5. *Sr. Garfield* (na Câmara dos Deputados, 15 de abril de 1879): "Os cavalheiros aqui presentes têm conhecimento de que (descontados nossos estados de fronteira) havia cinquenta regimentos e sete companhias de homens brancos em nosso exército lutando pela União provenientes de estados rebeldes? Sabem vocês que apenas do estado do Kentucky lutaram pela União mais soldados sob nossa bandeira do que Napoleão comandou na Batalha de Waterloo? Mais do que Wellington teve consigo com todos os exércitos aliados contra Napoleão? Eles se recordam de que 186 mil homens de cor lutaram sob nossa bandeira contra a rebelião e pela União e que, desse número, 90 mil eram de estados conflagrados?".

retrasada, quando foi acometido por uma súbita hemorragia, que não se conseguia estancar e que, intermitente, ainda não cessou. Atenção à bacia do lado da cama, com grande quantidade de sangue e pedaços de musselina, quase cheia; ela conta toda a história. O pobre jovem luta dolorosamente para respirar, seus grandes olhos castanhos já se mostram vítreos, e sua garganta apresenta um engasgo leve, mas audível. Um ajudante está ao seu lado e não vai deixá-lo até o último minuto; mas pouco ou nada pode ser feito. Ele morrerá aqui em uma ou duas horas, sem a presença de amigos e parentes. Enquanto isso, os negócios e diálogos costumeiros da ala, um pouco afastados, prosseguem indiferentes. Alguns dos internos riem e fazem piadas, outros jogam damas ou cartas, outros leem etc.

Observei na maioria dos hospitais que, desde que exista qualquer esperança para um homem, não importa quão mal ele esteja, cirurgião e enfermeiras dão duro por sua vida, às vezes com curiosa tenacidade, fazendo de tudo e mantendo alguém ao seu lado para executar as ordens do médico e ministrar-lhe cuidados a cada minuto, noite e dia. Veja aquela tela ali. Se você avançar através da penumbra de uma primeira vela acesa, uma enfermeira virá à frente na ponta dos pés e silenciosa, porém decididamente, o proibirá de fazer qualquer barulho ou talvez até mesmo se aproximar. A vida de algum soldado bruxuleia ali, suspensa entre a recuperação e a morte. Talvez nesse momento o corpo exaurido tenha acabado de cair em um sono leve que um passo pode perturbar. Você precisa se retirar. Os pacientes ao lado devem se movimentar sobre pés calçados de meias. Muitas vezes me surpreendi com esses assinalados esforços – tudo dedicado ao salvamento de uma vida das garras da Destruidora. Contudo, uma vez que as garras se fixaram firmemente, sem deixar nenhuma esperança ou oportunidade, o cirurgião abandona o paciente. Se é um caso no qual o estímulo traz qualquer alívio, a enfermeira traz ponche de leite, brandy, ou o que quer que ele deseje, à vontade. Não há agitação. Não vi nenhuma mínima manifestação de sentimentalismo ou choro diante de qualquer leito de morte no hospital ou no campo de batalha, mas em geral uma impassível indiferença. Tudo encontra seu fim na perspectiva do esforço; é inútil desperdiçar emoções e trabalho. Enquanto existe esperança, eles lutam bravamente – pelo menos a maioria dos cirurgiões o faz; porém, assim que a morte se mostra certa e evidente, abandonam o campo.

CONJUNTO DOS HOSPITAIS

Agosto, setembro e outubro de 1863 – Adquiri o hábito de ir a todos os hospitais, e ao seminário de Fairfax, Alexandria, e, atravessando a Long Bridge, ao grande acampamento dos convalescentes. Os jornais publicam um diretório regular deles – uma longa lista. Como exemplo de quase qualquer um desses hospitais, imagine uma área de 3 a 20 acres de terra na qual estão agrupados dez ou doze enormes barracões de madeira, com, talvez, doze ou vinte, e às vezes mais, pequenos prédios, capazes, juntos, de abrigar de 500 a 1.500 pessoas. Às vezes esses barracões de madeira, ou alas, cada qual com cerca de 100 a 150 pés de comprimento, estão perfilados, fazendo exata frente à rua; outros são planejados de modo a formar um imenso V; outros constituem um pátio quadrado interior. Juntos, formam um enorme conjunto, com as tendas adicionais, alas extras para doenças contagiosas, guaritas, lojas de provisões, capela; no meio haverá provavelmente um edifício dedicado aos escritórios do cirurgião em serviço e dos cirurgiões das alas, anexos, repartições etc. As alas estão organizadas alfabeticamente – G, K – ou numericamente – 1, 2, 3 etc. Cada qual tem seu cirurgião-chefe e um grupo de enfermeiras. É claro, no conjunto existe um corpo de funcionários e, acima de todos, o cirurgião em serviço. Aqui em Washington, onde esses hospitais do exército estão todos cheios (como já estiveram muitas vezes), eles contêm uma população mais numerosa em si mesma do que a de Washington inteira há dez ou quinze anos. Com vista para o Capitólio, enquanto escrevo, estão trinta ou quarenta desses conjuntos, que por vezes abrigam de 50 a 70 mil homens. Olhando de qualquer elevação e estudando a topografia em minhas andanças, eu os uso como pontos de referência. Através do rico verde das árvores em agosto, vê-se aquele grupo branco de prédios nas franjas da cidade; então outro grupo, meia milha à esquerda do primeiro; e então outra milha à direita e outra milha além, e ainda outra entre nós e os primeiros. De fato, não se pode olhar para direção alguma sem ver esses conjuntos, que marcam a paisagem e as cercanias. Aquela cidadezinha, como se pode imaginar, ali adiante, aos pés de uma colina, é realmente uma cidade, mas de ferimentos, doença e morte. É o Finley Hospital, a nordeste da cidade, no Kendall Green, como costumava se chamar.

Aquela outra é o Campbell Hospital. Ambos são estabelecimentos grandes. Soube que esses dois, sozinhos, tiveram de 2 mil a 25 mil internos. Depois, temos o Carver Hospital, ainda maior, uma cidade militar e murada regularmente disposta e guardada por grupos de sentinelas. Novamente, a leste, o Lincoln Hospital, ainda maior; e, meia milha adiante, o Emory Hospital. Ainda acompanhando com os olhos o curso do rio em direção a Alexandria, vemos, à direita, a localidade onde fica o acampamento dos convalescentes, com seus 5, 8, às vezes 10 mil internos. Todos eles são apenas uma parte. O Harewood, o Mount Pleasant, o Armory Square Hospital, o Judiciary Hospital são alguns dos restantes, e todos grandes conjuntos.

UMA SILENCIOSA ERRÂNCIA NOTURNA

20 de outubro – Hoje à noite, depois de ter deixado o hospital às dez horas (estive em uma autoimposta jornada de cinco horas, bastante restrita), caminhei sem destino por um bom tempo. A noite estava agradável, muito clara e suficientemente fresca, uma voluptuosa meia-lua, levemente dourada, a área em torno dela de um tom transparente entre o cinza e o azul. Subi a Pennsylvania Avenue e então a 7th Street, e caminhei um bocado em torno do Escritório de Patentes. De algum modo ele me pareceu repressoramente forte, majestoso, ali sob a delicada luz da lua. O céu, os planetas, as constelações, todas tão brilhantes e calmas, tão expressivamente silenciosas, tão reconfortantes, depois dessas cenas de hospital. Perambulei de um lado para outro até que a lua orvalhada se pôs, bem depois da meia-noite.

ESPIRITUALIDADE ENTRE OS SOLDADOS

Vez por outra, no hospital ou no acampamento, há seres que encontro – exemplos de transcendência, desinteresse e pureza e heroísmo animal – talvez algum inconsciente nativo de Indiana ou de Ohio ou do Tennessee – em cujo nascimento a calma do céu parece ter descido e cujo gradual crescimento, a despeito das circunstâncias da vida ou mudanças ou dificuldades ou pouca ou nenhuma educação que tenha conhecido, pareceu dotado do poder de uma estranha doçura espiritual, de uma fibra e saúde interior. Algo velado e abstrato faz parte muitas vezes dos modos desses seres. Eu os encontrei, afirmo, não poucas vezes no exército, no acampamento e nos hospitais. Os regimentos do Oeste têm muitos deles. São frequentemente jovens, obedecendo aos eventos e ocasiões em torno deles, marchando, lutando, consertando, pilhando, cozinhando, trabalhando em fazendas ou em algum outro ofício antes da guerra – sem conhecer a própria natureza (quanto a isso, quem é ciente da própria natureza?), seus companheiros apenas entendendo que eles são diferentes dos demais, mais silenciosos, com "alguma coisa estranha neles" e propensos a se afastar e meditar e refletir em solidão.

REBANHOS DE GADO NO ENTORNO DE WASHINGTON

Entre outros espetáculos, estão os imensos rebanhos de gado com seus condutores, passando pelas ruas da cidade. Alguns homens têm um modo de conduzir o gado por meio de um chamado específico, um canto selvagem, meditativo, bastante musical, prolongado, indescritível, soando como algo entre o arrulho de uma pomba e o chirriar de uma coruja. Gosto de parar e observar a passagem desses imensos rebanhos – um pouco distante (a poeira é muita). Sempre se veem homens sobre cavalos, estalando seus chicotes e gritando – o gado desanimado – algum touro ou novilho tenta escapar – um momento de agitação – os homens montados, sempre cavaleiros excelentes sobre bons cavalos, disparam contra o desgarrado e o laçam e trazem de volta – mais de dez vaqueiros montados, seus chapéus de abas largas e caídas, muito pitorescos – outra dezena a pé – todos cobertos de poeira – longos aguilhões nas mãos – um imenso rebanho de cerca de mil cabeças – os gritos, o canto, o movimento etc.

PERPLEXIDADE NO HOSPITAL

Em acréscimo a outros problemas, em meio à confusão desse enorme exército de doentes, é quase impossível para um estranho encontrar qualquer amigo ou parente, a não ser que ele tenha o endereço específico do paciente para começar. Além do diretório impresso nos jornais aqui, há ainda um ou dois diretórios gerais dos hospitais mantidos pela superintendência dos quartéis-generais, mas estão longe de ser completos; eles nunca são atualizados e, como as coisas estão, com correntes diárias de idas e vindas e mudanças, nem podem ser. Conheço casos, como o de um agricultor que veio do norte de Nova York para encontrar um irmão ferido e caçou-o diligentemente por uma semana, até que foi levado a deixar a cidade e voltar para casa sem encontrar nenhum vestígio dele. Quando chegou em casa, encontrou uma carta do irmão informando-lhe o endereço correto.

NO FRONT

Culpepper, Va., fevereiro de 1864 – Aqui estou já bem próximo do front. Três, quatro dias atrás o general S., que está no comando (creio que Meade está ausente, doente), dirigiu um forte contingente para o sul do acampamento como quem buscasse o confronto. Eles foram a Rapidan; desde então ocorreram algumas manobras e um pouco de luta, mas sem maiores consequências. Os relatos telegráficos emitidos na última segunda-feira foram exagerados, eu diria. O que o general S. pretendia, nós aqui não sabemos, mas confiamos naquele competente comandante. Estávamos de certa forma agitados (mas também não muito), no domingo, durante o dia e a noite, quando ordens foram enviadas para guardar, carregar e preparar para evacuar e seguir de volta a Washington. Mas eu estava com muito sono e fui dormir. Gritos altíssimos me despertaram durante a noite, saí e vi que vinham dos homens acima mencionados, que retornavam. Conversei com alguns deles; como sempre, eu os encontrei cheios de alegria, resistência, e muitas belas e singelas manifestações, sinais da mais excelente virilidade do mundo. Era curioso ver aquelas colunas de sombras se movendo pela noite. Eu estava escondido na escuridão e os observei por bastante tempo. A lama era bastante profunda. Os homens traziam seus costumeiros fardos, sobretudos, mochilas, armas e cobertores. Diante de mim, caminhavam em fila, quase sempre sorrindo, dizendo palavras alegres, nunca murmuravam. Talvez tenha sido estranho, mas nunca antes eu havia percebido a majestade e a realidade do povo americano *en masse*. Senti uma enorme reverência. As fortes fileiras se moviam, nem rápida nem lentamente. Eles tinham marchado 7 ou 8 milhas através da lama escorregadia e untuosa. A brava 1ª Unidade parou aqui. A igualmente corajosa 3ª Unidade seguiu para a estação Brandy. O famoso 14º do Brooklyn está aqui, guardando a cidade. É possível ver suas pernas vermelhas ativamente circulando por toda parte. Eles fizeram então um teatro próprio aqui. Ofereceram espetáculos musicais, praticamente tudo feito admiravelmente. É claro que a plateia se amontoa. É bom ir a um desses divertimentos do 14º. Gosto de observar os soldados ao redor, e a aglomeração diante da cortina, mais do que a cena no palco.

PAGANDO O SOLDO

Uma das coisas de se notar aqui agora é a chegada do pagador com sua caixa-forte, e o pagamento do soldo para o realistamento de veteranos. Major H. está aqui hoje, com uma pequena montanha de verdinhas para a alegria dos corações da 2ª Divisão da 1ª Unidade. No meio de um barracão caindo aos pedaços, atrás de uma mesinha, está sentado o major e caixa Eldridge, com os registros diante de todos e muito dinheiro. Um homem que se realista consegue em dinheiro algo em torno de 200 dólares (e significativos estipêndios subsequentes, quando chegam os dias de pagamento, um após o outro). O espetáculo dos homens que se aglomeram em torno da mesa é revigorante; gosto de ficar por perto e assistir. Eles se sentem exultantes, de bolsos cheios, e a dispensa que se segue, a visita ao lar. É uma cena de olhos brilhantes e rostos corados. O soldado tem muitas experiências duras e desalentadoras, e isso anima alguns deles. Major H. tem ordens de pagar soldos e prêmios primeiro a todos os homens da 1ª Unidade que se realistam, depois aos demais. Você escuta o som particular das verdinhas, novas e crespas, sendo contadas todo o tempo pelos dedos ligeiros do major e do caixa, meu amigo E.

RUMORES, MUDANÇAS ETC.

Sobre a agitação de domingo, e as ordens a serem imediatamente executadas, escutei desde então que as ditas ordens vieram de algum precavido comandante menor, e que as autoridades superiores não sabiam nem conheciam o que fosse de tal movimento, o que é provável. O rumor e o medo aqui insinuavam um longo perímetro percorrido por Lee e um ataque contra nosso flanco direito. Mas lancei os olhos à lama, que então estava em seu estado mais profundo e abundante, e me retirei educadamente para dormir. Ainda é tempo para Culpepper conhecer uma mudança. Aqui, autoridades caçam-se entre si como nuvens em um céu tempestuoso. Antes da Primeira Batalha de Bull Run, esse foi o ponto de encontro e acampamento de instrução das tropas secessionistas. Paro na casa de uma senhora que testemunhou todas as grandes mudanças da guerra, ao longo dessa rota de exércitos em contenda. É uma viúva, mãe de uma família de crianças ainda pequenas, e vive aqui com a irmã em uma casa grande e bonita. Alguns oficiais do exército se hospedam com elas.

VIRGINIA

Dilapidada, sem defesas, oprimida pela guerra como está a Virginia, sempre que percorro sua superfície me vejo surpreso e admirado. Quanta capacidade de produção, melhorias, vida humana, nutrição e expansão. Em toda parte do Velho Domínio (que sutil ironia ressoa no título agora!) em que me encontro, esses pensamentos me passam pela cabeça. O solo está ainda acima da média de qualquer outro dos estados do Norte. E quanta amplidão em suas paisagens, por toda parte montanhas distantes, por toda parte rios de fácil acesso. E ainda prodigiosa em florestas e certamente adequada a todas as frutas e pomares e flores. Estou certo de que são os céus e as atmosferas mais deliciosos, depois de mais de um ano residindo no estado e tendo me movimentado de um lado para outro. Eu poderia dizer muito saudável, de forma geral. Então uma rica e elástica qualidade, à noite e durante o dia. O sol se alegra em sua força, que cega e queima, sem, para mim, jamais enfraquecer de forma desagradável. Não é o calor tropical que sufoca, mas o que revigora. O Norte o tempera. As noites são muitas vezes insuperáveis. Na noite passada (8 de fevereiro), eu vi a primeira lua nova, a velha lua sem nuvens todo o tempo; o céu e o ar tão claros, matizes tão transparentes de cor, parecia a mim que eu jamais havia de fato visto a lua nova. Era o mais tênue corte crescente possível. Ela pairava delicada logo acima da sombra melancólica das Blue Mountains. Ah, se isso se provasse um augúrio, uma boa profecia para este estado infeliz.

VERÃO DE 1864

Estou de volta a Washington, em minhas regulares rondas noturnas e diurnas. É claro que existem muitas especificidades. Pontilhando a ala aqui e ali, há sempre os casos de pobres homens, sofrendo há muito de ferimentos que não se curam, ou fracos e desamparados pela febre tifoide ou por doenças semelhantes; são casos particulares, que exigem especial e compassivo cuidado. Com estes eu me sentava e, conversando ou em silêncio, procurava animá-los. Eles sempre gostavam enormemente (e eu também). Cada caso tem suas peculiaridades e necessita de alguma adaptação. Aprendi assim a me adequar – aprendi um bocado de sabedoria hospitalar. Alguns dos pobres rapazes, longe de casa pela primeira vez na vida, estavam sedentos e famintos de afeto; essa é às vezes a única coisa que pode alcançar sua condição. Os homens gostam de ter um lápis e algo para escrever com ele. Dei a eles diários de bolso baratos e almanaques do ano de 1864, com folhas em branco intercaladas. Para ler, geralmente tenho algumas antigas revistas de imagens ou folhetins – eles sempre os aceitam. Também os jornais do dia, edições matinais e noturnas. Os melhores livros eu não dou, empresto para que leiam nas alas, e então os entrego a outros e assim por diante; eles são muito pontuais na devolução dos livros. Nessas alas, ou no campo, assim continuo a perambular, adaptando-me a cada emergência, a seu tipo ou chamado, trivial ou grave, todos justificados e tornados reais pelas circunstâncias – não apenas visitas e conversas amigáveis e pequenos presentes – não apenas os cuidados com a limpeza dos ferimentos e as ataduras (presenciei alguns casos em que o paciente não desejava que outra pessoa o fizesse, apenas eu) – mas passagens da Bíblia, que exponho, preces ao lado da cama, explicações da doutrina etc. (acho que vejo meus amigos sorrindo ao confessá-lo, mas nunca fui tão sincero em minha vida). No acampamento e por toda parte, eu tinha o hábito de ler e recitar aos homens. Eles gostavam bastante e apreciavam a declamação de peças poéticas. Nós nos reuníamos em um grande grupo, depois do jantar, e passávamos o tempo em tais leituras ou conversando e, ocasionalmente, nos divertindo com um jogo chamado jogo das vinte perguntas.

UMA NOVA ORGANIZAÇÃO DO EXÉRCITO ADEQUADA À AMÉRICA

É claro para mim, a partir dos acontecimentos da guerra, Norte e Sul, e de todas as considerações, que a teoria, a prática, as regras e a organização militares atuais (oriundas da Europa e de suas instituições feudais, com, é claro, os "melhoramentos modernos", sobretudo franceses), ainda que tacitamente seguidas pelos oficiais em geral que nelas confiam, não são de forma alguma consonantes com os Estados Unidos, nem com nosso povo, tampouco com nossos dias. O que ela será eu não sei – mas sei que toda a negação do atual sistema militar, e também do naval, e um desenvolvimento de bases e fundamentos completamente diferentes e apropriados a nós devem eventualmente resultar, assim como nosso sistema político resultou e se estabeleceu, de modo diferente da Europa feudal, a serem desenvolvidos em si mesmos a partir de premissas originais, perenes e democráticas. Sem dúvida alguma temos nos Estados Unidos o maior poder militar do mundo, de qualquer terra, talvez de todas – e um contingente inesgotável, inteligente, corajoso e confiável. O problema é organizar isso de maneira totalmente apropriada aos princípios da república e de modo a extrair dele o maior benefício. Na atual batalha, como já se viu e tratou, provavelmente três quartos das perdas, de homens, de vidas etc. têm sido nada além de uma banalidade, de uma extravagância, de um desperdício.

A MORTE DE UM HERÓI

Pergunto-me se poderia apresentar a outra pessoa – a você, por exemplo, caro leitor – as doces e terríveis realidades de casos (muitos, muitos aconteceram) como este que eu agora vou mencionar. Stewart C. Glover, Companhia E, 5º de Wisconsin – foi ferido em 5 de maio, em um daqueles enfrentamentos brutais em território selvagem – morreu em 21 de maio – aproximadamente 20 anos de idade. Ele era um jovem baixo e imberbe – um esplêndido soldado – na verdade, quase um americano ideal de seu tempo. Ele servira quase três anos e teria se tornado apto à dispensa em poucos dias. Era da unidade de Hancock. A luta já havia sido interrompida naquele dia, e o general que comandava a brigada correu à unidade e chamou voluntários para o recolhimento dos feridos. Glover esteve entre os primeiros – saiu com alegria – mas, enquanto levava um sargento ferido para nossas linhas, recebeu de um atirador rebelde um tiro no joelho; a consequência, amputação e morte. Ele havia vivido com seu pai, John Glover, um homem fraco e idoso, em Batavia, condado de Genesee, Nova York, mas estudava em Wisconsin quando a guerra eclodiu, e ali se alistou – logo se apegou à vida de soldado, gostou dela, era muito viril, amado por oficiais e camaradas. Manteve um breve diário, como muitos outros soldados. No dia de sua morte ele escreveu o seguinte: *hoje o médico disse que morrerei – tudo está acabado para mim – ah, morrer tão jovem*. Em outra página em branco ele escreveu para o irmão: *querido irmão Thomas, fui corajoso, mas cruel – reze por mim*.

CENAS DE HOSPITAL – INCIDENTES

É domingo à tarde, meados do verão, calor opressivo, muito silêncio na ala. Tomo conta de um caso crítico, que jaz agora em estado de semiletargia. Perto de onde estou, vejo um rebelde que sofre, do 8º da Louisiana; seu nome é Irving. Ele está aqui há algum tempo, gravemente ferido, recentemente teve a perna amputada; não está indo muito bem. Bem na minha frente está um soldado doente, deitado de uniforme, dormindo, parecendo bastante abatido, seu rosto pálido sobre o braço. Vejo pelo ornamento de seu paletó que se trata de um soldado da cavalaria. Caminho sem fazer barulho em sua direção e descubro por sua identificação que seu nome é William Cone, da 1ª Cavalaria do Maine e seus pais vivem em Skowhegan.

Regalo do sorvete – Em um dia quente do meio de junho, dei aos internos do Carver Hospital sorvetes, como um regalo geral, comprando enorme quantidade, e, sob a supervisão do médico ou da enfermeira-chefe, andei pessoalmente pelas alas para acompanhar sua distribuição.

Um incidente – Em um enfrentamento próximo a Atlanta, um soldado rebelde, corpulento, claramente jovem, sofreu um ferimento fatal no topo da cabeça, de modo que por ele se perdeu parte do cérebro. Ele sobreviveu três dias, caído de costas no lugar em que foi atingido. Durante esse período, ele cavou com o calcanhar um buraco grande o bastante para enterrar umas duas mochilas de tamanho normal. Ele permaneceu ali ao léu e, com poucas interrupções, manteve seu calcanhar cavando noite e dia. Alguns de nossos soldados então o recolheram para uma casa, mas ele morreu em poucos minutos.

Outro – Depois de batalhas em Columbia, Tennessee, onde rechaçamos cerca de vinte veementes ataques rebeldes, eles deixaram uma grande quantidade de feridos no campo, a maioria ao nosso alcance. Sempre que qualquer um desses feridos tentava de algum modo se afastar, geralmente rastejando, nossos homens sem exceção os faziam parar à bala. Eles não permitiram que nenhum rastejasse para longe, a despeito de sua condição.

UM SOLDADO IANQUE

Enquanto eu saía da avenida em uma noite fria de outubro para entrar na 13th Street, um soldado de mochila e sobretudo parou na esquina perguntando por seu caminho. Vi que parte do caminho que ele procurava era o mesmo que eu faria, então caminhamos juntos. Logo começamos a conversar. Ele era baixo e não muito jovem, e um tipo durão, como pude julgar à luz da noite, com vislumbres sob a claridade dos postes por que passávamos. Suas respostas eram curtas, mas claras. Chama-se Charles Carroll; pertencia a um dos regimentos de Massachusetts e era nascido em Lynn ou arredores.

Seus pais estavam vivos, mas eram muito velhos. Eles eram quatro filhos e todos haviam se alistado. Dois tinham morrido de fome e miséria na prisão em Andersonville, e um tinha sido morto no Oeste. Ele era o único que restara. Estava indo para casa, e, pelo seu modo de dizer, inferi que quase já não tinha mais tempo. Fez grandes cálculos para estar com seus pais e confortá-los pelo resto de seus dias.

PRISIONEIROS DA UNIÃO NO SUL

Michael Stansbury, 48 anos, homem do mar, sulista de nascimento e criação, antigo capitão do navio-farol *Long Shoal* da Marinha americana, estacionado em Long Shoal Point, na baía de Pamlico – embora sulista, um homem firme da União –, foi capturado em 17 de fevereiro de 1863 e passou quase dois anos em prisões confederadas; certa vez foi libertado por ordens do governador Vance, porém um oficial rebelde o recapturou; então, foi enviado a Richmond em uma troca – mas, em vez de ser trocado, foi enviado (como cidadão sulista, e não como soldado) a Salisbury, N.C., onde permanecera até recentemente, quando escapou usando o nome de um soldado morto e subiu por Wilmington com os demais. Ficou cerca de dezesseis meses em Salisbury. Depois de outubro de 1864, eram cerca de 11 mil os prisioneiros da União; cerca de cem deles eram unionistas do Sul, duzentos desertores do exército americano. Durante o último inverno, 1.500 prisioneiros, para salvarem a própria vida, uniram-se à confederação, sob a condição de serem designados apenas como sentinelas de prisioneiros. Dos 11 mil, não mais de 2.500 saíram; quinhentos deles se encontravam em condições miseráveis, verdadeiros farrapos – os demais estavam em condições de viajar. Houve muitas vezes sessenta mortos para serem enterrados pela manhã; a média diária era de quarenta. A ração normal era composta de milho, grão e espiga moídos juntos, e às vezes, uma vez por semana, uma porção de melaço de sorgo. Uma ração diminuta de carne era distribuída possivelmente uma vez por mês, não mais. Na prisão, que continha 11 mil homens, havia um pequeno número de tendas, insuficientes para 2 mil. A maior parte dos homens vivia em buracos no chão, na mais absoluta degradação. Alguns congelavam até a morte, outros tinham mãos e pés congelados. As sentinelas rebeldes ocasionalmente, e sob a menor justificativa, atiravam para dentro da prisão por mero demonismo e capricho. Todos os horrores que possam ser nomeados – fome, prostração, sujeira, vermes, desespero, rápida perda do autorrespeito, alienação, loucura e frequentes assassinatos – ali se apresentavam. Stansbury tinha mulher e filho vivendo em Newbern – escreve para eles daqui – e trabalha em um farol do exército americano (tinha ido a Newbern ver a família, e em seu retorno ao navio acabou capturado no bote). Viu homens, tão saudáveis quanto jamais se verá em sua vida, serem levados a Salisbury e, em poucas semanas, acabarem mortos, em grande parte por pensar em sua condição – completamente desesperançados. Ele tinha um olhar de certa forma duro, triste, estranhamente sem vida, como que congelado por anos no frio e na escuridão, onde sua boa e viril natureza não tinha lugar para se exercer.

DESERTORES

24 de outubro – Vi um enorme grupo de desertores (mais de trezentos) cercado por um cordão de guardas armados marchando pela Pennsylvania Avenue. Uma reunião das mais heterogêneas, como nunca tinha visto, todo tipo de roupa, todo tipo de chapéu e gorro, muitos jovens bem-apessoados, alguns deles visivelmente envergonhados, outros doentes, a maioria suja, as camisas imundas e surradas etc. Eles marchavam sem ordem, uma enorme massa, não em fileiras. Vi alguns dos espectadores rindo, mas a última coisa que eu sentia era vontade de rir. Esses desertores são mais numerosos do que se poderia pensar. Quase todos os dias vejo imensos grupos deles, às vezes dois ou três de uma vez, com uma pequena guarda; às vezes, dez ou doze, sob uma maior. (Escutei que as deserções do exército agora no campo têm muitas vezes chegado a 10 mil. Uma das cenas mais comuns em Washington são os grupos de desertores.)

UM VISLUMBRE DAS CENAS INFERNAIS DA GUERRA

Em um dos últimos movimentos de nossas tropas no vale (próximo a Upperville, penso eu), uma poderosa força de guerilha montada de Moseby atacou um comboio de feridos e a guarda da cavalaria que os escoltava. As ambulâncias continham cerca de sessenta feridos, vários deles oficiais de patente. Os rebeldes eram muitos, e a captura do comboio e sua guarda parcial, depois de uma curta pressão, foi efetivamente realizada. Tão logo nossos homens haviam se rendido, os rebeldes instantaneamente começaram a pilhar o trem e a assassinar seus prisioneiros, mesmo os feridos. Aqui está a cena ou amostra dela, dez minutos depois. Entre os oficiais feridos nas ambulâncias, estava um lugar-tenente de pelotões e outro de patente maior. Esses dois foram arrastados pelo chão e estavam então cercados pelas guerrilhas, uma multidão demoníaca, cujos membros os estocavam em diferentes partes do corpo. Um dos oficiais tinha seus pés presos firmemente ao chão pelas baionetas que os atravessavam e se fincavam no solo. Esses dois oficiais, como depois se descobriu por exame, receberam cerca de vinte dessas estocadas, algumas delas atravessando-lhes a boca, o rosto etc. Os feridos tinham sido todos arrastados para fora dos veículos (para dar melhor oportunidade ao roubo); alguns tinham sido efetivamente executados, e seus corpos jaziam ali sem vida e ensanguentados. Outros, ainda não mortos, mas horrivelmente mutilados, gemiam e lamuriavam-se. Dos nossos homens que se entregaram, a maioria tinha sido mutilada ou executada.

Nesse instante uma força de nossa cavalaria, que seguira o comboio a partir de algum momento, atacou de súbito os raptores secessionistas, que imediatamente empreenderam a melhor fuga de que eram capazes. A maioria deles escapou, mas agarramos dois oficiais e dezessete homens nos atos acima descritos. A visão admitia pouca discussão, como se pode imaginar. Os dezessete homens capturados e os dois oficiais foram postos sob guarda à noite, mas já naquele momento foi decidido que eles deveriam morrer. Na manhã seguinte os dois oficiais foram levados à cidade, em lugares separados, colocados no meio da rua e fuzilados. Os dezessete homens foram levados a um pequeno campo lateral aberto. Foram postos em uma praça vazia, parcialmente cercada por dois de nossos regimentos de cavalaria. Um deles havia descoberto, três dias antes, os cadáveres ensanguentados de três de nossos homens, com os tendões cortados e pendurados pelos calcanhares nas árvores pelas guerrilhas de Moseby; o outro, não muito tempo antes, tivera doze de seus homens executados depois de se terem rendido, os quais, em seguida, foram pendurados pelo pescoço nas árvores; no caso de um dos cadáveres, que tinha sido um sargento, o corpo levava inscrições de escárnio presas ao peito. Aqueles três e os doze outros tinham sido encontrados, atenção, por esses regimentos. Agora, com revólveres, eles formavam o cordão furioso de dezessete presos. Estes foram dispostos no meio de uma praça vazia, desamarrados, e fizeram a eles a observação irônica de que receberiam agora "uma oportunidade". Poucos correram a buscá-la. Mas para quê? De todos os lados, vinham as balas mortais. Em poucos minutos, os dezessete cadáveres estavam espalhados pela praça. Eu estava curioso para ver se alguns dos soldados da União, poucos (um ou dois pelo menos, dos mais jovens), não tinham se abstido de atirar em homens indefesos. Nenhum. Não houve exultação, muito pouco foi dito, quase nada, e no entanto todos os homens ali deram a contribuição de seu tiro.

Multiplique o que está acima por dezenas, centenas – verifique isso em todas as formas que diferentes circunstâncias, indivíduos, lugares poderiam oferecer –, ilumine-os com cada horrível paixão, a do lobo, a do leão que lambe os lábios por sangue – os vulcões passionais, ferventes, da vingança humana em nome dos camaradas, o assassinato de irmãos – com a luz de fazendas em chamas e pilhas de ruínas enegrecidas e fumegantes – e no coração humano por toda parte preto, as piores ruínas – e você terá uma ideia desta guerra.

PRESENTES – DINHEIRO – DISCRIMINAÇÃO

Como uma enorme quantidade de feridos chegava do campo de batalha sem um centavo em seus bolsos, logo descobri que a melhor coisa que podia fazer para reanimá-los e mostrar-lhes que alguém se preocupava com eles, sentindo praticamente um interesse paternal ou fraternal, era dar-lhes pequenas somas em tais casos, usando o tato e a discrição acerca disso. Recebo regularmente fundos para esse propósito, vindos de bons homens e mulheres em Boston, Salem, Providence, Brooklyn e Nova York. Juntei uma boa quantidade de notas de 10 e 5 centavos novíssimas e, quando eu julgava necessário, dava 25 ou 30 centavos, às vezes 50, e ocasionalmente uma soma ainda maior a algum caso particular. Como comecei esse assunto, aproveito a oportunidade para tratar da questão financeira. Meus suprimentos, de todo voluntários e em sua maioria confidenciais, e que muitas vezes pareciam muito providenciais, eram numerosos e variados. Por exemplo, havia duas mulheres distantes e ricas, irmãs, que enviaram regularmente, por dois anos, grandes somas, sob a condição de que seus nomes permanecessem em segredo. Tal delicadeza era de fato uma condição frequente. De muitos eu tinha carta branca. Muitos eram completos estranhos. Dessas fontes, durante dois ou três anos, da forma descrita, nos hospitais, consegui, como um coletor de esmolas dos outros, muitas, muitas centenas de dólares. Eu aprendi uma coisa conclusivamente – que sob toda a ambição ostensiva e desalmada de nossos tempos não há fim para a generosa benevolência de homens e mulheres nos Estados Unidos, quando estão certos de seu objeto. Outra coisa ficou clara para mim – mesmo que o *dinheiro* não falte, por trás de tudo, tato, empatia e unção magnéticas ainda são fundamentais.

ITENS DO MEU CADERNO DE ANOTAÇÕES

Algumas das anotações meio apagadas e apenas parcialmente legíveis, quando feitas, sobre as coisas desejadas por um paciente ou outro darão uma boa ideia. D.S.G., leito 52, quer um bom livro; tem a garganta fraca e doente; gostaria de um doce de marroio-branco; é de New Jersey, 28º Regimento. C.H.L., 145º da Pensilvânia, está no leito 6, com erisipela e icterícia; também ferido; sente enjoo facilmente; levei para ele algumas laranjas, também um pouco de torta com cobertura de geleia; um sujeito saudável (ficou melhor em poucos dias e agora, dispensado, está em casa). J.H.G., leito 24, quer uma camiseta regata, ceroulas e meias; não teve nenhuma mudança por muito tempo; é claramente um menino limpo e arrumado da Nova Inglaterra (forneci-lhe tudo, e também um pente, escova de dentes e um pouco de sabão e toalhas; percebi depois que ele era o mais asseado de toda a ala). Sra. G., enfermeira, ala F, queria uma garrafa de *brandy* – dois de seus pacientes requeriam imperativamente estímulo – iam mal, com seus ferimentos e cansaço. (Forneci-lhes uma garrafa de um *brandy* muito bom das salas da comissão cristã.)

UM CASO DA SEGUNDA BATALHA DE BULL RUN

Bem, o pobre John Mahay está morto. Morreu ontem. Seu caso era doloroso e já se estendia há muito tempo (ver p. 34). Eu estivera com ele algumas vezes nos últimos quinze meses. Ele pertencia à Companhia A, 101º de Nova York, e foi alvejado na parte inferior do abdômen na Segunda Batalha de Bull Run, em agosto de 1862. Uma cena vista à beira de sua cama bastará para representar as agonias de quase dois anos. A bexiga havia sido perfurada por uma bala que o atravessou inteiramente. Não muito tempo depois, comecei a passar boa parte da manhã ao lado de sua cama, ala E, Armory Square. As lágrimas corriam de seus olhos por causa da dor intensa, e os músculos de seu rosto se contorciam, mas ele não produzia nenhum som, exceto um lamento baixinho vez por outra. Panos quentes e úmidos eram aplicados, e ele sentia algum alívio. Pobre Mahay, um rapaz como qualquer outro da sua idade, mas velho em infortúnios. Nunca soube o que era o amor dos pais, foi colocado ainda criancinha em uma das instituições de caridade de Nova York e, posteriormente, trabalhou para um senhor tirânico no condado de Sullivan (as cicatrizes do chicote e do porrete ainda se viam em suas costas). Seu ferimento aqui era muito desagradável, pois era um menino gentil, inocente e amável. Fez amigos no hospital e, de fato, era querido de todos. Teve uma bela cerimônia funerária.

CIRURGIÕES DO EXÉRCITO – DEFICIÊNCIAS NOS SOCORROS

Preciso apresentar meu mais enfático testemunho do zelo, da virilidade e do espírito profissional e da capacidade que em geral vigoravam entre os cirurgiões, muitos deles jovens rapazes, nos hospitais e no exército. Não vou falar muito sobre as exceções, pois são poucas (encontrei alguns desses poucos, muito incompetentes e frios). Nunca deixei de encontrar os melhores homens e os mais tenazes e desinteressados trabalhadores entre os cirurgiões nos hospitais. Também são homens cheios de talento. Vi muitas centenas deles, e este é meu testemunho. Há, contudo, sérias deficiências, desperdícios, uma triste necessidade de organização nas comissões, nas contribuições e em todo o serviço voluntário e em grande parte do governamental, estoques, remédios, alimentos etc. (Não digo no atendimento cirúrgico, pois os cirurgiões não conseguem fazer mais do que a força humana permite.) O que quer que se diga de desrespeitoso nos jornais do Norte, essa é a realidade. Não existe uma preparação completa e prévia, não há organização, não há previsão, não há talento. Os estoques estão sempre cheios, sem dúvida, mas nunca onde são necessários e nunca com a devida utilização. De todas as experiências dilacerantes, nenhuma é maior do que a dos dias que se seguem a uma batalha dura. Dezenas, centenas dos mais nobres homens da terra, sem queixas, jazem indefesos, lacerados, desmaiados, solitários, sangrando até a morte ou morrendo de exaustão, simplesmente intocados ou abandonados, quando deveria haver meios de salvá-los.

O AZUL POR TODA PARTE

Esta cidade, seus subúrbios, o Capitólio, a fachada da Casa Branca, os lugares de diversão, a avenida e todas as ruas principais estão, mais do que nunca, lotados de soldados neste inverno. Alguns saíram dos hospitais, outros estão nos acampamentos vizinhos etc. De uma ou outra fonte, surgem em grande número e formam, eu diria, a marca do movimento humano e da aparência de nossa cidade nacional. Suas calças azuis e sobretudos estão por toda parte. Escuta-se o som das muletas subindo as escadas dos escritórios de pagamento e há grupos bastante particulares ao redor das portas desses escritórios, muitas vezes esperando aborrecidamente e por muito tempo no frio. Perto do fim da tarde, você vê homens dispensados, às vezes solitários, às vezes em pequenos grupos, a caminho do depósito de Baltimore. A todo momento, exceto no início da manhã, destacamentos patrulham a cidade, especialmente nas horas da noite, examinando documentações e prendendo todos os soldados que não as têm consigo. Eles não param homens de uma só perna ou os gravemente amputados e inválidos, mas os demais sim. Também vão aos auditórios dos teatros à noite e obrigam os oficiais e todos os outros a mostrarem seus documentos, ou outra autorização, para estarem ali.

UM HOSPITAL-MODELO

Domingo, 29 de janeiro de 1865 – Estive no Armory Square esta tarde. As alas estão bastante confortáveis, pisos e paredes de gesso novos e padrões de asseio. Não estou certo, mas este é um hospital-modelo, afinal, em diversos aspectos. Vi muitos casos tristes de antigos e renitentes ferimentos. Um soldado de Delaware, William H. Millis, de Bridgeville, com quem havia estado depois das batalhas de Wilderness, em maio passado, onde foi gravemente ferido no peito e no braço esquerdo, e cujo caso se revelara sério (a pneumonia se instalara) por todos os últimos meses de junho e julho – agora o vejo bem a ponto de fazer pequenos e leves serviços. Por três semanas depois do período mencionado, ele esteve entre a vida e a morte.

GAROTOS NO EXÉRCITO

Enquanto caminhava para casa no fim de tarde, vi na 14th Street um soldado bem jovem, com roupas muito finas, parado perto de uma casa em que estava prestes a entrar. Parei um instante em frente à porta e o chamei até mim. Sabia que um regimento do velho Tennessee e outro de Indiana estavam abrigados em novos barracões, próximos à 14th Street. Esse menino, descobri, pertencia ao regimento do Tennessee. Mas eu mal podia crer que estivesse carregando um mosquete. Ele tinha apenas 15 anos e já era soldado havia doze meses, participando de muitas batalhas, algumas até históricas. Eu lhe perguntei se ele não estava com frio e se não tinha um sobretudo. Não, ele não sentia frio e não tinha um sobretudo, mas podia conseguir um, caso quisesse. Seu pai estava morto e sua mãe vivia em alguma parte do leste do Tennessee; todos aqueles homens eram daquela parte do país. Na manhã seguinte, vi os regimentos do Tennessee e de Indiana marchando pela avenida. Meu menino estava com os primeiros, caminhando com os demais. Havia muitos outros meninos, tão jovens quanto ele. Parei e os observei enquanto caminhavam a passos pesados, fortes, lentos e regulares. Não parecia haver ali homens de mais de 30 anos, e uma grande maioria tinha entre 15 e talvez 22 ou 23. Eles todos tinham a aparência de veteranos – cansados, marcados, impassíveis, e uma postura indolente e altiva, levando quase sempre, junto a suas mochilas e armas de costume, uma panela, uma vassoura etc. Todos tinham uma agradável fisionomia; não conheciam refinamento, tampouco tinham o intelecto fragilizado; tal como meus olhos os observavam, caminhando, fileira após fileira, não parecia haver um único rosto singularmente repulsivo, brutal ou assinaladamente estúpido entre eles.

O ENTERRO DE UMA ENFERMEIRA

Eis aqui um incidente que acaba de ocorrer em um dos hospitais. Uma mulher de nome srta. ou sra. Billings – que fora por muito tempo uma amiga útil de soldados, e enfermeira no exército, e que com ele tinha estabelecido um vínculo que ninguém é capaz de compreender, exceto aquele ou aquela que conheceu a experiência – ficou doente no início deste inverno, continuou doente por algum tempo e finalmente morreu no hospital. Pediu que fosse enterrada entre os soldados e segundo a cerimônia militar. Seu pedido foi inteiramente atendido. O caixão foi levado ao túmulo por soldados, com o cortejo costumeiro, enterrado, e uma salva foi disparada diante do túmulo. Isso ocorreu em Annapolis há alguns dias.

ENFERMEIRAS PARA SOLDADOS

Existem muitas mulheres ocupando diversas posições nos hospitais, em sua maioria enfermeiras aqui em Washington, e nos postos militares; um bom número é de jovens voluntárias. Oferecem ajuda em muitos aspectos e merecem ser mencionadas com respeito. No entanto, é preciso que se diga que são poucas as jovens, para não dizer nenhuma, que, sob as irresistíveis convenções da sociedade, respondem às exigências práticas da enfermagem e dos cuidados com soldados. Mulheres de meia-idade e saudáveis ou idosas em boas condições, mães, são sempre melhores. Muitos dos feridos precisam de auxílio físico. Uma centena de coisas que não se podem evitar necessariamente ocorrem e devem ser realizadas. A presença de uma boa mulher de meia-idade ou idosa, o toque magnético das mãos, o semblante expressivo da mãe, o conforto silencioso de sua presença, de suas palavras, de seu conhecimento e de seus privilégios chegados apenas através de sua maternidade, são qualificações preciosas e finais. É uma faculdade natural que se requer; não se trata de ter simplesmente uma moça educada numa mesa em uma ala. Uma das melhores enfermeiras que conheci era uma velha irlandesa iletrada de rosto vermelho. Eu a vi tomar os pobres meninos enfermos nos braços com muita ternura. Há muitos exemplos de velhas negras, asseadas e excelentes que se saem ótimas enfermeiras.

FUGITIVOS DO SUL

23 de fevereiro de 1865 – Vi uma enorme marcha de jovens do exército rebelde (são chamados desertores, mas o sentido conhecido da palavra não se aplica a eles) passando hoje pela avenida. Eram cerca de duzentos, que chegaram ontem de barco pelo rio James. Parei e os observei enquanto se arrastavam pela rua, lentos, cansados, esgotados; uma enorme quantidade de jovens de cabelo claro, loiros, de olhos acinzentados, entre eles. Suas roupas apresentavam uma uniformidade imunda; a maioria tinha sido originalmente cinza; alguns tinham peças de nosso uniforme, calças em um, casaco ou colete em outro; acho que eram garotos da Georgia e da Carolina do Norte, principalmente. Despertaram pouca ou nenhuma atenção. Enquanto me aproximava deles, muitos rapazes bastante bem-apessoados (mas, oh, que conto de tristeza sua aparência narra) acenavam ou apenas se dirigiam a mim, sem dúvida adivinhando a piedade e a qualidade paternal de meu rosto, pois meu coração estava repleto delas. Vários caminhavam de braços dados, alguns provavelmente irmãos, como se tivessem medo de serem, de algum modo, separados. Pareciam, quase todos, o que se poderia dizer simples, mas também inteligentes. Alguns tinham velhos pedaços de carpete, alguns cobertores, e outros, velhas sacolas ao redor dos ombros. Alguns, aqui e ali, tinham belos rostos, e no entanto se tratava de uma marcha de miséria e tristeza. Os duzentos traziam consigo cerca de meia dúzia de guardas armados. Ao longo dessa semana eu vi tal marcha, quase todos os dias, enquanto eles eram trazidos pelo barco. O governo faz o que pode por eles e os envia a norte e oeste.

27 de fevereiro – Uns trezentos ou quatrocentos outros fugitivos do exército confederado chegaram de barco. Como o dia estava verdadeiramente agradável (depois de um longo período de tempo ruim), circulei um bocado, sem outro objetivo além de ficar ao ar livre e desfrutá-lo; e encontrei esses homens em fuga por toda parte. Sua aparência é da mesma heterogeneidade gasta e maltrapilha antes descrita. Conversei com alguns deles. Alguns se mostram bastante elegantes e orgulhosos, apesar da miséria dos trajes – caminhando com altivez, usando seus velhos chapéus meio de lado, de forma bem arrogante. Encontro velhas e inquestionáveis provas, como por todos esses quatro anos, da inescrupulosa tirania exercida pelo governo secessional em alistar gente comum à força por toda parte e sem prestar atenção ao tempo de serviço dos homens – mantendo-os em combate da mesma forma. Um sujeito enorme, da Georgia, 1,90 metro de altura e largo na mesma proporção, vestido em farrapos os mais imundos, surrados e ensebados, suas calças reduzidas a trapos nos joelhos, estava de pé, satisfeito, comendo um pouco de pão e carne. Ele parecia bastante contente. Então, minutos depois, eu o vi caminhando lentamente. Era evidente que nada o tinha ferido no íntimo.

28 de fevereiro – Enquanto passava pelo quartel-general militar da cidade, não distante da casa do presidente, parei para entrevistar alguns membros de uma multidão de fugitivos que se demoravam ali. Em aparência, eles eram os mesmos mencionados anteriormente. Com dois deles, um com seus 17 anos, e o outro talvez com seus 25, 26 anos, conversei um pouco. Eram da Carolina do Norte, nascidos e criados lá, onde seus pais viviam. O mais velho estivera a serviço dos rebeldes por quatro anos. Ele se alistara a princípio por dois anos. Isso acontece com uma grande maioria do exército de secessão. Não há o menor desânimo na postura desses jovens; o mais jovem pelejou por cerca de um ano; foi convocado; tinha seis irmãos no exército (todos os irmãos da família), parte deles convocados, parte voluntários; três tinham sido mortos; um tinha escapado quatro meses antes, e agora esse fugira; era um rapaz agradável e de boa conversa, falante do dialeto característico da Carolina do Norte (que não me desagrada os ouvidos). Ele e o mais velho eram da mesma companhia e escaparam juntos – e desejavam permanecer juntos. Eles tentavam conseguir transporte até o Missouri para trabalhar lá; mas não tinham certeza de que essa era a melhor ideia. Aconselhei-os a ir para os estados do Norte e conseguir por ora algum trabalho numa fazenda. O mais jovem tinha conseguido 6 dólares no barco, com algum tabaco que trouxera consigo; ele tinha ainda 3,50. O mais velho não tinha nada; eu lhe dei um trocado. Logo depois conheci John Wormley, 9º do Alabama, garoto nascido e criado no oeste do Tennessee, ambos os pais mortos – e tinha a aparência de quem havia muito tempo vivia com quase nada – falava muito pouco – mascava tabaco em quantidade assustadora, cuspindo proporcionalmente – tinha olhos grandes e castanhos, muito bonitos – não sabia o que queria de mim – disse-me por fim que queria muito roupas de baixo limpas e um bom par de calças. Não se importava com casaco ou enfeites de chapéu. Queria uma oportunidade de se lavar e vestir as peças de baixo. Tive o grande prazer de ajudá-lo a realizar todas as suas vontades.

1º de março – Todos os dias surgem mais e mais fugitivos cor de argila ou abóbora. Mais ou menos 160 chegaram hoje, uma grande quantidade de homens oriundos da Carolina do Sul. Geralmente, fazem votos de lealdade e são enviados a norte, oeste ou extremo sudoeste se o desejam. Muitos deles me disseram que as deserções em seu exército, de homens voltando para casa, com permissão ou sem, são ainda mais numerosas do que as do nosso lado. No fim desta tarde, vi um grupo de cerca de cem homens, num estado bastante deplorável, em seu caminho para o posto militar de Baltimore.

O CAPITÓLIO SOB AS LUZES DO GÁS

Hoje à noite caminhei um pouco pelo Capitólio, que está todo iluminado. A rotunda iluminada fica linda. Gosto de ficar à distância e olhar um bocado para o domo; ele me conforta de alguma forma. A Câmara e o Senado permaneceram em sessão até muito tarde. Eu os observei, mas apenas por alguns instantes; discutiam leis de apropriação e impostos. Percorro os longos e ricos corredores e salas sob o Senado; um velho hábito meu, sobretudo no inverno, e hoje mais agradável do que nunca. Nunca há muita gente, ocasionalmente uma figura fugidia à distância.

A POSSE

4 de março – O presidente seguiu muito tranquilamente ao Capitólio em sua carruagem, sozinho, num trote bem marcado, por volta do meio-dia, tanto porque ele queria estar disponível para a assinatura de decretos como porque queria se livrar da marcha em fila com o desfile absurdo, o templo de musselina da liberdade e o navio de guerra de papelão. Eu o vi em seu retorno, às três horas, depois de finda a apresentação. Ele estava em uma caleche simples de dois cavalos e parecia muito cansado e abatido; as rugas de enormes responsabilidades, as questões intrincadas e as exigências da vida e da morte, vincadas ainda mais profundamente sobre seu rosto moreno; e, ao mesmo tempo, a velha bondade, a ternura, a tristeza e o sagaz discernimento sob os sulcos da pele. (Nunca vejo aquele homem sem sentir que ele é alguém com quem se pode ter uma ligação pessoal, por sua combinação da mais pura e verdadeira ternura com a forma da virilidade própria do Oeste.) Ao lado dele estava seu filhinho, de 10 anos. Não havia soldados, apenas um grupo grande de civis montados em seus cavalos, com enormes cachecóis sobre os ombros, cavalgando ao redor da carruagem. (Na posse, quatro anos antes, ele cavalgou cercado de uma densa massa de cavaleiros armados em fileiras de quatro, com sabres empunhados; e havia franco-atiradores postados em todas as esquinas da rota.) Preciso fazer menção à barragem que se fechou no último sábado à noite. Nunca se formara tal multidão compacta na frente da Casa Branca – cada pedaço de chão preenchido e se espalhando para as calçadas espaçosas. Eu estava lá, uma vez que o quis – estava no movimento da multidão – ao sabor do movimento nos corredores, no salão azul e nos demais, e através do grande salão leste. Multidões de pessoas do campo, algumas muito engraçadas. Boa música da banda da Marinha, do lado de fora, na lateral. Eu vi o sr. Lincoln, todo vestido de preto, com luvas brancas de couro de cabra e casaca, recebendo, como obrigação, apertos de mão, parecendo muito desconsolado e como quem daria tudo para estar em outro lugar.

POSTURA DOS GOVERNOS ESTRANGEIROS DURANTE A GUERRA

Olhando minhas anotações, encontrei algo que escrevi durante 1864. O que acontece com nossa América, no exterior e em casa, nestes anos, é de fato muito estranho. A república democrática paga-lhe hoje o terrível e resplandecente cumprimento do desejo unificado de todas as nações do mundo de que sua união deveria acabar, seu futuro ser interrompido e que ela deveria ser forçada a descer ao nível dos reinos e impérios meramente grandes. Decerto não existe um governo na Europa que não esteja assistindo à guerra neste país com o desejo ardente de que os Estados Unidos possam ser efetivamente separados, aleijados e desmembrados por ela. Não existe um que não auxiliaria nesse desmembramento se pudesse. Diria que esse é o desejo ardente de Inglaterra e França, como governos, e de todas as nações da Europa, como governos. Acho realmente que é o desejo íntimo e real de todas as nações do mundo, com a única exceção do México – o México, a única nação à qual de fato fizemos mal e hoje a única que reza por nós e pelo nosso triunfo com sinceridade. Não é estranho? A América, feita de todos, desde o início abrindo com alegria seus braços a todos, resultado e justificativa de tudo, de Inglaterra, Alemanha, França, Espanha – todos aqui – aquela que aceita, a amiga, a esperança, o último recurso e casa de todos – ela que não fere ninguém, mas que é generosa a tantos, a milhões, mãe de estranhos e exilados de todas as nações – deveria ela, agora, receber esse terrível cumprimento de medo e ódio governamental geral? Estamos indignados? Alarmados? Sentimo-nos acossados? Não; mas ajudados, abraçados, concentrados. Somos propensos demais a nos desviarmos de nós mesmos, a imitar a Europa e a assistir aos seus sorrisos e carrancas. Precisamos dessa lição quente de ódio geral e daí em diante jamais esquecê-la. Nunca mais confiaremos no senso moral, tampouco na amizade abstrata de um único *governo* do Velho Mundo.

O CLIMA – TEM ELE ALGUMA LIGAÇÃO COM ESTES TEMPOS?

Se chuva, frio ou calor, e o que subjaz a tudo isso, são afetados pelo que afeta o homem em massa e seguem seu jogo de ação passional, e se tensionam mais que o usual e em escala mais ampla que o usual – seja assim ou não, é certo que existem agora, e têm existido por vinte meses ou mais, muitas notáveis e jamais vistas expressões do mundo sutil do ar acima de nós e ao nosso redor neste Norte do continente americano. Ali, desde essa guerra, e a ampla e profunda agitação nacional, as analogias estranhas, as diferentes combinações, uma luz do sol diversa ou sua ausência; mesmo diferentes produtos do solo. Depois de toda grande batalha, uma grande tempestade. O mesmo para os eventos cívicos. No último sábado, uma manhã digna de demônios em redemoinho, sombrios, chuvosos, repletos de fúria; e então a tarde, tão calma, tão banhada por um esplendor que inunda tudo com o mais excelente sol do céu, com atmosfera de alegria; tão claro, ele mostrava as estrelas muito tempo antes que elas fossem esperadas. Quando o presidente saiu no pórtico do Capitólio, uma curiosa nuvenzinha branca, a única naquela parte do céu, apareceu como um pássaro que planasse por sobre elas.

Realmente, os céus, os elementos, todas as influências meteorológicas se agitaram em fúria por semanas inteiras. Tais caprichos, a mais abrupta alternância de carrancas e beleza, eu nunca conheci. É um comentário comum que (como o último verão fora diferente em seus momentos de intenso calor em relação a qualquer outro) o inverno que acabou de terminar não conheceu outro igual. Ele se mantém até este momento em que escrevo. Boa parte das manhãs do mês passado foi mal-humorada, com um peso plúmbeo, névoa, momentos de um frio terrível e algumas tempestades enlouquecidas. Mas houve amostras de outra descrição. Nem a terra nem o céu jamais conheceram espetáculos de beleza mais soberba do que os de algumas noites recentes. A estrela do oeste, Vênus, nas primeiras horas da noite, nunca se mostrou tão grande, tão luzente; é como se ela quisesse contar alguma coisa, como se estivesse em harmonia com a humanidade, conosco, americanos. Após cinco ou seis noites, ela se aproximou da lua, um pouco depois de seu quarto minguante. A estrela estava linda, a lua era como uma jovem mãe. O céu, azul-escuro, a noite transparente, os planetas, o vento oeste moderado, a temperatura elástica, o milagre da grande estrela, e a jovem e inchada lua flutuando no oeste alimentavam a alma. Então escutei, lentas e claras, as deliberadas notas de uma trombeta surgindo no silêncio, soando tão boa através do mistério da noite, sem pressa, mas firme e fiel, flutuando, surgindo, descendo tranquila, com a longa nota soando aqui e ali; a trombeta, bem tocada, tatuagem sonora, em um dos hospitais do exército próximo, onde os feridos (alguns deles pessoalmente tão caros a mim) jazem em suas macas e muitos meninos doentes chegam para a guerra vindos de Illinois, Wisconsin, Iowa e dos demais estados.

BAILE DA POSSE

6 de março – Quis sair para ver os salões de dança e o jantar do baile da posse, no Escritório de Patentes; e não consegui deixar de pensar na diferença que eles apresentavam à minha memória recente, repleta de uma multidão dos piores feridos de guerra, trazidos da Segunda Bull Run, de Antietam e Fredericksburg. Nesta noite, belas mulheres, perfumes, a doçura do violino, da polca e da valsa; antes, as amputações, o azul mórbido dos rostos, os gemidos, os olhos vítreos dos moribundos, os trapos ensanguentados, o odor das feridas e do sangue, e muitos filhos queridos entre estranhos, ali morrendo em completa indiferença (pois a multidão de homens gravemente feridos era enorme e havia muita coisa para a enfermeira e o cirurgião fazerem).

CENA NO CAPITÓLIO

Preciso mencionar uma cena estranha no Capitólio, na Câmara dos Deputados, na manhã do último sábado (4 de março). O dia tinha acabado de nascer, mas penumbroso, tudo escuro, plúmbeo, encharcado. Sob aquela luz fraca, os membros nervosos do longo serviço, exaustos, alguns dormindo e muitos bastante sonolentos. A luz do gás, misturada com o nascer do dia sem brilho, produzia um efeito espectral. Os pobres, sonolentos e trôpegos mensageiros, o cheiro do salão, os membros com as cabeças sobre as mesas, os sons de vozes que falavam com entonações pouco conhecidas – a atmosfera geral moral também do fechamento dessa importante sessão – a forte esperança de que a guerra se aproxima de seu fim – o medo irresistível de que tal esperança seja falsa – a grandeza da Câmara em si, com seu efeito de enormes sombras subindo pelos painéis e espaços sobre as galerias – tudo produzia uma particular combinação.

Em meio a tudo isso, com a súbita rapidez de um raio, caiu uma das mais nervosas e ruidosas tempestades de chuva e granizo de que já se ouviu. Batia como um dilúvio sobre o pesado telhado de vidro do salão, e o vento literalmente uivava e rugia. Por um instante (e sem surpresa), os nervosos e sonolentos deputados foram lançados em confusão. Os que dormiam acordaram com medo, alguns acorreram às portas, alguns olharam com o rosto e os lábios pálidos para o telhado e os pequenos pajens começaram a chorar; foi uma cena. Mas isso se acabou quase tão rápido quanto os homens sonolentos de fato acordaram. Eles se recuperaram; a tempestade caiu com extrema violência, às vezes bastante ruidosa. Mas a Câmara então seguiu com seus trabalhos, penso eu, com tanta calma e deliberação como em qualquer outro momento de sua história. Talvez o susto tenha feito bem a ela. (Fica a impressão, afinal, em meio a esses membros do Congresso, de ambas as casas, que, se a rotina simples de seus deveres fosse sempre quebrada por alguma grande emergência envolvendo perigo real e exigindo qualidades pessoais de primeira grandeza, essas qualidades estariam geralmente à mão, e em homens que hoje não são creditados por elas.)

UMA ANTIGUIDADE IANQUE

27 de março de 1865 – Sargento Calvin F. Harlowe, Companhia C, 29º de Massachusetts, 3ª Brigada, 1ª Divisão, 9ª Unidade – significativo exemplo de heroísmo e morte (alguns poderiam dizer bravata, mas digo *heroísmo*, do maior e mais antigo tipo) – no último ataque das tropas rebeldes, e temporariamente capturado por elas no forte Steadman, à noite. O forte foi surpreendido na calada da noite. Subitamente acordados de seu sono e correndo de suas tendas, Harlowe e os outros encontraram-se nas mãos dos secessionistas – eles exigiam sua rendição – ele respondeu: *Nunca enquanto estiver vivo*. (É claro que era inútil. Os outros se renderam; as chances eram mínimas.) Mais uma vez – desta vez, um capitão rebelde – pediram-lhe que capitulasse. Ainda que cercado e bastante calmo, ele novamente se recusou, chamou duramente seus camaradas à luta, e ele próprio tentou fazê-lo. O capitão rebelde atirou nele – mas, ao mesmo tempo, ele alvejou o capitão. Ambos caíram mortalmente feridos. Harlowe morreu quase instantaneamente. Os rebeldes foram forçados a bater em retirada logo depois. O corpo foi enterrado no dia seguinte, mas logo exumado e enviado para sua terra natal (condado de Plymouth, Massachusetts). Harlowe tinha apenas 22 anos de idade – era um jovem alto, magro, de cabelos escuros e olhos azuis – tinha saído originalmente com o 29º; e esse foi o modo como ele encontrou sua morte, depois de quatro anos de campanha. Ele estava na Batalha dos Sete Dias antes de Richmond, na Segunda Bull Run, Antietam, na Primeira Fredericksburg, Vicksburg, Jackson, Wilderness e nas campanhas seguintes – era um soldado tão bom quanto os que vestiram o azul, e cada velho oficial no regimento o confirmará. Embora tão jovem, e de baixa patente, ele tinha um espírito resoluto e corajoso como o de qualquer herói dos livros, antigos ou modernos – era demais para ele dizer as palavras "eu me rendo" – e assim ele morreu. (Quando penso nessas coisas, sabendo-as bem, todos os enormes e complicados eventos da guerra, dos quais a história trata e produz seus volumes, perdem o sentido e por um instante não vejo nada além da jovem figura de Calvin Harlowe na noite, desprezando a rendição.)

FERIMENTOS E DOENÇAS

A guerra acabou, mas os hospitais estão cheios como nunca de casos novos e antigos. A ampla maioria de ferimentos está localizada nos braços e nas pernas. Mas há todo tipo de ferimento, em todas as partes do corpo. Segundo pude observar, posso dizer que os males principais dos doentes são a febre tifoide e as febres do acampamento em geral, a diarreia, o catarro e a bronquite, o reumatismo e a pneumonia. Essas formas de doença lideram; todo o resto vem na esteira. Há o dobro de doentes em relação aos feridos. As mortes variam de 7% a 10% daqueles que estão sob tratamento.[6]

A MORTE DO PRESIDENTE LINCOLN

16 de abril de 1865 – Encontrei em minhas notas da época esta passagem sobre a morte de Abraham Lincoln. Ele deixa à história e à biografia da América, até aqui, não apenas sua mais dramática reminiscência – ele deixa, na minha opinião, a maior personalidade, a melhor, a mais característica, artística e moral. Não que ele não tenha defeitos e não os tenha mostrado na presidência; mas a honestidade, a bondade, a astúcia, a consciência e (uma nova virtude, desconhecida de outras terras e realmente ainda pouco conhecida aqui, mas a fundação e amarração de todas as coisas, como o futuro irá enormemente revelar) o *unionismo*, em seu mais amplo e verdadeiro sentido, foram a fundação de seu caráter. Tudo isso ele selou com sua vida. O trágico esplendor de sua morte, purgando, iluminando tudo, lança sobre suas formas, sobre sua cabeça, uma auréola que vai permanecer e ficar ainda mais bela com o tempo, enquanto a história vive e o amor do país perdura. Essa União foi ajudada por muitos; mas se um nome, um homem, deve ser escolhido, ele, mais do que todos, é o que conserva isso para o futuro. Ele foi assassinado – mas a União não foi assassinada – *ça ira!* Um cai e o outro cai. O soldado cai, afunda como uma onda – mas as fileiras do oceano avançam eternamente. A morte faz seu trabalho, oblitera centenas, milhares – presidente, general, capitão, soldado –, mas a Nação é imortal.

6. No escritório do cirurgião-geral do Exército existe desde então um registro e tratamento formal de 253.142 casos de feridos por cirurgiões do governo. O que não devem ser os números não oficiais, indiretos – para não falar dos exércitos do Sul?

A ALEGRIA DO EXÉRCITO DE SHERMAN – SUA SÚBITA PARADA

Quando os exércitos de Sherman (muito tempo depois de terem deixado Atlanta) marcharam através das Carolinas do Norte e do Sul – depois de terem deixado Savannah e as notícias da capitulação de Lee terem sido recebidas –, os homens não se deslocaram 1 milha sem proferir, de alguma parte da coluna, contínuos e animados vivas. Durante todo o dia, com intervalos, soou a música selvagem daqueles gritos tão particulares. Eles começavam em um regimento ou brigada e imediatamente eram assumidos por outros e, por fim, todas as unidades se uniam nesses loucos refrões de triunfo. Era uma das expressões características das tropas do Oeste e tornou-se um hábito, servindo de alívio, de vazão aos sentimentos de vitória dos homens, da paz que retornava etc. Pela manhã, ao meio-dia, à tarde, espontâneos, com ou sem motivo, esses imensos e estranhos gritos, que diferiam de todos os outros, ecoando pelo ar por milhas e milhas, dando expressão à juventude, à alegria, à irrepreensível força animal e às ideias de avanço e conquista, soavam por pântanos e planaltos do Sul, ascendendo de encontro ao céu. ("Eles nunca foram homens de desanimar no perigo e na derrota – o que não seriam capazes de fazer na vitória?" – me disse depois um soldado da 15ª Unidade.) Essa exuberância continuou até a chegada dos exércitos em Raleigh. Ali foram ouvidas as notícias do assassinato do presidente. E assim, por uma semana, não se ouviram mais gritos e vivas. Toda a marcha foi comparativamente contida. Isso era muito significativo – mal se ouvia uma risada ou palavra gritada em muitos dos regimentos. O silêncio se fazia presente em tudo.

NÃO EXISTEM BONS RETRATOS DE LINCOLN

Provavelmente o leitor conhece fisionomias (muitas vezes de velhos agricultores, capitães do mar etc.) que, por trás de sua rudeza e feiura, apresentam pontos superiores tão sutis e, no entanto, tão palpáveis, tornando a vida real de seus rostos quase tão impossível de retratar quanto um perfume selvagem ou um gosto de fruta ou um tom apaixonado da voz viva – e assim era o rosto de Lincoln, a cor particular, seus contornos, os olhos, a boca, a expressão. Da beleza técnica ele nada tinha – mas, aos olhos do grande artista, ele fornecia um raro estudo, um festim, uma fascinação. Os retratos que circulam são todos fracassados – a maioria deles, caricaturas.

PRISIONEIROS SOLTOS DA UNIÃO VINDOS DO SUL

Os prisioneiros de guerra libertos vêm agora das prisões do Sul. Vi alguns deles. A visão é pior do que qualquer uma dos campos de batalha ou de qualquer reunião de feridos, mesmo os mais ensanguentados. Havia (como exemplo) um enorme carregamento de barco, de muitas centenas; foi trazido por volta do dia 25 a Annapolis; e dentre todos eles apenas três eram capazes de desembarcar caminhando. Os demais foram desembarcados e espalhados pela região do cais. São realmente *homens* – essas pequenas deformidades de um marrom empalidecido, raiadas de cinzas, assemelhadas a macacos –?, não são eles cadáveres mumificados, definhados? Ali estão eles, em sua maioria quietos, mas com um terrível olhar em seus olhos e lábios finos (muitas vezes, sem carne o bastante nos lábios para cobrir os dentes). Provavelmente não há visão mais horrível na Terra. (Existem feitos e crimes que podem ser perdoados; mas este não está entre eles. Ele mergulha seus perpetradores na mais escura, inescapável e infinita danação. Mais de 50 mil foram levados a morrer *de fome* – leitor, você já tentou compreender o que é a fome? – nessas prisões – e em uma terra de abundância.) Uma indescritível maldade, tirania, curso exasperante de insultos quase incrível – eram evidentemente a regra de tratamento por todas as prisões do Sul. Os mortos ali não devem ser lamentados tanto quanto alguns dos vivos que de lá vêm – se é que podem ser chamados de vivos – muitos deles enlouqueceram e nunca vão se recuperar.

NOTA: De uma resenha de *Andersonville, a Story of Southern Miltary Prisons*, publicado em forma seriada no *Toledo Blade* em 1879 e posteriormente em forma de livro: "Há uma profunda fascinação na questão de Andersonville – pois aquele Gólgota, no qual jazem os ossos brancos de 13 mil jovens corajosos, representa o mais caro e duro sacrifício de guerra para a preservação de nossa unidade nacional. É um tipo, também, de sua classe.

Suas mais de cem hecatombes de mortos representam um número muitas vezes superior de seus irmãos, para quem os portões das prisões de Belle Isle, Danville, Salisbury, Florence, Columbia e Cahaba se abriram apenas na eternidade. Há poucas famílias no Norte que não têm um parente ou amigo querido entre esses 60 mil, cujo triste destino foi encerrar seu serviço na União jazendo moribundos por ela atrás dos muros de uma prisão do Sul. O modo como morreram, os horrores que se acumulam em torno de cada instante de sua existência, a fidelidade e lealdade inquebrantáveis com que suportaram tudo que o destino lhes trouxe nunca foram adequadamente contados. As narrativas conservaram, sim, seus camaradas de campo de batalha, cujos atos tiveram lugar na presença daqueles que tinham o dever de observar tais assuntos e registrá-los ao mundo. Escondidas da vista de seus amigos do Norte pelo impenetrável véu que as operações militares dos rebeldes lançaram ao redor da chamada Confederação, o povo não sabia praticamente nada de seus percursos e padecimentos. Milhares morrerram ali mais ignorados do que as centenas que pereceram no campo. Grant não perdeu tantos homens de uma só vez na terrível caminhada de Wilderness ao rio James – 43 dias de luta desesperada – quanto morreram em julho e agosto em Andersonville. Morreram aproximadamente duas vezes mais homens naquela prisão do que os caídos desde o dia em que Grant cruzou o Rapidan até se posicionar nas trincheiras diante de Petersburgh. Quatro vezes mais homens da União morreram sob aqueles graves pinheiros farfalhantes próximos ao vilarejo medonho no sul da Georgia do que aqueles que marcaram a jornada de Sherman de Chattanooga a Atlanta. A nação permanece perplexa diante das perdas de vidas relativas às duas campanhas sangrentas de 1864, que virtualmente esmagaram a Confederação, mas ninguém se lembra que mais soldados da União morreram na retaguarda das linhas rebeldes do que morreram em sua linha de frente. Os grandes acontecimentos militares relativos à rebelião tiraram a atenção do triste drama que a fome e a doença levaram ao palco naquelas medonhas prisões nos mais recônditos recessos das sombrias florestas do Sul". ¶ De uma carta de "Johnny Bouquet" no *N. Y. Tribune*, 27 de março de 1881: "Visitei Salisbury, N.C., o pátio da prisão, ou coisa que o valha, na qual praticamente 12 mil vítimas de políticos do Sul foram enterradas, tendo sido confinadas em uma prisão sem abrigo, expostas a tudo que podiam sofrer dos elementos, a tudo que um bando de animais doentes pode criar e a toda a fome e crueldade que um governo vil e incompetente é capaz de propiciar. Esse lugar foi esquecido das conversas e lembranças do povo do Norte, mas nem tanto da conversa miúda do povo de Salisbury, que, quase em sua totalidade, afirma que nem a metade foi contada; que tal era a natureza do ultraje habitual aqui que, quando os prisioneiros federais escapavam, as pessoas da cidade os guardavam em seus celeiros, temendo que a vingança de Deus se abatesse sobre eles ao entregar mesmo seus inimigos a tamanha crueldade. Disse um velho homem na Boyden House, que se uniu à conversação uma noite: 'Houve muitos casos de homens enterrados vivos naquele pátio. Conheço o testemunho de um cirurgião que os viu sendo tirados da carroça funerária com os olhos abertos e atentos, mas fracos demais para erguer um dedo. Não havia a menor justificativa para tal tratamento, uma vez que o governo confederado capturou cada serralheria na região e podia muito bem optar por erguer um teto para os prisioneiros, havendo ali madeira em abundância. Será difícil fazer qualquer homem honesto em Salisbury dizer que havia qualquer necessidade de aqueles prisioneiros terem vivido em velhas barracas, covis e buracos parcialmente cheios de água. Representações foram enviadas ao governo de Davis contra os oficiais responsáveis, mas nenhuma atenção lhes foi dada. A promoção era a punição pela crueldade ali. Os internos eram esqueletos. O inferno não poderia representar nenhum terror para qualquer homem que morresse lá, exceto os carcereiros desumanos'".

MORTE DE UM SOLDADO DA PENSILVÂNIA

Frank H. Irwin, Companhia E, 93º da Pensilvânia – morto em 1º de maio de 1865 – Minha carta à sua mãe – Cara senhora, sem dúvida, você e os amigos de Frank foram informados do triste fato de sua morte aqui no hospital, através de seu tio ou da senhora de Baltimore que levou suas coisas. (Não os vi, apenas ouvi falar deles e de suas visitas a Frank.) Escreverei algumas linhas – como um amigo de ocasião que esteve ao seu lado no leito de morte. Seu filho, o cabo Frank H. Irwin, foi ferido perto do forte Fisher, Virginia, em 25 de março de 1865 – o ferimento se deu no joelho esquerdo e era grave. Ele foi enviado a Washington, recebido na ala C, Armory Square Hospital, em 28 de março – o ferimento piorou, e em 4 de abril a perna foi amputada um pouco acima do joelho – a operação foi realizada pelo dr. Bliss, um dos melhores cirurgiões do exército – ele próprio realizou toda a operação – havia grande quantidade de pus na região – a bala foi encontrada no joelho. Por algumas semanas, seu estado apresentou melhora. Eu o visitava e ficava frequentemente ao seu lado, já que ele gostava da minha companhia. Nos últimos dez ou doze dias de abril, vi que seu estado sofrera uma piora. Ele antes tinha tido febre com calafrios. Na última semana de abril, passou boa parte do tempo delirando – mas sempre educado e gentil. Ele morreu no dia 1º de maio. A causa de sua morte foi piemia (a absorção de pus pelo corpo, em vez de seu expurgo). Frank, tanto quanto vi, teve à sua disposição todo o tratamento cirúrgico e de enfermaria etc. Teve gente ao seu lado em vigília boa parte do tempo. Ele era muito bom e carinhoso e bem-comportado, eu mesmo gostava muito dele. Mantive o hábito de chegar à tarde e ficar ao seu lado e confortá-lo, e ele gostava de me receber – gostava que eu esticasse seu braço e colocasse sua mão em meu joelho – e assim ela permanecia por bastante tempo. Perto do fim, ele ficou mais inquieto e delirante à noite – muitas vezes se imaginava com o seu regimento – pelo que dizia, às vezes parecia ressentido por ter sido culpado por seus oficiais de algo de que era totalmente inocente – disse: "Nunca na minha vida me consideraram capaz de tal coisa e nunca fui". Em outros momentos, ele se imaginava conversando talvez com crianças ou algo do gênero, parentes, eu imagino, e oferecendo-lhes bons conselhos; era capaz de ficar conversando bastante tempo com eles. Durante todo o tempo em que ficava fora de si, não dizia uma palavra ou ideia descabida. Era incrível que a conversa de muitos homens ditos lúcidos não se mostrava nem de perto tão boa quanto os delírios de Frank. Ele parecia querer morrer – tinha ficado muito fraco e sofrido bastante, e estava absolutamente resignado, pobre garoto. Não conheço sua vida passada, mas sinto que deve ter sido boa. De qualquer forma, do que vi dele ali, sob as circunstâncias mais desafiadoras, com um ferimento doloroso e entre estranhos, posso dizer que agiu com uma coragem, uma firmeza e uma ternura e doçura insuperáveis. E agora, como muitos outros nobres e bons homens, depois de terem servido a seu país como soldados, ele deixou a jovem vida que despontava ao servi-lo. São coisas tristes – no entanto, há uma frase, "Deus faz bem todas as coisas" – cujo sentido, a seu tempo, surge na alma.

Penso que talvez umas poucas palavras, ainda que de um estranho, sobre seu filho, de alguém que esteve com ele no fim, possam valer de algo – pois amei o jovem rapaz, embora o tenha visto no momento em que o perdia. Sou apenas um amigo que visita ocasionalmente os hospitais para animar os feridos e doentes.

W. W.

O RETORNO DOS EXÉRCITOS

7 de maio – Domingo – Hoje, enquanto eu caminhava 1 ou 2 milhas ao sul de Alexandria, deparei-me com muitos e enormes grupos do exército do Oeste (*os homens de Sherman*, como se autodenominavam), cerca de mil ao todo, a maior parte deles meio doente, alguns convalescentes, em seu caminho para um hospital de acampamento. Esses excertos fragmentários, com a inconfundível fisionomia e expressões do Oeste, arrastando-se lentamente – depois de uma grande campanha, como se tivessem sido soprados até ali, fora de sua latitude –, eu os observava com curiosidade e ocasionalmente travava diálogo por mais de uma hora. Aqui e ali havia gente muito doente; mas todos tinham condições de caminhar, com exceção de alguns dos últimos, que tinham desistido e estavam sentados no chão, exauridos e tristes. Tentava animar estes últimos, dizia a eles que o acampamento a que estavam prestes a chegar ficava apenas um pouco além da colina e assim os erguia e os fazia andar, acompanhando alguns dos piores por algum trecho e ajudando-os ou pondo-os sob o auxílio de camaradas mais fortes.

21 de maio – Vi o general Sheridan e sua cavalaria hoje; uma visão forte, fascinante; os homens eram em sua maioria jovens (alguns poucos de meia-idade), sujeitos de aparência soberba, morenos, magros, atentos, com roupas bastante surradas, muitos com cortes de tecido impermeável sobre os ombros, pendurados. Caminhavam bem rápido, em fileiras bem cerradas, todos sujos de lama; não havia soldados fora de serviço; brigada após brigada. Teria assistido à sua passagem por uma semana. Sheridan ficou em uma plataforma, sob uma enorme árvore, fumando tranquilamente um charuto. Sua aparência e modos me causaram impressão favorável.

22 de maio – Caminhei pela Pennsylvania Avenue e a 7th Street ao norte. A cidade está cheia de soldados perambulando sem rumo. Oficiais por toda parte, de todas as patentes. Todos têm a aparência surrada do front. É uma visão de que não me canso. Todos os exércitos estão aqui agora (ou porções deles), aguardando a revista de amanhã. Você os vê reunidos como abelhas por toda parte.

A GRANDE REVISTA

Já há dois dias o amplo espaço da Pennsylvania Avenue até a colina do Tesouro e assim, mediante desvio, em torno da casa do presidente e subindo em direção a Georgetown e cruzando a ponte do aqueduto, tem ganhado vida com um espetáculo magnífico, o do retorno dos exércitos. Em suas amplas fileiras que se estendem por toda a avenida, eu os observei em marcha ou a cavalo, com grande vivacidade, por dois dias inteiros – infantaria, cavalaria, artilharia – cerca de 200 mil homens. Alguns dias depois, uma ou duas unidades; e então, ainda depois, uma boa parte do imenso exército de Sherman, vindo de Charleston, Savannah etc.

SOLDADOS DO OESTE

26-27 de maio – As ruas, os edifícios e espaços públicos de Washington ainda estão apinhados de soldados de Illinois, Indiana, Ohio, Missouri, Iowa e todos os estados do Oeste. Eu os encontro e converso diariamente com eles. Muitas vezes são eles que puxam assunto comigo primeiro e sempre demonstram grande sociabilidade e gostam de travar diálogo. Esses soldados do Oeste são mais lentos em seus movimentos e em sua qualidade intelectual também; não conhecem uma postura extrema de alerta. São maiores de tamanho, têm uma fisionomia mais séria, estão continuamente olhando para você enquanto passam pela rua. Eles são em grande parte animais, e de um modo belo. Durante a guerra estive por vezes com as unidades 14ª, 15ª, 17ª e 20ª. Sempre me senti atraído pelos soldados e gostava de seu contato pessoal quando formávamos uma multidão apertada, como frequentemente ocorria no transporte urbano. Todos eles pensam o mundo do general Sherman; chamavam-no de "velho Bill" ou às vezes de "tio Bill".

UM SOLDADO SOBRE LINCOLN

28 de maio – Enquanto estava sentado à beira da cama de um soldado de Michigan no hospital hoje, um convalescente da cama ao lado levantou-se e veio até mim e assim começamos a conversar. Era um homem de meia-idade, pertencia ao 2º Regimento da Virginia, mas vivia em Racine, Ohio, e ali tinha família. Falando sobre o presidente Lincoln, disse: "A guerra acabou e muitos morreram. E agora perdemos o melhor, o mais belo e verdadeiro homem da América. Em seu conjunto, ele foi o melhor homem que este país já produziu. Por um tempo pensei diferente; mas um pouco antes do assassinato, era assim que eu o via". Havia uma profunda seriedade no soldado. (Descobri com mais conversa que ele conhecera pessoalmente o sr. Lincoln e bem intimamente, anos antes.) Ele era um veterano; estava em seu quinto ano de serviço; era um homem da cavalaria e havia conhecido muitas batalhas difíceis.

DOIS IRMÃOS, UM NO SUL, OUTRO NO NORTE

28-29 de maio – Permaneci um bom tempo ao pé da cama de um novo paciente, um jovem de Baltimore, cerca de 19 anos, W. S. P. (2º de Maryland, Sul), muito fraco, perna direita amputada, mal consegue dormir – havia tomado um bocado de morfina, que, como sempre, tem um custo muito alto. Claramente muito inteligente e bem-criado – muito carinhoso –, segurava a minha mão e a levava ao rosto, sem deixar que eu me fosse. Enquanto me demorava, aliviando-o em sua dor, ele me disse subitamente: "Tenho quase certeza de que você não sabe quem eu sou – não quero incomodar – sou um soldado rebelde". Disse que não sabia, mas não fazia diferença. Visitando-o diariamente por duas semanas depois disso, enquanto ainda vivia (a morte o tinha abraçado, e ele estava muito sozinho), eu o amei bastante, sempre o beijava, e ele a mim. Na ala ao lado, encontrei seu irmão, um oficial de patente, um soldado da União, homem corajoso e religioso (coronel Clifton K. Prentiss, 6ª Infantaria de Maryland, 6ª Unidade, ferido em um dos confrontos em Petersburgh, 2 de abril – sofreu muito e demoradamente, morreu no Brooklyn em 20 de agosto de 1865). Ambos foram feridos na mesma batalha. Um era um unionista ferrenho, o outro secessionista; ambos lutaram por seus respectivos lados, ambos foram gravemente feridos e ambos se reuniram aqui depois de uma separação de quatro anos. Cada qual morreu por sua causa.

AINDA OUTROS CASOS TRISTES

31 de maio – James H. Williams, 21 anos, 3ª Cavalaria da Virginia. Tanto quanto vi, um caso absolutamente característico de um homem forte enfraquecido por uma conjunção de doenças (laringite, febre, debilidade e diarreia) – tem um físico especial, de pele ainda morena, mas corado e vermelho de febre – totalmente delirante – a carne de seu peito largo e braços trêmula, e o pulso batendo três vezes mais rápido – fica boa parte do tempo dormitando, mas com murmúrio e gemidos – um sono que não conhece descanso. Ainda que forte e muito jovem, não será capaz de aguentar muitos dias mais do calor extenuante de ontem e hoje. Sua garganta está em má condição, língua e lábios secos. Quando lhe perguntei como se sentia, só foi capaz de dizer: "Me sinto muito mal, meu senhor", e olhava para mim com seus olhos brilhantes. Pai, John Williams, Millensport, Ohio.

9-10 de junho – Fiquei sentado até tarde esta noite ao pé da cama de um capitão ferido, um bom amigo meu, que jaz em uma grande ala parcialmente vaga de um dos hospitais, com uma dolorosa fratura na perna esquerda. As luzes estavam apagadas, com exceção de uma pequena vela, distante de onde eu estava sentado. A lua cheia brilhava através das janelas, projetando longos e oblíquos reflexos prateados no chão. Tudo era silêncio, assim como meu amigo, que, apesar disso, não conseguia dormir; então me sentei ali ao seu lado, abanando-o lentamente, ocupado das reflexões que a cena suscitava, a longa ala umbrosa, a bela e fantasmagórica luz da lua no chão, as camas brancas, aqui e ali um ocupante de formas encolhidas, as roupas de cama dispensadas. Os hospitais têm um número de casos de insolação e exaustão por calor das últimas inspeções. Muitos são da 6ª Unidade, da parada escaldante de anteontem. (Muitos desses espetáculos custam a vida de dezenas de homens.)

Domingo, 10 de setembro – Visita aos hospitais Douglas e Stanton. Eles estão bastante lotados. Muitos dos casos são gravíssimos, ferimentos que não melhoram e doenças renitentes. Há uma aparência de desespero mais do que costumeira nos rostos dos homens; a esperança os deixou. Caminhei pelas alas, conversando como sempre. Há muitos aqui do exército confederado que vi em outros hospitais, e eles me reconheceram. Dois estão à beira da morte.

O VERDADEIRO MONUMENTO DE CALHOUN

Em uma das barracas hospitalares para casos especiais, enquanto me sentava para auxiliar em uma nova amputação, escutei dois soldados conversando entre si de suas macas vizinhas. Um acometido de febre, mas melhorando, havia chegado atrasado de Charleston pouco tempo antes. O outro era o que nós hoje chamamos de um "antigo veterano" (leia-se: um jovem de Connecticut, provavelmente com menos de 25 anos, quatro dos quais passara servindo ativamente à guerra em todos os cantos do país). Os dois conversavam sobre variedades. O soldado febril falou sobre o monumento de John C. Calhoun, que ele vira, e o descreveu. O veterano disse: "Eu vi o monumento a Calhoun. Aquele que você viu não é o monumento verdadeiro. Mas eu o vi. É o Sul em ruínas; toda uma geração de jovens entre 17 e 30 anos morta ou mutilada; todas as velhas famílias esgotadas – os ricos empobrecidos, as fazendas cobertas de mato, os escravos soltos e feitos senhores, e o nome do sulista emporcalhado de vergonha – esse é o verdadeiro monumento de Calhoun".

FECHAMENTO DOS HOSPITAIS

3 de outubro – Restam agora dois hospitais do exército. Fui ao maior deles (Douglas) e passei a tarde e a noite. São muitos os casos tristes, velhos ferimentos, doenças incuráveis e alguns dos feridos das batalhas de março e abril antes de Richmond. Poucos têm a dimensão de quão duras e sangrentas foram essas batalhas finais. Nossos homens se expuseram mais do que de costume; avançando sem o que os impedisse. E os sulistas lutaram com desespero ainda maior. Ambos os lados sabiam que, com a bem-sucedida expulsão do núcleo conspirador rebelde de Richmond e a ocupação da cidade por tropas nacionais, o jogo estava acabado. Os mortos e feridos foram significativamente muitos. Dos feridos, os últimos remanescentes foram trazidos aqui para o hospital. Encontro muitos rebeldes feridos aqui e tenho me ocupado bastante cuidando dos piores casos com os demais.

Outubro, novembro e dezembro de 1865 – Domingos – Todos os domingos desses meses visitei o Harewood Hospital na floresta, agradável e recluso, cerca de 2,5 milhas ou 3 milhas a norte do Capitólio. O lugar é saudável, com chão pedregoso, declives cobertos de relva e pequenos bosques de carvalhos enormes e belas árvores. Foi um dos maiores hospitais de guerra, agora reduzido a quatro ou cinco alas parcialmente ocupadas, com as inúmeras outras vazias. Em novembro, com o fechamento de todos os outros hospitais, esse tornou-se o último hospital militar mantido pelo governo. Encontram-se aqui os casos dos piores e mais incuráveis ferimentos, das doenças renitentes e de pobres soldados que não têm para onde ir.

10 de dezembro – Domingo – Mais uma vez passando boa parte do dia em Harewood. Escrevo estas linhas mais ou menos uma hora antes do pôr do sol. Por alguns minutos caminhei até o limite da floresta para me acalmar com a hora e o cenário. É uma tarde tranquila, gloriosa, quente, dourada de sol. Os únicos ruídos vêm de uma multidão de gralhas e seus grasnos, em algumas árvores a 300 jardas de distância. Nuvens de borrachudos nadam e dançam no ar em todas as direções. A folhagem dos carvalhos é densa sob as árvores nuas, e seu perfume é forte e delicioso. Dentro das alas, tudo é sombra. A morte está lá. Assim que entro, ela me confronta; é o cadáver de um pobre soldado que acaba de morrer, vítima de febre tifoide. Os enfermeiros haviam acabado de lhe endireitar os membros, colocar moedas de cobre sobre seus olhos e o levavam para fora.

As estradas – Um grande divertimento, nos últimos três anos, tem sido o de fazer longas caminhadas a partir de Washington, 5, 7, talvez 10 milhas, e voltar; geralmente com meu amigo Peter Doyle, que gosta disso tanto quanto eu. Belas noites de luar por perfeitas estradas militares, batidas e lisas – ou domingos – foram deliciosos esses passeios, nunca serão esquecidos. As estradas que ligam

Washington aos numerosos fortes em torno da cidade resultaram em algo útil, para além da guerra.

SOLDADOS TÍPICOS

Mesmo os soldados típicos dos quais fui íntimo – acho que, se eu fizesse uma lista deles, ela mais pareceria um diretório municipal; mencionei apenas uns poucos nas páginas anteriores – a maioria está morta – alguns ainda vivos. Reuben Farwell, de Michigan (o pequeno "Mitch"); Benton H. Wilson, portador de estandarte, 185º de Nova York; William Stansberry; Manvill Winterstein, de Ohio; Bethuel Smith; o capitão Simms, do 51º de Nova York (morreu na explosão de uma mina em Petersburgh), capitão Sam Pooley e o lugar-tenente Fred McReady, do mesmo regimento. Além desses, do mesmo regimento, meu irmão, George W. Whitman – serviu por quatro anos, realistou-se duas vezes –, promovido, passo a passo (muitas vezes logo após as batalhas), tenente, capitão, major e lugar-tenente coronel – participou de ações em Roanoke, Newbern, na Segunda Bull Run, Chantilly, South Mountain, Antietam, Fredericksburg, Vicksburg, Jackson, na carnificina dos conflitos de Wilderness e em Spottsylvania, Cold Harbor, e depois nas imediações de Petersburgh. Em um desses últimos foi feito prisioneiro e passou quatro ou cinco meses em prisões militares secessionistas, escapando por pouco da morte, vítima de febre severa, fome e a seminudez no inverno. (Que história a do 51º de Nova York! Partiu no início da guerra – marchou e lutou em todos os lugares – esteve em tempestades no mar, quase naufragou – perambulou pela Virginia, noite e dia, verão de 1862 – depois Kentucky e Mississippi – realistado – esteve em todos os enfrentamentos e campanhas, como acima.) O que me fortalece e consola é a certeza de que a potencialidade para regimentos exatamente como esse (centenas e milhares deles) é inesgotável nos Estados Unidos, e que não existe condado ou vilarejo na república – nenhuma rua em nenhuma cidade – que não pudesse formar, e porventura formasse, grupos de soldados típicos como esses, sempre que necessário.

“CONVULSIVIDADE”

Ao passar os olhos pelas provas das páginas anteriores, temi em alguns momentos que meu diário se provasse, na melhor das hipóteses, um punhado de reminiscências convulsivamente escritas. Bem, que assim seja. Elas são apenas parte da verdadeira desordem, do calor, da fumaça e do nervosismo daqueles dias. A própria guerra, com o temperamento da sociedade que a enseja, realmente pode ser mais bem descrita por esta palavra: *convulsividade*.

TRÊS ANOS RESUMIDOS

Durante esses três anos em hospitais, acampamentos ou campos de batalha, fiz mais de seiscentas visitas ou giros e passei, segundo penso, no todo, por cerca de 80 ou 100 mil feridos e doentes, oferecendo amparo ao espírito e ao corpo em tempos de necessidade. Essas visitas variavam de uma, duas horas a um dia ou noite inteira; pois os casos queridos ou críticos eu geralmente velava a noite toda. Às vezes me alojava no hospital e passava noites seguidas entre o sono e a vigília. Considero esses três anos um imenso privilégio e satisfação (apesar de todas as suas emoções febris e privações físicas e imagens lamentáveis), e, é claro, a mais profunda lição da minha vida. Posso dizer que, ao prestar auxílio, abarquei todos, quem quer que passasse por mim, unionistas ou secessionistas, sem desprezar ninguém. Minhas vigílias despertaram e trouxeram à tona e revelaram profundezas de emoção jamais imaginadas. Elas me ofereceram as mais ardentes imagens do verdadeiro conjunto e extensão desses estados. Enquanto permanecia ao lado de homens feridos e doentes em seus milhares de casos, homens dos estados da Nova Inglaterra, e de Nova York, New Jersey, e Pensilvânia, e de Michigan, Wisconsin, Ohio, Indiana, Illinois e todos os estados do Oeste, eu estava ao lado de mais ou menos todos os estados, do Norte e do Sul, sem exceção. Eu estava ao lado de muitos dos estados fronteiriços, em especial de Maryland e Virginia, e descobri, durante aqueles lúgubres anos de 1862-1863, muitos unionistas do Sul, especialmente do Tennessee, e muito mais do que se supõe. Estive ao lado de muitos oficiais e soldados rebeldes entre os nossos feridos e lhes dei sempre o que tinha, tentando animá-los do mesmo modo que faria com os demais. Estive consideravelmente entre os cocheiros do exército, na verdade era como se eles sempre me atraíssem. Entre os soldados negros, feridos ou doentes, e nos campos de contrabando, também caminhei sempre que estive por perto e fiz o que pude por eles.

UM MILHÃO DE MORTOS TAMBÉM RESUMIDOS

Os mortos nesta guerra – ali estão, espalhados pelos campos e bosques e vales e campos de batalha do Sul – Virginia, a Península – Malvern Hill e Fair Oaks – as margens do Chickahominy – os terraços de Fredericksburg – Antietam Bridge – as terríveis ravinas de Manassas – o passeio sangrento de Wilderness – a variedade de mortos *desaparecidos* (a estimativa do Departamento de Guerra é de 25 mil soldados nacionais mortos em batalha e jamais enterrados, 5 mil afogados – 15 mil inumados por estranhos ou durante apressada marcha em localidades até agora desconhecidas – 2 mil túmulos cobertos de areia e lama nas cheias do Mississippi, 3 mil levados pelo desmoronamento de encostas etc.) – Gettysburg, o Oeste, Sudoeste – Vicksburg – Chattanooga – as trincheiras de Petersburgh – as inúmeras batalhas, acampamentos, hospitais em todos os lugares – a safra colhida pelos poderosos ceifadores, a febre tifoide, a disenteria, as inflamações – e o mais repugnante e vil entre todos, as valas de mortos e vivos, as prisões de Andersonville, Salisbury, Belle-Isle etc. (o inferno imaginado por Dante e todos os seus problemas, suas degradações e tormentos imundos não superavam essas prisões) – os mortos, os mortos, os mortos – *nossos* mortos – do Sul ou do Norte, todos nossos (todos, todos, todos, enfim queridos para mim) – ou do Leste ou Oeste – da Costa Atlântica ou do vale do Mississippi – em algum lugar eles rastejaram para morrer, sozinhos, em arbustos, ravinas baixas ou nas encostas das colinas – (nesses lugares, em pontos isolados, seus esqueletos, ossos limpos, tufos de cabelo, botões, pedaços de tecido, ainda são vez ou outra encontrados) – nossos jovens, tão alegres e belos, tirados de nós – o filho da mãe, o marido da esposa, o amigo querido do amigo querido – os aglomerados de túmulos de acampamento, na Georgia, nas Carolinas e no Tennessee – os túmulos individuais deixados no bosque ou à beira da estrada (centenas, milhares, esquecidos) – os cadáveres que flutuaram pelos rios e foram recuperados e enterrados (dezenas e mais dezenas que desceram o Potomac depois de batalhas de cavalaria, a perseguição a Lee após Gettysburg) – alguns jazem no fundo do mar – o milhão total, e os cemitérios especiais em quase todos os estados – os infinitos mortos – (a terra inteira saturada, perfumada com o exalar de impalpáveis cinzas destiladas na química da Natureza e assim para sempre, em cada futuro grão de trigo e espiga de milho e cada flor que nasce e no ar que respiramos) – não apenas os mortos do Norte que fermentam o solo do Sul – milhares, sim, dezenas de milhares de sulistas hoje mesmo tornados pó em terras do Norte.

E em todos os lugares entre esses inúmeros túmulos – em todos os lugares dos muitos cemitérios de soldados da Nação (existem hoje, creio eu, mais de setenta deles) – como na época em vastas trincheiras, os depósitos da carnificina, nortistas e sulistas, depois das grandes batalhas – não apenas onde o rastro de destruição passou durante aqueles anos, mas radiantes desde então em todos os pontos pacíficos da terra – vemos, e as eras ainda a verão, em monumentos e pedras tumulares, solitária ou em massa, para milhares ou dezenas de milhares, a característica palavra *desconhecido*.

(Em alguns dos cemitérios praticamente *todos* os mortos são desconhecidos. Em Salisbury, N.C., por exemplo, os conhecidos são apenas 85, enquanto os desconhecidos são 12.027, 11.700 deles enterrados em valas. Um monumento nacional foi erigido ali, por ordem do Congresso, para assinalar o local – mas que monumento visível, material, pode celebrar de forma apropriada aquele lugar?)

A VERDADEIRA GUERRA NUNCA ENTRARÁ NOS LIVROS

E, assim, adeus à guerra. Não sei como pode ter sido, ou pode ser, para os outros – para mim, o principal interesse encontrei (e, na memória, ainda encontro) nas fileiras dos exércitos, de ambos os lados, e naqueles exemplos em meio aos hospitais, e mesmo nos mortos dos campos de batalha. Para mim, os pontos que ilustram o caráter pessoal latente e as grandes qualidades desses estados, nos 2 ou 3 milhões de americanos jovens e de meia-idade, do Norte e do Sul, incorporados nesses exércitos – e em especial o um terço ou um quarto entre eles, acometidos de ferimentos ou doenças em algum momento no decorrer da luta –, eram de importância maior até mesmo do que os interesses políticos envolvidos. (Assim como muito de uma raça depende de como ela enfrenta a morte e suporta a angústia pessoal e a doença. Assim como, no brilho do reflexo das emoções de emergência, e nas qualidades indiretas e comentários laterais em Plutarco, obtemos pistas muito mais profundas sobre o mundo antigo do que em toda a sua história mais formal.)

Os anos futuros jamais conhecerão o inferno fervilhante, o negrume do pano de fundo infernal das incontáveis cenas menores e interiores (não a cortesia superficial dos generais nem as poucas grandes batalhas), da Guerra de Secessão; e é melhor que não o conheçam – a guerra real nunca entrará nos livros. Nas influências piegas dos tempos atuais, também, a atmosfera fervorosa e os eventos típicos daqueles anos correm o risco de ser totalmente esquecidos. Passei noites em vigília ao lado de um homem doente no hospital, alguém que não sobreviveria muitas horas. Vi seus olhos brilharem e arderem enquanto se levantava e recobrava as crueldades infligidas ao seu irmão rendido e as mutilações do cadáver depois. (Veja nas páginas anteriores o incidente em Upperville – os dezessete mortos, como na descrição, foram lá deixados no chão. Depois que caíram mortos, ninguém os tocou – contudo, suas mortes foram confirmadas no local. As carcaças foram deixadas para os cidadãos as enterrarem ou não, conforme quisessem.)

Essa foi a guerra. Não foi uma *quadrille* em um salão de baile. Sua história interior não só jamais será escrita – sua materialidade e minúcias, quanto a ações e paixões, nunca serão sequer sugeridas. O verdadeiro soldado de 1862-1865, Norte e Sul, com todos os seus modos, seu incrível destemor, hábitos, práticas, gostos, linguagem, sua feroz amizade, seu apetite, seu vigor, sua força e animalidade soberba, seu andar sem lei e uma centena inominável de luzes e matizes do acampamento, repito, jamais serão escritos – talvez simplesmente não devam ser.

As notas precedentes podem lançar luzes fortuitas àquela vida e àqueles interiores sinistros que nunca serão de todo transmitidos ao futuro. A parte hospitalar do drama de 1861 a 1865 merece mesmo ser registrada. Daquele drama de intrincados fios, de surpresas abruptas e estranhas, confusão de profecias, momentos de desespero, medo de interferência estrangeira, intermináveis campanhas, batalhas sangrentas, exércitos poderosos e pesados e imaturos, alistamentos e recompensas – os imensos gastos, como uma chuva constante e pesada – e, por todo o país, os últimos três anos da luta, um interminável e universal luto de mulheres, pais, órfãos – a medula da tragédia concentrada nos hospitais do exército – (às vezes era como se todo o interesse da terra, Norte e Sul, estivesse em um vasto hospital central, e todo o resto da situação não fosse mais do que um rebordo) – aqueles que formam a história não contada e não escrita da guerra – infinitamente maior (como a da vida) do que os poucos recortes e distorções que são sempre contados ou escritos. Pense em quantas coisas, e de importância, serão – quantas, cívicas e militares, já foram – enterradas na sepultura, em eterna escuridão.

UM PARÁGRAFO DE INTERREGNO

Vários anos se passaram antes de eu retomar meu diário. Continuei em Washington, trabalhando no Departamento da Procuradoria-Geral durante os anos de 1866 e 1867 e algum tempo depois. Em fevereiro de 1873, fui acometido de paralisia, abandonei minha ocupação e migrei para Camden, New Jersey, onde morei durante 1874 e 1875, muito doente – mas depois disso passei a ficar melhor. Comecei a passar semanas a fio, mesmo meses inteiros, no campo, em um local encantadoramente recluso e rural ao longo do riacho Timber, a 12 ou 13 milhas de onde ele desemboca no rio Delaware. Instalado na casa de fazenda de meus amigos, os Stafford, nas proximidades, eu passava metade do tempo ao longo desse riacho e nos campos e trilhas adjacentes. E é à minha vida aqui que eu devo, talvez, uma recuperação parcial (uma espécie de segundo fôlego, ou semirrenovação do contrato de vida) da prostração de 1874-1875. Se as notas daquela vida ao ar livre pudessem se mostrar tão brilhantes para você, leitor querido, como a experiência em si foi para mim... Sem dúvida, no decorrer das páginas seguintes, o fato da invalidez aparecerá (eu chamo a mim mesmo de *meio-paralítico* nos dias de hoje e reverentemente agradeço ao Senhor que não tenha sido pior) entre algumas das linhas – mas tenho meus momentos divertidos e saudáveis e os tentarei indicar. (O truque é, eu acho, diminuir desejos e gostos e tirar o melhor do que seja ruim, e o melhor da simples luz do dia e dos céus.)

NOVOS TEMAS ABORDADOS

1876, 1877 – Acho que os bosques em meados de maio e início de junho são os melhores lugares para compor.[7] Sentado em troncos ou tocos ou encostado em cercas, anotei rapidamente quase todas as notas seguintes. Onde quer que eu vá, inverno ou verão, campo ou cidade, sozinho em casa ou viajando, realmente sinto a necessidade de tomar notas – (a paixão dominante forte com a idade e a invalidez, e até mesmo a proximidade da... mas não devo dizer ainda). Então, no fundo dos excertos seguintes – cruzando os tês e pondo os pontos nos is de certos movimentos moderados dos últimos anos –, me alegro ao imaginar os fundamentos de muitas lições aprendidas. Depois de ter exaurido o que há nos negócios, na política, no convívio, no amor e assim por diante – descobri que nenhum deles finalmente satisfaz ou permanentemente serve –, o que resta? A Natureza permanece; para extrair de recessos entorpecidos as afinidades de um homem ou mulher com o ar livre, as árvores, os campos, a mudança das estações – o sol de dia, e as estrelas do céu à noite. Vamos começar com essas convicções. A literatura voa tão alto e é tão cheia de temperos que estas notas podem parecer pouco mais do que um simples sopro de ar ou gole de água. Mas isso faz parte de nossa lição.

---

7. Sem me desculpar pela abrupta mudança de campo e atmosfera – depois do que expus nas cinquenta ou sessenta páginas anteriores – episódios temporários, graças a Deus! –, restauro meu livro ao equilíbrio estimulante e flutuante da concreta Natureza ao ar livre, o único e permanente esteio para a sanidade do livro ou da vida humana. ¶ Quem sabe (guardo isso em minha fantasia, minha ambição), mas as páginas que se seguem talvez possam levar consigo raios de sol, ou cheiro de relva ou milho ou chamado de pássaro, ou brilho de estrelas à noite, ou flocos de neve caindo frescos e místicos, a algum habitante de uma casa aquecida da cidade, a trabalhadoras ou trabalhadores cansados? – ou a pessoas em estado de doença ou prisão – para servir como brisa refrescante, ou aroma da Natureza, a alguma boca febril ou pulso latente.

Doces horas, horas de quietude, de saúde e revigoramento – depois de três anos de paralisia e confinamento – depois da longa tensão da guerra e de suas feridas e morte.

ENTRANDO NUMA LONGA ALAMEDA DE FAZENDA

Todo homem tem seu gosto e passatempo; o meu é uma verdadeira alameda de fazenda, estendida por entre velhas cercas de castanheira cinza-esverdeadas com pinceladas de musgo e líquen, mato abundante e arbustos crescendo em alguns pontos ao longo dos montes de pedras soltas nas bases da cerca – caminhos irregulares de terra batida em um ou outro ponto e trilhas de cavalos e vacas – todos os acompanhamentos característicos marcando e perfumando a vizinhança em suas estações – flores de macieira em abril – porcos, aves, um campo de trigo-mourisco de agosto e, em outro, longas borlas adejantes de milho – e assim em direção à lagoa, à expansão do riacho, belo e isolado, com árvores jovens e antigas, e tais recessos e panoramas.

À NASCENTE E AO RIACHO

Então, ainda caminhando despreocupadamente à nascente sob os salgueiros – musical como vidro que suavemente tilintasse –, derramando corrente de porte considerável, grossa como meu pescoço, pura e límpida, saindo de sua abertura onde a margem se arqueja como uma grande e desgrenhada sobrancelha castanha ou um céu da boca – gorgolejando, gorgolejando sem parar – significando, dizendo alguma coisa, é claro (pena que não se pode traduzi-lo) – sempre gorgolejando ali, pelo ano inteiro – sem jamais arrefecer – oceanos de menta, amoras no verão – o melhor de luz e sombra – o lugar exato para os meus banhos de sol de julho e banhos de água também – mas principalmente os inimitáveis e macios gorgolejos, enquanto me sento ali nas tardes de calor. Como eles e todos crescem em mim, dia após dia – tudo em ordem – o perfume selvagem, intenso, e as sombras das folhas com pequenas manchas, pontos, e todas as influências naturais-medicinais, elementares-morais do lugar.

Murmura, ó riacho, com esses teus sons! Também eu darei expressão ao que tenho reunido em meus dias e progresso, nativo, subterrâneo, passado – e agora, tu. Gira, faz teu caminho sinuoso – eu contigo, por enquanto, de qualquer forma. E tanto eu te frequento, estação após estação, tu bem me conheces e a mim és indiferente (mas por que estar tão certo? Quem é capaz de dizê-lo?) –, mas de ti aprenderei, a ti darei meus pensamentos – de ti receberei, copiarei, imprimirei.

O VERÃO RESSOA SUA ALVORADA

Distante então para afrouxar, desatar o divino arco, tão tenso por tanto tempo. Distante de cortinas, tapetes, sofás, livros – da "sociedade" –, da casa da cidade, da rua e das melhorias e luxos modernos – distante em direção às sinuosidades primitivas, o riacho cercado de árvores acima citado, com seus incultos arbustos e margens cobertas de mato – distante das botas apertadas, dos botões e de toda a vida civilizada de ferro fundido – do ambiente de lojas artificiais, máquinas, oficinas, escritórios, salas de estar – de roupas de moda e alfaiataria – de qualquer roupa, talvez, intencionalmente, o verão e seu calor avançando, ali naqueles líquidos recantos umbrosos. Distante, tu, alma (deixa-me escolher-te, caro leitor, e falar em perfeita liberdade, em tom de despreocupada confidência), ao menos por um dia e uma noite de volta à fonte nua da vida de todos nós – ao seio do grande e silencioso selvagem que tudo aceita. Ai! Quantos de nós estão tão embotados – quantos têm perambulado, tão longe e sem rumo que o retorno é quase impossível.

Mas quanto a minhas anotações, vou tomando-as como surgem, do monte, sem seleção particular. Há pouca sequência de datas. Elas se referem a qualquer momento dentro de um período de mais ou menos cinco ou seis anos. Cada uma foi despreocupadamente escrita ao ar livre, na hora e no local. Talvez os editores se irritem diante desse fato, já que grande parte de sua composição deriva daquelas primeiras notas apressadamente escritas.

PÁSSAROS MIGRANDO À MEIA-NOITE

Você já teve a oportunidade de ouvir o voo da meia-noite de pássaros cortando o ar e a escuridão acima de nossas cabeças, em incontáveis exércitos, mudando seu *habitat* no início ou no fim do verão? É algo que não pode ser esquecido. Um amigo me visitou logo depois da meia-noite passada para assinalar o barulho peculiar de grupos excepcionalmente imensos que migravam para o norte (um tanto tarde este ano). No silêncio, na sombra e no delicioso perfume da hora (o perfume natural único da noite), eles me soavam como música rara. Era possível *escutar* o movimento característico – uma ou duas vezes "o ímpeto de poderosas asas", mas com frequência um farfalhar aveludado, muito prolongado – às vezes bem perto – com gorjeios e gritos contínuos, por vezes notas musicais. Tudo durou da meia-noite até depois das três. De vez em quando, a espécie era claramente distinguível; eu conseguia distinguir o triste-pia, o sanhaço, o tordo de Wilson, o pardal-de-coroa-branca e, ocasionalmente, do alto, no ar, vinham as notas da tarambola.

ZANGÕES

Mês de maio – mês de pássaros em bando, cantando, em casais – mês do zangão – mês dos lilases em flor – (e também o mês em que nasci). Rabisco este parágrafo logo depois de sair, após o nascer do sol, e descer em direção ao riacho. Luzes, perfumes, melodias – os pássaros-azuis, os papa-capins e os tordos, em todas as direções – o concerto ruidoso, vocal, natural. Ao fundo, o trabalho de um pica-pau numa árvore vizinha e os clarins de um galo distante. E então os perfumes da terra fresca – as cores, os delicados olivas e tênues azuis da perspectiva. O verde brilhante da relva recebeu ainda mais cor nos últimos dois dias de amenidade e umidade. Quão silencioso o sol ascende na clara amplidão do céu, a percorrer a jornada do dia! Seus raios quentes tudo inundam, em sua corrente de beijos quentes que me tocam o rosto.

Algum tempo passa desde o coaxar das rãs da lagoa e do primeiro alvejar dos cornisos floridos. Agora se veem os dourados dentes-de-leão em infinita profusão, cobrindo o chão por toda parte. O branco das cerejeiras e as florações da pereira – as violetas silvestres, com seus olhos azuis olhando para o alto e saudando meus pés, enquanto passo pelo limite do bosque – o rosado rubor dos brotos das macieiras – a cor esmeralda clara dos campos de trigo – o verde mais escuro do centeio – uma elasticidade morna que impregna o ar – os arbustos de cedro profusamente adornados com suas pequenas maçãs marrons – o verão completamente desperto – a convocação de pássaros-pretos em bandos tagarelas, reunidos em alguma árvore e tornando a hora e o lugar barulhentos, quando me sento perto.

Mais tarde – A Natureza marcha em procissão, em seções, como as unidades de um exército. Todas fizeram muito por mim e ainda fazem. Mas nos últimos dois dias tem sido a grande abelha selvagem, o abelhão, ou zangão, como as crianças o chamam. Enquanto ando, ou coxeio, da casa da fazenda ao riacho, atravesso a alameda já descrita, cercada de madeirame antigo, cheio de fendas, farpas, buracos, rachaduras etc., o *habitat* escolhido por esses insetos peludos e murmurantes. De cima a baixo, pela extensão e através das tábuas da cerca, eles se aglomeram, disparam e voam em incontáveis miríades. Conforme passo vagarosamente pelas cercas, não raro sou acompanhado de uma nuvem deles. Eles desempenham um papel importante em minhas caminhadas matinais e vespertinas, e muitas vezes dominam a paisagem de uma forma que nunca imaginei antes – preenchem a longa alameda, não apenas às dezenas ou centenas, mas aos milhares. Grandes, vivazes, velozes, de maravilhoso ímpeto e zumbido perpétuo, nuvem de som cuja intensidade vez por outra chega às raias de um grito, eles se movem por todos os lados, em velozes disparadas, perseguindo uns aos outros e (pequenos como são) transmitindo-me uma nova e pronunciada sensação de força, beleza, vitalidade e movimento. Estão em tempo de acasalar? Ou qual é o significado dessa plenitude, dessa rapidez, dessa ânsia, dessas demonstrações? Enquanto caminhava, pensei que um enxame particular me seguia, mas depois de ter observado por um tempo notei que era uma rápida sucessão de enxames, um após o outro.

Enquanto escrevo, estou sentado debaixo de uma grande árvore de cerejas silvestres – o dia quente temperado por pequenas nuvens e uma brisa fresca, nem muito pesada, tampouco leve –, e aqui permaneço por bastante tempo, envolvido no profundo zunido musical dessas abelhas, rápidas, suspensas, disparando de um lado a outro às centenas em torno de mim – sujeitinhos de casaco amarelo e leve, corpos entumescidos e brilhantes, cabeças atarracadas, asas transparentes – zunindo suave, perpétua e ricamente. (Não há nesse zunido sugestão para uma composição musical, na qual deveria ser o fundo? Uma sinfonia de zangões?) Quanto tudo isso me alimenta e me acalma da forma mais necessária; o ar livre, os campos de centeio, os pomares de maçãs. Os últimos dois dias foram impecáveis no sol, na brisa, na temperatura e em tudo; não conheci dois dias mais perfeitos, e eu os desfrutei maravilhosamente. Minha saúde está um pouco melhor, e meu espírito se encontra em paz. (No entanto, o aniversário da mais triste perda e tristeza da minha vida está próximo.)

Outra nota rabiscada, outro dia perfeito: das sete às nove, duas horas envolvidas no zunido dos zangões e na música dos pássaros. Nas macieiras e em um cedro vizinho havia três ou quatro tordos de dorso castanho-avermelhado, cada qual desempenhando seu melhor cantar e trilando como nunca havia escutado. Durante duas horas esqueço de mim mesmo para ouvi-los e absorver preguiçosamente o quadro. Quase todo pássaro que observo tem um período especial no ano – às vezes limitado a alguns dias – em que canta melhor; e agora é o período desses passarinhos de dorso castanho. Enquanto isso, subindo e descendo a alameda, os zangões musicais, disparando e zumbindo. Um grande enxame novamente me serve de séquito quando retorno para casa, seguindo comigo como antes.

Enquanto escrevo isto, duas ou três semanas depois, estou sentado perto do riacho, debaixo de um tulipeiro de 70 pés de altura, espesso com o verde fresco de sua jovem maturidade – um belo objeto – cada galho e folha perfeitos. De cima a baixo, ele se enche de miríades dessas abelhas selvagens, que buscam o doce suco das flores e cujo zumbido, alto e constante, cria um fundo para o todo e para o meu humor e hora. Tudo isso encerro citando os seguintes versos do pequeno volume de Henry A. Beers:

Enquanto estava deitado na doce relva
Um zangão passou por mim embriagado
Da aguardente que lhe tempera o mel.
A faixa dourada que lhe cingia o corpo
Na barriga inchada mal fechava em torno

Repleta que estava da geleia dos lilases.
O licor de rosas, a ervilha-doce em vinho
Haviam lhe enchido a alma de belas melodias;
No calor da noite, ele havia saciado a fome
O sereno ainda as coxas peludas lhe cobria.
Muitas foram as brincadeiras pela madrugada
Em que a Terra girava, entre sombra e fadiga.
Quantas vezes pousou com sede nos lábios
Para bebericar do néctar do copo de uma flor,
Descendo pelas lisas pétalas, embrenhando-se
Pelo emaranhado dos estames,
E dando cambalhotas por sobre o pólen,
Para rastejar para fora polvilhado de seu ouro;
Ou ainda tropeçando com seus pés pesados
Sobre algum botão para então rolar
Em meio à relva; ali ficando e resmungando
Num baixo rouco – pobre zangão choroso.

MAÇÃS DE CEDRO

Hoje, enquanto viajava em uma carruagem leve, 10 ou 12 milhas pelo campo, nada me agradou mais, em sua beleza e novidade despretensiosa (jamais havia visto essas coisinhas sob luz tão agradável, ou nunca as havia notado antes), do que aquela fruta peculiar, com seus profusos fios pendentes de seda ou lã amarelo-clara, com sua polegada de comprimento, em profusão ilimitada pontuando os arbustos verde-escuros do cedro – contrastando bem com seus tufos de bronze – os fragmentos fiapentos cobrindo as protuberâncias por toda parte, como um emaranhado de cabelo selvagem em cocorutos élficos. Em meu passeio posterior pelo riacho, arranquei uma de seu arbusto e quero guardá-la. Mas essas maçãs de cedro duram pouco tempo apenas, logo se desfazem e desaparecem.

VISTAS E PREGUIÇAS DO VERÃO

10 de junho – Enquanto escrevo, às cinco e meia da tarde, próximo ao riacho, nada pode exceder o silencioso esplendor e o frescor ao meu redor. Tivemos no meio do dia uma pancada de chuva pesada, com trovões e relâmpagos breves; e desde então, no alto, um daqueles céus não incomuns, porém indescritíveis (em qualidade, não detalhes ou formas), de um azul cristalino, com um sol deslumbrante e nuvens onduladas de contorno prateado. Na camada de baixo, as árvores na plenitude de uma delicada folhagem – notas líquidas, agudas e longas dos pássaros – tendo ao fundo a base do canto encrespado de um tordo e o agradável guincho estridente de dois martins-pescadores. Estes tenho observado na última meia hora, em sua regular brincadeira crepuscular acima e na superfície do riacho; evidentemente, uma farra animadíssima. Perseguem-se, girando e volteando ao redor, com muitos alegres mergulhos, espargindo a água em borrifos de diamante – e em seguida mergulham, com asas semifechadas e voo gracioso, às vezes tão perto de mim que posso ver claramente seus corpos de penas cinza-escuras e pescoços brancos como leite.

PERFUME DO POENTE – NOTAS DA CODORNIZ – O TORDO-EREMITA

19 de junho, de quatro a seis e meia da tarde – Sentado sozinho próximo ao riacho – a solidão aqui, mas o cenário bastante vivo e brilhante – o sol luzindo e um vento fresco soprando (algumas pancadas de chuva pesadas na noite passada), a relva e as árvores em sua melhor aparência – o claro-escuro de diferentes verdes, sombras, penumbra e o pontilhado luzente da água pelos interstícios – o flautim selvagem de uma codorniz próxima – os queixumes de uma perereca na lagoa, que acabo de ouvir – as gralhas grasnando à distância – um bando de jovens porcos no chão de terra perto do carvalho em que estou sentado – alguns se aproximam farejando ao meu lado, e então fogem precipitadamente, resmungando. E ainda as claras notas da codorniz – o tremor das sombras das folhas sobre o papel enquanto escrevo – o céu ao alto, com nuvens brancas, e o sol se pondo no oeste – o voo veloz de muitas andorinhas-do-barranco indo e vindo, seus buracos em um banco de marga – os cheiros do cedro e do carvalho, tão intensos, quando a noite se aproxima – perfume, cor, o ouro e bronze do trigo quase maduro – campos de trevos com aroma de mel – o milho crescido, com folhas longas e farfalhantes – o velho e venerável e verruguento carvalho acima de mim – e sempre, misturado às notas duais da codorniz, o soprar do vento através dos pinheiros próximos.

Levantando-me para voltar, demoro-me escutando um delicioso epílogo musical (será o tordo-eremita?), vindo de algum recesso do mato ao longe, no pântano, repetido reflexiva e despreocupadamente diversas vezes. Tudo isso diante da folia das andorinhas e suas piruetas voando às dúzias em círculos concêntricos sob os últimos raios do pôr do sol, como faíscas de uma roda etérea.

TARDE DE JULHO PERTO DA LAGOA

O calor fervente, mas muito mais suportável neste ar puro – o branco e o rosa das flores do lago, com grandes folhas em forma de coração; as águas vítreas do riacho, as margens, com densos arbustos, e as pitorescas faias e a sombra e a relva; o chamado trêmulo e estridente de algum pássaro dos recessos, quebrando o silêncio quente, indolente e meio voluptuoso; vez por outra uma vespa, marimbondo, abelha ou zangão (eles pairam perto de minhas mãos ou rosto, mas não me aborrecem, nem eu os aborreço, enquanto parecem examinar e, sem encontrar nada, vão embora) – o vasto espaço do céu bem acima, tão claro, e o abutre lá no alto, vogando lentamente em majestosas espirais; logo acima da superfície da lagoa, a ardósia e as asas de renda de duas grandes libélulas em volteios e disparadas, eventualmente suspensas em completa imobilidade, as asas continuamente trêmulas (elas não estariam se exibindo para a minha diversão?) – a lagoa em si, com o cálamo em forma de espada; as cobras-d'água – vez por outra um melro que adeja, com pinceladas vermelhas nos ombros, enquanto dispara em voo oblíquo – os sons que suscitam a solidão, o calor, a luz e a sombra – a grasnadela de um pato de lago – (os grilos e gafanhotos emudecem ao calor do meio-dia, mas ouço o canto das primeiras cigarras) –; depois, a certa distância, o zumbido e o chacoalhar de uma máquina de colheita enquanto os cavalos a puxam para uma caminhada rápida por um campo de centeio no lado oposto do riacho – (qual era o pássaro amarelo ou castanho-claro, grande como uma galinha nova, de pescoço curto e pernas longas, que acabei de ver em voo agitado e desajeitado por entre as árvores?) – o perfume que predomina em minhas narinas, delicado, porém intenso, picante, de gramas e trevos; e acima de tudo, cingindo todas as coisas, para minha visão e alma, o espaço livre do céu, transparente e azul – e, pairando ali no oeste, uma massa de delicadas nuvens branco-acinzentadas que os marinheiros chamam de "cardumes de cavalas" – o céu, com redemoinhos de prata como os cachos de agitados cabelos, expandindo e se espalhando – um vasto simulacro sem voz e forma – e, no entanto, talvez a realidade mais real e formuladora de tudo – quem sabe?

GRILOS E GAFANHOTOS

22 de agosto – Agudo monotônico de gafanhoto, sons dos grilos – ouço os últimos à noite, e o primeiro dia e noite. Eu achava adoráveis os gorjeios matinais e noturnos dos pássaros; mas acho que sou capaz de escutar esses estranhos insetos com igual prazer. Enquanto escrevo, ouve-se um único gafanhoto agora, perto do meio-dia, em uma árvore a 200 pés de distância – um longo e contínuo zunido, bem alto e modulado em redemoinhos particulares, ou círculos oscilantes, aumentando em força e rapidez até certo ponto para, em seguida, entrar em trêmula e silenciosa queda. Cada sequência dura de um a dois minutos. A canção do gafanhoto é muito apropriada à cena – ela jorra, tem sentido, é masculina, é como um bom vinho envelhecido, não doce, mas muito melhor que doce.

Mas o grilo – como devo descrever suas declarações picantes? Um deles canta de um salgueiro bem diante da minha janela aberta do quarto, a 20 jardas de distância; ele me acalmou na hora de dormir todas as noites claras ao longo de duas semanas. Passei a cavalo por um trecho de 100 varas de floresta na outra noite e ouvi os grilos em suas miríades – muito curiosas no momento; mas gosto mais de meu vizinho solitário na árvore. Deixe-me falar mais sobre o canto do gafanhoto, mesmo que eu me repita; um longo, cromático e trêmulo crescendo, como um disco de latão que gira sem cessar, emitindo ondas e mais ondas de notas, começando com uma batida ou medida moderada e aumentando rapidamente em velocidade e ênfase, alcançando um ponto de enorme energia e sentido para, então, rápida e graciosamente, cair e desaparecer. Não é a melodia do pássaro-cantor – longe disso; o músico comum poderia pensar sem melodia, mas seguramente trazendo ao ouvido mais refinado uma harmonia própria; monótona – mas que balanço há nesse zunido estridente, que gira e gira como um címbalo – ou como o rodopiar de um disco de latão.

O ENSINAMENTO DE UMA ÁRVORE

1º de setembro – Eu não deveria tomar nem a maior árvore nem a mais pitoresca para ilustrar isso. Tenho agora diante de mim uma de minhas favoritas, um belo álamo-amarelo, bem reto, talvez com 90 pés de altura e 4 de espessura na parte mais grossa do tronco. Quanta força, vitalidade, perenidade! Que muda eloquência! Que sugestões de imperturbabilidade e *ser*, em contraste com a característica humana do simples *parecer*. Em seguida, as qualidades, quase emocionais, palpavelmente artísticas, heroicas, de uma árvore; tão inocente e inofensiva, mas tão selvagem. Ela *é*, porém nada diz. Que reprimenda ela lança com sua dura e equitativa serenidade a todos os climas, àquele homem temperamental e insignificante, que corre para dentro de casa ao menor sinal de chuva ou neve. A ciência (ou melhor, essa meia ciência) ridiculariza a reminiscência de dríades, hamadríades e árvores que falam. Porém, salvo engano, elas o fazem tão bem quanto a maioria dos discursos, escritos, poemas, sermões – ou ainda: fazem muito melhor. É preciso dizer que essas antigas reminiscências das dríades são tão verdadeiras quanto qualquer outra, e mais profundas do que a maioria das reminiscências que recebemos. ("Corte isso", como dizem os médicos impostores, e conserve com você.) Vá e sente-se em um bosque ou floresta, com um ou mais desses companheiros sem voz, e leia estas palavras e pense.

Ensinamento a partir do relacionar-se com uma árvore – talvez o grande ensinamento moral da terra, de pedras e animais é o idêntico ensinamento do que é inerente, *daquilo que é*, sem o menor interesse no que o espectador (o crítico) supõe ou diz, ou naquilo de que gosta ou desgosta. Que mal – que doença mais geral permeia cada um de nós, nossa literatura, educação, postura em relação uns aos outros (mesmo a nós mesmos), senão a preocupação mórbida de *parecer* (geralmente temporariamente parecer também), e sem preocupação alguma, ou quase nenhuma, a respeito das partes de caráter sãs, verdadeiras, de crescimento lento, perenes, livros, amizade, casamento – as fundações invisíveis, o que liga a humanidade? (Uma vez que a base total, o nervo, o sistema nervoso simpático, a plenitude no interior da humanidade, dando crivo a tudo, é necessariamente invisível.)

4 de agosto, seis da tarde – Luzes e sombras e efeitos raros na folhagem das árvores e na grama – verde e cinza translúcidos etc., tudo sob a deslumbrante pompa do pôr do sol. Os raios claros agora se lançam em muitos novos lugares sobre o xadrez sulcado, bronze esmaecido, dos troncos mais baixos das árvores, sombreados a não ser nesta hora – agora inundando a jovem e velha aspereza colunar com luz intensa, desvelando ao meu entendimento novas características surpreendentes de silêncio e desgrenhado encanto, a casca sólida, a expressão de inofensiva impassibilidade, com muitas nodosas protuberâncias nunca antes notadas. Nas revelações de tal luz, de momento tão excepcional, de tal atmosfera, não causam surpresa as antigas fábulas (na verdade, por que fábulas?) de pessoas que acabam apaixonadas por árvores, extasiadas com o realismo místico da força silenciosa e irresistível que nelas existe – *força* que, afinal de contas, é talvez a mais alta e completa beleza final.

Árvores com que tenho familiaridade aqui:

Carvalhos (de muitos tipos – um robusto e velho amigo, vital, verde, de vasta copa, 5 pés de diâmetro no tronco, sento-me sob ele todos os dias).

Cedros, muitos.

Tulipeiros (*Liriodendron*, da família da magnólia – vi em Michigan e no sul de Illinois, 140 pés de altura e 8 pés de diâmetro no tronco;[8] não responde bem ao transplante; melhor criá-lo a partir da semente – os lenhadores os chamam de choupo-amarelo).

Sicômoros.
Liquidâmbares e
tupelos-negros.
Faias.
Nogueira-preta.
Sassafrás.
Salgueiros.
Catalpas.
Caquizeiros.
Tramazeira.
Nogueiras.
Bordos, muitos tipos.
Espinheiro-da-virginia.
Bétulas.
Corniso.
Pinheiro.
O olmo.
Castanheira.
Tília.
Álamo.
Abeto.
Carpino.
Loureiro.
Azevinho.

PEQUENAS CENAS DE OUTONO

20 de setembro – Debaixo de um velho carvalho-negro, luzidio e verde, exalando perfume – em meio a um bosque que poderia ter sido escolhido pelos druidas álbicos – envolto no calor e na luz do sol do meio-dia, e enxames de insetos esvoaçantes – com o áspero grasnar de muitas gralhas a 100 varas de distância – aqui estou, sentado na solidão, tudo absorvendo e tudo desfrutando. O milho, em pilhas cônicas, castanho-avermelhadas e secas – um vasto campo densamente pontilhado de abóboras rubro-douradas – outro, ao lado, de repolhos, bem visíveis em seu verde e pérola, mesclado de muita

8. "Há um tulipeiro à vista de Woodstown que ocupa 20 pés de diâmetro, está a 3 pés a partir do chão, de 4 a 18 pés tronco acima, este, por sua vez, com 3 ou 4 pés de altura. Da face sul um braço se destaca, do qual surgem dois ramos, cada qual a 91 ou 92 pés do chão. Há 25 anos a cavidade no tronco já era grande o bastante, e nove homens de uma só vez jantavam dentro dele. Supõe-se que de doze a quinze homens poderiam agora, ao mesmo tempo, estar dentro de seu tronco. Os fortes ventos de 1877 e 1878 não parecem tê-lo danificado, e os dois ramos emitiam anualmente muitas flores, perfumando o ar imediatamente sobre ele com seu doce perfume. Está inteiramente desprotegido por outras árvores, em uma colina." – Woodstown, N.J., *Register*, 15 de abril de 1879.

luz e sombra – matizes de melão, com suas protuberâncias ovaladas e grandes folhas encrespadas, de prata raiadas e largas bordas – e além delas muitas vistas e sons do outono – o grito distante de um bando de galinhas-d'angola – e derramando-se sobre todas as coisas a brisa de setembro, com sua reflexiva cadência roçando as copas das árvores.

Outro dia – O chão coberto em todas as direções pelos restos de uma tempestade. O riacho Timber, enquanto lentamente caminho por suas margens, corre baixo e acusa a reação à turbulenta cheia do último equinócio. Olho ao redor e tomo nota do estoque – ervas daninhas e arbustos, outeiros, trilhas, tocos de árvore aqui e ali, alguns lisos (muitos deles uso como assento para o descanso, de um lugar a outro, e de um deles rabisco agora estas linhas) – muitas flores silvestres, pequenas, branquinhas, em forma de estrela, ou o vermelho vivo da lobélia, ou as sementes redondas cor de cereja da roseira perene, ou as muitas videiras que sobem e se enroscam nos troncos das árvores.

1º, 2 e 3 de outubro – Desço todos os dias na solidão do riacho. Hoje (dia 3), enquanto me sento aqui, um sereno sol de outono e uma brisa oeste, a superfície da água crispando lindamente diante de mim. Em uma velha e robusta faia, envelhecida e curvada, no limite da margem e a ponto de tocar a água corrente, porém ainda viva e com folhas em seus membros musgosos, um esquilo-cinzento, explorador, corre para cima e para baixo, sacode alegremente o rabo, pula ao chão, senta ereto sobre as patas quando me vê (um sinal darwiniano?) e, em seguida, corre de volta até a árvore.

4 de outubro – Nublado e frio; sinais de inverno incipiente. Ainda agradável aqui, as folhas caindo densamente, o chão já marrom delas; cores ricas, amarelos de todos os matizes, verdes pálidos e escuros, tons do mais leve ao mais rico vermelho – tudo definido e atenuado pelo marrom da terra e pelo cinza do céu. Sim, o inverno se aproxima, e ainda estou doente. Sento-me aqui em meio a todo este justo espetáculo e suas influências vitais e me abandono a esse pensamento, com seus erráticos caminhos especulativos.

O CÉU – DIAS E NOITES – FELICIDADE

20 de outubro – Um dia claro, nítido – brisa seca e leve, cheia de oxigênio. Dos saudáveis, silenciosos e belos milagres que me envolvem e me fundem – árvores, água, grama, a luz do sol e a geada ao nascer do dia –, o que mais tenho observado no dia de hoje é o céu. Ele tem aquele azul delicado e transparente, bem outonal, enquanto as poucas nuvens, brancas, pequenas ou maiores, oferecem sua lentidão e espiritualidade ao grande côncavo. Durante todo o período da manhã (digamos das sete às onze), ele conserva um azul cristalino e, no entanto, vivo. Mas, à medida que o meio-dia se aproxima, a cor se suaviza, fica bem cinza por duas ou três horas – em seguida, durante um breve intervalo, fica ainda mais pálida, até que vem o pôr do sol – que, deslumbrante, vejo pelos interstícios de um conjunto de árvores enormes – dardos de fogo, um lindo espetáculo amarelo-claro, vermelho-fígado e escarlate, com um vasto esmalte prateado transverso sobre a água – as sombras translúcidas, os raios, o brilho e as cores vivas além de todas as pinturas já feitas.

Não sei o quê ou como, mas me parece que principalmente por causa desses céus (de vez em quando penso: apesar de tê-los visto todos os dias da minha vida, creio que nunca havia visto verdadeiramente os céus), conheci neste outono alguns momentos de maravilhosa alegria – não poderia dizer de perfeita felicidade? Segundo li, um pouco antes de morrer, Byron contou a um amigo que conhecera apenas três horas felizes durante toda a sua existência. Há também a velha lenda alemã do sino do rei, com o mesmo tema. Enquanto estava ao ar livre, perto do bosque, com aquele belo pôr do sol através das árvores, pensei na história de Byron e na história do sino, e me veio a ideia de que estava vivendo uma hora feliz. (Embora talvez os meus melhores momentos eu jamais anote – quando eles vêm, não posso me dar ao luxo de quebrar o encanto escrevendo um memento. Apenas me entrego ao estado de espírito, e deixo que ele flua, carregando-me em seu plácido êxtase.)

O que é a felicidade, afinal? Esta é uma das suas horas, ou algo parecido? – tão impalpável – um mero sopro, um tom evanescente? Não tenho certeza – então me deem o benefício da dúvida. Tens Tu, diáfano, em Tuas profundezas azuis, remédio para casos como o meu? (Ah, o dilaceramento físico e o espírito perturbado de mim nos últimos três anos.) E Tu, sutil e misticamente, neste momento o goteja através do ar sobre mim?

Noite de 28 de outubro – Os céus transparentes como nunca – miríades de estrelas – o imenso caminho da Via Láctea, com sua extensão visível apenas em noites muito claras – Júpiter, a oeste, parece um imenso borrão acidental, com uma estrelinha de companhia.

Vestido em seus trajes brancos,
Na arena clara e rotunda entra lentamente o brâmane,
Trazendo uma criancinha pela mão,
Como a lua com o planeta Júpiter numa noite sem nuvens.

Velho poema hindu

Início de novembro – Em seu ponto mais distante, a trilha já descrita se abre em um vasto campo de mais de 20 acres, ligeiramente inclinado a sul. Aqui estou acostumado a caminhar buscando visões e efeitos do céu, de manhã ou ao entardecer. Hoje daqui deste campo minha alma está tranquila e se expande para além das palavras, toda a manhã sob o claro arco de um céu sem nuvens, nada a observar, apenas o céu e a luz do dia. Seus suaves acompanhamentos, as folhas de outono, o ar frio e seco, o perfume leve – gralhas grasnando ao longe – dois grandes abutres em graciosas e lentas voltas ali em cima – o murmúrio ocasional do vento, algumas vezes bem gentil, em seguida ameaçador através das árvores – um grupo de trabalhadores carregando talos de milho em um campo à vista, e os cavalos, pacientes, esperando.

CORES – UM CONTRASTE

Tal jogo de cores e luzes, diferentes estações do ano, diferentes horas do dia – as linhas do horizonte distante onde os leves matizes do limite da paisagem se perdem no céu. Enquanto coxeio lentamente pela trilha perto do fim do dia, um pôr do sol incomparável se projetando em safira e ouro derretidos, lança após lança, através das folhas longas dos pés de milho enfileirados, entre o oeste e eu.

Outro dia – O rico verde-escuro dos tulipeiros e dos carvalhos, o cinza dos salgueiros-negros, os matizes opacos dos sicômoros e das nogueiras-negras, o esmeralda dos cedros (depois da chuva) e o amarelo luzente das faias.

8 DE NOVEMBRO DE 1876

A manhã plúmbea e nublada, sem frio ou umidade, mas sugestiva de ambos. Enquanto coxeio aqui e me sento diante da silenciosa lagoa, quanta diferença da excitação em meio à qual, nas cidades, milhões de pessoas agora esperam notícias da eleição presidencial de ontem ou recebem e discutem o resultado – neste lugar recluso, esquecido, desconhecido.

GRALHAS E GRALHAS

14 de novembro – Enquanto estou sentado aqui perto do riacho, descansando depois da minha caminhada, um caloroso langor do sol me banha. Nenhum som, a não ser um grasnar de gralhas, e nenhum movimento, a não ser as figuras negras voadoras sobrevoando, refletidas no espelho da lagoa abaixo. De fato, uma característica fundamental da paisagem hoje são essas gralhas, seu incessante grasnar, longe ou perto, e seus incontáveis grupos e préstitos se movendo de um lugar para outro, e às vezes quase escurecendo o ar com suas miríades. Enquanto me sento um instante e escrevo esta nota à beira da lagoa, vejo o bem definido e negro reflexo delas abaixo, voando através do espelho líquido, sozinhas, em duplas ou longas fileiras. A noite passada inteira escutei os ruídos vindos de seu enorme poleiro em um bosque vizinho.

UM DIA DE INVERNO NA PRAIA

Recentemente, passei um brilhante meio-dia de dezembro na orla marítima de New Jersey. Cheguei lá depois de pouco mais de uma hora de viagem de trem a partir da velha estrada Camden and Atlantic. Tinha saído cedo, animado por um café bom e forte e um excelente desjejum (preparado pelas mãos que amo, as de minha querida irmã Lou – como isso deixa melhor o sabor dos alimentos, depois sua assimilação, deixando-o forte, talvez tornando o dia todo mais confortável). Depois de 5 ou 6 milhas, nosso caminho adentrou uma ampla região de prados de capim-salgado, cortados por lagunas e em toda parte por correntes de água. O perfume juncoso, delicioso para minhas narinas, me fez lembrar o "charco" e a baía sul da minha ilha natal. Eu poderia ter viajado contente até a noite através dessas planas e odoríferas pradarias marinhas. Das onze e meia até as duas, estive quase todo o tempo ao longo da praia, ou à vista do oceano, ouvindo seu murmúrio rouco e inalando a brisa estimulante e bem-vinda. Primeiro, uma rápida viagem de 5 milhas sobre a areia dura – as rodas de nossa carruagem raramente produziam sulcos. Então, depois do almoço (uma vez que tínhamos ainda duas horas), saí em outra direção (não vi ou encontrei praticamente ninguém) e tomei posse do que parecia ter sido a sala de recepção de um velho banho público e tive uma ampla expansão da vista apenas para mim – exótica, revigorante, desimpedida – uma área seca de junça e relva imediatamente antes e ao redor de mim – espaço simples e sem ornamento. Veleiros distantes e, ao longe, a fumaça visível de um navio a vapor que viajava ao continente; mais claramente, navios, brigues, escunas à vista, a maioria deles com todas as velas ajustadas ao vento firme e constante.

Que encanto, que fascinação há no mar e na praia! Como se habita em sua simplicidade, até vacuidade! O que há em nós, estimulado por essas sutilezas e concretudes? A extensão de ondas e praia cinza-branca, sal, monótona, insensível – uma ausência tão completa de arte, livros, conversas, elegância – tão indescritivelmente reconfortante, mesmo neste dia de inverno – sombria, mas tão delicada, tão espiritual – impalpáveis e marcantes profundezas emocionais, mais sutis do que todos os poemas, pinturas, músicas que já li, vi, ouvi. (No entanto, deixe-me ser justo, talvez seja porque li esses poemas e ouvi essa música.)

FANTASIAS DE PRAIA

Ainda menino, tive a fantasia, o desejo, de escrever um texto, talvez um poema, sobre a praia – aquela linha divisória, contato, junção, o sólido que se casa com o líquido – aquela coisa curiosa, furtiva (como, sem dúvida, toda forma objetiva enfim se torna para o espírito subjetivo), o que significa muito mais do que sua mera primeira observação, tão imensa quanto é – misturando o real e o ideal, e cada um fazendo parte do outro. Horas, dias, na minha juventude de Long Island e no início da minha vida adulta, estive nas praias de Rockaway ou Coney Island, ou a leste, em Hamptons ou Montauk. Uma vez, em Montauk (à luz do antigo farol, nada além de marinhas à vista em todas as direções até onde a vista alcançava), lembro-me bem, senti que devia, um dia, escrever um livro expressando esse tema líquido, místico. Mais tarde, recordo-me como me ocorreu que, em vez de qualquer tentativa especificamente lírica, épica ou literária, a costa marítima deveria ser uma *influência* invisível, uma medida e cálculo que tudo permearia em minha composição. (Deixe-me dar uma dica aqui para jovens escritores. Não tenho certeza, mas inconscientemente segui a mesma regra com outros poderes além do mar e das praias – evitando-os, no sentido de uma resolução final em poetizá-los, por serem imensos demais para o tratamento formal – via-me satisfeito se pudesse mostrar indiretamente que nos encontramos e nos fundimos, mesmo que apenas uma vez, mas o bastante – que realmente tínhamos nos absorvido e compreendido.)

Há um sonho, uma imagem, que por anos, de tempos em tempos (às vezes intervalos bem longos, mas certamente aparece de novo, a tempo), surge silenciosamente diante de mim, e realmente acredito, ainda que ficção, que entrou amplamente em minha vida prática – e sem dúvida em meus escritos, modelando-os e colorindo-os. Não é nada mais do que um trecho de interminável areia branco-acastanhada, dura, lisa e larga, com o oceano perpétua e grandiosamente rolando sobre ela, com varredura lenta e regular, com marulhar, silvo e espuma, e como que com o ressoar baixo dos bumbos. Essa cena, essa imagem, repito, surgiu diante de mim de tempos em tempos por anos. Às vezes acordo à noite e posso ouvi-la e vê-la claramente.

EM MEMÓRIA DE THOMAS PAINE

Proferido no Lincoln Hall, Filadélfia, domingo, 28 de janeiro de 1877, pelo aniversário de 140 anos do nascimento de T.P.

Há 35 anos, na cidade de Nova York, no Tammany Hall, local que então eu frequentava, fiquei bastante familiarizado com aquele que talvez tenha sido o amigo mais íntimo de Thomas Paine, e certamente seu mais assíduo companheiro dos últimos anos, um senhor notadamente bom, coronel Fellows, ainda lembrado por alguns ocasionais remanescentes daquele período e local. Se vocês me permitirem, primeiro darei uma descrição do próprio coronel. Ele era alto, de porte militar, tinha cerca de 78 anos, julgo eu, cabelo branco como a neve, rosto bem barbeado, muito bem-vestido, uma casaca de tecido azul com botões de metal, colete amarelo-claro, pantalonas de cor parda e pescoço, peito e pulsos exibindo o mais branco dos linhos. Em qualquer circunstância, boas maneiras; um bom orador, porém não profuso, ainda dotado de toda a sua inteligência, equilibrada e viva e irretocável como sempre. Tinha a saúde muito boa, apesar de tão velho. Seu emprego – pois era pobre – era um cargo de guarda de alguns dos tribunais superiores. Eu costumava achá-lo muito pitoresco diante da multidão, segurando uma bengala alta, com sua forma ereta e sua vasta cabeça, descoberta e de corte rente. Os juízes e jovens advogados, que sempre o tiveram em grande estima e o achavam digno de respeito, costumavam chamá-lo de Aristides. Era a opinião geral entre eles que, se a retidão masculina e os instintos de absoluta justiça permaneciam com vida em qualquer parte da prefeitura de Nova York, ou do Tammany, eles estavam concentrados no coronel Fellows. Ele gostava dos rapazes e de conversar calmamente com eles acompanhado de um copo social de grogue quente, depois do seu dia de trabalho (nessas ocasiões, jamais bebia mais de um copo), e foi em sucessivos encontros desse tipo na sala de recepção dos fundos do Tammany daqueles dias que ele me contou muito sobre Thomas Paine. Em uma de nossas entrevistas, ofereceu um relato minucioso da doença e da morte de Paine. Em suma, a partir dessas conversas, fiquei satisfeito que meu velho amigo, com suas óbvias vantagens, tenha medido mental, moral e emocionalmente o autor de *Senso comum*, e, ao me dar bom retrato de sua aparência e modos, tenha tomado a verdadeira medida de seu caráter interior.

A conduta prática de Paine, e muito de sua crença teórica, era uma mistura das escolas francesas e inglesas de um século atrás, e o melhor de ambas. Como a maioria das pessoas de outrora, bebia um ou dois copos todos os dias, mas não era um beberrão, nem sequer imoderado, muito menos um alcoólatra. Vivia de maneira simples e econômica, mas muito bem – era sempre alegre e cortês, talvez por vezes um tanto contundente, tendo opiniões muito positivas sobre política, religião e assim por diante. Que ele trabalhou bem e sabiamente para os estados no desafiador período de seu nascimento e nas sementes de seu caráter, não me parece absolutamente questionável. Não ouso dizer quanto do que nossa União possui e desfruta hoje – sua independência – sua crença fervorosa nos direitos humanos radicais e a prática substancial deles – e a separação do governo de todo domínio eclesiástico e supersticioso – não me atrevo a dizer quanto de tudo isso se deve a Thomas Paine, porém estou inclinado a pensar que grande parte, sem sombra de dúvida.

Mas não estava me encaminhando a uma análise ou elogio do homem. Eu queria fazê-los retroceder uma ou duas gerações e oferecer-lhes indiretamente a perspectiva de um momento – e também trazer à baila uma opinião muito séria e, creio eu, autêntica, diria convicta, daquele tempo, o fruto das entrevistas que mencionei e de questionamentos diretos e cruzados, firmados por minha melhor informação desde então, de que Thomas Paine era dotado de personalidade nobre, como verificada por sua presença, rosto, voz, trajes, modos e o que pode ser chamado de sua atmosfera e magnetismo, especialmente nos últimos anos de sua vida. Estou certo disso. Das fictícias e tolas histórias contadas sobre as circunstâncias de sua morte, o fato absoluto é que, como viveu uma boa vida, a exemplo dos seus iguais, morreu de modo calmo e filosófico, conforme se tornou. Serviu à União embrionária com o mais precioso serviço – um serviço do qual todo homem, mulher e criança em nossos 38 estados hoje, em certa medida, se beneficiam – e eu, digamos aqui, alegre e reverentemente deposito minha pedrinha em seu memorial. Como todos sabemos, a época exige – ou melhor, será que em algum momento estará fora de propósito? – que os Estados Unidos aprendam a se debruçar melhor sobre suas mais diletas posses, o legado de seus homens bons e fiéis – que preserve bem sua fama, quando inquestionada – ou, se for necessário, que não deixe de dissipar quaisquer nuvens que lancem sombras nessa fama, e a lustre com mais verdade e brilho, sempre nova, continuamente.

DUAS HORAS DE NAVEGAÇÃO NO GELO

3 de fevereiro de 1877 – De quatro a seis da tarde, cruzando o Delaware através do gelo (de volta à minha casa em Camden), incapaz de desembarcar; nosso barco era firme e forte e habilmente pilotado, mas velho e mal-humorado, e quase não obedecia ao leme. (*Força*, tão importante na poesia e na guerra, também é fundamental em um barco a vapor de inverno, com longos trechos de gelo para enfrentar.) Por mais de duas horas batemos e fomos aos solavancos, a corrente invisível, lenta, mas irresistível, muitas vezes nos levando por longas distâncias contra a nossa vontade. Ao primeiro matiz do anoitecer, enquanto olhava ao redor, pensei que não se poderia apresentar cena mais fria, ártica, amplamente sombria e deprimente. Tudo estava ainda claramente visível; por milhas a norte e a sul, gelo, gelo, gelo, quase sempre em grandes blocos, sem água livre à vista. Margens, cais, superfícies, telhados, navegação, envoltos em neve. Um leve vapor de inverno surgia como acompanhamento apropriado sobre e em torno da infinita amplidão esbranquiçada e lhe conferia um toque de aço e marrom.

6 de fevereiro – Ao cruzar o rio mais uma vez no caminho de casa, no barco das seis da tarde, as sombras transparentes estão preenchidas por toda parte com flocos de neve caindo devagar, ligeiramente oblíquos, curiosamente esparsos, mas muito grandes. Nas margens, perto e longe, o brilho espaçado de aglomerados de lampiões a gás recém-acesos. O gelo, às vezes em montes, por vezes em campos flutuantes, através dos quais nosso barco segue triturando. A luz permeada por aquela peculiar névoa noturna, logo depois de o sol se pôr, que às vezes representa tão peculiarmente os objetos distantes.

ABERTURAS DA PRIMAVERA – DIVERTIMENTOS

10 de fevereiro – O primeiro chilrear, quase cantar, de um pássaro hoje. Então notei um casal de abelhas disparando e zunindo próximas à janela aberta ao sol.

11 de fevereiro – No rosa suave e ouro pálido do ocaso da luz, nesta linda noite, escutei o primeiro zumbido e preparação da primavera que desperta – muito fraca – se na terra ou nas raízes, ou no voo dos insetos, não sei – mas era audível, enquanto me inclinava sobre uma cerca (estou no campo há pouco tempo) e mirei longamente o horizonte a oeste. Virando a leste, Sirius, quando as sombras se aprofundaram, surgiu em deslumbrante esplendor. E a grande Órion; e um pouco a nordeste, o Carro de Davi, na vertical.

20 de fevereiro – Um pôr do sol solitário e agradável na lagoa, exercitando braços, peito, todo o corpo, perto de um duro e jovem carvalho, grosso como meu pulso, 12 pés de altura – puxando e empurrando, respirando o ar bom. Depois de lutar com a árvore por algum tempo, sou capaz de sentir sua tenra seiva e sua virtude brotando do chão e formigando através de mim da cabeça aos pés, como o vinho da saúde. Então, para adição e variedade, dou início a meu vocalismo; brado peças oratórias, sentimentos, tristeza, raiva etc., de poetas ou peças de teatro modelares – ou encho meus pulmões e canto as melodias selvagens que escutei dos negros no Sul, ou as canções patrióticas que aprendi no exército. Faço soarem os ecos! No cair do crepúsculo, numa pausa dessas ebulições, uma coruja em algum lugar do outro lado do riacho soava *uu-uu-uu-uu-uu*, suave e melancólica (e acho que um pouco sarcástica), repetindo quatro ou cinco vezes. Talvez para aplaudir as canções negras – talvez fazendo algum comentário irônico sobre a tristeza, a raiva ou o estilo dos poetas modelares.

UMA DAS DOBRAS HUMANAS

Por que, em toda a serenidade e reclusão da solidão, longe daqui, no silêncio da floresta, sozinho, ou como o encontrei nas desertas pradarias, ou na quietude da montanha, nunca perdemos totalmente o instinto de procurar ao redor (nunca perco, e outros me dizem o mesmo de si mesmos, confidencialmente) por alguém que apareça ou comece a sair da terra, ou de trás de alguma árvore ou rocha? São ainda os restos herdados da cautela primitiva do homem, dos animais selvagens? Ou de sua ancestralidade selvagem lá atrás? Não é de todo nervosismo ou medo. Parece que algo desconhecido talvez se esconda naqueles arbustos ou em lugares solitários. Mais até: é bem certo que existe – alguma presença vital invisível.

UMA CENA VESPERTINA

22 de fevereiro – Ontem à noite e hoje, chuva forte, até o meio da tarde, quando o vento mudou de direção, as nuvens rapidamente se abriram como cortinas, a luz apareceu, e com ela o arco-íris mais maravilhoso, mais belo, mais grandioso que já vi, inteiro, completo, muito vívido em suas extremidades, espalhando vastas efusões de neblina iluminada, violeta, amarela, verde opaca, em todas as direções acima, através das quais o sol brilhava – uma expressão indescritível de cor e luz, tão linda, mas tão suave, como nunca testemunhara antes. Então sua continuação: passou uma hora inteira antes que a última de suas pontas desaparecesse. O céu atrás se abria em azul translúcido, com muitas nuvens brancas pequenas. Para elas um pôr do sol, preenchendo, dominando os sentidos estéticos e da alma, suntuosa, terna, plenamente. Termino esta nota à beira da lagoa, com luz o bastante para ver, através das sombras da noite, os reflexos do oeste na superfície do espelho d'água, com as imagens invertidas das árvores. Ouço de vez em quando o *flup* de um lúcio saltando e ondulando a água.

A ABERTURA DOS PORTÕES

6 de abril – Primavera já palpável, ou sinais dela. Estou sentado sob um sol brilhante, à beira do riacho, a superfície encrespada pelo vento. Tudo é solidão, frescor matinal, despreocupação. Como companheiros, dois martins-pescadores ao ar, serpenteando, disparando, mergulhando, às vezes caprichosamente separados, às vezes voando juntos. Ouço seu trinado gutural repetidas vezes;

por algum tempo, nada além daquele som peculiar. À medida que o meio-dia se aproxima, outras aves se animam. As notas estridentes do tordo e uma passagem musical em duas partes, uma delas um claro e delicioso gorgolejo, com várias outras aves que não posso nomear. Ao qual se junta (sim, acabo de ouvir) um ronronar baixo e intermitente de algumas pererecas impacientes à beira da lagoa. O murmúrio sibilante de uma brisa firme de vez em quando através das árvores. Então, uma pobre e pequena folha morta, congelada, rodopia de algum lugar no alto em um selvagem divertimento, em fuga livre no espaço e sob a luz do sol, para então mergulhar nas águas, que a agarram logo, tragando-a. Os arbustos e as árvores estão desfolhados, mas as faias ainda carregam amplamente as folhas amareladas e amarrotadas da última estação, cedros e pinheiros frequentemente ainda verdes, e a relva não traz evidências da plenitude vindoura. E, acima de tudo, uma cúpula azul-clara maravilhosamente bela, o jogo do ir e vir da luz, e grandes flocos de nuvens brancas vogando em silêncio.

A TERRA COMUM, O SOLO

O solo também – que outros retratem com pena e tinta o mar, o ar (como às vezes tento) – agora minha vontade é escolher o solo comum por tema – nada mais. O solo marrom aqui (apenas entre o fim do inverno e a chegada da primavera e da vegetação) – o aguaceiro à noite e o cheiro fresco na manhã seguinte – as minhocas se contorcendo ao sair do chão – as folhas mortas, a grama nascente e a vida latente debaixo dela – o esforço para começar alguma coisa – já em locais protegidos algumas florzinhas – o distante espetáculo esmeraldino do trigo de inverno e dos campos de centeio – as árvores ainda desfolhadas, com largos espaços vazios entre galhos, oferecendo panoramas que o verão não permite – o duro pousio, o conjunto de arados, o garoto parrudo que assovia a seus cavalos para animá-los – e, lá, a terra escura e gorda em longas e oblíquas listras revolvida.

PÁSSAROS E PÁSSAROS E PÁSSAROS

Um pouco mais tarde – tempo luminoso – Uma melodiosidade incomum nestes dias (últimos de abril e primeiros de maio), vindas dos melros; na verdade, de todos os tipos de pássaro, disparando, assoviando, pulando ou se empoleirando nas árvores. Nunca antes vi, ouvi ou estive no meio deles, nem fiquei tão inundado e repleto deles e de suas performances como neste mês. Oceanos, sucessões deles. Farei uma lista daqueles que encontro aqui:

Melros (muitos),
Rolas-do-cabo,
Corujas,
Pica-paus-carijós,
Suiriris,
Gralhas (muitas),
Corruíras,
Martins-pescadores,
Codornizes,
Urubus-de-cabeça-vermelha,
Búteos-de-cauda-vermelha,
Mariquitas-amarelas,
Tordos-eremitas,
Tristes-pias,
Pedros-ceroulos (muitos),
Pássaros-gatos (muitos),
Cucos,
Narcejas (muitas),
Pipilos,
Savacus,
Tentilhões,
Corvos,
Narcejas-cinza,
Águias,
Pica-pau-mosqueado,
Garças,
Chapins,
Pombos-torcazes.

Antes vieram:

Pássaros-azuis,
Borrelho-de-dupla-coleira,
Tarambola,
Pintarroxo,
Galinhola,
Rouxinol-do-campo,
Andorinha-das-árvores,
Maçarico-solitário,
Sabiá-norte-americano,
Pica-paus.

NOITES ESTRELADAS

21 de maio – De volta a Camden. Mais uma vez começando uma daquelas noites transparentes, estreladas, de céu negro-azulado, como se quisesse mostrar que, por mais exuberante e pomposo que seja o dia, ainda há algo que resta no não dia capaz de superá-lo. A mais rara e melhor amostra do prolongado claro-escuro, do pôr do sol até as nove horas. Desci até o Delaware e cruzei-o, ida e volta. Vênus como prata resplandecente no oeste. O grande e pálido e fino crescente da lua nova, no céu por meia hora, afundando languidamente sob uma banda de nuvens e depois emergindo. Arcturus bem acima. Um leve e perfumado cheiro de mar surgiu do sul. O crepúsculo, a frieza moderada, com todos os aspectos da cena, indescritivelmente calmante e tônico – uma daquelas horas que dão pistas para a alma, impossível de expressar em palavras. (Ah, onde haveria alimento para a espiritualidade sem a noite e as estrelas?) A vaga espacialidade do ar e o véu azul dos céus pareciam milagres suficientes.

À medida que a noite avançava, o céu mudou seu espírito e vestes para uma mais elevada grandeza. Eu estava quase consciente de uma presença definida, a Natureza silenciosamente próxima. A grande constelação de Hidra Macho estendeu suas espirais por mais de metade dos céus. A do Cisne, de asas abertas, voava pela Via Láctea. A Coroa do Norte, a Águia, a Lira, todas lá em seus lugares. No domo inteiro vejo pontos de luz, eles entram em contato comigo atravessando o preto-azul iluminado. Toda sensação usual de movimento, toda vida animal parecem descartadas, uma ficção; um curioso poder, como o plácido repouso dos deuses egípcios, tomou posse, não menos potente por ser impalpável. Mais cedo havia visto muitos morcegos, equilibrando-se no crepúsculo luminoso, lançando suas formas negras de um lado para outro sobre o rio; agora eles desapareceram completamente. Vênus e a lua tinham desaparecido. Prontidão e paz descansavam placidamente por entre as sombras fluidas e universais.

26 de agosto – Radiante tem sido o dia, e meus humores um igual *forzando*. Então vem a noite, diferente, reflexiva para além da expressão, com seu próprio terno e temperado esplendor. Vênus permanece no oeste com um brilho voluptuoso, até aqui jamais apresentado neste verão. Marte se levanta cedo, e a lua vermelha e mal-humorada, há dois dias cheia; Júpiter, no meridiano da noite, e a longa, oblíqua e ondulada Escorpião, que se estende por todo o sul, com Antares no pescoço. Marte agora anda pelos céus como senhor supremo; durante todo o mês saio depois do jantar e o observo; às vezes me levantando à meia-noite para mais uma vez observar seu brilho incomparável. (Soube que recentemente um astrônomo descobriu através do novo telescópio de Washington que Marte tem decerto uma lua, talvez duas.) Pálido e distante, mas próximo nos céus, Saturno o precede.

VERBASCOS E VERBASCOS

Grandes, plácidos verbascos, à medida que o verão avança, de textura aveludada, de um esverdeado opaco, crescendo por toda parte nos campos – primeiro, as grandes rosetas da terra, em suas plantas baixas de folhas largas, oito, dez, vinte folhas para uma planta – abundantes nos 20 acres do pousio, no fim da trilha, e especialmente nos sulcos das cercas – depois rentes ao chão, mas logo se levantando – folhas tão largas quanto a minha mão, e as mais baixas duas vezes maiores – tão frescas e orvalhadas pela manhã – talos que contam agora com 4 ou 5, até 7 ou 8 pés de altura. Os agricultores, descubro, acham que o verbasco é uma erva daninha sem valor, mas ganhei carinho por ela. Todo objeto traz um ensinamento, sintetizando a sugestão de todo o resto – e ultimamente tenho por vezes pensado que tudo para mim se concentra nessas ervas daninhas resistentes e amarelas. Quando desço à trilha de manhã cedo, faço uma pausa diante de sua cobertura como que lanosa e macia e dos caules e das folhas largas, brilhando com incontáveis diamantes. Anualmente, contados já três verões, eles e eu silenciosamente retornamos juntos; fico bastante tempo diante deles de pé ou sentado, meditando – e entrelaçado ao resto, acerca das muitas horas e momentos da reabilitação parcial – acerca de meu espírito saudável ou doente, aqui tão perto da paz quanto possível.

SONS DISTANTES

O machado do lenhador, o baque medido de um só mangual, o canto do galo na capoeira do celeiro (com respostas invariáveis de outras capoeiras de celeiros) e o mugido do gado – mas acima de tudo, ou longe ou perto, o vento – através do alto das copas das árvores, ou através dos arbustos baixos, tão suave, banhando rosto e mãos, este meio-dia agradável e iluminado, o mais frio por um longo tempo (2 de setembro) – não chamarei isto de *suspiro*, pois para mim é sempre uma expressão firme, saudável e alegre, através da monotonia, oferecendo muitas variedades, rápidas ou lentas, densas ou delicadas. O vento em um trecho de pinheiral adiante – como sibila! Ou no mar, posso imaginá-lo neste momento, no quebrar das ondas, com a energia da espuma ao longe espargida, o assobio livre e o cheiro do sal – e esse vasto paradoxo de alguma forma com toda a sua ação e inquietude transmitindo um senso de eterna quietude.

Outros adjuntos – Apenas o sol e a lua aqui e estes tempos. Maravilhoso como nunca durante o dia, o magnífico orbe imperial, tão vasto, ardente e caloroso – jamais tão gloriosas luas à noite, especialmente as últimas três ou quatro. Os grandes planetas também – Marte nunca antes tão fulgurante, imenso e brilhante – com ligeira coloração amarela (os astrônomos dizem – é verdade? –, mais próximo de nós do que em qualquer outro momento do século passado) – e bem ao alto, o sr. Júpiter (pouco depois, perto da lua) – e no oeste, depois de o sol se pôr, Vênus voluptuosa, agora lânguida e tosquiada de seus raios, como que de algum excesso divino.

A NUDEZ BANHADA DE SOL

Domingo, 27 de agosto – Outro dia livre de acentuada prostração e dor. Parece de fato como se a paz e o alimento do céu sutilmente se filtrassem para dentro de mim enquanto vagarosamente coxeio por estas trilhas campestres e através dos campos, no ar bom – enquanto me sento aqui na solidão com a Natureza – Natureza aberta, sem voz, mística, recôndita e, no entanto, eloquente e intensa. Misturei-me à cena no dia perfeito. Pairando sobre a límpida água do riacho, sinto-me aliviado pelo suave gorgolejo em um lugar, e os roucos murmúrios de sua queda de 3 pés em outro. Vinde, desconsolados, nos quais qualquer qualidade latente se foi – vinde buscar as concretas virtudes da margem do riacho, e da floresta e do campo. Por dois meses (julho e agosto de 1877) as absorvi, e elas começam a fazer de mim um novo homem. Todos os dias, reclusão – todos os dias pelo menos duas ou três horas de liberdade, os banhos, sem conversas, obrigações, roupas, livros, *modos*.

Devo dizer-lhe, leitor, a que atribuo a minha saúde já muito restaurada? Estou há quase dois anos, com algumas interrupções, sem drogas e medicamentos, e diariamente ao ar livre. No verão passado, encontrei um valezinho bem isolado a alguma distância do meu riacho, originalmente uma grande pedreira de marga, agora abandonada, ocupada de arbustos, árvores, grama, um grupo de salgueiros, margens irregulares e uma bica de água deliciosa correndo pelo meio, com duas ou três pequenas cascatas. A este lugar me recolhi todos os dias quentes e assim o fiz o verão inteiro. Aqui percebo o que queria dizer aquele velho companheiro quando falava que raramente se via menos sozinho do que quando sozinho. Nunca antes cheguei tão perto da Natureza; nunca antes ela chegou tão perto de mim. Por velho hábito, escrevia de tempo em tempo, quase automaticamente, humores, visões, horas, matizes e contornos, no local. Deixe-me registrar especialmente a satisfação desta manhã, tão serena e primitiva, tão convencionalmente excepcional, natural.

Cerca de uma hora depois do desjejum, fui até os recessos desse vale, que eu e certos tordos, pássaros-gatos etc., tínhamos apenas para nós. Um leve vento sudoeste soprava através das copas das árvores. Era justamente o lugar e a hora do meu banho de ar adâmico e da limpeza da carne da cabeça aos pés. Então, pendurando roupas em uma cerca por perto, mantendo o velho chapéu de palha e abas largas na cabeça e as sapatilhas nos pés, que bons momentos vivi nas últimas duas horas! Primeiro com as cerdas duras e elásticas esfregando os braços, o peito, os flancos até ficarem vermelhos – depois banhando-me parcialmente nas águas límpidas do riacho – tudo muito devagar, com muitos descansos e pausas – pisando descalço a cada poucos minutos de vez em quando em algum lodo negro vizinho, para banhar de lama meus pés – um breve segundo e terceiro mergulhar nas águas correntes de cristal – esfregando-me com a toalha perfumada – passeios lentos e negligentes no relvado para cima e para baixo no sol com paradas de quando em quando, e mais fricções da escova de cerdas – às vezes levando comigo minha cadeira portátil de um lugar para outro, já que meu alcance é bastante extenso aqui, quase 100 varas, me sentindo bastante seguro em relação a qualquer intrusão (e de fato não estou de modo algum nervoso em relação a isso, se acontecer acidentalmente).

Enquanto caminhava lentamente pela grama, o sol brilhou o suficiente para mostrar a sombra se movendo comigo. De alguma forma pareço identificar-me com cada coisa ao meu redor, em sua condição. A Natureza estava nua, e eu também. Ela era muito indolente, reconfortante, serena e jovial para ser objeto de especulação. No entanto, eu poderia ter pensado em alguma coisa nesse sentido: talvez o contato interior que nunca perdemos com a terra, a luz, o ar, as árvores etc. não se realize apenas através dos olhos e da mente, mas através de todo o corpo material, que não vou cegar mais do que os olhos. A nudez na Natureza, doce, saudável, tranquila! – se a humanidade pobre, doente e lasciva nas cidades pudesse realmente conhecê-la novamente! Não é a nudez indecente? Não, não em si. Seu pensamento, sua sofisticação, sua lágrima, sua respeitabilidade é que são indecentes. Há circunstâncias em que essas nossas roupas não são apenas muito cansativas de usar, mas também elas mesmas indecentes. Talvez, de fato, ele ou ela, a quem o livre êxtase revigorante da Nudez na Natureza nunca tenha sido aceitável (e quantos milhares existem!), não tenha realmente conhecido o que é pureza – nem o que é a fé, a arte ou a saúde de fato. (Provavelmente todo o currículo da melhor filosofia, a beleza, do heroísmo, da forma, ilustrado pela antiga raça helênica – a mais alta altura e a mais profunda profundidade conhecida pela civilização nesses departamentos –, veio de uma ideia natural e religiosa da Nudez.)

Há muitas horas como essa, de tempos em tempos, nos últimos dois verões – a elas atribuo amplamente minha parcial reabilitação. Algumas boas pessoas podem pensar que seja uma maneira frágil ou meio louca de passar o tempo e o pensamento. Talvez seja.

OS CARVALHOS E EU

5 de setembro de 1877 – Escrevo isto, onze da manhã, abrigado sob um compacto carvalho à margem do riacho, onde me refugiei de uma chuva repentina. Vim até aqui (chuviscou aborrecidamente a manhã toda, mas há uma hora amainou) para o já mencionado exercício diário e simples de que gosto – de puxar aquela jovem nogueira mais adiante – de balançar e ceder ao seu duro e flexível tronco jovem ereto – talvez para fazer com que meus antigos tendões absorvam parte de sua fibra elástica e seiva transparente. Fico na grama e executo esses saudáveis gestos moderadamente e respeitando momentos de descanso por quase uma hora, inalando grandes tragadas de ar fresco. Percorrendo o riacho, tenho três ou quatro lugares de que gosto e onde descanso – além de uma cadeira que levo comigo e uso para ocasiões mais deliberadas. Em outros convenientes pontos selecionei, além da nogueira que mencionei, galhos fortes e flexíveis de faia ou azevinho, a pouca distância, para minha ginástica natural, para braços, peito, músculos do tronco. Logo sou capaz de sentir a seiva e a força subindo através de mim, como mercúrio no calor. Agarro-me aos galhos ou árvores esguias cuidadosamente ali no sol e na sombra, luto com a coragem inocente deles – e *sei* que sua virtude assim se transmite para mim. (Ou talvez possamos trocar – talvez as árvores estejam mais conscientes disso do que jamais imaginei.)

Mas agora, agradavelmente aprisionado aqui sob o grande carvalho – a chuva gotejando, e o céu coberto com nuvens de chumbo – nada além do lago de um lado, e do outro uma extensão de relva, pontilhada pelas flores leitosas da cenoura silvestre – o som de um machado empunhado sobre alguma pilha de madeira distante – mas nesta cena monótona (como a maioria das pessoas chamaria), por que eu estou tão (quase) feliz aqui e sozinho? Por que qualquer intrusão, mesmo de pessoas de que gosto, estragaria o encanto? Mas estou sozinho? Sem dúvida chega um momento – talvez tenha chegado para mim – em que se sente através de todo o ser, e particularmente da parte emocional, essa identidade entre si subjetivamente e a Natureza objetivamente, sobre a qual tanto insistem Schelling e Fichte. Como funciona, não sei, mas muitas vezes percebo uma presença aqui – em momentos de calma, ela me é certa, e sobre ela nem a química, nem o raciocínio, nem a estética dão a menor explicação. Nos últimos dois verões, ela foi fortalecendo e nutrindo meu corpo e minha alma doentes, como nunca antes. Obrigado, médico invisível, pelo teu silencioso e delicioso remédio, teu dia e tua noite, tuas águas e teus ares, as margens, a relva, as árvores e até o mato!

UMA QUINTILHA

Enquanto a chuva me prendia sob o abrigo do meu grande carvalho (perfeitamente seco e confortável, com o barulho das gotas ao redor), rabisquei o clima do momento em uma pequena quintilha, que ofereço a vocês:

De folga com a Natureza
Tranquilo e receptivo
Destilando o momento
Seja ele qual e quando for,
E o passado, apagamento.

Consegue captar, caro leitor? O que acha?

PRIMEIRA GEADA – LEMBRANÇA

Foi onde estava hospedado que vi a primeira geada de fato, na minha caminhada ao nascer do sol, em 6 de outubro; por sobre tudo que ainda restava de verde havia um leve véu cinza-azulado que conferia novo interesse a toda a paisagem. Tive pouco tempo para a observação, pois o sol nascia em um céu sem nuvens e transmitia um leve calor; quando me pus a caminho da estrada, a geada já havia se transformado em manchas reluzentes de umidade. Caminhando, observei o estouro das vagens de algodão silvestre (cânhamo-indiano, como chamam aqui), com um conteúdo suave e sedoso e sementes marrom-avermelhadas – um coelho assustado – arranco um punhado balsâmico de sempre-vivas e enfio nos bolsos da calça para perfumá-lo.

A MORTE DE TRÊS HOMENS

20 de dezembro – Não sei a razão, mas hoje me pus a pensar na morte dos homens jovens – de modo nenhum com tristeza ou sentimentalismo, mas com gravidade, realismo e talvez um pouco de arte. Ofereço-lhes estes três casos a seguir a partir de arquivos de anotações pessoais, que venho folheando, sozinho em meu quarto, e retomando e sobre elas refletindo nesta tarde chuvosa. Quem não se sente tocado pelo assunto? Não sei quanto aos outros, mas para mim não só não há nada de sombrio ou triste nesses casos – como, pelo contrário, enquanto reminiscências, as considero calmantes, estimulantes, tônicos.

Erastus Haskell – [Apenas transcrevo literalmente uma carta redigida por mim em um dos hospitais do exército, há dezesseis anos, durante a Guerra de Secessão.] *Washington, 28 de julho de 1863* – Caro M., – Escrevo isto do hospital, sentado ao lado de um soldado, não creio que resista muitas horas. Seu destino tem sido difícil – ele parece ter apenas 19 ou 20 anos – Erastus Haskell, da Companhia K, 141º de Nova York – está a serviço há cerca de um ano e se encontra doente ou meio doente mais da metade do tempo – esteve na península – foi destacado para entrar na banda como pífano. Quando doente, o cirurgião lhe disse que acompanhasse o resto – (provavelmente trabalhou e marchou por muito tempo). Ele é tímido e parece-me que muito sensato – tem boas maneiras – nunca se queixa – estava doente na península em um antigo depósito – febre tifoide. Na primeira semana de julho foi trazido para cá – viagem muito ruim, sem acomodações, sem alimento, nada além de sacolejos fortes e exposição suficiente para deixarem um homem são doente (essas viagens terríveis acabam com muitos) – recebido aqui em 11 de julho – um jovem silencioso e moreno, de aparência espanhola, com grandes olhos azuis muito escuros e aparência muito singular. O dr. F. fez pouco de sua doença – disse que se recuperaria em breve etc.; mas pensei de forma muito diversa e assim disse a F. repetidamente (quase briguei com ele por causa disso no início) – mas ele riu e não quis me ouvir. Há cerca de quatro dias disse ao médico que, na minha opinião, perderia o menino, sem dúvida – mas F. novamente riu de mim. No dia seguinte, ele mudou de opinião – trouxe o cirurgião-chefe do posto – disse que o menino provavelmente morreria, mas iriam lutar muito por ele.

Nos últimos dois dias ele esteve deitado ofegante – uma visão lamentável. Estive com ele um pouco todos os dias ou noites desde que chegou. Ele sofre muito com o calor – diz pouco ou nada – esteve disperso nos últimos três dias, às vezes – sempre me reconhece – me chama de "Walter" – (às vezes chama o nome sucessivas vezes, pensativo, abstratamente, para si mesmo). Seu pai mora em Breesport, no condado de Chemung, Nova York, é artesão com família numerosa – é um homem firme e religioso; sua mãe também está viva. Escrevi para eles e escreverei novamente hoje – Erastus não recebe uma palavra de casa há meses.

Enquanto estou aqui lhe escrevendo, M., gostaria que você pudesse ver toda a cena. Esse jovem está ao meu lado, deitado de barriga para cima, com as mãos cruzadas sobre o peito, o cabelo preto e grosso bem cortado; está cochilando, respira com dificuldade, cada respiração um espasmo – parece tão cruel. Ele é um bravo jovem – creio que já não há esperança. Muitas vezes ele fica sozinho por um bom tempo. Fico aqui tanto quanto é possível.

William Alcott, bombeiro. *Camden, novembro de 1874* – Na última segunda-feira à tarde, sua viúva, mãe, parentes, companheiros do corpo de bombeiros e seus outros amigos (eu era um, apenas nos últimos tempos, é verdade, mas nosso amor cresceu rápido e ficamos próximos nos dias e noites daquelas oito semanas de rápido declínio, na cadeira à beira do leito de morte) reuniram-se no funeral desse jovem que havia crescido e era bem conhecido aqui. Com nada especial, talvez, para registrar, daria uma ou duas palavras à sua memória. Ele não me pareceu um espécime indigno, em caráter e elementos, do grosso da boa raça média americana que flui e reflui eternamente sob essa escumalha de eructações na superfície. Sempre muito sossegado, bem-arrumado e bem-vestido, com bom humor – pontual e diligente em seu trabalho, até não poder mais trabalhar – apenas vivia sua vida firme, correta, discreta, em sua própria esfera humilde, sem dúvida inconsciente de si mesmo. (Embora ache que havia correntes de emoção e intelecto subdesenvolvidas, muito mais profundas do que seus conhecidos jamais suspeitaram – ou do que ele mesmo já suspeitou.) Ele não falava nada. Seus problemas, quando tinha algum, guardava para si. Como não havia nada de conflituoso em sua vida, não fez nenhuma reclamação durante a sua doença final. Era uma daquelas pessoas que, embora seus associados nunca pensassem em lhe atribuir qualquer talento ou graça em particular, todos, na verdade, sem o notar, gostavam de Billy Alcott.

Eu também o amava. Por fim, depois de estar com ele bastante – depois de horas e dias ofegando, na maior parte do tempo inconsciente (embora a doença que estivera à espreita em seu sistema, uma vez iniciada, tivesse progredido rapidamente, havia ainda grande vitalidade nele, e de fato por quatro ou cinco dias ele padeceu, antes do fim), ao término da noite de quarta-feira, 4 de novembro, quando rodeamos sua cama em silêncio, veio uma calmaria – uma respiração mais longa, uma pausa, um leve suspiro – outro – um suspiro mais fraco, outro suspiro – uma pausa de novo e apenas um tremor – e o rosto abatido do pobre jovem (ele tinha apenas 26 anos) caiu suavemente na morte, na minha mão, no travesseiro.

Charles Caswell – [Extraio o seguinte, literalmente, de uma carta para mim, datada de 29 de setembro, do meu amigo John Burroughs, em Esopus-on-Hudson, estado de Nova York.] S. estava fora quando sua foto chegou, atendendo seu irmão doente, Charles – que enfim morreu – um acontecimento que me entristeceu muito. Charlie era mais jovem que S. e um jovem muito atraente. Trabalhou para o meu pai por dois anos. Era o melhor exemplar de um jovem trabalhador do campo que já conheci. Você o teria amado. Ele era como um dos seus poemas. Com sua grande força, o cabelo loiro, alegria e contentamento, boa vontade universal e modos viris silenciosos, era difícil encontrar um rapaz igual. Foi assassinado por um velho médico. Ele tinha febre tifoide, e o velho imbecil o sangrou duas vezes. Viveu até que a febre foi debelada, mas não teve forças para se recuperar. Delirou quase o tempo todo. De manhã (ele morreu à tarde), S. estava diante dele, e Charlie abraçou-lhe o pescoço, puxou seu rosto para baixo e o beijou. S. disse que sabia que o fim estava próximo. (S. ficou com ele dia e noite até o último instante.) Quando eu estava em casa, em agosto, Charlie usava a ceifeira no morro, e era muito divertido vê-lo caminhar pelos cereais. Todo o trabalho parecia brincadeira para ele. Não tinha vícios, não mais do que a Natureza, e foi amado por todos que o conheciam.

Escrevi-lhe a respeito dele, pois jovens como ele pertencem a você; ele era seu tipo. Pena que você não o conheceu. Tinha a doçura de uma criança e a força, coragem e prontidão de um jovem viking. Sua mãe e seu pai são pobres; têm uma fazenda de difícil trato. A mãe trabalha no campo com o marido quando o trabalho aperta. Teve doze filhos.

DIAS DE FEVEREIRO

7 de fevereiro de 1878 – Sol cintilante hoje, com leve neblina, relativamente quente e, no entanto, cortante, enquanto me sento aqui ao ar livre, em meu retiro no campo, sob um velho cedro. Por duas horas caminhei a esmo pela floresta e pela lagoa, arrastando minha cadeira, escolhendo bons pontos para me sentar um pouco – e então me levantar e lentamente seguir adiante. Aqui tudo é paz. Claro, nenhum dos ruídos de verão ou vitalidade; tampouco os de inverno. Eu me divirto exercitando minha voz em declamações e modulando de variadas formas todos os sons vocais e alfabéticos. Nem um eco sequer; apenas o grasnar de uma gralha solitária, voando a alguma distância. A lagoa é uma extensão brilhante e plana, sem ondulações – um vasto Espelho de Claude, no qual estudo o céu, a luz, as árvores sem folhas e uma ou outra gralha, com asas agitadas, sobrevoando o céu. Os campos marrons têm algumas manchas brancas de neve à esquerda.

9 de fevereiro – Depois de uma hora de andanças, agora me abrigando, descansando, sentado perto da lagoa, em um canto quente, escrevendo isto, protegido da brisa, pouco antes do meio-dia. Os aspectos *emocionais* e influências da Natureza! Eu também, como o resto, sinto essas tendências modernas (de todas as *intellections* dominantes, literatura e poemas) de transformar tudo em *pathos*, *ennui*, morbidade, insatisfação, morte. No entanto, como é claro para mim que esses não são, de forma alguma, os resultados nascidos, as influências da Natureza, mas de uma alma deformada, doente ou tola. Aqui, em meio a este cenário selvagem e livre, quanta saúde, alegria, limpeza e doçura!

Meio da tarde – Um dos meus cantinhos fica ao sul do celeiro, e aqui estou sentado agora, em um tronco, ainda me aquecendo ao sol, protegido do vento. Perto de mim está o gado, alimentando-se de pés de milho. Ocasionalmente, uma vaca ou o jovem touro (como é bonito e seguro de si!) arranham e mastigam a extremidade do tronco em que me sento. O odor fresco e leitoso é bastante perceptível, também o perfume de feno do celeiro. O barulho perpétuo dos talos secos dos pés de milho, o murmurar baixinho do vento ao redor das empenas do celeiro, os grunhidos dos porcos, o apito distante de uma locomotiva e o ocasional clarinar dos galos são os sons.

19 de fevereiro – Frio cortante na noite passada – clara e sem muito vento – a lua cheia brilhando, e as constelações e pequenas e grandes estrelas belamente distribuídas – Sirius muito brilhante, levantando cedo, precedida por Órion de muitos orbes, brilhante, imensa, com sua espada e seu cão de caça. A terra congelada e um duro brilho de gelo sobre a lagoa. Atraído pelo esplendor calmo da noite, tentei uma caminhada curta, mas fui trazido de volta por causa do frio. Muito severo para mim também às nove horas, quando saí hoje de manhã, e então voltei novamente. Mas agora, perto do meio-dia, andei pela estrada, tomando sol o tempo todo (esta fazenda tem uma agradável exposição ao sul), e aqui estou eu, sentado ao abrigo do vento em um barranco, perto da água. Há pássaros azuis voando, e ouço muitos gorjeios e pios e duas ou três melodias reais, que soam por um bom tempo no brilho e calor do meio-dia. (Ali! Esse é um verdadeiro canto, entoado corajosa e repetidamente, como se o cantor assim o quisesse.) Então, à medida que o meio-dia se fortalece, o trinado agudo do tordo – aos meus ouvidos, as mais animadoras notas de um pássaro. Em intervalos, como pausa e compasso (projetados sob o murmúrio baixo que, em qualquer cena, por mais silenciosa que seja, nunca se ausenta de todo de um ouvido delicado), os ocasionais rangidos e estalos do gelo liso congelado sobre o riacho, ao receber os raios de sol – às vezes com um suspiro baixo – às vezes com um tranco e um resfolego furioso e obstinado.

(Robert Burns diz em uma de suas cartas: "Não há decerto nenhum objeto terreno que me dê mais – não sei se devo chamá-lo de prazer – trata-se de coisa que me exalta e me arrebata – do que caminhar pelos caminhos abrigados de uma floresta em um dia nublado de inverno e ouvir o vento tempestuoso a uivar por entre as árvores e varrer com violência a planície. É o melhor momento de devoção". Alguns de seus poemas mais característicos foram compostos em tais cenas e sob tais circunstâncias.)

UM PEDRO-CEROULO

16 de março – Manhã bela, clara, deslumbrante, o sol no céu há uma hora, o ar não muito cortante. Que presente para o meu dia o canto desse pedro-ceroulo, empoleirado em um pau de cerca a 20 varas daqui! Duas ou três notas simples, líquidas, repetidas entre pausas, repletas de felicidade e esperança despreocupadas. Com o progresso lento, trêmulo e brilhante e a ação silenciosa e rápida das asas, ele voa, pousa em outro pau e assim por diante, brilhando e cantando por muitos minutos.

LUZES DO ENTARDECER

6 de maio, cinco da tarde – Esta é uma hora de estranhos efeitos de luz e sombra – o suficiente para fazer um colorista enlouquecer – longos raios de prata derretida enviados horizontalmente através das árvores (agora em seu mais brilhante e suave verde), cada folha e galho de uma infinita folhagem, um milagre aceso, então cobrindo a interminável relva de juventude madura e conferindo às lâminas um esplendor não apenas geral, como individual, de maneiras desconhecidas a qualquer outra hora. Conheço lugares específicos onde observo esses efeitos em sua perfeição. Uma mancha larga repousa sobre a água, com um ondular cintilante, contrabalanceado pelas turvas sombras verde-escuro que rapidamente afundavam, em intervalos ao longo das margens. Estas, com grandes flechas de fogo horizontal que se lançam por entre as árvores e ao longo da grama, à medida que o sol se põe, dão efeitos sempre mais particulares, sempre mais esplêndidos, sobrenaturais, ricos e deslumbrantes.

REFLEXÕES SOB UM CARVALHO – UM SONHO

2 de junho – Este é o quarto dia de uma escura tempestade, vento e chuva, vinda do nordeste. Anteontem foi meu aniversário. Entrei no meu sexagésimo ano de vida. Todos os dias de tempestade, protegido por galochas e uma capa impermeável, desço regularmente à lagoa e me resguardo sob o abrigo do grande carvalho; aqui estou agora escrevendo estas linhas. As nuvens escuras, cor de fumaça, rolam em furioso silêncio em todas as direções; as leves folhas verdes balançam ao meu redor; o vento entoa sua música rouca e tranquilizante sobre minha cabeça – o poderoso sussurro da Natureza. Aqui sentado, na solidão, tenho meditado sobre a minha vida – ligando acontecimentos, datas, como elos de uma corrente, sem tristeza ou alegria, mas de alguma forma, aqui debaixo do carvalho, hoje, na chuva, com um espírito objetivo.

Apenas meu grande carvalho – robusto, verde, vital – com um tronco de 5 pés de espessura. Sento-me muito perto ou debaixo dele. Mais adiante, o tulipeiro – o Apolo dos bosques – alto e gracioso, mas robusto e vigoroso, de folhagem inimitável e membros projetados; como se a bela e vital criatura frondosa pudesse andar, se fosse o caso. (Tive uma espécie de sonho-transe outro dia, no qual vi minhas árvores favoritas saírem para um passeio, descendo e caminhando ao redor, muito curiosamente – com um sussurro de uma delas, inclinando-se quando passou por mim: *Tudo isto fazemos excepcionalmente, neste presente momento, só para você.*)

PERFUME DE TREVO E FENO

3, 4 e 5 de julho – Clima claro, quente e favorável – tem sido um bom verão – o crescimento dos trevos e a relva agora quase toda ceifada. O delicioso perfume familiar enche celeiros e trilhas. Ao caminhar, veem-se os campos branco-acinzentados levemente tingidos de amarelo, o grão frouxamente empilhado, as carroças passando lentamente e os agricultores nos campos como garotos fortes lançando e carregando os feixes. Os pendões do milho começam a se formar. Por todos os estados centrais e do Sul, o batalhão em forma de lança, numeroso, curvado, tremulando – longas, brilhantes plumas verde-escuras para o grande cavaleiro, a Terra. Ouço as notas alegres da minha velha conhecida, a codorniz Tommy; tarde demais para o noitibó (embora tenha ouvido um solitário que se demorou na noite de anteontem), porém, assisto ao voo majestoso e amplo de um urubu-de-cabeça-vermelha, às vezes ao alto, às vezes baixo o bastante para que se vejam seus contornos, mesmo suas penas abertas, em relevo contra o céu. Uma ou duas vezes, recentemente, vi uma águia voando baixo à primeira luz das velas.

UM DESCONHECIDO

15 de junho – Hoje vi um novo pássaro grande, do tamanho de uma galinha quase adulta – um falcão altivo, de corpo branco e asas escuras – suponho que um falcão por seu bico e aparência geral – com a diferença de que tinha um piado claro, alto, bastante musical, como um sino, que repetia incessantemente, de quando em quando, do elevado topo de uma árvore morta que pendia sobre a água. Ficou ali bastante tempo, e eu na margem oposta, observando-o. Então ele desceu num mergulho, roçando o riacho – subiu lentamente, uma visão magnífica, e vogou de asas bem abertas, imóveis, subindo e descendo a lagoa duas ou três vezes, perto de mim, em círculos, bem visível, como que para o meu deleite. Uma vez ele chegou bem perto da minha cabeça; vi claramente seu bico em forma de gancho e os olhos duros e inquietos.

ASSOBIO DE PÁSSAROS

Quanta música (feroz, simples, selvagem, sem dúvida, mas tão agridoce) há em simples assobios. São quatro quintos da expressão vocal dos pássaros. Existem de todos os tipos e estilos. Durante a última meia hora, agora, enquanto estou sentado aqui, escuto um colega de penas nos arbustos repetir incontáveis vezes o que posso chamar de uma espécie de assobio latejante. E agora um pássaro, mais ou menos do tamanho do tordo, acabou de aparecer, todo vermelho-amora, voando por entre os arbustos – cabeça, asas, corpo, vermelho profundo, não muito brilhante – nenhuma canção, como tenho ouvido. *Quatro horas*: está acontecendo um verdadeiro concerto ao meu redor – uma dúzia de pássaros diferentes pondo-se a cantar com entusiasmo. Têm caído chuvas ocasionais, e tudo que brota revela sua influência revigorante. Ao terminar isto, sentado em um tronco próximo à beira da lagoa, escuto muitos gorjeios e trinados à distância, e um ermitão de penas na floresta próxima canta deliciosamente – não muitas notas, mas cheias de música de compaixão quase humana, continuando por muito, muito tempo.

HORTELÃ-SILVESTRE

22 de agosto – Não há ser humano, nem sequer a evidência de um, à vista. Depois do meu breve banho semidiário, sento-me aqui um pouco, o riacho musicalmente agitado, aos tons cromáticos de um pássaro-gato irritado em algum lugar nos arbustos. Na minha caminhada de duas horas até aqui, atravessando os campos e a antiga trilha, parei para ver ora o céu, ora a floresta a 1 milha de distância, na colina, ora os pomares de maçã. Que contraste com as ruas de Nova York ou da Filadélfia! Em toda parte, grandes mantas desbotadas de hortelã-silvestre emanando um odor picante no ar (especialmente às tardes). Em toda parte, o eupatório florindo e o botão rosa dos feijões selvagens.

NÓS TRÊS

14 de julho – Meus dois martins-pescadores ainda vivem na lagoa. No sol forte, na brisa e na temperatura perfeita de hoje, meio-dia, estou sentado aqui perto de um dos riachos borbulhantes, mergulhando uma caneta-tinteiro francesa no cristal límpido, e usando-a para escrever estas linhas, novamente observando a dupla de penas que voa e brinca, cruzando a água, muito perto, quase tocando-a em sua superfície. Na verdade, parece haver três de nós. Por quase uma hora os observo preguiçosamente e me junto a eles enquanto se lançam e dão voltas e brincam no ar, algumas vezes distantes do riacho, desaparecendo por alguns momentos, e então infalivelmente retornando e realizando a maior parte de seu voo diante dos meus olhos, como se soubessem que eu apreciava e absorvia sua vitalidade, espiritualidade, fidelidade e as fugazes e velozes linhas da eletricidade arrebatadora, porém pacífica, que me atraem através da extensão de grama, árvores e do céu azul. Enquanto o riacho se agita, as sombras dos galhos sarapintam na luz do sol ao meu redor, e o vento frio de norte-nordeste vagueia levemente nos arbustos grossos e copas das árvores.

Entre os objetos de beleza e interesse que agora começam a aparecer abundantemente neste lugar recôndito, observo o beija-flor, a libélula com suas asas de gaze ardósia e variedades de bonitas e singelas borboletas, batendo asas preguiçosamente entre as plantas e flores silvestres. O verbasco salta de seu ninho de folhas largas sobre um talo alto que às vezes mede de 5 a 6 pés de altura, agora cravejado de botões de flores douradas. As asclépias (vejo uma grande criatura linda em amarelo e negro luzindo em uma enquanto escrevo) estão em flor, com suas delicadas franjas vermelhas; e há aglomerados profusos de uma flor penugenta que balança ao vento nas hastes esguias. Vejo muitas delas e muitas mais em todas as direções, quando ando ou quando me sento. Durante a última meia hora, um pássaro nos arbustos cantou repetidamente uma canção simples, doce e melodiosa. (Tenho clara convicção de que alguns desses pássaros cantam e outros voam e brincam por aqui para o meu especial proveito.)

A MORTE DE WILLIAM CULLEN BRYANT

Nova York – Chegando do oeste da Filadélfia, 13 de junho, no trem das 14 horas para Jersey City, e então na travessia rumo à casa e à família e aos corações enormes de meus amigos, sr. e sra. J. H. J., com os quais me sinto em casa, em paz – subindo a Quinta Avenida, perto da 86th Street, calma, arejada, com vista para a densa floresta do parque – muito espaço e muito céu, pássaros cantando e ar comparativamente fresco e inodoro. Duas horas antes de iniciar a viagem, vi o anúncio do funeral de William Cullen Bryant e senti um forte desejo de estar lá. Conheci o sr. Bryant há mais de trinta anos, e ele foi muito gentil comigo. De vez em quando, ao longo do tempo e dos anos que passaram, nos encontramos e conversamos. À sua maneira, ele era muito sociável, um homem ao qual era possível se apegar. Nós dois gostávamos de caminhar e, quando eu trabalhava no Brooklyn, ele apareceu várias vezes no meio da tarde, e fizemos longas caminhadas, até o anoitecer, em direção a Bedford ou Flatbush. Nessas ocasiões, ele me oferecia relatos vivos da Europa – das cidades, sua aparência, arquitetura, arte, em especial da Itália – por onde ele viajou bastante.

14 de junho – o funeral – E assim o bom e irrepreensível, o nobre e antigo cidadão e poeta jaz em seu caixão ali fechado – e esse é o seu funeral. Uma cena solene, marcante e simples, para o espírito e os sentidos. A notável reunião de cabeças grisalhas, celebridades – o hino belamente executado e outras músicas – a igreja, escura mesmo agora ao meio-dia, sob a luz das janelas levemente sujas – o pronunciado elogio ao bardo que amava a Natureza com tanto carinho e cantava tão bem seus espetáculos e estações – terminando com estas linhas bem conhecidas:

> Mirava o glorioso céu
> Com as verdes montanhas em torno
> E pensava que quando viesse
> A encontrar meu descanso na terra
> Que fosse no florido mês de junho,
> Quando os regatos cantam felizes
> E os bosques entoam loas de alegria –
> E a mão do coveiro faria minha cova
> Da qual a bela relva da colina irromperia.

EXCURSÃO PELO HUDSON

20 de junho – A bordo do *Mary Powell*, desfrutei tudo como nunca. O dia de verão, delicioso, ameno, quente na medida – a paisagem em constante mudança, mas sempre bela em ambos os lados do rio – (subimos cerca de 100 milhas) – as altas paredes retas das Palisades pedregosas – a bela Yonkers e a linda cidade de Irvington – intermináveis colinas, a maioria em linhas arredondadas, envoltas em verdura – as curvas distantes, como grandes ombros em véus azuis – o frequente cinza e marrom das rochas altas – o próprio rio, ora se estreitando, ora se expandindo – as velas brancas dos muitos saveiros, iates etc., alguns próximos, alguns à distância – a rápida sucessão de aldeias e cidades bonitas (nosso barco é um viajante veloz e faz poucas paradas) – a Corrida – a pitoresca West Point, e o pitoresco em toda parte – as ricas mansões, muitas vezes torreadas, sempre se revelando em algum matiz alegre e leve através da floresta – compõem a cena.

FELICIDADE E FRAMBOESAS

21 de junho – Aqui estou, na margem oeste do Hudson, 80 milhas ao norte de Nova York, perto de Esopus, na bonita e espaçosa casa de campo de John Burroughs, abrigada em madressilvas e rosas. O lugar, os perfeitos dias e noites de junho (tendendo a um frescor revigorante), a hospitalidade de J. e da sra. B., o ar, as frutas (em especial meu prato favorito, groselhas e framboesas frescas, misturadas, açucaradas, colhidas dos arbustos – eu mesmo as escolho) – o quarto que ocupo à noite, a cama perfeita, a janela oferecendo uma vista ampla do Hudson e das margens opostas, tão maravilhosas quando o pôr do sol se aproxima, e a música carreada dos trens, à distância – o descanso pacífico – o início da aurora anunciada por Vênus – a brisa silenciosa do nascer do sol, a luz e o calor indescritivelmente gloriosos, sob os quais (assim que o sol surge no céu) me esfrego e me esfolo belamente com uma escova de banho – com uma limpeza extra nas costas por Al. J., que está aqui conosco – tudo infundindo vigor em minha estrutura inválida para o resto do dia. Então, depois de respirar um pouco de ar da manhã, o delicioso café da sra. B., com o creme de leite, os morangos e muitas essencialidades para o desjejum.

UM EXEMPLO DE FAMÍLIA ANDARILHA

22 de junho – Esta tarde saímos (J. B., Al. e eu) em um bom passeio pelo campo. O cenário, as cercas de pedras perpétuas (alguns veneráveis espécimes antigos, manchados de liquens) – as muitas alfarrobeiras – as agitadas corredeiras, muitas vezes por sobre quedas rochosas – essas e muitas outras coisas. É uma sorte que as estradas sejam de primeira linha aqui (como são), pois é colina acima e colina abaixo em todos os lugares, e por vezes bastante íngremes. B. tem um cavalo maravilhoso, forte, jovem e a um só tempo gentil e rápido. Há uma grande quantidade de terra baldia e colinas à beira do rio no condado de Ulster, com uma maravilhosa exuberância de flores silvestres e arbustos – e parece-me que nunca vi maior vitalidade de árvores – eloquentes cicutas, muitas alfarrobeiras e lindos bordos e o abeto-balsâmico, emanando perfume. Nos campos e ao longo das estradas, safras incomuns de margaridas silvestres, de talos altos, brancas como leite e amarelas como ouro.

Passamos por um bom número de mendigos e andarilhos, sozinhos ou em casais – um grupo, uma família em uma carroça caindo aos pedaços, conduzida por um só cavalo e levando algumas cestas, evidentemente seu trabalho e comércio – o homem sentado em uma boleia baixa, na frente, conduzindo – a mulher macilenta ao lado, com um bebê bem embrulhado em seus braços, de pezinhos vermelhos e pernas baixas esticadas em nossa direção enquanto passávamos – e na caçamba, atrás, vimos duas (ou três) criancinhas agachadas. Era uma imagem esquisita, um tanto triste. Se eu estivesse sozinho e a pé, teria parado e conversado um pouco. Mas no nosso retorno quase duas horas depois, nós os encontramos um pouco mais longe na mesma estrada, em um lugar aberto e solitário, afastados, desatrelados, e evidentemente prontos a montar acampamento para a noite. O cavalo, livre, não estava longe, apascentando-se de grama em silêncio. O homem se ocupava da carroça, o menino reunira um pouco de madeira seca e fazia fogo – e, à medida que avançávamos, encontramos a mulher a pé. Eu não conseguia ver o rosto dela, sob seu grande chapéu de sol, mas de alguma forma sua figura e andar sugeriam tristeza, terror, miséria. Ela ainda tinha o bebê meio faminto, enrolado em farrapos, ainda em seus braços e, nas mãos, trazia duas ou três cestas, que ela evidentemente levara à casa vizinha para vender. Uma garotinha de 5 anos, descalça, de belos olhos, corria aos trotes atrás dela, segurando o vestido. Paramos e perguntamos pelas cestas, que compramos. Quando pagamos, ela manteve o rosto escondido nos recessos do chapéu. Então, quando retomamos a caminhada e paramos novamente, Al. (cuja compaixão estava evidentemente estimulada) voltou ao acampamento para pegar outra cesta. Ele capturou uma expressão do rosto dela e conversou um pouco. Olhos, voz e modos eram os de um cadáver, animados pela eletricidade. Ela era bem jovem – o homem com quem viajava, de meia-idade. Pobre mulher – que história era essa, a de seu destino, para explicar aqueles modos inexprimivelmente assustados, aqueles olhos vidrados e aquela voz oca?

MANHATTAN VISTA DA BAÍA

25 de junho – Retorno a Nova York na noite passada. Hoje velejando na ampla baía, a sudeste de Staten Island – um passeio difícil, agitado, e uma vista livre – o longo trecho de Sandy Hook, as terras altas de Navesink e os muitos barcos saindo e entrando. Seguimos em meio a todos, o sol sem nuvens. Gostei especialmente das últimas duas horas. Uma moderada brisa marítima se instalara; sobre a cidade e as águas adjacentes, ainda havia uma névoa fina, que nada escondia, apenas um acréscimo à beleza. Do meu ponto de vista, enquanto escrevo em meio à brisa suave, na temperatura do mar, certamente nada na Terra pode superar este espetáculo. À esquerda, o rio North, com seu panorama distante – mais perto, três ou quatro navios de guerra, pacificamente ancorados – o lado de Jersey, as margens de Weehawken, as Palisades e o azul que gradualmente se perde à distância – à direita do rio East – as margens mastreadas – as imponentes torres da ponte, como obeliscos, uma de cada lado, sob a neblina, mas claramente definidas, irmãs gigantes, lançando graciosas malhas de interligação ao longo da correnteza tumultuosa que rola abaixo – (a maré está mudando para a vazante) – a ampla extensão da água apinhada por toda a parte – não, não apinhada, mas espessa como as estrelas no céu – com todos os tipos e tamanhos de embarcações a vela e a vapor, as balsas circulando, embarcações de cabotagem que chegam e partem, grandes senhoras do oceano, negro-aço, modernas, magníficas em tamanho e poder, preenchidas com incalculável valor de vida humana e preciosas mercadorias – aqui e ali, acima de tudo, aquelas coisas ousadas, arrogantes, feitas de graça e maravilha, aqueles velozes pássaros pescadores, brancos e sombreados (me pergunto se a costa ou o mar em outro lugar pode superá-los), sempre com suas vergas inclinadas, e sua beleza feroz e pura, como a das águas – chalupas e escunas nova-iorquinas de primeira, navegando, o dia belo, o mar livre em um bom vento. E erguendo-se em meio a tudo, a Manhattan alta, repleta de navios, moderna, americana, ainda que estranhamente oriental, em forma de V, com sua massa compacta, seus pináculos, seus edifícios que tocam as nuvens agrupados no centro – o verde das árvores e todo o branco, marrom e cinza da arquitetura bem misturados, como eu vejo, sob um limpo céu milagroso, a deliciosa luz do céu acima, e a neblina de junho na superfície abaixo.

HUMANA E HEROICA NOVA YORK

A visão geral subjetiva de Nova York e do Brooklyn – (não tarda o tempo em que as duas serão unidas em uma só cidade e nomeadas Manhattan?) – o que posso chamar de interior e exterior humano dessas agitadas populações oceânicas, como eu compreendo nesta visita, é para mim o melhor de tudo. Depois de uma ausência de muitos anos (parti no início da Guerra de Secessão e nunca mais voltei a ficar na ilha desde então), retomei com curiosidade as multidões, as ruas que conhecia tão bem, a Broadway, as balsas, a zona oeste da cidade, o democrático Bowery – aparências e costumes humanos como se vê em tudo isso, e ao longo dos cais, e na perpétua viagem dos carros a cavalo, ou dos navios a vapor de excursão lotados, ou na Wall Street e a Nassau Street durante o dia – nos lugares de diversão à noite – borbulhando e girando e movendo-se como seu próprio ambiente de águas – humanidade infinita em todas as fases – a cidade do Brooklyn também – absorvida pelas últimas três semanas. Não há necessidade de especificar minuciosamente – o suficiente para dizer que (fazendo todas as concessões para as sombras e características secundárias de uma cidade de 1 milhão de cabeças) o sucinto total das impressões, as qualidades humanas dessas vastas cidades, são para mim reconfortantes, até heroicas, além do que se pode descrever. Prontidão, físico geralmente bom, olhos claros que olham diretamente para você, uma combinação singular de reticência e autocontrole, com boa natureza e afabilidade – uma variedade predominante de maneiras, gostos e intelectos, certamente para além de qualquer outro lugar da Terra – e um afloramento intenso dessa camaradagem pessoal que aguardo com expectativa como a mais sutil e forte participação futura dessa União de muitos itens – não só são constantemente visíveis aqui nestes poderosos canais de homens, como formam a regra e a média. Hoje, devo dizer – desafiador de cínicos e pessimistas, e com pleno conhecimento de todas as suas exceções –, um estudo apreciativo e perspicaz da atual humanidade de Nova York fornece a prova mais direta ainda de uma Democracia bem-sucedida, e da solução desse paradoxo, a qualidade do indivíduo livre e plenamente desenvolvido no conjunto supremo. Na velhice, coxo e doente, refletindo durante muitos anos sobre as muitas dúvidas e perigos para esta nossa república – plenamente consciente de tudo o que pode ser dito do outro lado – encontro nesta visita a Nova York e no contato diário e relacionamento com sua miríade de pessoas, na escala dos oceanos e marés, o melhor e mais eficaz remédio a que minha alma ainda pode ter acesso – o maior *habitat* físico e ambiente de terra e água que o globo oferece – ou seja, a ilha de Manhattan e o Brooklyn, que o futuro unirá em uma cidade – cidade de magnífica democracia, em meio a um ambiente magnífico.

HORAS PARA A ALMA

22 de julho de 1878 – Novamente no campo. Uma conjunção maravilhosa de tudo que produz por vezes aquelas milagrosas horas logo depois de o sol se pôr – tão próximo e, no entanto, tão distante. Dias perfeitos ou quase perfeitos, percebo, não são tão incomuns; mas as combinações que fazem as noites perfeitas são poucas, mesmo no decorrer de uma vida inteira. Esta noite temos uma dessas perfeições. O pôr do sol deixou tudo bem iluminado; as estrelas maiores fizeram-se visíveis tão logo as sombras o permitiram. Um pouco depois das oito, três ou quatro grandes nuvens negras surgiram repentinamente, como que de pontos diferentes, deslocando-se com grandes redemoinhos de vento, mas sem trovões, estendidas sob as orbes por toda parte, indicando uma violenta tempestade de calor. Sem tempestade, porém, as nuvens, a escuridão e tudo correram e desapareceram tão de repente quanto haviam surgido; e um pouco depois das nove até as onze a atmosfera e todo o espetáculo acima apareceram naquele estado de clareza e glória excepcional a que acabamos de aludir. A noroeste, surgiu o Carro de Davi com Dubhe e Merak em torno da Estrela Polar. Um pouco a sudeste, via-se a constelação de Escorpião inteiramente, com Antares vermelha brilhando em seu pescoço; enquanto, dominante, o majestoso Júpiter nadava, no céu a leste, havia uma hora e meia – (sem lua até depois das onze). Uma grande parte do céu parecia estendida sobre grandes nódoas de fósforo. Era possível olhar mais fundo, mais longe do que o habitual; as esferas densas como espigas de trigo em um campo. Não que houvesse algum brilho especial – nada tão nítido quanto vi em noites de inverno, mas uma curiosa luminosidade aos olhos, aos sentidos e à alma. A alma teve muito a ver com isso. (Estou convencido de que há horas da Natureza, especialmente da atmosfera, manhãs e noites, endereçadas à alma. A noite transcende, para esse propósito, o que o mais orgulhoso dia é capaz de fazer.) Naquele instante, como se nunca antes, os céus declararam a glória de Deus. Era em sua plenitude o céu da Bíblia, da Arábia, dos profetas e dos poemas mais antigos. Lá, na abstração e na quietude (saí sozinho para absorver a cena, para manter o encantamento intacto), a copiosidade, a remoticidade, a vitalidade, a aglomeração livre e solta daquele côncavo estelar espalhando-se ao alto, suavemente incorporado por mim, subindo tão livre, interminavelmente alto, estendendo-se a leste, oeste, norte, sul – e eu, embora apenas um ponto no centro abaixo, encarnando tudo.

Como se, pela primeira vez, a criação silenciosamente mergulhasse em mim e através de mim sua lição plácida e inenarrável, além – oh, tão infinitamente além! – de qualquer coisa vinda da arte, de livros, sermões ou da ciência, antiga ou nova. A hora do espírito – a hora da religião – a sugestão visível de Deus no espaço e no tempo – agora definitivamente e de uma só vez indicada. O inenarrável a que apontava – os céus todos pavimentados com ele. A Via Láctea, como se fosse uma sinfonia sobre-humana, alguma ode à vaguidão universal, desdenhando a sílaba e o som – um lampejo da Deidade, endereçado à alma. Tudo silenciosamente – a noite e as estrelas indescritíveis – distante e silenciosamente.

O amanhecer – 23 de julho – Esta manhã, uma ou duas horas antes de o sol nascer, um espetáculo forjado no mesmo fundo, ainda que de beleza e significado bastante diferentes. No alto do céu, a lua, para além de sua metade, brilha intensamente – o ar e o céu daquela clareza cínica, como Minerva, fria virgem – não o peso do sentimento ou mistério, ou o êxtase da paixão indefinível – não o sentido religioso, o Todo variado, destilado e sublimado em um, da noite que acabamos de descrever. Cada estrela agora em seus contornos claros, mostrando exatamente o que é, lá no éter incolor. O caráter da manhã anunciada, inefavelmente doce, fresca e límpida, mas somente pelo sentido estético e a pureza sem sentimento. Descrevi em detalhes a noite – mas ouso fazer o mesmo com a aurora sem nuvens? (Que ligação sutil é essa entre a alma e o romper do dia? Semelhantes e, no entanto, duas noites ou manhãs não se revelam exatamente iguais.) Precedida por uma imensa estrela, quase sobrenatural em sua efusão de branco esplendor, com dois ou três longos raios-eixos de diamante desiguais, irradiando através do ar fresco da manhã em direção à terra – uma hora disso, e depois o nascer do sol.

O Oriente – Que assunto para um poema! De fato, onde outro mais prenhe, mais esplêndido? Onde outro mais idealista-real, mais sutil, mais sensual-delicado? O Oriente, respondendo a todas as terras, todas as idades, povos; tocando todos os sentidos, aqui, imediatamente, agora – e ainda assim tão indescritivelmente distante – tal retrospectiva! O Oriente – longamente estendido – perdendo-se assim – o Levante, os jardins de Ásia, o útero da história e da canção – emitindo todas aquelas estranhas e umbrosas sucessões –

Florido de sangue, pensativo, cheio de reflexões, ardendo
  de paixão,
Tórrido e perfumado, de vestes largas e flutuantes,
Com o rosto queimado pelo sol, alma intensa e olhos
  brilhantes.

Sempre o Oriente – antigo, incalculavelmente antigo! E, no entanto, aqui ainda o mesmo – nosso ainda, fresco como uma rosa, para todas as manhãs, todas as vidas, hoje – e sempre será.

17 de setembro – Outra apresentação – o mesmo tema – pouco antes de o sol nascer novamente (um de meus momentos favoritos). O céu cinza-claro, um leve brilho na opaca cor vermelho-fígado do oriente, o odor fresco e frio e a umidade – o gado e os cavalos ali pastando nos campos – a Vênus novamente, no céu há duas horas. Quanto aos sons, a guizalhada dos grilos na grama, o canto do galo e o distante grasnar de uma gralha ao amanhecer. Tranquilamente, sobre a densa franja de cedros e pinheiros, eleva-se aquele deslumbrante disco de chamas, vermelho e transparente, e as folhas baixas de vapor branco rolam em constante dissolução.

A lua – 18 de maio – Fui para a cama cedo ontem à noite, mas me vi acordado pouco depois da meia-noite, e, virando-me por um momento, sem sono e mentalmente febril, me levantei, me vesti, saí e caminhei pela trilha. A lua cheia, cerca de três ou quatro horas ao alto – nuvens iluminadas e pouco iluminadas, espargidas, preguiçosamente se movendo – Júpiter a leste, há uma hora no céu, e aqui e ali, por todo o firmamento, alguma estrela aleatória que aparece e desaparece. Assim, maravilhosamente velado e variado – o ar, com aquele perfume do verão que se inicia, nem um pouco úmido ou frio – por vezes Luna languidamente emergindo no mais exuberante brilho por alguns minutos, e então parcialmente encoberta de novo. Longe, um pobre noitibó cantava suas notas incessantemente. Assim foi o momento silencioso de entre uma e três da manhã.

A rara cena noturna, quão logo ela me acalmou e pacificou! Não existiria alguma coisa na lua, alguma relação ou lembrete, que a poesia ou a literatura jamais captou? (Em baladas muito antigas e primitivas me deparei com versos ou apartes que sugerem isso.) Passado algum tempo as nuvens se dissiparam e, flutuando, a lua produzia, cintilando e se movendo, efeitos de cor delicados de verde transparente e vapor marrom. Deixe-me concluir esta parte com um excerto (algum escritor no *Tribune*, 16 de maio de 1878):

"Não há quem se canse da lua. Deusa que é por dote de sua eterna beleza, ela é uma verdadeira mulher por seu tato – conhece o encanto de ser raramente vista, de vir de surpresa e ficar só um pouquinho; nunca usa o mesmo vestido duas noites seguidas, nem a noite toda da mesma maneira; faz-se aceita pelas pessoas pragmáticas por sua utilidade e torna sua inutilidade adorada por poetas, artistas e todos os amantes de todas as terras; presta-se a todo simbolismo e a todos os emblemas; é o arco de Diana e o espelho de Vênus e o trono de Maria; é uma foice, um lenço, uma sobrancelha, o rosto dele ou dela, quando olhados por ele ou ela; é o inferno do louco, o céu do poeta, o brinquedo do bebê, o estudo do filósofo; e enquanto seus admiradores seguem-lhe os passos, e encantam-se com suas belas aparências, ela sabe como preservar seu segredo de mulher – seu outro lado – inalcançado e inalcançável."

Além disso – 19 de fevereiro de 1880 – Pouco antes das dez da noite, frio e inteiramente claro de novo, o espetáculo ao alto, estendendo-se a sudoeste, de magnificência maravilhosa e total. A lua em seu terceiro quarto – os aglomerados das Híades e Plêiades, com Marte entre elas – em plena travessia espalhada no céu, o grande X egípcio (Sirius, Prócion, e as principais estrelas nas constelações do Navio, a Columba e Órion); a nordeste da constelação do Boieiro, e em seu joelho Arcturus, no céu há uma hora, escalando o firmamento, ambiciosamente grande e brilhante, como se quisesse desafiar Sirius na supremacia estelar.

Com o sentimento das estrelas e da lua em tais noites, tenho todas as margens livres e a indefinição da música ou da poesia fundidas na maior exatidão da geometria.

PSIQUÊS COR DE PALHA E OUTRAS

4 de agosto – Uma bela vista! Onde me sento à sombra – um dia quente, o sol brilhando em céus sem nuvens, a manhã bem adiantada – olho por sobre um campo de 10 acres de um exuberante feno de trevo (a segunda colheita) – o vermelho maduro e lívido das flores e pinceladas do marrom de agosto marcando o verde-escuro que predomina. Ao longo de todas as miríades trêmulas de borboletas amarelo-claras, a maioria flutuando por sobre a superfície, mergulhando e oscilando, conferindo curiosa animação à cena. Os lindos insetos espirituais! Psiquês cor de palha! Vez por outra, uma delas deixa suas companheiras e ascende, ora em espiral, ora em linha reta no ar, adejando ao alto, até literalmente desaparecer do campo de visão. Na trilha por onde acabo de passar, percebi um ponto, de cerca de 10 pés quadrados, onde mais de cem se reuniam em um festim, dança circular ou momento de prazer próprio às borboletas, em sinuosidades e volteios, em descida ou travessia de um lado a outro, mas sem que ultrapassassem os limites. As pequenas criaturas surgiram de repente nos últimos dias e agora são muitas. Enquanto me sento ao ar livre, ou ando, mal consigo olhar ao redor sem ver duas (sempre aos pares) no ar, esvoaçantes, em enlace amoroso. Além disso, sua inimitável cor, sua fragilidade, seu movimento peculiar – e aquele jeito estranho e frequente de destacar-se da multidão e ascender ao éter livre para, aparentemente, nunca mais voltar. Quando olho para o campo, essas asas amarelas reluzem por toda parte levemente, muitos botões nevados de cenoura silvestre graciosamente curvam-se em seus talos altos e finos – já quanto aos sons, surge estridente, mas de alguma forma musical aos meus ouvidos, o distante cacarejo gutural de um bando de galinhas-d'angola. E agora um leve rosnar de um trovão de calor ao norte – e sempre a subida e descida do vento ronronando do topo dos bordos e salgueiros.

20 de agosto – Borboletas e borboletas (tomando o lugar dos zangões de três meses atrás, completamente desaparecidos) continuam a voar para lá e para cá, de todos os tipos, brancas, amarelas, marrons, roxas – vez por outra alguma delas, linda, pisca preguiçosamente, passando com asas que mais parecem a paleta de um pintor manchada de todas as cores. Sobre o colo da lagoa, observo muitas delas, brancas, cruzando-se, prosseguindo em seu despreocupado e caprichoso voo. Perto de onde estou, cresce mato alto com uma profusão de ricas flores vermelhas, nas quais os insetos nevados descem e se demoram, às vezes quatro ou cinco de cada vez. Às vezes um beija-flor visita essas flores, e eu o vejo indo e vindo, delicadamente se equilibrando e brilhando no ar. Essas borboletas brancas dão novos e belos contrastes aos puros verdes da folhagem de agosto (tivemos algumas chuvas copiosas ultimamente) e sobre o bronze reluzente da superfície da lagoa. É possível domar até mesmo esses insetos; tenho uma mariposa grande e bonita aqui – ela me conhece e vem até mim, gosta que eu a deixe pousar em minha mão estendida.

Outro dia, mais tarde – Um grande campo de 12 acres de repolhos maduros, com sua tonalidade predominante de verde-malaquita, e flutuando e voando sobre eles, e entre eles, em todas as direções, miríades dessas mesmas borboletas brancas. Quando caminhei pela trilha hoje vi um globo vivo delas, 2 ou 3 pés de diâmetro, muitas delas agrupadas e rolando no ar, aderindo à sua forma de bola, 6 ou 8 pés acima do chão.

UMA LEMBRANÇA NOTURNA

23 de agosto, entre nove e dez da manhã – Sento-me à beira da lagoa, tudo quieto, a ampla superfície polida se estende diante de mim – o azul dos céus e as nuvens brancas refletidas – e, passando num piscar de olhos, o reflexo de algum pássaro voando. Ontem à noite estive aqui embaixo com um amigo até depois da meia-noite;

tudo um milagre de esplendor – a glória das estrelas e a lua completamente redonda – as nuvens passageiras, prateadas e de luminoso alaranjado – de vez em quando, massas de vapor reluzente – e silenciosamente, ao meu lado, meu querido amigo. As sombras das árvores e os pontos de luar na grama – a brisa suave e o odor quase palpável do milho amadurecendo perto – a noite indolente e espiritual, inexprimivelmente rica, doce, sugestiva – algo completamente filtrado pela alma e que nutre e alimenta e acalenta a memória muito tempo depois.

FLORES SILVESTRES

Esta tem sido e ainda é uma ótima estação para flores silvestres; oceanos delas dão contornos às estradas através dos bosques, demarcam os limites dos cursos d'água, crescem ao longo das antigas cercas e espalham-se em profusão sobre os campos. É muito comum ver uma flor de oito pétalas amarelo-ouro, clara e brilhante, com um tufo marrom no centro, quase tão grande quanto um meio dólar de prata; ontem, em um longo percurso, observei que elas ocupavam densamente as margens dos riachos por toda parte. Há também um lindo mato coberto de flores azuis (o azul das velhas xícaras chinesas bastante estimadas por nossas tias-avós), que sempre paro para admirar – um pouco maiores que um centavo e muito abundantes. O branco, no entanto, é a cor predominante. A cenoura silvestre de que falei; e também a perfumada sempre-viva. Mas existem todos os matizes e belezas, especialmente nos espaços comuns ocupados pelos semiabertos carvalhos-arbustivos e os cedros-anões próximos – ásteres silvestres de todas as cores. Apesar do toque da geada, esses duros camaradinhas se mantêm plenamente floridos. As folhas das árvores também, algumas delas começam a ficar amarelas ou sem graça ou com um verde sem brilho. O vinho-tinto profundo dos sumagres e dos liquidâmbares já é visível, e a cor palha do corniso e da faia. Deixe-me dar os nomes de algumas dessas flores perenes e ervas amigáveis que conheci por aqui em uma ou outra estação em minhas caminhadas:

azaleia silvestre,
madressilva silvestre,
rosas silvestres,
varas-de-ouro,
erva-piolheira,
açafrão-da-floresta,
lírio-do-charco,
trombeta,
manjerona cheirosa,
ageratina,
selo-de-salomão,
erva-cidreira,
hortelã (grande abundância),
gerânio silvestre,
heliotrópio silvestre,
bardana,
dentes-de-leão,
feiterinha,
coreópsis,
ervilha silvestre,
madressilva,
sabugueiro,
caruru-de-cacho,
girassol,
camomila,
violetas,
clemátis,
sanguinária,
magnólia,
asclépia,
margarida silvestre
(abundância),
crisântemo silvestre.

UMA CIVILIDADE HÁ MUITO NEGLIGENCIADA

O precedente me lembra de algo. Como as individualidades que eu retrataria têm sido maltratadas por aqueles que fazem quadros, volumes de prosa, poemas a partir delas – como um vago testemunho de minha própria gratidão pelas muitas horas de paz e conforto na minha condição meio enfermiça (e de qualquer forma certo disso, porém, elas de algum modo receberam notícia do cumprimento), aqui dedico a última metade destes *Dias exemplares* a:

abelhas,
melros-pretos,
libélulas,
tartarugas de lagoa,
verbasco, tanaceto,
hortelã-pimenta,
mariposas
(grandes e pequenas,
esplêndidas figuras),
vagalumes
(enxames de milhares
indescritivelmente
estranhos e belos à noite
sobre a lagoa e o riacho),
cobras-d’água,
gralhas,
traças,
mosquitos,

borboletas,
vespas e marimbondos-
    -caçadores,
pássaros-gatos
    (e outros pássaros),
cedros,
tulipeiros (e todas as
    outras árvores),
e aos lugares e memórias
    daqueles dias, e do riacho.

RIO DELAWARE – DIAS E NOITES

5 de abril de 1879 – Com o retorno da primavera aos céus, ares e águas do Delaware, partem as gaivotas. Nunca me canso de ver o voo largo e fácil delas, em espirais, ou sua oscilação sobre as asas lentas e imóveis, ou seu olhar para baixo com o bico curvo, ou o mergulho na água depois da comida. As gralhas, bastante abundantes durante todo o inverno, desapareceram com o gelo. Não se vê nenhuma delas. Os barcos a vapor surgiram novamente – apressados, bonitos, recém-pintados, para os trabalhos de verão – o *Columbia*, o *Edwin Forrest* (o *Republic* ainda não saiu), o *Reybold*, *Nelly White*, o *Twilight*, o *Ariel*, o *Warner*, o *Perry*, o *Taggart*, o *Jersey Blue* – até mesmo o velho e traiçoeiro *Trenton* –, não esquecendo aqueles filhotinhos de touro da correnteza, os rebocadores a vapor.

Permitam-me agrupar e nomear o panorama – o próprio rio, visto do mar – a ilha do cabo de um lado e a de Henlopen do outro – subindo a larga baía ao norte, e assim até a Filadélfia, e mais adiante até Trenton – de cujas vistas sou mais íntimo (como vivo boa parte do tempo em Camden, vejo tudo dali) – os grandes barcos a vapor oceânicos, arrogantes, pretos e com carga total, entrando e saindo – a ampla largura aqui entre as duas cidades, com a ilha Windmill entre elas – um ou outro navio de guerra, às vezes estrangeiro, ancorado, com suas armas e portinholas, e os barcos, e os marinheiros de rosto bronzeado, e os remos regulares e as multidões felizes do “dia de visita” – as frequentes escunas grandes e bonitas de três mastros (um estilo favorito de construção marítima, mais ou menos dos últimos anos), algumas novas e muito alegres, com suas velas branco-acinzentadas e vergas amarelas de pinheiro – as chalupas correndo sob vento agradável – (vejo uma agora, subindo, a toda vela, a caranguejeira da gávea brilhando sob o sol, alta e pitoresca – que beleza entre o céu e as águas!) – os embarcadouros lotados ao longo da cidade – as bandeiras de diferentes nacionalidades, a robusta cruz inglesa em seu chão de sangue, a bandeira tricolor francesa, a bandeira do grande Império Alemão do Norte, e as cores italianas e espanholas – às vezes, de uma tarde, toda a cena animada por uma frota de iates, em seu retorno meio calmo e preguiçoso, voltando de uma corrida em Gloucester – o *Hamilton*, vapor do Fisco, belo e veloz, no meio da correnteza, com suas listras perpendiculares tremulando na popa – e, virando os olhos ao norte, as longas fitas de vapor branco e fofo, ou de fumo negro encardido, longamente esticadas, em forma de leque, inclinada na diagonal a partir das costas de Kensington ou Richmond, ao vento oeste-sudoeste.

CENAS NA BALSA E NO RIO – ÚLTIMAS NOITES DE INVERNO

Então a balsa de Camden. Quanta alegria, variedade, pessoas, negócios durante o dia. Que horas suaves, silenciosas e maravilhosas à noite, fazendo a travessia no barco, quase inteiro para mim – caminhando pelo convés, de um lado para o outro, sozinho, da proa à popa. Que comunhão com as águas, o ar, o *chiaroscuro* primoroso – o céu e as estrelas, que não dizem uma palavra, nada para o intelecto, mas tão eloquentes, tão comunicativos para a alma. E os homens da balsa – pouco sabem quanto têm significado para mim, dia e noite – quantos momentos de apatia, tédio, debilidade, eles e seus modos resistentes têm debelado. E os pilotos – os capitães Hand, Walton e Giberson durante o dia, e o capitão Olive à noite; Eugene Crosby, com seu braço jovem e forte tantas vezes me oferecendo apoio, contornando, manobrando-me com segurança a bordo pelas aberturas da ponte, ultrapassando obstáculos. Na verdade, todos os meus amigos da balsa – o capitão Frazee, o superintendente Lindell, Hiskey, Fred Rauch, Price, Watson e muitos outros. E a balsa em si, com suas cenas estranhas – às vezes crianças de repente nascidas nos salões de espera (um fato real – que ocorreu mais de uma vez) – às vezes uma festa de máscaras, à noite, com uma banda de música, pessoas dançando e girando como loucas no amplo convés, em seus fantásticos trajes; às vezes o astrônomo, o sr. Whitall (que de vez em quando me impõe questões em pontos sobre as estrelas com ensinamentos vivos e responde a todas as perguntas) – às vezes um prolífico grupo familiar, oito, nove, dez, até doze! (Ontem, enquanto eu fazia a travessia, mãe, pai e oito filhos, esperando na estação das balsas, seguiam para algum lugar no Oeste.)

Mencionei as gralhas. Sempre as vejo dos barcos. Elas desempenham um papel importante nas cenas de inverno no rio, durante o dia. Seus respingos negros são vistos em relevo contra a neve e o gelo em toda parte naquela estação – às vezes voando e batendo – às vezes em pequenas ou grandes placas, navegando pelo rio. Um dia o rio estava quase limpo – apenas uma única e longa crista de gelo quebrado formando uma estreita faixa de superfície por si mesma, percorrendo velozmente a correnteza por mais de 1 milha. Nessa faixa branca as gralhas estavam reunidas, centenas delas – uma divertida procissão – ("meio de luto", alguém comentou).

Em seguida, a sala de recepção, para os passageiros à espera – uma grande ilustração da vida. Veja um retrato de março que anotei duas ou três semanas atrás. À tarde, cerca de 15h30, começa a nevar. Houve uma apresentação de matinê no teatro – de 16h30 às 17h vem um fluxo de mulheres retornando para casa. Nunca vi a sala espaçosa apresentar cena mais alegre e mais animada – mulheres e garotas de Jersey, bonitas e bem-vestidas, dezenas delas, entrando por quase uma hora – olhos brilhantes, rostos reluzentes, chegando vindas do ar – a neve aspergida nos gorros ou vestidos à medida que entram – os cinco ou dez minutos de espera – a conversa e o riso – (as mulheres podem ter ótimos momentos entre si, com muita inteligência, almoços, despreocupação jovial) – Lizzie, a agradável e bem-educada funcionária da sala de espera – quanto ao som, as campainhas e os sinais a vapor dos barcos que partiam com sua pausa e cicio ritmados – as imagens domésticas, mães com os grupos de filhas (uma visão encantadora) – crianças, camponeses – ferroviários com suas roupas e bonés azuis – todas as várias personagens da cidade e do campo representadas ou sugeridas. Então, do lado de fora, algum passageiro atrasado correndo freneticamente, pulando atrás do barco. Por volta das seis horas, a corrente humana se tornando aos poucos mais espessa – ora uma pressão de veículos, carrinhos de bagagem, caixas de transporte da ferrovia empilhadas – ora uma manada de gado, provocando grande excitação, os tropeiros com varas pesadas, batendo nos flancos fumegantes dos animais assustados. Dentro da sala de recepção, negócios, flertes, namoros, *éclaircissements*, pedidos de casamento – Phil, agradável e sóbrio, chegando com sua carga de jornais da tarde – ou Jo, ou Charley (que saltou no cais na semana passada e salvou uma senhora corpulenta do afogamento), para reabastecer o fogareiro e limpá-lo com um longo atiçador em forma de pé de cabra.

Além de toda essa "comédia humana", o rio proporciona nutrição de ordem superior. Aqui estão algumas de minhas anotações do inverno passado, tal como as produzi no local.

Uma noite de janeiro – Belas viagens pelo vasto Delaware esta noite. Maré bem alta e uma correnteza forte. Rio, um pouco depois das oito, cheio de gelo, na maior parte quebrado, mas algumas placas grandes fazendo a madeira forte de nosso barco a vapor zumbir e estremecer quando bate nelas. À luz do luar, as placas se espalham, estranhas, sobrenaturais, prateadas, levemente brilhantes, até onde posso ver. Aos trancos, tremendo, às vezes sibilando como mil cobras, o desfile da maré, enquanto seguíamos caminho com ela ou através dela, propiciando um magnífico murmúrio, em conformidade com a cena. Acima, o esplendor indescritível; e, no entanto, alguma coisa de altivo, quase arrogante, na noite. Nunca percebi sentimento mais latente, quase uma *paixão*, naquelas estrelas silenciosas e intermináveis lá em cima. Pode-se compreender – afinal, uma noite como esta, desde os dias dos Faraós ou de Jó, a cúpula do céu, borrifada de planetas, fornece a mais sutil e profunda crítica ao orgulho, à glória e à ambição dos homens.

Outra noite de inverno – Não conheço satisfação maior do que estar no convés espaçoso e firme de um barco potente, numa noite claríssima e fresca de luar, avançando e destroçando com orgulho e sem resistência o gelo espesso, marmorizado e brilhante. O rio inteiro está coberto por ele agora – algumas placas imensas. A cena se faz de uma enorme estranheza – à parte a qualidade da luz, azulada, o crepúsculo lunar – apenas as estrelas maiores sustentam sua posição sob o brilho da lua. Temperatura cortante, confortável para o movimento, seca, cheia de oxigênio. Mas a sensação de poder – o impulso constante, desdenhoso e imperioso de nosso motor novo e forte, enquanto abre caminho através das grandes e pequenas placas.

Outra – Por duas horas cruzei o rio, ida e volta, por prazer, apenas – buscando um estímulo tranquilo. Céu e rio passaram por várias transformações. O primeiro sustentou por algum tempo dois escalões imensos de nuvens leves em forma de leque, através dos quais a lua vadeava, ora irradiando, carregando consigo a auréola de um castanho transparente, ora inundando toda a imensidão com um verde-claro nevoento, através do qual, como se vazasse um véu iluminado, ela se movia com um movimento feminino cadenciado. Então, outra viagem, os céus absolutamente claros, e Luna em todo o seu fulgor. O grande Carro de Davi, com a estrela dupla no cabo muito mais clara do que o normal. Então o reluzente rastro de luz na água, dançando e ondulando. Essas transformações; essas imagens e poemas inimitáveis.

Outra – Estudo as estrelas, com bom proveito, enquanto faço a travessia esta noite. (É fim de fevereiro, e novamente muito claro.) Altas e rumando a oeste, as Plêiades, trêmulas, de brilho delicado, no céu macio – Aldebarã, à frente das Híades em V – e acima Capella e seus filhos. A mais majestosa de todas, em plena exposição a sul, Órion, historiador-mestre do palco, imensamente espalhado e espaçoso, com sua roseta amarela brilhante no ombro e seus três reis – e um pouco para o leste, Sirius, de calma arrogância, a mais formidável estrela solitária. Chegando tarde à praia (não podia abrir mão da beleza e da calma reconfortante da noite), enquanto ficava por ali ou caminhava a esmo lentamente, ouvia o eco dos apitos dos trabalhadores da estrada de ferro no pátio da estação West Jersey, trocando e comutando trens, locomotivas etc.; em meio ao que seria o silêncio geral, e algo na qualidade acústica do ar, efeitos musicais, emocionais, sobre os quais nunca antes pensara. Passei bastante tempo ali, ouvindo-os.

Noite de 18 de março de 1879 – Uma das noites calmas, agradavelmente frescas, primorosamente claras e sem nuvens, do começo da primavera – de novo a atmosfera daquele raro azul-marinho vítreo, bem-vindo para os astrônomos. Apenas às oito da noite, a cena ao alto, da beleza certamente mais solene, insuperável. Vênus baixa, quase se pondo a oeste, como se estivesse tentando se exibir com seu tamanho e brilho antes de partir. Orbe materno e prolífico – eu o tomo para mim de novo. Lembro-me da primavera que precedeu o assassinato de Abraham Lincoln, quando frequentava incansavelmente as margens do Potomac, em torno da cidade de Washington, e observei-a, no alto, melancólica e indiferente como eu:

Quando caminhávamos para cima e para baixo no tão místico azul profundo
Quando caminhávamos em silêncio pela noite umbrosa e transparente,
Quando eu via você ter algo a dizer, inclinando-se noite após noite em minha direção,
Quando você pendia do céu bem baixa, como se estivesse do meu lado (enquanto as outras estrelas todas assistiam),
Quando vagávamos juntos pela noite majestosa.

Com Vênus de partida, grande até o fim e brilhando até atingir a linha do horizonte, que espetáculo o domo imenso oferece neste momento! Mercúrio estava visível logo depois do pôr do sol – uma visão rara. Arcturus está agora ao alto, a nordeste. Na calma glória, todas as estrelas de Órion ocupam o lugar de honra, no ponto mais alto, ao sul, com a Estrela Canina um pouco à esquerda. E agora, subindo, Espiga, atrasada, baixa e ligeiramente toldada. Castor, Régulo e as demais, todas brilhando com luminosidade excepcional (sem Marte ou Júpiter ou lua até o amanhecer). Na beira do rio, muitos candeeiros cintilando – com duas ou três enormes chaminés, algumas milhas acima, arrotando chamas fundidas e constantes, como vulcões, iluminando tudo ao redor – e às vezes uma luz elétrica ou de cálcio, de brilhos dantescos, em raios distantes, terríveis, assustadoramente poderosos. Nas últimas noites de maio, na travessia, tenho gostado de observar as pequenas boias luminosas dos pescadores – tão bonitas, tão feéricas – como velas de defunto – ondulando delicadas e solitárias na superfície das águas sombrias, flutuando com a correnteza.

PRIMEIRO DIA DE PRIMAVERA NA CHESTNUT STREET

O inverno relaxando seu rigor já nos tem permitido sentir um gostinho da primavera. Enquanto escrevo, a suavidade e o brilho da tarde de ontem (depois do nevoeiro matinal, que lhe dava por contraste um melhor cenário) mostravam a Chestnut Street – digamos entre a Broad e a 4th – para maior proveito em seus vários apartes, e todas as suas lojas, e multidões em geral alegremente vestidas, do que nos três meses anteriores. Dei uma volta por lá entre uma e duas horas. Claro que tinha muita gente miserável pelas calçadas, mas nove décimos da miríade movente do panorama humano pareciam corados, bem alimentados e totalmente abastecidos. De qualquer forma, foi bom estar na Chestnut Street ontem. Os vendedores ambulantes na calçada – ("botões de manga, três por 5 centavos") – o menininho bonito com apitos de canários – os homens das bengalas, dos brinquedos, dos palitos – a velha agachada sobre as placas de pedra do calçamento frio, com sua cesta de fósforos, alfinetes e fita – a jovem mãe negra, sentada, mendigando, com seus dois gêmeos cor de café no colo – a beleza da estufa de flores raras na mansão Baldwin, perto da 12th, exibindo lírios vermelhos, amarelos, brancos como neve, orquídeas incríveis – o espetáculo do frango, do peixe e da carne vermelha nos restaurantes – as lojas de porcelana, com copos e estatuetas – as deliciosas frutas tropicais – as carruagens com o retinir de seus sinos – os veículos rápidos e gordos de um cavalo da agência dos correios, com aparência de táxi, lotados de carteiros, tão saudáveis, bonitos e viris em seus uniformes cinza – nas caras vitrines, curiosidades, quadros, livros – os policiais gigantescos na maioria das esquinas serão todos prontamente lembrados e reconhecidos como uma marca desta importante avenida da Filadélfia. A Chestnut Street, descobri, tem suas particularidades e seus lugares próprios, mesmo quando comparada com os grandes passeios de outras cidades. Nunca estive na Europa, mas adquiri experiência íntima de anos com a grande avenida de Nova York (talvez do mundo), a Broadway, e tenho em certa medida um conhecimento muito próximo, de quem caminhou, da St. Charles Street, em New Orleans, da Tremont Street, em Boston, e dos amplos *trottoirs* da Pennsylvania Avenue, em Washington. Claro que é uma pena a Chestnut Street não ser duas ou três vezes mais larga; mas a rua em qualquer dia bonito mostra vida, movimento e variedade dificilmente superados. (Olhos cintilantes, rostos humanos, magnetismo, mulheres bem-vestidas, andando de um lado para outro – com muitas coisas bonitas nas vitrines – não são eles mais ou menos os mesmos, em todo o mundo civilizado?)

> Com que rapidez passam as figuras fugidias!
> A calma, a fúria, a dureza de um rosto;

Alguns de sorrisos e devaneios luzidios
Alguns ainda úmidos de uma lágrima furtiva.

Alguns dias atrás, uma das enormes lojas de roupas de seis andares daqui tinha em sua vitrine um pequeno curral repleto de trevos e feno frescos (dava para sentir o cheiro do lado de fora), no qual repousavam duas magníficas ovelhas gordas, crescidas, mas jovens – como ovelhas, as mais bonitas que já vi. Passei bastante tempo entre a multidão, a observá-las – uma deitada, ruminando e mastigando, a outra em pé, olhando para fora, com olhos pacientes densamente contornados de pelo. Sua lã, clara e castanho-avermelhada, com listras de preto reluzente – uma visão realmente estranha em meio à avenida lotada de dândis, dólares e produtos variados.

SUBINDO O HUDSON PARA O CONDADO DE ULSTER

23 de abril – Indo para Nova York para um pequeno passeio e visita. Deixando os aposentos hospitaleiros, quase um lar, de meus estimados amigos, o sr. e a sra. J. H. Johnston – tomei o barco às quatro da tarde, subindo o Hudson, 100 milhas de distância. Belo pôr do sol, bela noite. Gostei em especial do momento em que passamos pelo desembarcadouro de Cozzens – a noite iluminada pela lua crescente e por Vênus, ora vogando em doce glória, ora escondidas pelas elevações rochosas e as colinas da margem oeste, da qual nos mantínhamos perto. (Passarei os próximos dez dias no condado de Ulster e arredores, com frequentes passeios pela manhã e à noite, observações do rio e caminhadas curtas.)

24 de abril – Meio-dia – Falta pouco para o sol ficar opressivo. As abelhas saíram e estão reunindo seu pão em salgueiros e outras árvores. Observo-as retornando, disparando pelo ar ou pousando nas colmeias, suas coxas cobertas da pilhagem amarela. Um tordo solitário canta perto. Sento-me em mangas de camisa e, de uma janela aberta, contemplo a cena preguiçosa – a fina névoa, as colinas de Fishkill à distância – no rio, uma chalupa com a vela grande inclinada e dois ou três pequenos barquinhos pesqueiros. Na estrada de ferro em frente, compridos trens de carga, às vezes carregados de tanques cilíndricos de petróleo, trinta, quarenta, cinquenta vagões em sequência, passando ofegantes e estrondosos à vista, mas com o som atenuado pela distância.

DIAS DIANTE DAS FOGUEIRAS DE TURFA DE J.B. – CANÇÕES DE PRIMAVERA

26 de abril – No amanhecer, o som puro e límpido do rouxinol-do-campo. Uma hora depois, algumas notas, poucas e simples, mas deliciosas e perfeitas, do tico-tico pequeno – perto do meio-dia, o trinado do tordo. O dia está muito bonito, o calor é suave, mas penetrante – um adorável véu no ar, em parte vapor de calor, em parte vindo das fogueiras de turfa por toda parte em pequenos pedaços de terra nas fazendas. Um grupo de tranquilos bordos próximos explode silenciosamente em cristas carmesins, zunindo o dia inteiro com laboriosas abelhas. As velas brancas de chalupas e escunas deslizam rio acima e rio abaixo; e as longas composições de vagões, em pesado movimento, ou as notas fracas dos sinos, quase constantes na margem oposta. As primeiras flores silvestres nos bosques e campos, o medronheiro perfumado, a hepática azul, a frágil anêmona, e os lindos botões brancos da sanguinária. Saio para lentas caminhadas e as descubro. Quando vou pelas estradas, gosto de ver as fogueiras dos fazendeiros, queimando mato seco, galhos e entulho, e como a fumaça se arrasta, junto ao chão, inclinando-se, subindo lentamente, se afastando e finalmente se dissipando. Gosto do cheiro acre – só o cheiro chega até mim – melhor do que perfume francês.

São muitos pássaros; de todos os tipos, ou de dois ou três, curiosamente, não há nenhum sinal, até que, de repente, um dia de abril (ou mesmo março) quente, ensolarado, borbotoante – eis! Lá estão eles, de galho em galho, ou de cerca em cerca, flertando, cantando, alguns acasalando, preparando-se para fazer ninhos. Mas a maioria deles *en passant* – quinze dias, um mês nestas paragens, e depois a partida. Como em todas as fases, a Natureza mantém sua sucessão vital, abundante e eterna. Mesmo assim, muitos dos pássaros permanecem por toda a estação ou pela maior parte dela – agora o momento do amor e o tempo da construção de ninhos. Encontro gralhas, gaivotas e gaviões voando sobre o rio. Ouço o grito vespertino do gavião, veloz no céu, preparando-se para aninhar.

O corrupião-de-baltimore será ouvido aqui em breve, e o *miau* agudo do pássaro-gato; também o suiriri-valente, o cuco e as toutinegras. O tempo todo há três canções de primavera muito particulares – a do rouxinol-do-campo, doce, alerta e pechosa (como se dissesse: "preste atenção" ou "você não entende?") – as frases alegres, suaves e humanas do tordo – (há anos que tento encontrar um breve termo, ou frase, que identificasse e descrevesse o canto do tordo) – e o assobio amoroso do pica-pau. Há muitos insetos ao meio-dia.

29 de abril – Seguindo lentamente pela estrada, ouvimos, logo após o pôr do sol, a música do tordo-dos-bosques. Paramos e, sem trocar uma palavra, ficamos escutando por muito tempo. As notas deliciosas – flutuava no crepúsculo um hino doce, natural, voluntário e simples, como se partisse dos registros de flauta de um órgão – ecoando em nossa direção da rocha alta e perpendicular, onde, nos recessos de árvores jovens e frondosas na base, o pássaro parou – enchendo nossos sentidos, nossas almas.

ENCONTRO COM UM EREMITA

Em um dos meus passeios pelas colinas encontrei um eremita de verdade, vivendo em um lugar solitário, de difícil acesso, rochoso, de bela vista, com um pequeno pedaço de terra, 2 varas quadradas. Um homem de meia-idade e postura jovial, nascido e criado na cidade – tinha frequentado a escola – viajado para a Europa e para a Califórnia. Eu o encontrei pela primeira vez na estrada, uma ou duas vezes, e passei com ele a manhã conversando amenidades; então, na terceira vez, ele me convidou para seguir com ele e descansar um pouco em sua cabana (uma honra quase sem precedentes, como fiquei sabendo de outras pessoas depois). Ele era quacre, acho; falava com facilidade e liberdade moderada, mas não me fez confidências sobre sua vida, história, tragédia ou o que quer que fosse.

UMA CACHOEIRA DO CONDADO DE ULSTER

Escrevo esta nota em um ambiente silvestre de bosques e colinas, onde viemos visitar uma cachoeira. Nunca vi cicutas mais belas ou abundantes, arbustos grandes, alguns antigos e respeitáveis. Que sentimentos elas despertam, reservadas, desgrenhadas – eu diria castigadas pelo tempo, solitárias – uma rica camada de samambaias, brotos de teixos e musgos, que começava a ser pontilhada com as flores silvestres do início do verão. Envolvendo tudo, o murmúrio líquido e constante da queda-d'água, abundante e impetuosa – as águas castanho-esverdeadas, transparentes e umbrosas, mergulhando com velocidade pelas rochas, com borrões de espuma branca como leite – um fluxo de âmbar apressado, com 30 pés de largura, surgindo lá atrás, nas colinas e bosques, agora correndo com volume – a cada 100 varas uma queda, e às vezes três ou quatro naquela distância. Uma floresta primitiva, druídica, solitária e selvagem – não chegam a dez os visitantes por ano – rochas quebradas por toda parte – sombra acima, o chão espesso de folhas – um perfume silvestre, delicado, intenso.

WALTER DUMONT E SUA MEDALHA

Enquanto passeava pela estrada principal ontem, parei para observar um homem ali por perto, lavrando um campo pedregoso e áspero com um jugo de bois. Geralmente, escutam-se muitos *arres* e *ôas*, muita agitação, ruídos contínuos e xingamentos, em um trabalho desse tipo. Mas percebi quão diferente, quão fácil e sem palavras, ainda que firme e suficiente, era o trabalho desse jovem lavrador. Seu nome era Walter Dumont, um fazendeiro, filho de fazendeiro, que trabalhava para o sustento de ambos. Três anos atrás, quando o navio a vapor *Sunnyside* foi a pique em uma noite muito fria e penosa aqui na margem oeste, Walter saiu em seu barco – foi o primeiro homem à disposição com assistência – atravessou o gelo até a praia, conectou um cabo, executou trabalhos da mais absoluta prontidão, ousadia, perigo, e salvou inúmeras vidas. Algumas semanas depois, uma noite, quando ele estava em Esopus, em meio à costumeira multidão de gente que folgava no armazém e nos correios, chegou de presente para o herói silencioso uma inesperada medalha oficial de ouro. A apresentação improvisada lhe foi feita no local, mas ele corou, ficou acanhado ao recebê-la e nada disse.

QUADROS DO RIO HUDSON

Foi uma ideia feliz construir a ferrovia do rio Hudson ao longo da costa. O declive já é feito pela Natureza; a ventilação de um lado é certa – e você não está no caminho de ninguém. Vejo, ouço as locomotivas e vagões roncando, rugindo, flamejando, fumando, constantemente, longe dali, noite e dia – a menos de 1 milha de distância, e à vista durante o dia. Gosto da vista e do som. Trens expressos tonitroam e iluminam o lugar; quanto aos trens de carga, a maioria deles muito comprida, não são menos de cem por dia. À noite, bem abaixo, você vê a aproximação do farol dianteiro, direto e certo como um meteoro. O rio à noite tem suas belas e particulares personagens. Os pescadores de sável saem em seus barcos e folgam suas redes – um sentado à frente, remando, e o outro de pé na popa, largando-a corretamente – marcando a linha com pequenas boias que levam velas, transmitindo, enquanto deslizam sobre a água, um sentimento indescritível e um brilho duplicado. Também gosto de observar os rebocadores à noite, com seus lampiões bruxuleantes, e ouço a rouquidão ofegante dos navios a vapor; ou identificar os vagos contornos das corvinas e das escunas, como fantasmas, brancas, silenciosas, indefinidas, lá fora. É o Hudson em uma clara noite de luar.

Mas há um quadro muito grandioso. Às vezes, na mais violenta tempestade de vento, chuva, granizo ou neve, uma grande águia aparece sobre o rio, voando ora com asas retas e firmes, ora muito arqueadas – sempre enfrentando o vendaval, ou talvez cortando-o, ou às vezes literalmente *parando* sobre ele. É como ler uma tragédia ou um épico natural de primeira, ou ouvir trombetas marciais. O esplêndido pássaro desfruta o tumulto – é ajustado, é igual a ele – completa-o de forma absolutamente artística. Suas asas oscilando – a posição da cabeça e do pescoço – o voo irresistível, por vezes variável – ora em espiral, ora para cima – as nuvens negras se movendo – a agitação das águas abaixo – a chuva que sibila, o vento que assovia (talvez as colisões e ruídos guturais do gelo) – ele bordejando ou ladeando – ora, por assim dizer, para variar, abandonando-se ao vendaval, movendo-se com ele ao sabor de sua velocidade – ora, retomando o controle, enfrentando-o, senhor da situação e da tempestade – senhor, em meio a isso, do poder e da alegria selvagem.

Às vezes (como no momento em que escrevo), no meio da tarde ensolarada, o velho navio a vapor *Vanderbilt* se aproxima – ouço suas pás rítmicas e cheias de lama – arrastando com longos cabos de reboque uma imensa e variada série ("uma porca velha e os porquinhos" é como o pessoal do rio chama isso). Primeiro vem uma grande barcaça, com uma casa pronta em cima dela e as vergas altas sobre o telhado; depois, os barcos de canal, uma fileira extensa e aglomerada, presa e unida – o do meio, com mastro alto, ostentando uma bandeira larga e berrante – outros com varais quase invariáveis de roupas recém-lavadas; duas chalupas e uma escuna ao lado do reboque – pouco vento, o que é um problema – com três barcas longas, escuras e vazias na retaguarda. Há gente nos barcos: homens descansando, mulheres com chapéus de sol, crianças, chaminés de fogão despejando fumaça.

DUAS REGIÕES URBANAS, A CERTAS HORAS

Nova York, 24 de maio de 1879 – Talvez nenhuma região da cidade (retornei para ficar algum tempo) faça apresentações humanas mais espetaculares, animadas e repletas de gente nessas tardes de maio do que as duas que vou agora descrever, baseado em observações pessoais. Primeiro: a área que compreende a 14th Street (especialmente a curta distância entre a Broadway e a Quinta Avenida) e a Union Square, suas adjacências, e assim retornando pela Broadway por meia milha. Todas as calçadas aqui são largas, e os espaços, amplos e livres – agora inundados do ouro líquido das últimas duas horas de um sol poderoso. Toda a região às cindo da tarde, nos dias de minhas observações, deve ter contido de 30 a 40 mil pessoas elegantemente vestidas, todas em movimento, muitas delas de boa aparência, muitas mulheres bonitas, muitas vezes jovens ou meninas, as últimas em grupos com suas babás – os *trottoirs* próximos por toda parte, um denso emaranhado de trajetos (mas sem colisões, sem problemas), com massas de cores vivas, ação e muito bom gosto nas *toilettes* (certamente as mulheres se vestem melhor do que nunca, e os homens também). Como se Nova York mostrasse nessas tardes o que ela pode fazer em sua humanidade, seu físico e fisionomia da melhor qualidade, e sua incontável prodigalidade de locomoção, lojas, brilho, magnetismo e felicidade.

Segundo: também das cinco às sete da noite. O trecho da Quinta Avenida, desde as saídas do Central Park na 59th Street até a 14th Street, especialmente ao longo da parte íngreme pela 40th e descendo a colina. Um Mississippi de cavalos e belos carros, não dúzias e dezenas, mas centenas e milhares – a ampla avenida cheia e abarrotada deles – uma multidão apressada, cintilante e em movimento por mais de 2 milhas. (Eu me pergunto se eles não encontram obstáculos, mas acredito que isso nunca acontece.) No geral, é para mim um quadro maravilhoso de Nova York. Gosto de entrar em uma carruagem na Quinta Avenida e subir, seguindo o fluxo veloz. Duvido que Londres, Paris ou qualquer outra cidade do mundo possa mostrar um carnaval de carruagens como vi aqui cinco ou seis vezes nessas belas tardes de maio.

CAMINHADAS E CONVERSAS NO CENTRAL PARK

De 16 a 22 de maio – Visito o Central Park agora quase todos os dias, sentado, vagando ou cavalgando a esmo e devagar. O lugar se mostra em sua melhor aparência neste mês – o vigor total das árvores, o branco e rosa abundante dos arbustos floridos, o verde-esmeralda da grama se espalhando por toda parte, ainda pontilhada de amarelo com dentes-de-leão – a particularidade das abundantes rochas cinza, próprias a esses terrenos, que emergem por milhas e milhas – e acima de tudo a beleza e pureza, três a cada quatro dias, dos nossos céus de verão. Sento-me placidamente no começo da tarde, na 90th, o policial, C.C., um rapaz de belas formas e pele cor de areia, vem na minha direção e para perto de mim. Ficamos imediatamente próximos e falantes. Ele é um nova-iorquino, nascido e criado na cidade, e em resposta às minhas perguntas me conta sobre a vida de um policial do New York Park (enquanto ele fala mantendo os olhos e ouvidos abertos e vigilantes, ocasionalmente parando e se movendo onde pode obter uma perspectiva completa do caminho, de um lado ao outro, e dos espaços ao redor). O pagamento é de 2,40 dólares por dia (sete dias por semana) – os homens chegam e trabalham oito horas seguidas, que é tudo que se pede deles em 24 horas. O trabalho tem mais riscos do que se poderia supor – por exemplo, se uma parelha ou cavalo fugir (o que acontece diariamente), espera-se que cada homem não apenas esteja a postos como renuncie à segurança e pare o mais selvagem pangaré ou pangarés – (*faça isso* e não fique pensando em seus ossos ou rosto) – também dê o alarme para que outros guardas o repitam, e os veículos subindo e descendo os trilhos sejam avisados. Os ferimentos são uma constante. Há muita atenção e força silenciosa. (Poucos apreciam, como penso muitas vezes, a capacidade ulissiana, o feito de coragem, a prontidão em emergências, a praticidade, a devoção involuntária e o heroísmo, entre nossos jovens e trabalhadores americanos – os bombeiros, os ferroviários, os marinheiros e trabalhadores da balsa, os policiais, os cocheiros e maquinistas – toda a esplêndida média do tronco nativo, no campo e na cidade.) Entretanto, é um bom trabalho; e, no geral, os membros da força do parque gostam dele. Eles veem a vida, e o estímulo os mantém atentos. Não há tanta dificuldade, como se poderia supor, derivada de vagabundos ou homens violentos ou de manter as pessoas "fora da grama". O pior problema do emprego regular no parque é a malária, os calafrios e coisas do gênero.

UMA BELA TARDE, DAS QUATRO ÀS SEIS

Dez mil veículos passando pelo parque nesta tarde perfeita. Que espetáculo! E eu assisti a ele inteiro – vi bem de perto e quanto quis. Caleches, táxis e *coupés* particulares, montaria – cachorrinhos, lacaios, modas, estrangeiros, penachos nos chapéus, cristas nos painéis – toda a maré oceânica da riqueza e da "nobreza" de Nova York. Era um circo impressionante, rico e interminável em uma escala imensa, cheio de ação e cor na beleza do dia, sob o sol claro e a brisa moderada. Grupos familiares, casais, cocheiros solitários – é claro que em geral se vestem elegantemente – muito "estilo" (mas talvez pouco ou nada, mesmo naquela direção, que se justifique plenamente). Através das janelas de duas ou três das carruagens mais ricas, vi rostos quase cadavéricos, de tão cinzentos e apáticos que eram. Na verdade, a coisa toda exibia menos a América autêntica, em espírito ou semblante, do que eu podia esperar de um espetáculo de massa tão seleto. Suponho que, como prova da riqueza ilimitada, do lazer e da "nobreza" acima mencionada, era fantástico. No entanto, o que via nessas horas (ocupei duas outras ocasiões, duas outras tardes, para assistir à mesma cena) confirma um pensamento que me assombra a cada vislumbre que tenho das mais elevadas esferas em geral ou excepcionais estágios da riqueza e da moda neste país – ou seja, que estão pouco à vontade, muito acanhados, presos a excessivos protocolos e distantes da felicidade – que não há nada neles que nós, que somos pobres e simples, precisamos invejar, e que, em vez do perfume perene da relva e dos bosques e das praias, sua redolência típica é de sabonetes e essências, até muito finas, mas que sugerem a barbearia – algo que se torna obsoleto e mofado em poucas horas.

Talvez o espetáculo dos cavalos fosse mais bonito. Muitos grupos (de três, aparentemente um bom número), alguns casais, alguns solitários – muitas mulheres – frequentemente cavalos ou grupos disparando a toda em disputa – a boa montaria era a regra – alguns animais realmente de primeira. À medida que a tarde caía, as carruagens diminuíam, e o número de cavaleiros parecia aumentar. Eles se deixavam ficar bastante – e vi algumas formas e rostos encantadores.

A PARTIDA DOS GRANDES NAVIOS A VAPOR

25 de maio – Uma viagem de três horas do meio-dia às três da tarde, acompanhando o *The City of Brussels* até Narrows para o agrado de alguns amigos que viajavam à Europa e, assim, desejar-lhes boa partida. Nosso pequeno e espirituoso rebocador, o *Seth Low*, manteve-se próximo do grande *Brussels* negro, às vezes de um lado, às vezes de outro, sempre ao lado dele ou mesmo pressionando-o adiante (como o pônei impetuoso que acompanha o elefante real). Em todo caso, desde o início, foi uma cena alegre e rápida bem típica de Nova York; a enorme multidão, bonita e bem-vestida no cais – homens e mulheres vêm ver seus amigos partirem, desejando que Deus os acompanhe – as laterais do navio repletas de passageiros – grupos de marinheiros de rosto bronzeado, com oficiais uniformizados em seus postos – as instruções silenciosas, enquanto o navio rapidamente se desprende e se afasta, pronto num instante – a emoção nos rostos, as despedidas e os lenços esvoaçantes, e muitos sorrisos e algumas lágrimas no cais – os rostos em resposta, sorrisos, lágrimas e lenços esvoaçantes no navio – (o que pode ser mais sutil e refinado do que esse teatro de rostos em tais ocasiões em meio a essas multidões? – o que toca mais o coração?) – a partida orgulhosa, firme e silenciosa, deixando a baía e chegando ao oceano grandioso – nós, acelerando ao seu lado por algumas milhas e então dando meia-volta e nos afastando – em meio a uma enlouquecida babel de vivas, gritos de despedida, apitos de vapor, beijos soprados e acenos com lenços.

A partida dos grandes navios a vapor, no meio-dia ou às tardes – não há remédio melhor quando se está desatento ou apático. Gosto de ir às quartas e aos sábados – os dias mais especiais – para ver os navios e as multidões nos cais, os passageiros que chegam, a agitação geral e a atividade, a expectativa estampada nos olhares, as vozes claras (um estrangeiro viajado, um músico, me disse outro dia que acha que as multidões americanas têm as melhores vozes do mundo), todo o visual dos navios negros grandes e bem projetados, e seus grupos e lados alinhados – no cenário da nossa baía com o céu azul acima. Dois dias depois do mencionado, vi o *Britannic*, o *Donau*, o *Helvetia* e o *Schiedam* partindo para a Europa – uma visão magnífica.

DUAS HORAS NO *MINNESOTA*

Das sete às nove da noite, a bordo do navio-escola *Minnesota*, da Marinha norte-americana, ancorado no rio Norte. O capitão Luce nos enviou seu escaler perto do entardecer, à beira da 23rd Street, e nos recebeu a bordo com a hospitalidade de um oficial e a alegria de um marinheiro. Há centenas de jovens no *Minnesota* em treinamento para equipar com eficiência a Marinha nacional. Gosto bastante da ideia; e, tanto quanto vi hoje à noite, gosto do modo como é levada a cabo neste enorme navio. Abaixo, no convés de armas, reuniam-se quase cem dos meninos, que nos apresentaram alguns de seus exercícios de canto, com um acompanhamento de melodeão, tocado por um deles. Cantaram com vontade. A melhor parte, no entanto, foi ver os próprios jovens. Fiquei entre eles antes de começarem a cantar e conversei informalmente por alguns minutos. Eles vêm de todos os estados; perguntei sobre os sulistas, mas só consegui encontrar um, um menino de Baltimore. No que se refere à idade, aparentemente, variam de 14 anos a 19 ou 20 anos. São todos nascidos nos Estados Unidos e têm que passar por um exame médico rígido; jovens de boa constituição física, carne boa, olhos brilhantes, que olham diretamente para você, saudáveis, inteligentes, entre eles nenhum preguiçoso, nenhum servil – em cada um deles, a promessa de um homem. Ao longo de minha vida estive em muitas ocasiões públicas que reuniram jovens e idosos, ou em escolas e faculdades, mas confesso que nunca fiquei tão satisfeito, tão confortado (tanto pela escola em si como pela esplêndida prova do nosso país, da nossa raça mista, e as promessas, aqui uma amostra, de suas boas capacidades médias, de seu futuro), como na reunião de todas as partes dos Estados Unidos neste navio de treinamento da Marinha. ("Haverá algum homem lá?", foi a resposta de Emerson, seca e prenhe de sentido, para alguém que o estava enchendo com as ricas estatísticas e possibilidades materiais de alguma região ocidental ou do Pacífico.)

26 de maio – A bordo do *Minnesota* novamente. O lugar-tenente Murphy gentilmente veio ao meu encontro em seu bote. Desfrutei especialmente as breves viagens de ida e volta – os marinheiros, bronzeados, fortes, de aparência tão viva e capaz, puxando seus remos em um longo balanço lateral, ao estilo navio de guerra, enquanto me atravessavam. Vi os garotos nas companhias treinando com armas de pequeno porte; conversei com o capelão Rawson. Às onze horas, todos reunidos para tomar café da manhã em torno de uma mesa comprida no grande salão dos oficiais – eu entre os demais – um momento delicioso e hospitaleiro em todos os sentidos – muita coisa para comer e tudo do bom e do melhor; travei contato com muitos novos oficiais. Essa segunda visita, com suas observações e conversas (duas ou três, fortuitas, com os meninos), confirmou as minhas primeiras impressões.

DIAS E NOITES DO VERÃO MADURO

4 de agosto – De manhã – quando me sento à sombra do salgueiro (retornei ao meu retiro no campo), um passarinho brinca bem perto, flertando e tomando banho no riacho. É claro que ele não tem medo de mim – leva-me a um lugar semelhante, nas margens próximas, de arbustos desimpedidos e mato selvagem. *Seis da tarde* – Os últimos três dias foram perfeitos para a estação (quatro noites atrás, chuva forte, com trovões e relâmpagos veementes). Escrevo isto sentado à beira do riacho observando meus dois martins-pescadores brincando sob o pôr do sol. Criaturas fortes, lindas, alegres! Suas asas brilham sob os raios solares inclinados, enquanto voam em círculos, vez por outra mergulhando e espargindo a água, e perfazendo longos trechos para cima e para baixo no riacho. Aonde quer que eu vá pelos campos, pelas trilhas, pelos lugares retirados, floresce a cenoura silvestre de flor branca, seus delicados flocos de neve coroando o caule delgado, balançando graciosamente na brisa.

PRÉDIO DE EXPOSIÇÕES – NOVA PREFEITURA – VIAGEM PELO RIO

Filadélfia, 26 de agosto – A noite de ontem e a noite de hoje, clareza inigualável, depois de dois dias de chuva; esplendor da lua e esplendor das estrelas. Saindo rumo ao grande prédio de exposições, zona oeste da cidade, vi que estava aceso e pensei em entrar. Havia um baile, democrático, mas refinado; muitos casais jovens dançando e quadrilhando – música de uma boa orquestra de cordas. Abandonei-me por mais de uma hora ao que via e ouvia – aos passos moderados de um lado para outro nos amplos espaços – ao retiro que encontrei, descansando em uma poltrona e admirando por um longo tempo o grande teto elevado, com seu gracioso e variado trabalho de barras de ferro, ângulos, tons de cinza, jogos de luz e sombra, esvanecendo em contornos escuros – à fruição (nos intervalos da orquestra de cordas) de alguns belíssimos improvisos e caprichos do grande órgão no outro lado do prédio – à vaga visão de figuras ou grupos ou casais de amantes que hora ou outra passam por um corredor mais próximo ou mais distante – abandonei-me por mais de uma hora.

Voltando para casa, andando pela Market Street em um carro aberto de verão, algo nos deteve entre a 15th e a Broad, e eu saí para ver melhor a nova construção de três quintos de mármore, a prefeitura, de magníficas proporções – um espetáculo majestoso e encantador ali ao luar – inundada por inteiro, fachadas, milhares de linhas branco-prateadas e cabeças e moldes esculpidos, com o brilho suave – silencioso, estranho, lindo – bem, eu sei que nunca, quando terminada, aquela pilha magnífica vai me impressionar tanto quanto me impressionou naqueles quinze minutos.

À noite, desde então, tenho ficado bastante no rio. Observo a Coroa Boreal, em forma de C (com a Gemma, que cintilou tão repentina e alarmantemente uma noite há alguns anos). A lua em seu terceiro quarto, e no céu quase todas as noites. E lá, ao olhar para leste, minhas Plêiades, ausentes há muito tempo, bem-vindas novamente à vista. Durante uma hora, aproveito a cena reconfortante e vital ao baixo espargir das ondas – novas estrelas constante e silenciosamente subindo a leste.

Ao atravessar o Delaware, um dos marinheiros do convés, F.R., me conta como uma mulher saltou ao mar e se afogou algumas horas depois. Aconteceu no meio do canal – ela pulou da proa do barco, que passou por cima dela. Ele a viu vir à tona do outro lado na correnteza veloz, lançar os braços e punhos cerrados ao alto (as mãos brancas e os antebraços nus à luz do luar como um clarão) e então afundar. (Descobri depois que esse jovem saltou imediatamente, nadou atrás da pobre criatura e realizou, ainda que sem sucesso, os mais corajosos esforços para resgatá-la; ele, porém, não mencionou essa parte ao me contar a história.)

ANDORINHAS NO RIO

3 de setembro – Nublado e úmido, vento leste; ar sem neblina palpável, mas muito pesado de umidade – bem-vindo para variar. De manhã, atravessando o Delaware, observei um número incomum de andorinhas voando, circulando, disparando, graciosas para além de qualquer descrição, bem próximas à água. Formando densa companhia ao redor da proa da balsa amarrada, elas voaram; e, quando saímos, observei além das cabeças do píer, e do outro lado da larga correnteza, as rápidas e sinuosas fitas que se formavam em movimento circular, bem perto dele, cortando e cruzando. Embora tivesse visto andorinhas toda a vida, parecia que nunca havia percebido sua beleza e caráter peculiar na paisagem. (Algum tempo atrás, por uma hora, num imenso celeiro no campo, observando o voo desses pássaros, lembrei-me do Livro XXII da *Odisseia*, quando Ulisses mata os pretendentes e esclarece as coisas, e Minerva, investida das formas de uma andorinha, atravessa os espaços do salão, pousa no alto em uma viga, assiste complacente ao espetáculo da matança e se sente em seu elemento, exultante, alegre.)

COMEÇANDO UM LONGO PASSEIO PARA O OESTE

Nos três ou quatro meses seguintes (de setembro a dezembro de 1879), fiz uma bela viagem ao Oeste, chegando a Denver, Colorado, e adentrando a região das Montanhas Rochosas o suficiente para ter uma boa noção de tudo aquilo. Deixei a zona oeste da Filadélfia depois das nove de certa noite, em meados de setembro, em um vagão-dormitório confortável. Sem dar conta das 200 ou 300 milhas percorridas na Pensilvânia, cheguei a Pittsburgh pela manhã para o desjejum. Boa vista da cidade e de Birmingham – neblina e umidade, fumaça, fornos de coque, chamas, casas de madeira descoloridas e vastas reuniões de barcaças de carvão. Em breve um pouco de uma bela região, a Virginia Ocidental, essa porção estreita de terra, e, cruzando o rio, o Ohio. Passei o dia atravessando este estado – depois, Indiana – e assim no balanço para dormir uma segunda noite, voando como um raio através de Illinois.

NO VAGÃO-DORMITÓRIO

Que prazer furioso e estranho deitar no meu beliche à noite no luxuoso vagão-palácio, levado pela poderosa locomotiva Baldwin – incorporando o movimento mais veloz e a força mais irresistível, e enchendo-me deles também! É tarde, talvez meia-noite ou mais – as distâncias são transpostas como mágica – à medida que avançamos por Harrisburg, Columbus, Indianápolis. O elemento de perigo acrescenta entusiasmo a tudo isso. Seguimos em frente, tonitroando em alta velocidade, com nossos altos guinchos de quando em quando, ou explosões de trombetas, na escuridão. Passando os lares dos homens, as fazendas, os celeiros, o rebanho – os vilarejos silenciosos. E o vagão em si, o dormitório, com as cortinas fechadas e as luzes apagadas – nos beliches, todos que dormem, muitos deles mulheres e crianças – e sempre em frente voamos como relâmpagos durante a noite – como dormem doce e profundamente! (Dizem que o francês Voltaire, em seu tempo, destacou a grande ópera e um navio de guerra como as mais marcantes ilustrações do crescimento do avanço da humanidade e da arte para além da barbárie primitiva. Talvez se o espirituoso filósofo estivesse aqui hoje e no mesmo carro, com cama e mesa perfeitas, de Nova York a São Francisco, ele mudaria seu exemplo para um de nossos vagões-dormitório americanos.)

ESTADO DO MISSOURI

Deveríamos ter feito a viagem de 960 milhas da Filadélfia a Saint Louis em 36 horas, mas tivemos uma colisão e um péssimo acidente com a locomotiva com cerca de dois terços do caminho percorridos, o que nos atrasou. Então, depois de ter pernoitado em Saint Louis, segui correndo para o Oeste. Ao atravessar o Missouri, a distância inteira na St. Louis & Kansas City Northern Railroad, num belo dia de outono, achei que meus olhos nunca tinham visto cenas de maior beleza pastoril. Por mais de 200 milhas, a sucessão das pradarias, de agricultura perfeita, vistas pelos olhos da Pensilvânia e de New Jersey, abrigando aqui e ali madeira fina. Ainda assim, mesmo tão boa, a terra não é a melhor parte (há uma cama de argila impermeável e uma camada compacta de terra debaixo dessa região que sustenta a água com bastante firmeza, "afoga a terra em tempo úmido e a assa em seco", como me disse um fazendeiro cínico). Ao sul estão algumas das melhores porções de território, embora talvez os pontos de maior beleza do estado estejam nos condados do noroeste. Ao todo, estou certo de que o Missouri (agora, e pelo que vi e aprendi desde então), em clima, solo, situação relativa, trigo, relva, minas, ferrovias e em qualquer aspecto material, tem lugar proeminente na União. Sobre o Missouri, em média, política e socialmente, ouvi todo tipo de conversa, algumas bastante duras – mas estou certo de que conviveria a salvo e confortavelmente em qualquer lugar entre os missourianos.

Eles plantam muito tabaco. É possível ver nesse momento grande quantidade de folhas claras cinza-esverdeadas arrancadas e penduradas para secar em estruturas temporárias ou fileiras de estacas. Parece muito com o verbasco, familiar aos olhos do Leste.

LAWRENCE E TOPEKA, KANSAS

Pensamos em parar em Kansas City, mas quando chegamos lá encontramos um trem pronto e uma multidão de locais hospitaleiros e preparados para nos levar a Lawrence, para onde prossegui. Não vou esquecer tão cedo meus bons dias em L., em companhia do juiz Usher e seus filhos (especialmente John e Linton), verdadeiros habitantes do Oeste, de seu tipo mais nobre. Tampouco os dias semelhantes em Topeka. Nem a bondade fraternal dos meus amigos da ferrovia de lá, e as autoridades da cidade e do estado. Lawrence e Topeka são cidades grandes, movimentadas, meio rurais e bonitas. Perfiz dois ou três longos percursos por Topeka, puxados por uma animada junta de cavalos através de estradas muito bem cuidadas.

AS PRADARIAS (E UM DISCURSO NÃO PRONUNCIADO)

Numa grande assembleia popular em Topeka – as bodas de prata do estado do Kansas, 15 ou 20 mil pessoas – anunciou-se erroneamente que eu declamaria um poema. Como recebi muito destaque e queria me mostrar bem-intencionado, apressadamente escrevi o discursinho a seguir. Infelizmente (ou felizmente), foi tanta diversão e tranquilidade, tanta conversa e comida, com os meninos da U., que perdi a hora e não fui à assembleia pronunciar meu texto. De qualquer forma, aqui está:

"Meus amigos, seus anúncios dizem que declamarei um poema; mas não tenho nenhum poema – não compus um para a ocasião. E posso dizer honestamente que estou feliz por isso. Sob esses céus resplandecentes na beleza de setembro – em meio à paisagem particular a que vocês estão habituados, mas que é nova para mim – essas pradarias intermináveis e imponentes – na liberdade, vigor e entusiasmo sadio deste ar do Oeste e do sol perfeito de outono –, tenho a impressão de que um poema seria quase uma impostura. Mas, se vocês desejam me ouvir, falarei sobre essas pradarias; de todos os espetáculos objetivos que vejo ou tenho visto nesta minha primeira visita real ao Oeste, elas são o que mais me impressiona. Enquanto viajava velozmente até aqui por mais de mil milhas, através do belo Ohio, através de Indiana e Illinois, produtoras de pão – através do imenso Missouri, que tudo contém e cria; enquanto explorei parcialmente sua encantadora cidade durante os últimos dois dias e, de Oread Hill, próximo à universidade, projetei minha visão por vastas extensões de verde vivo, em todas as direções – novamente fiquei muito impressionado, e assim ficarei pelo resto da minha vida, com aquela característica da topografia do oeste do centro do mundo de vocês – aquela Coisa vasta, estendendo-se por sua escala infinita, jamais restrita, que existe nessas pradarias, combinando o real e o ideal, e bela como os sonhos.

"Realmente me pergunto se as pessoas deste interior continental do Oeste sabem quanta *arte* de primeira elas têm nessas pradarias – original e própria – quantos elementos para a construção de uma personagem de sua humanidade futura, imensa, patriótica, heroica e nova – quanto registram integralmente em terra a grandiosidade e a soberba unidade dos céus celestes, e do oceano com suas ondas – quão libertadoras, calmantes, nutritivas elas são para a alma?

"E não foi sutilmente que elas nos deram nossos mais importantes americanos modernos, Lincoln e Grant? – homens comuns, espalhados por toda parte – os primeiros planos totalmente pragmáticos e reais e, no entanto (para aqueles que têm olhos para ver), com o mais belo fundo do ideal, elevando-se como qualquer outro. E não vemos neles os prenúncios das futuras raças que ainda ocuparão essas pradarias?

"Não apenas os estados ianques e atlânticos, mas todas as outras partes – Texas, e os estados flanqueando o sudeste e o Golfo do México – o império da costa do Pacífico – os Territórios e Lagos, e a fronteira do Canadá (não chegamos a esse tempo, mas ele virá, incluindo todo o Canadá) – formam igual e integral e indissoluvelmente esta Nação, a condição *sine qua non* do Novo Mundo humano, político e comercial. Mas esta área central dotada de (em números redondos) 2 mil milhas quadradas parece estar destinada a ser o lar do que eu chamaria de ideias e realidades particulares da América."

A CAMINHO DE DENVER – UM INCIDENTE DE FRONTEIRA

O passeio de 500 ou 600 milhas de Topeka a Denver me fez atravessar um Oeste rural e variado, porém inequivocamente prolífico e americano, em sua maior grandeza. Por uma longa distância, seguimos a linha do rio Kansas (gosto mais do antigo nome, Kaw), um trecho de solo muito rico e escuro, famoso por seu trigo, e conhecido como o Cinturão Dourado – em seguida, planícies e mais planícies por muitas horas – o condado de Ellsworth, no centro do estado – onde devo parar um instante para contar uma história característica dos primeiros tempos – o cenário, este mesmo lugar por onde passo – o ano, 1868. Em uma escaramuça em meio a uma assembleia pública na cidade, A. atirou em B., feriu-o gravemente, mas não o matou. Os homens sensatos de Ellsworth deliberaram entre si e decidiram que A. merecia o castigo. Como desejavam dar um bom exemplo e estabelecer sua reputação no sentido contrário de uma cidade de linchadores, eles abrem um tribunal informal e colocam os dois homens diante de si para um julgamento cuidadoso. Assim que o julgamento começa, o homem ferido é chamado à frente para prestar depoimento. Vendo seu inimigo preso e desarmado, B. avança subitamente em fúria e atira na cabeça de A. – e A. morre. A corte é imediatamente suspensa, e seus membros, com unanimidade, sem nenhum discussão, levam B. para fora, ferido como está, e o enforcam.

A seu tempo, chegamos a Denver, cidade pela qual me apaixonei logo de cara, sentimento que se confirma quanto mais tempo fico lá. Um dos meus dias mais agradáveis foi uma excursão, via Platte Cañon, a Leadville.

UMA HORA NA CUMEEIRA DO KENOSHA

Anotações das Montanhas Rochosas, em sua maioria feitas durante uma viagem de um dia na South Park Railroad, no retorno de Leadville, e especialmente a hora em que a viagem foi interrompida (muito para o meu deleite) na cumeeira do Kenosha. À medida que a tarde avança, novidades, esplendores a perder de vista, acumulam-se sob o sol que cintila neste ar puro. Mas é melhor eu começar pelo dia.

O encontro com Platte Cañon no amanhecer, depois de uma viagem de 10 milhas, saindo de Denver, em meio à escuridão da madrugada nos trilhos – a parada oportuna na entrada do *cañon*, e um bom café da manhã com ovos, truta e panquecas – e então, enquanto seguimos viagem e chegamos ao desfiladeiro, todas as maravilhas, a beleza, o poder selvagem do panorama – a correnteza furiosa, surgida nas fontes de neve, turbulenta e continuamente à vista de um dos lados – o sol deslumbrante e as luzes da manhã sobre as rochas – as curvas e inclinações dos trilhos, formando cotovelos nas quinas, subindo e descendo as colinas – a vista de cem picos, colares titânicos, estendendo-se para o norte e para o sul – a enorme Dome Rock, de nome tão adequado – e, enquanto avançamos, outras similares, simples, monolíticas, elefantinas.

UM "ACHADO" EGOÍSTA

"Encontrei a lei de meus próprios poemas", foi o sentimento implícito, mas cada vez mais livre de qualquer dúvida, que me ocorreu quando passei, hora após hora, em meio a todo esse sombrio, porém alegre e elementar abandono – essa plenitude de material, essa ausência total da arte, o jogo ilimitado da Natureza primitiva – o abismo, o desfiladeiro, o riacho cristalino das montanhas, repetidos por dezenas e centenas de milhas – o manejo amplo e a absoluta liberdade de movimentos – as formas fantásticas, banhadas em marrons transparentes, vermelhos e cinzas tênues, elevando-se às vezes a mil, às vezes a 2 ou 3 mil pés de altura – em seus topos de vez em quando o equilíbrio de enormes massas, misturadas às nuvens, visíveis apenas os seus contornos sob a névoa lilás. ("Nos maiores espetáculos da Natureza", diz um velho escritor holandês, um homem da igreja, "em meio à profundidade do oceano, se assim fosse possível, ou aos incontáveis mundos que rolam no firmamento à noite, um homem pensa sobre eles, avalia tudo, não por si mesmo ou abstratamente, mas com referência à própria personalidade, e a como podem afetá-lo ou colorir seu destino".)

NOVAS SENSAÇÕES – NOVAS ALEGRIAS

Seguimos a correnteza violenta em bronze e âmbar ao longo de seu leito, de frequentes cascatas e espuma branca como a neve. Através do *cañon*, voamos – montanhas não só nos ladeando, mas aparentemente, até chegarmos perto, bem diante de nós – a cada milha o despontar de uma nova visão, a cada visão uma descrição desafiadora – nas laterais quase perpendiculares, como que curvados, pinheiros, cedros, abetos, arbustos de sumagre carmesim, trechos de relva selvagem – mas dominando tudo, as elevadas e imponentes rochas, rochas e mais rochas, banhadas das mais delicadas e variadas cores, com a luminosidade do céu azul de outono ao alto. Novas sensações, novas alegrias pareciam se desenvolver. Fale como quiser: um *cañon* típico das Montanhas Rochosas, ou um trecho ilimitado como o mar das Grandes Planícies do Kansas ou do Colorado, sob circunstâncias favoráveis, representam, talvez expressem, e certamente despertam, as mais grandiosas e sutis emoções na alma humana, que todos os templos e esculturas de mármore, de Fídias a Thorwaldsen – todas as pinturas, poemas, reminiscências ou mesmo a música, provavelmente jamais poderão fazer.

MÁQUINAS A VAPOR, TELÉGRAFOS ETC.

Saio em uma parada de dez minutos em Deer Creek para desfrutar a combinação desigual de morro, pedra e madeira. À medida que aceleramos de novo, o granito amarelo sob o sol, com pináculos e minaretes naturais e, muito mais altos, os poleiros acastelados – depois longos trechos de paliçadas retas e verticais, cor de rinoceronte – em seguida, um amarelo intenso e tons fortes. Sempre o maior dos meus prazeres, a atmosfera fresca do Colorado, mas suficientemente quente. Sinais do incansável advento e pioneirismo do homem, tão duros quanto o rosto da Natureza – abrigos de trincheira abandonados às dúzias nos montes laterais – a cabana, o poste telegráfico, a fumaça de alguma chaminé improvisada ou fogueira ao ar livre – pequenos assentamentos, espaçados, de casas de tronco, ou grupos de agrimensores ou construtores dos telégrafos, com suas tendas confortáveis. Uma vez, um escritório montado sob uma tenda de onde você poderia enviar uma mensagem por eletricidade para qualquer lugar do mundo! Sim, sinais visíveis do homem dos últimos tempos, em seu enfrentamento destemido dos mais terríveis espetáculos do velho cosmos. Em vários lugares, serrarias a vapor, com suas pilhas de toras e tábuas, e os canos despejando fumaça. Vez por outra, Platte Cañon expandindo-se em um plano de alguns acres cobertos de relva. Em um desses lugares, perto do fim, onde paramos, saio para esticar as pernas, quando olho para o céu, ou melhor, para a montanha, onde um enorme falcão ou águia (uma visão rara aqui) voa tranquilo, equilibrando-se no ar, agora mergulhando e chegando bem perto, e então subindo novamente em círculos majestosos e indolentes – depois mais alto e mais alto, inclinando-se em direção ao norte para aos poucos se perder de vista.

A ESPINHA DORSAL DA AMÉRICA

Escrevo estas linhas literalmente no topo do Kenosha, aonde voltamos à tarde e descansamos um pouco, 10 mil pés acima do nível do mar. Nessa imensa altura, o South Park se estende 50 milhas diante de mim. Cadeias montanhosas e picos em todas as variedades de perspectiva, cada matiz de panorama, dão contornos à vista, em distâncias curtas, médias ou longas e vagas, ou desaparecem no horizonte. Alcançamos, penetramos agora, as Montanhas Rochosas (Hayden as chama Cordilheira Frontal) por 100 milhas ou mais; e embora essas cadeias se espalhem em todas as direções, especialmente a norte e sul, milhares e milhares mais além, tenho visto exemplos das maiores delas, e sei portanto ao menos o que elas são e com o que se parecem. Não apenas elas, pois são típicas de porções e regiões de metade do globo – são, de fato, as vértebras ou a espinha dorsal de nosso hemisfério. Como os anatomistas dizem que um homem é apenas uma espinha, com cabeça, pé, peito e membros, então todo o mundo ocidental é, de certa forma, uma expansão dessas montanhas. Na América do Sul elas são os Andes, na América Central e no México, as Cordilleras, e nos nossos estados têm nomes diferentes – na Califórnia, a Coast and Cascade Range – daí para o leste, a Sierra Nevada – mas principal e mais centralmente as Montanhas Rochosas, com muitas elevações, como os picos Lincoln, Grey, Harvard, Yale, Long e Pike, com mais de 14 mil pés de altura. (No Leste, os picos mais altos das Alleghanies, das Adirondacks, das Catskill e das White Mountains, variam de 2 mil a 5.500 pés – somente o Monte Washington, na última, com 6.300 pés.)

OS PARQUES

No meio de tudo aqui, encontram-se belos contrastes como as bacias submersas dos parques North, Middle e South (estou de um dos lados deste último agora, com vista geral), cada qual do tamanho de um grande, nivelado, quase quadrangular e gramado condado do Oeste, murado pelas paredes das colinas, e cada parque a nascente de um rio. Esses que especifico são os maiores no Colorado, mas todo este estado, e Wyoming, Utah, Nevada e oeste da Califórnia, através de suas serras e ravinas, são copiosamente marcados por extensões e aberturas similares, muitas delas, pequenas, de uma beleza e perfeição paradisíacas, com suas ramificações de montanhas, riachos, atmosfera e matizes incomparáveis.

CARACTERÍSTICAS ARTÍSTICAS

Fala-se, volto à questão, sobre ir à Europa, visitar as ruínas dos castelos feudais, ou as ruínas do Coliseu, ou os palácios dos reis – quando se pode vir *aqui*. A variedade também existe; depois das pradarias de Illinois e Kansas, de mil milhas – regiões suaves e tranquilas de milho e trigo de dez milhões de fazendas democráticas no futuro – o ponto de partida de toda apresentação possível da forma, esses montes não utilitários, confrontando os céus, emanando mais beleza, terror e poder do que Dante ou Ângelo conceberam. Sim, acho que a substância não só da poesia e da pintura, mas da oratória, e até mesmo da metafísica e da música próprias ao Novo Mundo, antes de serem finalmente assimiladas, precisam antes buscar alimento em visitas aqui.

Os riachos da montanha – O contraste espiritual e a eterealidade de toda a região consistem em grande parte, para mim, em suas peculiares e nunca ausentes torrentes – as neves das inacessíveis regiões superiores derretendo e descendo continuamente pelas gargantas. Nada como a água das planícies pastorais, ou riachos com margens repletas de árvores e turfa, ou qualquer coisa do tipo em outros lugares. As formas que o elemento assume nos espetáculos do globo não podem ser totalmente compreendidas por um artista até que ele tenha estudado esses riachos únicos.

Efeitos aéreos – Mas, talvez, ao contemplar ao meu redor, a mais bela visão está em tons atmosféricos. As pradarias – quando as cruzei em minha jornada até aqui – e essas montanhas e parques parecem-me dar novas luzes e sombras. Em todos os lugares, as gradações aéreas e os efeitos do céu são inimitáveis; em nenhum outro lugar tais perspectivas, tais lilases e tons de cinza translúcidos. Posso imaginar um excelente pintor de paisagens, um belo colorista, depois de produzir esboços aqui, descartando todo o seu trabalho prévio – adorável para abastecer amadores de exposição – como turvo, cru e artificial. Perto do olho da pessoa se abre uma variedade infinita; acima da linha dos troncos, um marrom pálido sem misturas; em certos pontos mais distantes, manchas de neve perene (alturas frias, sem árvores, flores ou pássaros). Enquanto escrevo, vejo a cordilheira nevada através da névoa azul, linda e longínqua. Vejo claramente os pontos de neve.

IMPRESSÕES DE DENVER

Atravessando o longo e demorado crepúsculo da mais extraordinária das noites, voltamos para Denver, onde fiquei vários dias explorando sem pressa, recebendo impressões, com as quais também poderia reduzir esta nota, listando o que eu vi ali. Os melhores eram os homens, três quartos deles grandes, capazes, calmos, alertas, americanos. E dinheiro! Ora, eles o produzem aqui. Nas fundições (para os metais preciosos, as maiores e mais bem projetadas do mundo), vi longas fileiras de tanques e bateias, cobertos de água fervente e cheios de prata pura, 4 ou 5 polegadas de espessura, o equivalente a milhares de dólares em um recipiente. O supervisor que me apresentava padejou o metal tranquilamente com uma pazinha de madeira, como se lidasse com feijão. Em seguida, barras enormes de prata, no valor de 2 mil dólares cada uma, dezenas de pilhas de vinte delas. Alguns dias antes, em um lugar nas montanhas, num campo de mineração, tinha visto lingotes no chão ao ar livre, como as pirâmides de confeiteiro em algum jantar elegante em Nova York. (Um bocado delicioso para ser revivado com a caneta e a tinta de um pobre autor – e apropriado para entrar aqui – é que a extração de prata de Colorado e Utah, com o ouro produzido na Califórnia, no Novo México, em Nevada e Dakota, acrescenta à moeda mundial mais de 100 milhões todos os anos.)

Uma cidade, esta Denver, bem construída – a Laramie Street, a 15th, a 16th e a Champa, com outras, particularmente boas – algumas com depósitos altos de pedra ou ferro e janelas de vidro – todas as ruas com pequenos canais em que a água da montanha corre pelas laterais – muita gente, "negócios", modernidade – mas não sem um sabor vigoroso e selvagem, todo próprio. Um lugar de cavalos velozes (muitas éguas com seus potros), e vi muitos galgos de grande porte para caçar antílopes. Vez por outra grupos de mineiros, alguns apenas chegam, outros partem, muito pitorescos.

Um dos jornais aqui me entrevistou e registrou o que eu disse sem hesitação: "Por ter vivido ou visitado, conheço todas as grandes cidades no terço atlântico da república – Boston, Brooklyn com suas colinas, New Orleans, Baltimore, a majestosa Washington, a grande Filadélfia, Cincinnati e Chicago, cidades populosas, e por trinta anos aquela maravilha, lavada por marés rápidas e brilhantes, a minha Nova York, não apenas a cidade do Novo Mundo, mas do mundo – porém, recém-chegado a Denver como agora, e circulando por suas ruas, respirando seu ar, aquecido por seu sol, e tendo o que existe de seu ozônio humano, bem como aéreo, sobre mim por estes três ou quatro dias, sinto-me como um homem às vezes se sente em relação a certas pessoas com as quais se encontra e que o animam sem que ele saiba a razão. Eu também não saberia dizer a razão, mas depois de entrar na cidade sob a névoa leve de uma tarde do fim de setembro e respirar do seu ar, e dormir bem durante as noites, e passear – a pé ou de carruagem –, e ver quem chega e quem parte nos hotéis e absorver o magnetismo climático desta região curiosamente atraente, tem crescido constantemente em mim um carinho pelo lugar, que, repentino como é, tornou-se tão definido e forte que devo registrá-lo".

Tanto por meu sentimento em relação à cidade-rainha das planícies e picos, onde ela está sob uma deliciosa e rara atmosfera, 5 mil pés acima do nível do mar, irrigada pela água das montanhas, voltada a leste, de um lado, por mil milhas por sobre as pradarias, e a oeste, de outro, sempre visível durante o dia, envolto em sua névoa violeta, inumeráveis topos de montanhas. Sim, me apaixonei por Denver e até senti o desejo de passar meus dias de declínio e morte lá.

SEGUINDO PARA O SUL E, POR FIM, DE VOLTA AO LESTE

Deixo Denver às oito horas pela Rio Grande Railroad rumo ao sul. Montanhas constantemente à vista na distância aparentemente próxima, ligeiramente veladas, mas ainda claras e muito majestosas – seus cones, cores, lados, distintos contra o céu – centenas, aparentemente milhares, colares intermináveis delas, topos e encostas mais ou menos ligeiramente toldados naquele azul-acinzentado sob o sol do outono, por mais de 150 milhas – o espetáculo mais espiritual da Natureza objetiva que já vi ou imaginei ser possível. Vez por outra a luz se fortalece, fazendo um contraste de prata tingida de amarelo, de um lado, com cinza-escuro e sombreado, do outro. Contemplei longamente o pico Pike e fiquei um pouco desapontado. (Acho que tinha esperado uma coisa impressionante.) Nossa vista das planícies à esquerda se estende amplamente, com currais aqui e ali, o cacto e a sálvia silvestre frequentes, e rebanhos de gado bovino se alimentando. Assim, cerca de 120 milhas rumo a Pueblo. Ali embarcamos no trem confortável e bem equipado das companhias ferroviárias Atchison, Topeka e Santa Fé, dessa vez seguindo a leste.

VONTADES IRREALIZADAS – O RIO ARKANSAS

Cheguei a querer ir para a região do rio Yellowstone – queria em especial ver o Parque Nacional, os gêiseres e o “hudu” ou terra dos goblins daquela região; na verdade, hesitei um pouco em Pueblo, o ponto da decisão – queria atravessar La Veta Pass – queria percorrer a trilha de Santa Fé para o sudoeste até o Novo México – mas voltei meu rosto para o leste – deixando para trás as paisagens mais excitantes do sudeste do Colorado, Pueblo, a montanha Bald, os Picos Espanhóis, a Sangre de Christos, a Mule Shoe Curve (que, segundo meu amigo veterano na locomotiva, era "a principal curva da estrada de ferro do universo"), o forte Garland nas planícies, Veta e os três grandes picos de Sierra Blanca. O rio Arkansas desempenha um papel importante em toda esta região – eu o vejo, ou sua margem elevada e rochosa ao norte, por milhas, e a cruzo e recruzo com frequência, enquanto de serpenteia e se contorce como uma cobra. As planícies variam aqui ainda mais do que o habitual – às vezes milhas de um longo trecho estéril – depois verde, fértil e relvado, de igual comprimento. Alguns rebanhos muito grandes de ovelhas. (São necessárias novas palavras para estas planícies e todo o interior do Oeste americano – os termos *distante*, *grande*, *vasto* etc. são insuficientes.)

UMA SILENCIOSA E PEQUENA SEGUIDORA – A COREÓPSIS

Aqui devo falar um pouco sobre uma seguidorazinha, presente até mesmo agora diante dos meus olhos. Fui acompanhado em toda a minha jornada de Barnegat ao pico Pike por uma agradável amiga floral, ou melhor, milhões delas – nada mais, nada menos do que uma florzinha amarela, resistente e silvestre, de cinco pétalas e que nasce, acho, de setembro a outubro, por toda parte na região central e norte dos Estados Unidos. Eu já a tinha visto no Hudson e por Long Island, e ao longo das margens do Delaware e em New Jersey (como anos atrás subindo o Connecticut e, num outono, próximo ao lago Champlain). Nesta viagem elas me seguiram regularmente, de haste delgada e olhos de ouro, de Cape May ao vale do Kaw, e assim através dos cânions e dessas planícies. No Missouri, vi campos imensos todos iluminados por elas. Em direção ao oeste de Illinois, acordei uma manhã no vagão-dormitório e a primeira coisa que vi quando puxei a cortina do meu beliche e olhei para fora foi seu semblante bonito e pescoço inclinado.

25 de setembro – De manhãzinha – continuamos em direção ao leste depois de sair de Sterling, Kansas, onde parei por um dia e uma noite. O sol se levantou cerca de meia hora; nada pode ser mais fresco ou bonito que esta época, esta região. Vejo um belo campo da minha flor amarela em plena floração. Com algum espaçamento entre si, pontos ocupados por boas casas de dois andares, enquanto viajamos rapidamente. Sobre a imensa área, plana como uma laje, visível por 20 milhas em todas as direções no ar límpido, uma predominância de pastagem outonal, avermelhada e sem viço – medas esparsas de feno e cercados quebrando a paisagem – enquanto tonitroávamos estrada afora, bandos de tetrazes-das-pradarias se assustavam. Entre Sterling e Florence, um belo campo. (Lembranças a E. L., meu velho-jovem soldado amigo dos tempos de guerra, e sua esposa e filho em S.)

AS PRADARIAS E AS GRANDES PLANÍCIES NA POESIA

(*Depois de viajar por Illinois, Missouri, Kansas e Colorado.*)

Nítido como o pensamento de que, sem dúvida, já nasceu a criança que verá centenas de milhões de pessoas, as mais prósperas e avançadas do mundo, habitando estas pradarias, as Grandes Planícies e o vale do Mississippi, não pude deixar de pensar que seria ainda mais grandioso ver todas aquelas inimitáveis regiões americanas fundidas no alambique de um poema perfeito, ou outro trabalho estético, inteiramente do Oeste, novo, vigoroso e ilimitado – integralmente nosso, sem rastro ou sabor do solo europeu, reminiscências, letras ou espírito técnico. Meus dias e noites, quando viajo para cá – que alegria! – não apenas o ar e a sensação de vastidão, mas todos os panoramas e características locais. Em toda parte algo particular – os cactos, os craveiros, a grama-de-búfalo, a sálvia silvestre – a perspectiva recuada e a linha circular distante do horizonte em todas as horas do dia, especialmente pela manhã – o nutriente claro, puro, frio e rarefeito dos pulmões, antes completamente desconhecido – as manchas e riscas negras deixadas pelas conflagrações da superfície – o sulco profundo do "guarda-fogo" arado – os montes de neve erguidos o tempo inteiro para proteger a estrada de ferro das nevascas de inverno – os cães-da-pradaria e as manadas de antílopes – os curiosos "rios secos" – vez por outra um "abrigo de trincheira" ou curral – Fort Riley e Fort Wallace – aquelas cidades das planícies do norte (como os navios no mar), a Eagle-Tail, as montanhas Coyote, a Cheyenne, a Agate, a Monotony, o pico Kit Carson – com os formigueiros e os lamaçais dos búfalos – com as manadas de gado e os *vaqueiros* ("tocadores"), para mim uma classe estranhamente interessante, de olhos brilhantes como falcões, pele morena e chapéus de abas largas – aparentemente sempre a cavalo, com braços soltos ligeiramente levantados e balançando enquanto cavalgam.

OS PICOS ESPANHÓIS – A NOITE NAS PLANÍCIES

Entre Pueblo e o forte Bent, em direção ao sul, em uma tarde clara de sol, tenho a sorte de entrever os Picos Espanhóis. Estamos no sudeste do Colorado – atravessamos imensos rebanhos bovinos enquanto nossa locomotiva, de primeira linha, nos leva rapidamente adiante – duas ou três vezes atravessando o Arkansas, seguindo por muitas milhas, cujas belas paisagens conheci, às vezes por uma grande distância, suas margens pedregosas, eretas como paliçadas, não muito elevadas, e depois seus planos lamacentos. Passamos pelo Forte Lyon – muitas casas de argila – pastagens sem limites, apropriadamente pintadas com os rebanhos bovinos – a seu tempo, o declínio do sol no oeste – um céu de translúcida pérola acima de tudo – e então a noite nas Grandes Planícies. Uma paisagem calma, contemplativa e sem limites – as rochas perpendiculares do norte do Arkansas, tingidas do entardecer – uma linha fina e violeta no horizonte a sudoeste – o frescor intenso e o leve perfume – um vaqueiro atrasado com algum membro indisciplinado do rebanho – uma carroça emigrante labutando ainda um pouco mais, os cavalos lentos e cansados – dois homens, aparentemente pai e filho, caminhando e sem pressa – e ao redor de tudo o *chiaroscuro* e o sentimento indescritíveis (mais profundos do que qualquer coisa no mar) cruzando a infinitude destes agrestes.

A PAISAGEM CARACTERÍSTICA DA AMÉRICA

Falando em geral sobre a capacidade e o destino futuro e certo daquela região da planície e da pradaria (maior que qualquer reino europeu), ela está na terra inexaurível de trigo, milho, lã, linho, carvão, ferro, carne bovina e suína, manteiga e queijo, maçãs e uvas – terra de 10 milhões de fazendas virgens – aparentemente, no momento, silvestres e improdutivas – e na qual, no entanto, dizem os especialistas, quando irrigada, pode crescer trigo o bastante para alimentar o mundo. Então, quanto ao cenário (oferecendo meu próprio pensamento e sentimento), embora saiba que a afirmação padrão é que Yosemite, as cataratas do Niagara, o Yellowstone superior e similares oferecem os maiores espetáculos naturais, não tenho tanta certeza, mas as pradarias e as planícies, apesar de menos deslumbrantes à primeira vista, têm efeito mais prolongado, preenchem mais completamente o sentido estético, precedem todo o resto e compõem a paisagem característica da América do Norte.

De fato, durante toda a viagem, com todos os seus espetáculos e variedades, o que mais me impressionou, e permanecerá mais tempo comigo, são essas pradarias. Dia após dia e noite após noite, aos meus olhos, a todos os meus sentidos – o estético, acima de tudo –, elas silenciosa e amplamente se desdobraram. Mesmo suas estatísticas mais simples são sublimes.

O RIO MAIS IMPORTANTE DA TERRA

O vale do rio Mississippi e seus afluentes (esse rio e seus secundários envolvem uma grande parte da questão) compreendem mais de 1,2 milhão de milhas quadradas, a maior parte delas formada de pradarias. É de longe o mais importante rio do globo e parece ter sido planejado com um propósito, fluindo lentamente de norte a sul através de uma dúzia de climas, todos adequados para a ocupação saudável do homem, sua foz descongelada o ano todo, e seu trajeto formando uma avenida continental segura e barata para o comércio e a passagem do norte temperado para a zona tórrida. Nem mesmo o poderoso Amazonas (embora maior em volume), em sua trajetória de leste e oeste – nem o Nilo na África, nem o Danúbio na Europa, nem os três grandes rios da China lhe são comparáveis. Na história e em todo o passado, apenas o mar Mediterrâneo desempenhou papel como o Mississippi está destinado a desempenhar no futuro. Por sua conversão em domínio, irrigada e soldada por seus afluentes, o Missouri, o Ohio, o Arkansas, o Vermelho, o Yazoo, o St. Francis e outros, já agrega 25 milhões de pessoas, não apenas as mais pacíficas e industriosas, mas a mais inquietas e guerreiras da terra. Seu vale, ou seu alcance, está rapidamente concentrando o poder político da União americana. Já se pensa que *é* a União – ou que em breve será. Apague-o, com suas radiações, e o que restaria? Das janelas do vagão passando por Indiana, Illinois, Missouri, ou parando alguns dias ao longo da Topeka-Santa Fé, no sul do Kansas, e de fato, sempre que viajei centenas e milhares de milhas por essa região, meus olhos se embeberam dos primitivos e ricos prados, alguns deles parcialmente habitados, mas muito mais, imensamente mais virgens e ininterruptos – e muito mais encantadores e férteis em sua inocência desconhecida dos arados do que os belos e valiosos campos das fazendas mais ricas de Nova York, Pensilvânia, Maryland ou Virginia.

ANALOGIAS DA PRADARIA – A QUESTÃO DAS ÁRVORES

A palavra *prairie* é francesa e significa literalmente prado. As analogias cósmicas de nossas planícies norte-americanas são as Estepes da Ásia, os Pampas e os Lhanos da América do Sul e talvez os Saaras da África. Alguns acham que as planícies foram originalmente leitos de lago; outros atribuem a ausência de florestas aos incêndios que quase anualmente a cobrem – (a causa, na opinião vulgar, do veranico). A questão das árvores logo se tornará grave. Embora a encosta Atlântica, a região das Montanhas Rochosas e a região sul do vale do Mississippi sejam bem arborizadas, há aqui trechos de centenas e milhares de milhas onde ou não cresce uma árvore sequer, ou muitas vezes a destruição sem propósito prevaleceu; e a questão do cultivo e disseminação de florestas bem pode incomodar pensadores que olham para as gerações vindouras dos estados da pradaria.

LITERATURA DO VALE DO MISSISSIPPI

Deitado para descansar em um dia chuvoso no Missouri depois de longas investigações – primeiro experimentando um grande volume que encontrei lá de Milton, Young, Gray, Beattie e Collins, mas desistindo por ser enfadonho – desfrutando no entanto por algum tempo, como muitas vezes antes, a leitura dos poemas de Walter Scott, *Lay of the Last Minstrel*, *Marmion* e assim por diante –, parei, deixei o livro e refleti sobre um poema que deveria a seu tempo exprimir e suprir a região abundante em que eu estava e acabo de mencionar. Não é preciso mais do que um segundo de reflexão em qualquer lugar dos Estados Unidos para ver com clareza que todos os poetas livrescos e de biblioteca, sejam eles importados da Grã-Bretanha ou seguidos e *doppelgängueados* aqui, são estrangeiros para os nossos estados, ainda que sejam profusamente lidos por todos nós. Mas para entender por completo o quanto estão em absoluta oposição aos nossos tempos e terras, e quanto são pequenos e limitados e que anacronismos e absurdos muitas de suas páginas representam para fins americanos, é preciso morar ou viajar um pouco no Missouri, Kansas e Colorado e ganhar intimidade com seu povo e país.

Chegará o dia – não importa quanto tempo demore – em que esses modelos e figuras leigas das ilhas britânicas – e até mesmo as preciosas tradições dos clássicos – serão reminiscências, apenas estudos? O hálito puro, a primitividade, a prodigalidade e a amplitude ilimitadas, a estranha mistura de delicadeza e força, de continência, de real e ideal, e de todos os elementos originais e de primeira qualidade dessas pradarias, das Montanhas Rochosas e dos rios Mississippi e Missouri – eles aparecerão e, de alguma maneira, formarão um padrão para nossa poesia e arte? (Às vezes penso que até mesmo a ambição do meu amigo Joaquin Miller de escrever sobre essas coisas e ilustrá-las o coloca à frente de toda a multidão.)

Não muito tempo atrás eu estava na baía de Nova York, em um navio a vapor, observando o pôr do sol sobre as alturas verde-escuras de Navesink, e vendo toda aquela propagação inimitável de costa, navegação e mar, perto de Sandy Hook. Mas, em um intervalo de uma ou duas semanas, meus olhos captam os contornos sombrios dos Picos Espanhóis. Nas mais de 2 mil milhas que nos separam, embora de variedade infinita e paradoxal, uma fusão curiosa e absoluta está, sem dúvida, constantemente fortalecendo, unindo, forjando uma só identidade. Mais sutil e mais amplo e mais sólido, porém (para produzir tal compactação), do que as leis dos estados, ou o terreno comum do Congresso, ou a Suprema Corte, ou a duríssima soldagem de nossas guerras nacionais, ou o aço das ferrovias que nos servem de elo, ou todos os processos de amassar e fundir da nossa história material e comercial, passada ou presente, seriam, na minha opinião, um grande trabalho pulsante, vital, imaginativo, ou uma série de obras, ou literatura, para cuja construção as planícies, as pradarias e o rio Mississippi, com os domínios de seu extenso e amplo vale, deveriam ser o pano de fundo concreto, e a humanidade, as paixões, as lutas e esperanças dos Estados Unidos, ali e agora – um *éclaircissement* significa e significará, no palco do Novo Mundo, o drama da guerra, o romance e a evolução de toda a História até aqui –, deveriam fornecer o fogo tremulante, o ideal.

UM ITEM DE ENTREVISTADOR

17 de outubro de 1879 – Hoje, um dos jornais de Saint Louis publica as seguintes observações que fiz, de maneira informal, sobre literatura americana, especialmente do Oeste: "Visitamos o sr. Whitman ontem e, depois de uma conversa um tanto desorganizada, abruptamente perguntamos a ele: 'Você acha que teremos uma literatura propriamente americana?'. 'Parece-me', disse-nos, 'que nosso trabalho atual é lançar as fundações de uma grande nação em produtos, na agricultura, no comércio, em redes de intercomunicação, e em tudo que se relacione ao conforto de grandes massas de homens e famílias, com liberdade de expressão, eclesiasticismo etc. Essas coisas fundamos e temos realizado em escala maior do que nunca até então, e Ohio, Illinois, Indiana, Missouri, Kansas e Colorado parecem-me ser o espaço de assentamento e desenvolvimento desses fatos e ideias. A prosperidade materialista em todas as suas variadas formas, com aqueles outros pontos que eu mencionei, intercomunicação e liberdade, são os primeiros a serem levados em conta seriamente. Quando florescerem e se consolidarem, então uma literatura digna de nós vai começar a se definir. A superioridade e a vitalidade americanas estão na massa de nosso povo, não em uma pequena nobreza como o Velho Mundo. A grandeza de nosso exército durante a guerra secessionista estava nos soldados sem patente, e o mesmo se passa com a nação. Outras terras conhecem sua vitalidade em poucos, em uma classe, mas nós a temos na massa das pessoas. Nossos principais homens não são de muita importância, nem nunca foram, mas a média das pessoas é imensa, para além de toda a história. Às vezes penso que em todos os departamentos, literatura e arte incluídos, esse será o modo de exposição de nossa superioridade. Não teremos grandes indivíduos ou grandes líderes, mas um grande volume médio, de uma imensidão sem precedentes'".

AS MULHERES DO OESTE

Kansas City – Não estou tão satisfeito com o que vejo das mulheres das cidades da pradaria. Escrevo isto em um estabelecimento da rua principal de Kansas City, onde estou à vontade e assisto a uma multidão fluindo como um rio pelas calçadas. As mulheres (e o mesmo vale para Denver) estão todas vestidas segundo a moda e trazem um olhar "aristocrático" no rosto, nos modos e nas ações, mas não têm, nem o físico nem a mentalidade apropriada a elas, nenhuma elevada originalidade nativa de corpo ou espírito (como os homens certamente têm, apropriada a eles). Elas são "intelectuais" e elegantes, mas têm aparência dispéptica e geralmente se parecem com bonecas; sua ambição evidentemente é copiar as irmãs do Leste. Algo muito diferente deve aparecer, e logo, para ser o equivalente da soberba masculinidade do Oeste e completá-la, mantê-la e continuá-la.

O GENERAL EM SILÊNCIO

28 de setembro de 1879 – Então o general Grant, depois de ter dado a volta ao mundo, chegou em casa, desembarcou em São Francisco ontem, do navio japonês *City of Tokio*. Que homem! Que história! Que ilustração – sua vida – das capacidades daquela individualidade americana comum a todos nós. Os críticos cínicos se perguntam: "O que é possível ver em Grant?", para fazer um burburinho a respeito. Eles asseveram (e é, sem dúvida, verdade) que ele não dispõe da média da cultura literária e acadêmica de nossos dias, tampouco de gênio pronunciado ou eminência convencional de qualquer tipo. Correto: mas ele prova como um fazendeiro do Oeste, ou um artesão ou barqueiro, levado pelas marés das circunstâncias, talvez caprichos, a uma posição de incríveis responsabilidades militares ou cívicas (a história não apresentou nada mais desafiador a nenhum monarca nascido, nenhum sinal mais evidente para o ataque ou a inveja), pode fazer seu caminho com adequação e constância através de tudo, conduzindo o país e a si mesmo com crédito ano após ano – comandar mais de 1 milhão de homens armados – lutar mais de cinquenta batalhas campais – governar por oito anos uma terra maior do que todos os reinos da Europa juntos – e então, retirando-se silenciosamente (com um charuto na boca), fazer um passeio pelo mundo inteiro, através de cortes e círculos e reis e czares e mikados e os mais esplêndidos brilhos e etiquetas e com tanta fleuma quanto se estivesse atravessando o pórtico de um hotel do Missouri depois do jantar. É de tudo isso que as pessoas gostam – e, quanto a mim, não tenho dúvida de que gosto. Parece-me que transcende Plutarco. Como aqueles antigos gregos, de fato, o teriam compreendido! Um homem simples – sem arte nem poesia – apenas um sentido prático, a capacidade de fazer ou dar seu melhor para fazer o que dependia dele. Um comerciante comum, um homem interessado apenas em dinheiro, um curtidor, um fazendeiro de Illinois – general da república, em sua tremenda batalha consigo mesma, durante a guerra pela tentativa de secessão – depois presidente (uma tarefa de paz, mais difícil que a própria guerra) – nada heroico, como dizem as autoridades – e, no entanto, o maior herói. Os deuses, os destinos parecem ter convergido nele.

OS DISCURSOS DO PRESIDENTE HAYES

30 de setembro – Vejo que o presidente Hayes foi ao Oeste, passando informalmente de um ponto a outro, com sua esposa e um pequeno círculo de grandes oficiais, sendo aclamado e fazendo discursos diários, às vezes duas vezes ao dia, para o povo. A esses discursos – todos improvisados, e alguns chamariam de efêmeros –, sinto que devo dedicar uma nota de memória. São discursos inteligentes, agradáveis e diretos sobre tópicos fáceis, não muito profundos; mas eles me oferecem algumas ideias revisadas de oratória – uma nova e oportuna teoria e prática dessa arte, bastante modificada em relação às regras clássicas e adaptada aos nossos dias, às nossas circunstâncias, à democracia americana e às massas fervilhantes do Oeste. Ouço a crítica que fazem a eles, de carência de forma à altura do cargo, mas para mim são exatamente o que deveriam ser, consideradas todas as circunstâncias, de quem eles vêm, e para quem são dirigidos. No fundo, seus objetivos são unificar com irmandade os estados, encorajar seu desenvolvimento materialista e industrial, trazer paz a seu autoequilíbrio e expandi-lo, e amarrar cada um e todos com irresistíveis duplos laços não apenas de trocas e comércio, mas de camaradagem humana.

De Kansas City, fui para Saint Louis, onde permaneci quase três meses, com meu irmão T.J.W. e minhas queridas sobrinhas.

MEMENTOS DE SAINT LOUIS

Outubro, novembro e dezembro de 1879 – Os aspectos positivos de Saint Louis são sua posição, sua riqueza absoluta (longos acúmulos de tempo e comércio, os sólidos bens, provavelmente uma média superior à de qualquer cidade), a amplitude inigualável de seu ambiente bem sedimentado de seus vastos planaltos, para expansão futura – e o grande estado do qual é a capital. Ela combina com perfeição qualidades do Norte e do Sul, talvez nativas e estrangeiras, encontro de toda a extensão dos rios Mississippi e Missouri, onde a eletricidade americana casa bem com a fleuma alemã. As 3rd, 4th e 5th são ruas de comércio, vistosas, modernas, metropolitanas, com multidões apressadas, veículos, bondes movidos a cavalo, burburinho, muita gente, belos produtos, janelas de chapa de vidro, fachadas de ferro com cinco ou seis andares de altura. Você pode comprar qualquer coisa em Saint Louis (na maioria das grandes cidades do Oeste, aliás) tão fácil e barato quanto nos mercados do Atlântico. Muitas vezes, ao percorrer a cidade, você se depara com reminiscências de civilizações antigas e em declínio. A água do Oeste, em alguns lugares, não é boa, mas isso é compensado aqui com muito vinho bom e inesgotáveis quantidades da melhor cerveja do mundo. A cidade tem imensos estabelecimentos para o abate de bovinos e suínos – e vi rebanhos de ovelhas, 5 mil em um só deles. (Em Kansas City, visitei um açougue que mata e embala uma média de 2.500 suínos por dia durante todo o ano para exportação. Outro em Atchison, Kansas, em quantidades similares; e outros, em quantidades próximas, em outros lugares. Aqui eles têm tamanho igual.)

NOITES NO RIO MISSISSIPPI

29, 30 e 31 de outubro – Maravilhosamente bem, com a lua cheia outonal, deslumbrante e prateada. Ultimamente tenho frequentado o rio todas as noites, de onde consigo ter uma vista da ponte ao luar. É de fato uma estrutura de perfeição e beleza insuperáveis, e nunca me canso dela. No momento, o rio está muito baixo; observei que hoje trazia uma coloração muito mais azul-clara do que o normal. Ouço as leves ondulações, o ar está fresco, e a vista, para cima ou para baixo, maravilhosamente clara, à luz da lua. É muito tarde, e estou fora de casa: tudo é tão fascinante, tão prenhe de sonho. O ar frio da noite, todas as influências, o silêncio, com aquelas distantes estrelas eternas, me fazem bem. Tenho estado bastante doente nos últimos tempos. E assim, bem perto do centro do nosso domínio nacional, essas visões noturnas do Mississippi.

EM NOSSA PRÓPRIA TERRA

"Sempre, depois do jantar, dê um passeio de meia milha", diz um antigo provérbio, acrescentando secamente: "e, se for conveniente, que seja em sua própria terra". Eu me pergunto se alguma outra nação além da nossa oferece uma oportunidade para um passeio como esse. De fato, algum período anterior proporcionou isso? Ninguém, descubro eu, começa a conhecer a real União americana, geográfica, democrática e indissolúvel no presente, ou a projeta no futuro, sem explorar esses estados centrais, e ficar algum tempo atento a suas pradarias, ou em meio a suas cidades agitadas, e o poderoso pai das águas. Uma viagem de 2 ou 3 mil milhas, "em sua própria terra", praticamente sem desconexões, certamente não poderia ter ocorrido em nenhum outro lugar além dos Estados Unidos, e em nenhum período antes disso. Se você quer ver o que é a ferrovia, e como a civilização e o progresso datam dela – como é a conquistadora da natureza crua, que se submete ao uso do homem, em pequenas e grandes escalas –, venha até aqui, ao interior da América.

Voltei para casa, no Leste, em 5 de janeiro de 1880, depois de percorridas, de um lado para outro, 10 mil milhas ou mais. Logo voltei a me recolher no bosque, ou no riacho, ou procurando diversão nas cidades, e em um artigo de ocasião, como será visto a seguir.

A IMPORTÂNCIA DE EDGAR POE

1º de janeiro de 1880 – Ao fazer o diagnóstico dessa doença chamada humanidade – para assumir, por ora, o que parece ser um humor fundamental da personalidade e dos escritos de meu objeto –, tenho para mim que os poetas, em um ponto ou outro da lista, apresentam dela os sintomas mais acentuados. Ao compreender os artistas em uma massa, músicos, pintores, atores, e assim por diante, e considerar cada um e todos eles como radiações ou projeções daquela furiosa roda rodopiante, a poesia, o centro e eixo do todo, onde mais podemos tão bem investigar as causas, crescimentos, marcas da época – a questão e a doença dos tempos?

É senso comum não haver nada melhor para o homem ou para a mulher do que uma vida perfeita e nobre, sem falhas morais, de atividade felizmente equilibrada, fisicamente sólida e pura, conferindo a devida proporção, e nada mais, ao elemento emocional humano – uma vida sem pressa, inquietação e cansaço até o fim. Há, porém, outra forma de personalidade, mais cara ao sentido do artista (que gosta de um jogo mais forte de luzes e sombras), na qual o caráter perfeito, o bom e heroico, embora jamais alcançado, tampouco desaparece no horizonte, sempre de volta através de fracassos, tristezas e quedas temporárias, e, embora muitas vezes seja violado, recebe apaixonada adesão à medida que a mente, os músculos e a voz obedecem ao poder que chamamos de volição. Esse tipo de personalidade, encontramos em maior ou menor medida em Burns, Byron, Schiller e George Sand, mas não em Edgar Poe. (Tudo isso é o resultado da leitura, espaçada nos últimos três dias, de um novo volume de seus poemas – eu o levei comigo em minhas andanças pela lagoa e, aos poucos, li tudo ali.) À medida que, para o caráter acima esboçado, o serviço prestado por Poe é, sem sombra de dúvida, esse contraste e contradição completos, é melhor exemplificar inteiramente a seguir.

Quase sem o menor sinal de princípio moral, ou do concreto ou de seus heroísmos, ou dos mais simples afetos do coração, os versos de Poe ilustram um intenso talento para a beleza técnica e abstrata, com a arte da rima levada a excessos, uma propensão incorrigível aos temas noturnos, uma nota demoníaca por trás de cada página – e, para um julgamento final, provavelmente pertence às luzes elétricas da literatura imaginativa, brilhante e deslumbrante, porém sem calor. Há um magnetismo indescritível na vida e nas reminiscências do poeta, assim como em seus poemas. Para quem quisesse enfrentar suas sutis recuperações do passado e retrospectos, os poemas renderiam uma correspondência próxima, sem dúvida, entre o nascimento e os antecedentes do autor, sua infância e juventude, seu físico, sua assim chamada educação, seus estudos e contatos, as cidades de Baltimore, Richmond, Filadélfia e Nova York e sua vida social e literária naqueles tempos – não apenas os lugares e as circunstâncias em si mesmos, mas muitas vezes, muitas mesmo, em um estranho desprezo e reação a todos eles.

Os trechos a seguir, de um texto que publiquei no *Star* de Washington, em 16 de novembro de 1875, podem permitir, àqueles que se interessarem, um pouco mais do meu ponto de vista em relação a essa interessante figura e influência de nossa época. Perto daquela data, ocorrera em Baltimore uma nova inumação pública dos restos mortais de Poe e a inauguração de um monumento sobre o túmulo:

Em visita a Washington na época, "o Velho Grisalho" seguiu para Baltimore e, embora doente de paralisia, consentiu em coxear e encontrar silenciosamente um assento no palco. Recusou-se, porém, a fazer qualquer discurso, dizendo: "Senti um forte impulso de vir e estar aqui hoje em memória de Poe, ao qual obedeci, mas nenhum de fazer um discurso, ao qual, meus queridos amigos, também se deve obedecer". Em um círculo informal, no entanto, em conversa após as cerimônias, Whitman disse: "Por um longo tempo, e até recentemente, não gostava dos escritos de Poe. Queria para a poesia, e ainda quero, o sol brilhando e o ar fresco soprando – a força e o poder da saúde, não do delírio, mesmo em meio às paixões mais tempestuosas – sempre com o pano de fundo das morais eternas. De qualquer forma, ainda que sem respeitar esses requisitos, o gênio de Poe conquistou um reconhecimento especial, e eu também tenho de admiti-lo plenamente, e aprecio ambos, ele e seu gênio.

"Em um sonho que tive uma vez, vi uma embarcação no mar, à meia-noite, em uma tempestade. Não era um grande navio a plena vela, nem um navio majestoso, atravessando o vendaval, mas parecia uma daquelas esplêndidas escunas que costumava ver ancoradas, balançando tão alegremente, nas águas ao redor de Nova York, ou no estreito de Long Island – vogando sem rumo, de velas rasgadas e vergas quebradas sob a violência do granizo e dos ventos e ondas da noite. No convés, havia uma figura magra, desleixada e bonita, um homem sombrio, que aparentemente desfrutava todo o terror, da escuridão e do deslocamento de que era o centro e a vítima. Essa figura do meu incômodo sonho era Edgar Poe, seu espírito, seu destino e seus poemas – todos eles são sonhos sinistros."

Muito mais pode ser dito, mas desejei, sim, explorar a ideia apresentada no começo. Por meio dos poetas populares de uma época, a qualidade de suas realizações, os pontos fracos de seus diques e suas correntes subterrâneas (muitas vezes mais significativas que as maiores da superfície) são indicados sem falhas. O exuberante e o estranho que tomaram tão extraordinariamente posse dos amantes do verso do século XIX – o que significam? A tendência inevitável da cultura poética à morbidez, à beleza anormal – a essência doentia de todo pensamento técnico ou refinamento em si – a abnegação dos concretos perenes e democráticos de primeira mão, o corpo, a terra e o mar, o sexo e afins – e a substituição por algo de segunda ou terceira mão – que relevância eles têm no estudo patológico atual?

UM SEPTETO DE BEETHOVEN

11 de fevereiro de 1880 – Bom concerto esta noite no *foyer* da casa de ópera, na Filadélfia – o conjunto é pequeno, mas de primeira.

Nunca a música havia mergulhado tão fundo, nunca havia me acalmado e preenchido tanto – nunca havia provado seu poder de despertar a alma, sua impossibilidade de declaração. Especialmente na execução de um dos principais septetos de Beethoven pelos instrumentos bem escolhidos e perfeitamente combinados (violinos, viola, clarinete, trompa, violoncelo e contrabaixo), fui transportado para longe, vendo, absorvendo muitas maravilhas. Delicioso abandono, às vezes como se a Natureza se risse em uma encosta sob a luz do sol; solenes e firmes uniformidades, como as dos ventos; o som de um instrumento de sopro soando através dos labirintos da floresta e os ecos que se calam; o rolar calmante das ondas, mas também o momento em que se erguem, quebrando furiosamente, murmurando, pesadas; explosões pungentes de riso, nos interstícios; de vez em quando, estranho, como a própria Natureza se mostra em certos estados – mas principalmente espontânea, fácil, despreocupada – muitas vezes o sentimento da postura de crianças nuas brincando ou dormindo. Fez-me bem até mesmo assistir aos violinistas manejando com maestria seus arcos – cada movimento, um estudo. Eu me permiti, como às vezes faço, vagar para fora de mim mesmo. Ocorreu-me a fantasia de um copioso arvoredo de pássaros cantores e, no meio deles, uma dupla harmônica, simples, duas almas humanas, afirmando constantemente sua própria introspecção e jovialidade.

UM VISLUMBRE DA NATUREZA SELVAGEM

13 de fevereiro – Hoje, enquanto atravessava o Delaware, vi um grande bando de gansos selvagens, não muito alto, em forma de V, em relevo contra as nuvens do meio-dia, com sua leve cor de fumaça. Tive uma visão privilegiada, embora momentânea, deles e, depois, de seu percurso a sudeste, até desaparecerem gradualmente – (minha visão ainda é excelente para o ar livre e suas distâncias, mas uso óculos para ler). Pensamentos estranhos fundiram em mim os dois ou três minutos, ou menos, em que vi essas criaturas rasgando o céu – o reino espaçoso e arejado – até mesmo a cor predominante cinza-fumaça por toda parte (o sol não brilhava) – as águas abaixo – o voo rápido dos pássaros, aparecendo apenas por um minuto – oferecendo-me um vislumbre de toda a extensão da Natureza, com seu frescor eterno e sem sofisticação, seus recessos nunca visitados de mar, céu, terra – e depois desaparecendo à distância.

VADIANDO NO BOSQUE

8 de março – Escrevo isto novamente no campo, mas em lugar diferente, sentado em um tronco no bosque, quente, ensolarado, meio-dia. Perambulei sem rumo até aqui, bem fundo entre as árvores, troncos de pinheiros altos, carvalhos, nogueiras, com uma espessa camada de louros e vinhas – o chão coberto de restos, folhas mortas, galhos quebrados, musgo – tudo solitário, antigo, sombrio. Caminhos (tal como são) que levam para cá e para lá (como foram abertos, não sei, pois ninguém parece vir aqui, nem homem nem gado). A temperatura hoje em torno de 15 graus, o vento atravessa o topo dos pinheiros; sento-me e ouço seus suspiros roucos acima (e sua *quietude*) por muito, muito tempo, variando com passeios a esmo pelas velhas trilhas e estradas, com o exercício de puxar as jovens mudas para evitar que minhas articulações fiquem rígidas. Pássaros azuis, tordos e cotovias começam a aparecer.

No dia seguinte, dia 9 – Nevasca pela manhã e durante a maior parte do dia. Ainda assim caminhei por duas horas, os mesmos bosques e caminhos, em meio aos flocos que caíam. Sem vento, mas o baixo murmúrio musical através dos pinheiros, bastante pronunciado, curioso, como cachoeiras, ora quietas, ora voltando a correr. Todos os sentidos, visão, som, cheiro, delicadamente recompensados. Cada floco de neve jazia onde caía, sobre sempre-vivas, azevinhos, louros etc., as numerosas folhas e galhos empilhados, acumulados de branco, definidos por contornos de esmeralda – as colunas altas e retas dos abundantes pinheiros com suas copas de bronze – um ligeiro odor resinoso se misturando com o da neve. (Pois há um cheiro em tudo, até mesmo na neve, se você puder detectá-lo – não há dois lugares, mesmo duas horas, em qualquer lugar, exatamente iguais. Como é diferente o odor do meio-dia em relação ao da meia-noite, ou do inverno em relação ao do verão, ou um dia de ventania em relação a um dia sem vento.)

UMA VOZ DE CONTRALTO

9 de maio, domingo – Visita esta noite a meus amigos, os J. – boa ceia, à qual fiz justiça – conversa animada com a sra. J., J. e eu. Quando me sentei depois, do lado de fora da casa, ao ar noturno, o coro da igreja e o órgão na esquina executavam muito bem o hino de Lutero, *Ein feste Berg*. O ar estava carregado de uma bela voz de contralto. Por quase meia hora ali no escuro (houve uma boa sequência de estrofes inglesas) veio a música, firme e sem pressa, com longas pausas. Os raios estelares e prateados de Lira, plenos, surgiam silenciosamente sobre o cume penumbroso do telhado da igreja. Luzes de várias cores saídas dos vitrais atravessavam as sombras das árvores. E debaixo de tudo – sob a Coroa Boreal lá em cima, e na brisa fresca embaixo, e o *chiaroscuro* da noite, a plenitude líquida do contralto.

MELHOR VISTA DAS CATARATAS DO NIAGARA

4 de junho de 1880 – Para realmente captar uma grande imagem ou livro, ou peça musical, ou arquitetura, ou cenário grandioso – ou talvez pela primeira vez até mesmo o sol comum, ou a paisagem, ou talvez mesmo o mistério de identidade, o mais curioso dos mistérios – existirão aqueles cinco minutos de sorte da vida de um homem, em meio a uma coincidência de circunstâncias, concentrando num breve lampejo a culminância de anos de leitura, viagens e pensamentos. A presente situação, aproximadamente às duas desta tarde, me foi oferecida pelas cataratas do Niagara, em sua simplicidade, a um só tempo magnífica e austera, de ação e cor e seu majestoso agrupamento, em um espetáculo curto e indescritível. Atravessávamos vagarosamente a ponte pênsil – não havia pontos de parada, senão próximo dela – o dia claro, ensolarado, calmo – e eu na plataforma. As quedas estavam à vista de todos a cerca de 1 milha de distância, muito distintas e silenciosas – mal se ouvia um murmúrio. O rio caindo verde e branco, muito abaixo de mim; as margens altas e escuras, as sombras abundantes, muitos cedros brônzeos na penumbra; e temperando e cobrindo toda a imensa materialidade com seu arco, um céu claro, com algumas nuvens brancas, límpidas, espirituais, silenciosas. Breve, e tão silenciosa quanto breve, a imagem – uma lembrança sempre depois. Assim são as coisas que, de fato, separo entre os raros e abençoados momentos da minha vida, reminiscentes, passados – a medonha tempestade no mar que vi uma vez num dia de inverno, próximo à ilha Fire – o velho Booth em *Ricardo III*, aquela famosa noite há quarenta anos no velho Bowery – ou Alboni na cena das crianças em *Norma* – ou visões noturnas, lembro-me, no campo de batalha, depois de confrontos na Virginia – ou o sentimento peculiar de luar e das estrelas sobre as Grandes Planícies, no oeste do Kansas – ou subindo a baía de Nova York, com brisa forte e um bom iate, nas imediações de Navesink. Ao lado destas visões, de agora em diante considero essa, aquela tarde, aquela combinação completa, aquela absorção perfeita de cinco minutos das cataratas do Niagara – não a grande joia majestosa apenas, mas completa em todo o seu entorno variado, indispensável.

VIAGEM A PASSEIO AO CANADÁ

Para voltar um pouco, parti da Filadélfia, entre a 9th e Green Street, às oito da noite do dia 3 de junho, num vagão-dormitório de primeira classe, pela rota Lehigh Valley (norte da Pensilvânia), passando por Bethlehem, Wilkesbarre, Waverly e assim (próximo ao lago Erie) por Corning até Hornellsville, aonde chegamos às oito da manhã e encontramos um generoso café da manhã. Devo dizer que nunca passei uma noite tão boa em uma ferrovia – suave, firme, o mínimo de sacolejos e toda a rapidez compatível com a segurança. Assim, sem mudanças até Buffalo e depois para Clifton, aonde chegamos no início da tarde; depois, para London, Ontario, Canadá, em mais quatro horas – menos de 22, no total. Estou na hospitaleira casa dos meus amigos, dr. e sra. Bucke, nos gramados e jardim, amplos e encantadores, do asilo.

DOMINGO COM OS LOUCOS

6 de junho – Fui ao serviço religioso (episcopal) no principal asilo de loucos, mantido em um salão de bom tamanho, no terceiro andar.

Tábuas simples, paredes caiadas, muitas cadeiras baratas, sem enfeites ou cores, mas todas escrupulosamente limpas e confortáveis. Cerca de trezentas pessoas presentes, principalmente pacientes. Tudo, as orações, um sermão curto, a voz firme e pomposa do pastor, e acima de tudo, para além de qualquer retrato ou sugestão, a audiência, me impressionaram profundamente. Recebi uma poltrona perto do púlpito e fiquei de frente para a congregação heterogênea, embora perfeitamente bem-comportada e organizada. Os vestidos e toucas exóticas de algumas das mulheres, muitas bastante velhas e grisalhas, aqui e ali como as cabeças em fotos antigas. Oh, os olhares que vinham daqueles rostos! Havia dois ou três de que provavelmente jamais me esquecerei. Absolutamente nada repulsivo ou hediondo – por mais estranho que pareça, não vi nada do gênero. Nossa humanidade comum, minha e sua, em todos os lugares:

"O mesmo e velho sangue – o mesmo sangue vermelho que corre"

mas, por trás da maioria, um fundo que se inferia de tais tempestades, naufrágios, mistérios, incêndios, amor, erros, ganância, problemas religiosos, cruzes – espelhados naqueles rostos enlouquecidos (ainda agora temporariamente tão calmos, como águas tranquilas), todas as aflições e tristes acontecimentos da vida e da morte – agora de todos os elementos devocionais irradiando – não era, de fato, *a paz de Deus que ultrapassava todo o entendimento*, por estranho que possa parecer? Só posso dizer que observei longa e interessadamente toda a audiência, sentado ali, como me parecia, suscitando pensamentos sem precedentes e pensamentos aos quais não encontrava resposta. Um coro muito bonito e o acompanhamento de melodeão. Eles cantaram *Lead, kindly Light*, após o sermão. Muitos participaram do belo hino, ao qual o ministro leu o texto introdutório: "Durante o dia o Senhor ia adiante deles, numa coluna de nuvem, para guiá-los no caminho e, de noite, numa coluna de fogo, para iluminá-los, e assim podiam caminhar de dia e durante a noite". Então as palavras:

Guia, luz gentil, em meio à penumbra que me cerca,
    Guia a minha alma.
Escura é a noite, e longe de casa estou;

Guia a minha alma.
Firma os meus pés; não desejo a vista de toda
A paisagem distante; um passo apenas me basta.
Nunca fui assim, nem rezei para que
Guiasses minha alma;
Gostava de escolher e ver o meu caminho; mas agora
Guia a minha alma.
Gostava do dia vulgar, e negando todo medo
O orgulho ditava-me a vontade; não te lembres dos anos
passados.

Alguns dias depois, fui ao "prédio refratário", sob a responsabilidade especial do dr. Beemer, e atravessei as alas, tanto as dos homens como as das mulheres. Desde então, fiz muitas outras visitas do tipo pelo asilo e arredores, em meio às casas de campo afastadas. Até onde pude ver, esse é um dos mais avançados, aperfeiçoados, gentis e racionalmente administrados do seu gênero na América. É uma cidade em si, com muitos edifícios e mil habitantes.

Aprendi que o Canadá, e especialmente essa província ampla e populosa, Ontario, possui as melhores e instituições mais plenamente benevolentes de todos os departamentos.

LEMBRANÇA DE ELIAS HICKS

8 de junho – Hoje, uma carta da sra. E.S.L., de Detroit, acompanhada, em um pequeno rolo dos correios, de uma rara e velha gravura da cabeça de Elias Hicks (a partir de um retrato em óleo de Henry Inman, pintado para a J.V.S., há sessenta anos ou mais, em Nova York) – em meio ao restante, o seguinte trecho sobre E.H. na carta:

"Quando criança, escutava sua pregação com muita frequência, e estive com minha mãe em reuniões sociais das quais ele era o centro das atenções, e todos ficavam muito satisfeitos e movidos por suas palavras. Ouvi dizer que você pensa em escrever ou falar sobre ele, e eu me perguntei se você tinha um retrato dele. Como eu sou dona de dois, envio-lhe um."

GRANDE CRESCIMENTO NATIVO

Em poucos dias, vou ao lago Huron e posso ter algo a dizer sobre aquela região e sua gente. Pelo que já vi, diria que a jovem população nativa do Canadá estava crescendo, formando um povo robusto, democrático, inteligente, radicalmente sólido e igualmente americano, gentil e *individualista*, como a média dos melhores exemplares entre nós. Como também entre nós, agrada-me pensar que este elemento, embora talvez não seja a maioria, promete ser o fermento que deve eventualmente fazer crescer toda a massa.

UM *ZOLLVEREIN* ENTRE OS ESTADOS UNIDOS E O CANADÁ

Alguns dos jornais mais liberais aqui estão discutindo a questão de um *Zollverein* entre os Estados Unidos e o Canadá. Propõe-se formar uma união para fins comerciais – abolir totalmente entre os dois países a fronteira alfandegária e seus dois conjuntos de funcionários aduaneiros e alcançar um acordo sobre uma tarifa comum, sendo o produto dessa tarifa dividido entre os dois governos com base na população. Diz-se que uma grande parte dos comerciantes do Canadá é a favor de tal ideia, pois acredita que ela colaboraria materialmente com os negócios do país, removendo as restrições que agora existem sobre o comércio entre o Canadá e os Estados Unidos. As pessoas que se opõem à medida acreditam que ela aumentaria o bem-estar material ou o país, mas afrouxaria os laços entre Canadá e Inglaterra; e esse sentimento se sobrepõe ao desejo de prosperidade comercial. Se o sentimento pode continuar a suportar a tensão colocada sobre ele é uma questão. É o pensamento de muitos que as considerações comerciais devem prevalecer no final. Parece também ser geralmente aceito que tal *Zollverein*, ou união aduaneira comum, traria mais benefícios em termos práticos para as províncias canadenses do que para os Estados Unidos. (Parece-me certo que, mais cedo ou mais tarde, o Canadá formará dois ou três grandes estados, iguais e independentes, com o resto da União americana. O Saint Lawrence e os Lagos não existem para ser uma linha de fronteira, mas sim um grande canal para o interior ou entre terras.)

O PERCURSO DO SAINT LAWRENCE

20 de agosto – Considerando que meus três ou quatro meses no Canadá tinham por objetivo, entre outras coisas, uma exploração do percurso do rio Saint Lawrence, do Lago Superior em direção ao mar (os engenheiros aqui são firmes em considerá-lo um fluxo, de mais de 2 mil milhas de comprimento, incluindo os Lagos e o rio Niagara e tudo) – e que executei apenas parcialmente o meu plano; mas, diante das 700 ou 800 milhas até aqui percorridas, creio que a questão do Canadá é absolutamente dominada por esse vasto percurso de água, com suas características físicas e humanas e pontos de comércio de primeira qualidade, entre outros – aqui estou escrevendo isto a quase 1.600 milhas ao norte do meu ponto de partida na Filadélfia (passando por Montreal e Quebec), em meio a regiões que vão a extremos mais radicais de dureza, beleza selvagem e um tipo silencioso e pagão de terror, ainda que cristão, habitável e parcialmente fértil, do que talvez quaisquer outros da Terra. O tempo continua perfeito; alguns podem considerá-lo um pouco frio, mas visto meu velho casaco cinza e não me incomodo. Os dias estão cheios de raios de sol e oxigênio. Na maioria das manhãs e tardes, fico na proa do navio a vapor.

O SAGUENAY SELVAGEM

Subindo essas águas negras, mais de 100 milhas – sempre fortes, profundas (centenas de pés, às vezes milhares), sempre com colinas altas e rochosas formando as margens, verdes e cinza – às vezes um pouco como algumas partes do Hudson, mas muito mais marcado e desafiador. As colinas se elevam – mantêm sua sequência mais contínua. O rio fica mais reto, o fluxo mais pesado, e seu matiz, embora escuro como tinta, requintadamente polido e lustroso sob o sol de agosto. Diferente de todos os outros rios, na verdade, esse Saguenay – efeitos diferentes – um jogo mais ousado e apaixonado de luz e sombra. De um raro charme de singeleza e simplicidade (como o canto de órgão à meia-noite do antigo convento espanhol, em *Favorita* – um só movimento, simples, uniforme e sem ornamentos – mas indescritivelmente penetrante e grandioso e magistral). Ótimo lugar para ecos: enquanto nosso navio estava amarrado no cais de

Tadousac (*ta-dju-sec*) esperando, o tubo de escape lançando vapor, estava certo de ter escutado uma banda no hotel sobre as rochas – podia até completar algumas das melodias. Só quando nossa chaminé parou, entendi o que causara aquilo. Nos cabos Eternidade e Trindade, o piloto e seu apito, produzindo resultados maravilhosos semelhantes, ecoavam indescritivelmente estranhos, enquanto nos recolhemos na baía tranquila ainda sob suas sombras.

CABOS ETERNIDADE E TRINDADE

Mas os grandes, altivos e silenciosos cabos: duvido que quaisquer rachaduras, colinas, lugares históricos dignos de nota, ou qualquer coisa do tipo em outras partes do mundo, superem esses objetos – (escrevo diante deles, face a face). Eles são muito simples, não espantam – não a mim, pelo menos –, mas permanecem para sempre na memória. Estão muito próximos um do outro, lado a lado, cada montanha subindo direto do Saguenay. Um bom arremessador poderia acertar uma pedra em cada um ao passar – pelo menos é o que parece. Eles são tão distintos na forma quanto um homem de uma mulher, em seus físicos perfeitos. O cabo Eternidade é escalvado, erguendo-se, como acabamos de dizer, perpendicularmente da água, áspero e sombrio (mas de beleza indescritível), com seus quase 2 mil pés de altura. O Trindade, mesmo um pouco mais alto, também se ergue perpendicular, arredondado como uma grande cabeça com mato fazendo as vezes de um cabelo curtinho. Considero-me bastante recompensado por viajar essas mil milhas e obter a perspectiva e a memória dessa dupla sem-par. Essas rochas mexeram comigo mais profundamente do que qualquer coisa do gênero que já tenha visto. Se a Europa ou a Ásia as tivessem, certamente ouviríamos falar delas em todos os tipos de poemas, rapsódias etc., enviados dezenas de vezes por ano aos nossos jornais e revistas.

CHICOUTIMI E A BAÍA DE HA-HA

Realmente, a vida e a viagem e a memória não me ofereceram, tampouco preservarão, incidentes, panorama ou vistas mais profundas para alegrar minha alma do que o que tenho diante de mim em Chicoutimi e na baía de Ha-Ha e nos meus dias e noites subindo e descendo esse fascinante rio selvagem – as montanhas arredondadas, algumas escalvadas e cinzentas, outras vermelhas sem brilho ou cobertas de mata e trepadeiras verdejantes – as amplas e calmas e eternas rochas por toda parte – os longos rastros da espuma multicolorida, coágulos branco-leitosos no colo reluzente do riacho – a pequena escuna de dois mastros, amarela e desbotada, com velas remendadas e estufadas, aproximando-se de nós, subindo o rio insinuante com dois homens morenos e de cabelos negros a bordo – as fortes sombras caindo sobre os contornos cinzentos ou amarelos das colinas durante toda a manhã, à medida que viajamos à distância de um tiro deles – enquanto o céu puro e delicado se espalha sobre todos. E os esplêndidos entardeceres e os panoramas noturnos – as mesmas velhas estrelas (talvez um pouco diferentes, como as vejo, tão ao norte), Arcturus e Lira, e a Águia, e Júpiter como um grande globo de prata, e a constelação de Escorpião. A aurora boreal brilha quase todas as noites.

OS HABITANTES – O BOM VIVER

Ainda que terrível, rochosa e de águas negras, a região não nos permite concluir que não encontraremos conforto, bom viver e uma humanidade cordial. Antes de começar esta nota, tomei um café da manhã de primeira com trutas marinhas, terminando com framboesas silvestres. Encontro sorrisos e cortesia por toda parte – fisionomias em geral curiosamente parecidas com as dos Estados Unidos – (fiquei surpreso ao encontrar a mesma semelhança em toda a província de Quebec). Em geral, os habitantes deste interior acidentado (condados de Charlevoix, Chicoutimi e Tadousac, e a região do lago Saint John), uma população simples e resistente, que vive do corte de madeira, das armadilhas para peles, da pesca, da colheita de frutos e de um pouco de agricultura. Eu observava um grupo de jovens barqueiros almoçando – nada além de um enorme pedaço de pão, realmente bem grande, do qual cortavam pedaços com um canivete. Deve ser uma região de inverno tremendo, quando o gelo e a neve se estabelecem totalmente.

COMO BAGOS DE CEDRO – NOMES

(*De volta a Camden e em Jersey*)

Certa vez, pensei em intitular esta coletânea de *Como bagos de cedro* (e ainda acho que não teria sido um nome ruim, nem inadequado). Uma mistura de vadiagem, observação, andanças coxas, permanência, viagem – um pouco de reflexão à guisa de tempero, mas não muito – não apenas o verão, mas todas as estações – não apenas os dias, mas também as noites – algumas meditações literárias – livros, autores examinados, Carlyle, Poe, Emerson provocado (sempre debaixo do meu cedro, ao ar livre, e nunca na biblioteca) – quase sempre as cenas que todos veem, mas alguns dos meus próprios caprichos, meditações, egoísmo – de fato uma formação ao ar livre e principalmente no verão – isoladamente ou em grupos – selvagens e livres e um tanto corrosivos – na verdade mais como bagos de cedro do que você pode imaginar à primeira vista.

Mas você sabe o que são? (Falo agora ao homem da cidade, ou a alguma doce e educada dama.) Quando você passa por estradas, terras incultas ou pelo campo, em qualquer lugar por estes estados, centro, leste, oeste ou sul, você encontrará em certas estações do ano os grossos tufos lanosos do cedro coloridos de cachos de bagas azul-porcelana, quase tão grandes quanto cataúbas. Mas primeiro algumas palavras para a árvore em si: todos sabem que o cedro é uma madeira saudável, barata e democrática, raiada de vermelho e branco – uma árvore perene – que não é uma árvore *cultivada* – que espanta as traças – que cresce no interior ou no litoral em todos os climas, quentes ou frios, e em qualquer solo – na verdade prefere areia e lugares sem luz – satisfeita se o arado, o fertilizante e o machado-aparador ficam longe e a deixam em paz. Depois de uma chuva demorada, quando tudo parece reluzir, muitas vezes paro em meus passeios pelos bosques, a sul, norte ou no oeste distante, para absorver seu verde-escuro, limpo e doce, e copiosamente pintado do azul-claro e vigoroso de seu fruto. A madeira do cedro é útil – mas para que servem aqueles ramos de bagos ácidos? Uma pergunta impossível de responder satisfatoriamente. É verdade que alguns herbolários os receitam para problemas estomacais, mas o remédio é tão ruim quanto a doença. Então, certa feita, em minhas andanças pelo condado de Camden, encontrei uma velha louca colhendo-os com zelo e alegria. Ela demonstrava, como me contaram depois, uma espécie de paixão por eles, e todos os anos pendurava e mantinha cachos cheios por todo o quarto. Eles exerciam um encanto estranho em sua cabeça inquieta e lhe traziam docilidade e paz. (Ela era inofensiva e vivia por perto com sua filha bem casada.) Se existe alguma conexão entre esses cachos e ter perdido o juízo, não sei dizer, mas eu próprio nutro uma fraqueza por eles. Adoro o cedro – sua robustez nua, seu odor intenso (tão diferente do melhor produzido pelo perfumista), seu silêncio, sua aceitação indiferente do frio do inverno e do calor do verão, da chuva ou da seca – o abrigo que por vezes me oferece de ambos – suas associações – (bem, nunca consegui explicar *por que* amo alguém ou qualquer coisa). O favor que devo agora ao cedro é, em particular: enquanto tateava em busca de um nome para minha coletânea pensada, hesitante, confuso – depois de rejeitar uma enfiada deles, ergo os olhos e oh! lá está o nome que quero. Não vou adiante – estou cansado da busca. Tomo o que algum tipo de espírito colocou diante de mim. Além disso, quem dirá que não existe afinidade suficiente entre (pelo menos o feixe de gravetos que surgiu) muitos destes textos, ou granulações, e aqueles bagos azuis? Sua inutilidade em estado selvagem – certo aroma da Natureza que gostaria de ter em minhas páginas – a terra tênue de onde vêm – a satisfação que encontram na solidão – a repugnância impassível e surda diante de perguntas (esta última, a mais próxima e querida afinidade).

Então, leitor querido, concluindo, quanto à questão do título para esta coletânea, vamos ficar satisfeitos em *ter* um nome – algo para identificá-la e dar-lhe unidade, para concretizar todas as suas notas de memórias vegetais, minerais e pessoais, ataques abruptos de crítica, a crueza tagarela de sua filosofia, areia e lama variadas – sem que nos incomodemos por certas páginas não se apresentarem, para você ou para mim, com seu nome próprio e toda a adequação ou amabilidade. (É uma questão profunda, constrangedora e nunca explicável, essa dos nomes. Exercitei-me profundamente nela por toda a minha vida.)

Depois de tudo, o título *Como bagos de cedro* perdeu o lugar; mas não posso simplesmente jogar fora o que escrevi naquela trilha, sob o abrigo do meu velho amigo, numa tarde quente de outubro.

Além disso, não seria educado da minha parte com o cedro.

NOTA: No bolso do meu caderno-receptáculo encontrei uma lista de títulos sugeridos e rejeitados para este volume ou para partes dele – tais como: *Como a abelha zune em maio, / & os verbascos crescem em agosto, / & a neve do inverno cai, / & e as estrelas viajam no céu.*
Longe dos Livros, longe da Arte, / Agora o dia e a noite – as lições aprendidas, / Agora o sol e as estrelas.
Notas de um semiparalítico,
Semana sim, semana não
Brasa dos dias finais,
Patos e gansos,
Maré alta e baixa,
Palavrinhas à luz do alvorecer,
Ecos e escapadelas,
Como eu... o sereno da madrugada,
Notas depois de escrever um livro,
Perto e distante de 1863,
Nuvens e detritos,
Folhas de milho... aparas,
A vante e a ré... vestíbulos,
Centelhas dos 60 e depois,
Areias das praias de 1864,
Como vozes na escuridão, de falantes distantes ou escondidos,
Autóctones... embriões,
A toda vela,
Notas e lembretes,
Só verbascos e zangões,
Murmúrios da lagoa... tête-à-têtes,
Ecos de uma vida no Novo Mundo do século XIX,
Abas dos 50 anos,
Abandonos... notas apressadas,
Mosaico de uma vida... momentos nativos,
Tipos e semitons,
Retalhos... nuvens de areia,
De novo e de novo.

A MORTE DE THOMAS CARLYLE

10 de fevereiro de 1881 – E assim a chama do lampião, depois de muito tempo bruxuleando e se acabando, desaparece por completo.

Na condição de autor representativo, de figura literária, não haverá quem legue ao futuro sinais mais significativos de nossa época tempestuosa, de seus ferozes paradoxos, de seu estrépito e de seus difíceis momentos de parto, do que Carlyle. Ele também pertence ao nosso próprio ramo e tronco; nem latino nem grego, mas completamente gótico. Tempestuoso, montanhoso, vulcânico, trazia em si uma Revolução Francesa inteira, mais do que qualquer um de seus volumes. Em alguns aspectos, no que toca ao século XIX, a mente mais bem equipada e aguda, mesmo do ponto de vista universitário, de toda a Grã-Bretanha; seu problema era o corpo doente. A dispepsia pode ser identificada em todas as páginas, e vez por outra as preenche. Pode-se incluir entre as lições da vida – ainda que a vida tenha sido incrivelmente extensa – como, por trás do registro de genialidade e da moral, está o estômago, responsável pelo voto de Minerva.

Duas tendências conflitantes parecem ter conhecido um embate no homem, esticando-o por vezes como cavalos selvagens em direções distintas. Ele era um escocês cauteloso e conservador, plenamente consciente do quanto fedem as palavras vazias, porém tonitroantes, do radicalismo moderno; seu coração imenso, no entanto, exigia reforma e mudanças – muitas vezes em terrível desacordo com seu cérebro arrogante. Nenhum autor imprime tanto lamento e desespero em seus livros, às vezes intensos, muitas vezes latentes. Ele me lembra aquela passagem dos poemas de Young segundo a qual, à medida que a morte se aproxima mais e mais de sua presa, a alma corre de um lado para outro pedindo socorro, entre gritos e imprecações, para escapar da desgraça geral.

Quanto a deficiências, ou mesmo borrões positivos, do ponto de vista americano, ele tinha muitos.

O valor final de Carlyle não se deve a seu simples mérito literário (embora tenha sido grande) – nem a ser ele um "criador de livros", mas por lançar contra a atmosfera autocomplacente de nossos dias uma agitação e choque desconcertantes, questionadores e perturbadores. É o momento de os povos de língua inglesa terem alguma ideia verdadeira da vértebra do gênio, isto é, do poder. Como se sempre a tivessem modelado e deixado influenciar pela moda, como se se tratasse da capa de uma mulher! Que serviço necessário ele executa! Como ele desestabiliza nossos confortáveis círculos de leitura com uma ponta da antiga raiva e profecia hebraica – e, de fato, é a mesma coisa. Nem Isaías teria sido mais desdenhoso e ameaçador: "Ai da coroa de soberba dos bêbados de Efraim, cujo glorioso ornamento é como a flor que cai, que está sobre a cabeça do fértil vale dos vencidos do vinho". (A palavra profecia é muito mal utilizada; parece limitada meramente à predição. Esse não é o sentido principal da palavra hebraica que traduz "profeta"; ela significa alguém cuja mente borbulha e se derrama como fonte, a partir de dentro, de espontaneidades divinas que revelam Deus. A predição é a menor parte da profecia. A grande questão é revelar e derramar as sugestões divinas que querem brotar da alma. Esta é, em poucas palavras, a doutrina dos amigos ou quacres.)

Eis a simplicidade e, em meio à ostensiva fragilidade, a força imponente desse homem – um nó duro de carvalho, que não é possível desbastar – um velho fazendeiro nada bonito, vestido de roupas marrons – suas próprias fraquezas, fascinantes. Que importa que ele tenha escrito sobre o dr. Francia, e "Atravessar o Niagara" – e "a questão dos pretos" – e que não admirava de forma alguma os nossos Estados Unidos? (Duvido que ele tenha pensado ou dito sobre nós metade das palavras duras que merecemos.) É admirável como ele se lança como um Leviatã nos mares da literatura moderna e da política! Sem dúvida, no que diz respeito à última, é preciso primeiro perceber, a partir da observação real, a miséria, o vício e a teimosia arraigados na população geral das ilhas britânicas, com a burocracia, a estupidez complacente e o servilismo por toda parte, para compreender o sentido final de suas páginas. Consequentemente, embora ele não fosse um cartista ou radical, considero Carlyle de longe o comentário e protesto mais indignado contra o feudalismo atual na Grã-Bretanha – contra a crescente pobreza e degradação dos sem-teto, os 20 milhões de sem-terra, enquanto alguns milhares, ou melhor, algumas centenas, possuem todo o solo, o dinheiro e a mesa farta. Comércio e transporte marítimo, clubes e cultura, prestígio, canhões e uma classe seleta de nobres e aristocratas, com todas as melhorias modernas, não podem se pôr a salvar ou defender essa imundície sem fim.

Para compreender a importância de seu legado, seu país teria de considerar, ou ao menos tentar, por um momento, o conjunto do pensamento britânico, a *totalidade* resultante dos últimos cinquenta anos, tal como existe hoje, *mas com Carlyle deixado de lado*. Seria como um exército sem artilharia. O espetáculo seria alegre e rico – Byron, Scott, Tennyson e muitos outros – cavaleiros e infantaria rápida, estandartes ao vento – mas o rugido pesado e final, tão caro ao ouvido do soldado treinado, que sela o destino e a vitória, estaria faltando.

Nos últimos três anos, nós na América temos transmitido a ideia de um homem solitário e magro, sem mulher e filhos, deitado em um sofá e fora da cama apenas por uma vontade indomável, mas, ultimamente, nunca bem o suficiente para sair de casa. Tenho observado essa imagem de tempos em tempos em breves descrições nos jornais. Há uma semana, li algo do gênero antes de começar meu passeio habitual, entre oito e nove. Na bela noite fria, excepcionalmente clara (5 de fevereiro de 1881), enquanto caminhava por alguns espaços abertos nas adjacências, a condição de Carlyle e a proximidade – talvez até mesmo a realidade – de sua morte me encheram de pensamentos refratários a qualquer formulação, que curiosamente se misturavam à cena. Vênus, uma hora antes, havia despontado a oeste, com todo o seu volume e brilho recuperados (mostrara-se tolhida e fraca por quase um ano), incluindo um sentimento adicional que nunca havia notado antes – não apenas voluptuoso, venéreo, saturado, fascinante – mas com seriedade e arrogância calma e ativa – era a Vênus de Milo, agora. Em direção ao zênite, Júpiter, Saturno e a lua passando seu quarto, seguindo em préstito, com as Plêiades atrás, a constelação de Touro e a rubra Aldebarã. O céu estava sem nuvens. Órion atravessava o sudeste, com seu cinturão cintilante – e um pouco abaixo pendia o sol da noite, Sirius. Todas as estrelas estavam dilatadas, mais vítreas, mais próximas que o normal. Não como em algumas noites claras, quando as estrelas maiores superam completamente as demais. Cada pequena estrela ou conjunto igualmente visível e próximo. A Cabeleira de Berenice mostrava cada gema, e novas. A nordeste e a norte, a Foice, Capricórnio e as Crianças, Cassiopeia, Castor e Pólux e as Ursas. Durante todo esse espetáculo silencioso e indescritível, abraçando e banhando toda a minha receptividade, passou-me pela cabeça o pensamento de Carlyle morrendo. (Para acalmar e espiritualizar e, na medida do possível, resolver os mistérios da morte e do gênio, considere-os à luz das estrelas à meia-noite.)

E agora que ele se foi, será que Thomas Carlyle, que em breve se dissolverá quimicamente em cinzas e ao vento, ainda é uma identidade? De formas que talvez desconcertem todas as afirmações, todo o conhecimento tradicional e as especulações de 10 mil anos – todas as afirmações possíveis em um sentido mortal – existe ele ainda, um ser vital, um espírito, um indivíduo – talvez agora flutuando no espaço entre esses sistemas estelares que, sugestivos e ilimitados como são, apenas avançam a sistemas mais ilimitados, muito mais sugestivos? Não tenho dúvida disso. No silêncio de uma linda noite, tais perguntas são respondidas à alma, as melhores respostas que podem ser dadas. Comigo também, quando desanimado por algum evento especialmente triste, ou problema insolúvel, espero a hora de sair à luz das estrelas para uma muda satisfação final.

CARLYLE DE UM PONTO DE VISTA AMERICANO

Últimos pensamentos e anotações. No momento, é certo que existe uma *ligação* inexplicável (ainda mais provocativa, haja vista sua contradição) entre o autor morto e nossos Estados Unidos da América – a despeito de ser duradoura ou não.[9] À medida que nós, do Oeste, assumimos uma forma definida e resultamos em formações e frutos antes desconhecidos, é curioso o novo sentido com que

9. Será difícil para o futuro – julgando por seus livros, antipatias pessoais etc. – explicar o profundo prestígio que esse autor conquistou no presente momento e o modo como ele tem colorido seus métodos e pensamento. É certo que não consigo por minha conta, uma vez que me afeta. Mas não poderia haver perspectiva ou mesmo retrato parcial de meados e a parte final do nosso século XIX que não inclua Thomas Carlyle e lhe dê destaque. Nesse caso (como em muitos outros, produções literárias, obras de arte, identidades pessoais, acontecimentos), tem existido algo impalpável mais efetivo do que o palpável. Então não encontro melhor texto (é sempre importante ter um homem vivo, definido, especial, mesmo em oposição, para começar) para produzir algumas especulações e comparações para uso local. Vejamos a que remontam – essas doutrinas reacionárias, medos, análises desdenhosas da democracia – mesmo da mais erudita e sincera mente europeia.

nossos olhos se voltam para os produtos representativos das crises e personagens do Velho Mundo. Não resta dúvida de que, desde a morte de Carlyle e a publicação das memórias por Froude, o interesse não apenas em seus livros, como em cada pedacinho pessoal do famoso escocês – a dispepsia, as bofetadas, a origem, o modelo de esposa, a carreira em Edimburgo, no ninho solitário das charnecas de Craigenputtock e, depois, por tantos anos em Londres –, é provavelmente mais amplo e vivo aqui do que em sua própria terra. Bem-sucedido ou não, eu também, cruzando o Atlântico e tomando para mim a sombria adivinhação que o homem fazia da humanidade e da política, contrabalancearia tudo isso (tal é a fantasia que me ocorre) com uma previsão mais profunda e como que astrológica desses temas – a de G.F. Hegel.[10]

Primeiro, sobre um acaso, uma vacuidade nunca preenchida desse "indeciso pensamento" – esse Hamlet britânico de Cheyne Row, mais intrigante do que o dinamarquês, com suas artimanhas para acertar as juntas quebradas e reumáticas do governo mundial, especialmente o seu deslocamento democrático. O destino sombrio de Carlyle foi o de viver e habitar e incorporar em grande parte a agonia do parto e o horror da velha ordem, em meio a acumulações superpovoadas de morbidez medonha, dando origem ao novo. Conceba-o, porém (ou seus pais, antes dele), vindo para a América, recuperado pelas realidades e atividades revigorantes de nosso povo e país – crescendo e investigando direta e resolutamente nosso meio, em especial o Oeste – inalando e exalando nosso ar e qualidades ilimitadas – dedicando o pensamento a teorias e desenvolvimentos desta República em meio a seus fatos concretos, como exemplificado em Kansas, Missouri, Illinois, Tennessee ou Louisiana. Digo *fatos* e confrontos diretos – tão diferentes dos livros e de toda a argumentação evasiva e dos meros relatos nas bibliotecas, nas quais o homem (dizia-se ironicamente a seu respeito

10. Não é menos importante mencionar (um laivo, talvez, daquele humor com o qual a história e o destino gostam de contrastar sua gravidade) que, embora nenhuma das minhas grandes autoridades tenha considerado, durante suas vidas, os Estados Unidos dignos de menção, não seria equivocado coligir hoje suas principais obras e reuni-las sob o seguinte título: *Especulações para o uso da América do Norte e da Democracia com as relações das mesmas com a Metafísica, incluindo Lições e Avisos (encorajamentos também e dos mais vastos) do Velho Mundo para o Novo*.

que, quando contava 30 anos de idade, não havia na Escócia quem tivesse recolhido tanta informação e visto tão pouco) encontrava praticamente todo o seu alimento, e que mesmo sua mente forte e vital, na melhor das hipóteses, apenas refletia.

Algo do tipo por pouco não aconteceu. Em 1835, depois de mais de dez anos de tentativas e insucessos, o autor de *Sartor Resartus*, que havia se mudado para Londres, muito pobre, um hipocondríaco empedernido, vira Sartor ser universalmente ridicularizado e não tinha perspectivas literárias diante de si, decidiu tentar uma última jogada dos dados literários – a escrita e publicação de um livro sobre o tema da Revolução Francesa – e se este não conhecesse nenhuma distinção ou recompensa mais elevada do que a que conhecera até então, abandonaria definitivamente o negócio da literatura e emigraria para a América. O empreendimento, porém, teve êxito, e não houve emigração.

O trabalho de Carlyle na esfera da literatura, tal como ele o iniciou e executou, é o mesmo em um ou dois aspectos importantes que o de Immanuel Kant na esfera da filosofia especulativa. Mas o escocês nada tinha da calma estomacal e da imperturbável placidez do sábio de Königsberg e não entendeu, como este último, os próprios limites, nem parou quando chegou ao fim deles. Ele limpa a selva, a vinha envenenada e a vegetação rasteira – de qualquer maneira, é com coragem que procura derrubá-los, ferindo o quadril e a coxa. Kant fez o mesmo em sua esfera e era tudo o que professava fazer; seus trabalhos deixaram o terreno totalmente preparado desde então – e trabalho maior provavelmente nunca foi executado pelo homem mortal. Mas a dor e o hiato de Carlyle me parecem consistir na evidência por toda parte de que, em meio a um turbilhão de neblina e fúria e propósitos contraditórios, ele acreditava firmemente ter uma pista para a medicação dos males do mundo, e que sua missão era tirar proveito dela.[11]

---

11. Espero não me permitir cair no erro que imputo a ele, de prescrever um remédio específico para males indispensáveis. Minha maior pretensão é provavelmente apenas contrabalançar aquela antiga noção do poder exclusivamente curativo de homens individuais de primeira qualidade, tais como líderes e governantes, pelas reivindicações, e o movimento geral e o resultado, de ideias. Algo deste último tipo parece-me a teoria distintiva da América, da democracia e do moderno – ou melhor, devo dizer, *é* a democracia e *é* o moderno.

Havia duas âncoras, ou âncoras mestras, para firmar, como último recurso, o navio carlyliano. Uma será especificada logo; a outra, talvez a principal, só podia ser encontrada em algumas formas acentuadas de força pessoal, um grau extremo de desejo e vontade competentes, em homem ou homens "nascidos para comandar". É possível que no sangue de cada escocês corresse algo que tornava esse tipo de traço e caráter mais vivo do que qualquer outra coisa no mundo – e Carlyle é, na minha opinião, o principal cultor e promotor desses traços na literatura – mais do que Plutarco, mais do que Shakespeare. As grandes massas da humanidade não representam nada – pelo menos nada além de matéria-prima nebulosa; para ele, importavam apenas os grandes planetas e os sóis brilhantes. Num mundo de ideias quase invariavelmente preguiçosas ou frias, uma personalidade vigorosa de primeira certamente despertaria sua paixão laudatória e alegria selvagem. Nesse caso, até o padrão de dever doravante promovido seria rebaixado e diminuído. Tudo o que se compreende sob os termos republicanismo e democracia era desagradável para ele por princípio e, à medida que envelhecia, tornava-se odioso e desprezível. Para um pensamento indubitavelmente franco e penetrante como o dele, os frutos que ele insistentemente ignorava eram maravilhosos. Por exemplo, a promessa, ou melhor, a certeza do princípio democrático, para todo e qualquer Estado do mundo atual, não tanto de ajudá-los no sentido de aperfeiçoar legisladores e executivos, mas como o único método efetivo de preparar com eficiência, ainda que lentamente, pessoas em larga escala para governar e administrar voluntariamente a si mesmas (o objetivo final do desenvolvimento político e de todos os outros) – de gradualmente reduzir o fato de *governar* ao mínimo e sujeitar todas as suas equipes e seus feitos aos telescópios e microscópios dos comitês e dos partidos – e o melhor de tudo, de oferecer (não estagnação e obediência, que serviram muito bem ao feudalismo e eclesiasticismo do mundo antigo e medieval, mas) uma vasta e saudável e recorrente ação de maré alta e maré baixa para aquelas inundações das profundezas que, doravante, estouraram para sempre seus velhos limites – nada disso parece ter penetrado no pensamento de Carlyle. Foi esplêndido como ele recusou qualquer conciliação até o fim. Ele era curiosamente antigo. Naquela voz e figura ásperas, pitorescas e potentes, é possível sentir-se levado do presente das ilhas britânicas para mais de 2 mil anos atrás, em algum ponto entre Jerusalém e Tarso. Seu melhor biógrafo diz justamente sobre ele:

"Ele era um professor e um profeta, no sentido judaico da palavra. As profecias de Isaías e Jeremias tornaram-se parte da herança espiritual permanente da humanidade, porque os eventos provaram que eles haviam interpretado corretamente o sinal de seus próprios tempos, e suas profecias se cumpriram. Carlyle, como eles, acreditava ter uma mensagem especial para entregar aos tempos atuais. Se ele estava correto ou não nessa crença, ou se sua mensagem era ou não uma mensagem verdadeira, é o que resta saber. Ele nos disse que nossas mais acalentadas ideias de liberdade política, com seus corolários afins, são meras ilusões, e que o progresso que parece acompanhá-las é um progresso em direção à anarquia e à dissolução social. Se estava errado, abusou dos próprios poderes. Os princípios de seus ensinamentos são falsos. Ele se ofereceu como guia em uma estrada da qual não tinha conhecimento; e seu próprio desejo em relação a si mesmo seria o mais rápido esquecimento de sua pessoa e de suas obras. Se, por outro lado, ele estiver certo; se, como seus grandes predecessores, leu verdadeiramente as tendências dessa era moderna, e seu ensino está autenticado por fatos, então Carlyle também tomará seu lugar entre os videntes inspirados."

Ao que acrescento: sob nenhuma circunstância, e não importando quão completamente o tempo e os eventos refutem seus sinistros vaticínios, deve o mundo de língua inglesa esquecer esse homem nem deixar de honrar sua insuperável consciência, seu método personalíssimo, e sua fama honesta. Nunca se viram tão sinceras e genuínas convicções. Nunca se viu alguém tão distante de um lacaio ou temporizador. Nunca o progressismo político conheceu inimigo que pudesse respeitar de todo o coração.

O segundo ponto principal do enunciado de Carlyle foi a ideia de *dever sendo cumprido*. (É simplesmente um novo codicilo – se é que é particularmente novo, o que é duvidoso – sobre o legado de séculos do dinastismo, as regras mofadas da legitimidade e dos reis.) Parece que ele ia à loucura quando, por vezes, era lembrado por pessoas que pensavam ao menos tão profundamente quanto ele próprio que essa fórmula, embora preciosa, é bastante vaga, e que também há muitas outras considerações para uma avaliação filosófica de toda e qualquer área seja na história geral, seja na individual.

De forma geral, não conheço nada mais surpreendente do que esses persistentes passos e pulsões daquele que talvez seja o grande cérebro, o mais aguçado e erudito do século, em desafio e descontentamento com tudo; ignorando desdenhosamente (seja pela inaptidão constitucional, pela própria ignorância ou, mais provavelmente, porque exigiu uma cura definitiva – tudo aqui e agora) o único consolo e solvente possível.

Existe, à parte o mero intelecto, na constituição de toda a identidade humana superior (em sua completude moral, esta considerada uma *totalidade*, não somente formada dessa moral, mas também de todo o ser, incluindo o físico), uma coisa maravilhosa cuja concretização prescinde do argumento e frequentemente do que se chama educação (embora eu considere que seja o objetivo e o ápice de toda a educação que merece o nome) – uma intuição do equilíbrio absoluto, no tempo e no espaço, de todo esse caos multifacetado e louco feito de fraude, frivolidade, imundície – esse emaranhado de tolos e incrível fingimento e inquietude geral que chamamos *o mundo*; uma visão da alma daquele vestígio divino e da trama invisível que sustenta toda a unidade das coisas, toda a história e todo o tempo e todos os acontecimentos, por mais triviais que sejam, por mais importantes e fundamentais que sejam, como um cachorro encoleirado na mão do caçador. De tal visão da alma, coluna vertebral para a mente – o mero otimismo explica apenas a superfície ou periferia dela –, Carlyle estava em grande parte, ou talvez inteiramente, desprovido. Ele parece ter sido assombrado no jogo de sua ação mental por um espectro, nunca inteiramente exposto do começo ao fim (os gregos, creio eu, encontram a mesma aparição fantástica e zombeteira assistindo às comédias de Aristófanes) – o espectro da destruição do mundo.

O maior triunfo ou fracasso na vida humana, na guerra ou na paz, pode depender de alguma pequena centralidade oculta, algo não muito maior do que uma gota de sangue, uma batida do coração ou uma lufada de ar! É certo que todos esses assuntos de peso, a democracia na América, o carlyleísmo e a disposição para a exploração política ou literária mais profunda, se tornam um simples ponto na filosofia especulativa.

O tema mais profundo que pode ocupar a mente do homem – o problema em cuja solução a ciência, a arte, as fundações e buscas das nações, e tudo o mais, inclusive a felicidade humana inteligente (aqui, hoje, 1882, Nova York, Texas, Califórnia, o mesmo em todos os tempos, todas as terras), sutil e finalmente repousando, depende de início e argumentos competentes, está sem dúvida envolvido na pergunta: Qual é a explicação que tudo funde, o elo – qual é a relação entre o (radical e democrático) Eu, a identidade humana de compreensão, emoções, espírito etc., de um lado, e o (conservador) Não Eu, todo o objetivo material e as leis universais, com o que está por trás deles no tempo e no espaço, por outro lado? Immanuel Kant, embora explicasse, ou explicasse parcialmente, como se pode dizer, as leis do entendimento humano, deixou essa questão em aberto. A resposta de Schelling, ou sugestão de resposta (e muito valiosa e importante, até onde vai), é que a mesma inteligência geral e particular, paixão, até mesmo os padrões de certo e errado, que existem em um estado consciente e codificado do homem, existem em um estado inconsciente, ou em analogias perceptíveis, em todo o universo da Natureza externa, em todos os seus objetos, grandes ou pequenos, e em todos os seus movimentos e processos – tornando, assim, a mente humana impalpável e a Natureza concreta, apesar de sua dualidade e separação, conversíveis e, em centralidade e essência, uma só. Mas a declaração mais completa de G.F. Hegel sobre o assunto provavelmente continua a ser a última palavra dita até o momento. Adotando substancialmente o esquema acima resumido, ele o desenvolve e o fortalece e funde tudo nele, com certas e sérias lacunas agora pela primeira vez resolvidas, de modo a torná-lo um sistema metafísico coerente e uma resposta substancial (até onde é possível haver qualquer resposta) à questão precedente – um sistema que, embora tenha para mim que receber, sem sombra de dúvida, acréscimos do cérebro do futuro e possa ser revisto e mesmo inteiramente reconstruído, brilha hoje, em sua totalidade, iluminando o pensamento do universo e satisfazendo o mistério dele à mente humana, com uma garantia científica mais consoladora do que qualquer outra.

De acordo com Hegel, toda a Terra (um antigo pensamento nuclear, como nos Vedas, e sem dúvida antes, mas nunca até então trazido tão absolutamente ao primeiro plano, totalmente sobrecarregado com cientificismo e fatos modernos, e apresentado em cena para tudo e todos), com sua infinita variedade, o passado, os arredores do momento atual, ou o que pode acontecer no futuro, as contradições entre material e espiritual e entre natural e artificial, são todos, aos olhos do conjunto, tão somente os lados e desdobramentos necessários, os diferentes passos ou elos, no interminável processo do Pensamento Criativo, que, em meio a inumeráveis fracassos e contradições aparentes, é mantido unido pela unidade central e nunca rompida – não contradições ou fracassos, mas radiações de um propósito coerente e eterno; toda a massa de tudo constante e infalivelmente tendendo e fluindo em direção à permanente *utilidade* e *moralidade*, como os rios na direção dos oceanos. Como a vida é toda a lei e o esforço incessante do universo visível, e a morte apenas o outro lado ou o lado invisível do mesmo, então a *utilidade*, a verdade e a saúde são as leis imutáveis e contínuas do universo moral, e o vício e a doença, com todas as suas perturbações, são apenas transitórios, ainda que sejam expressões muito correntes.

Para toda a política, Hegel aplica o padrão e a fé católicos. Nenhuma das partes, ou qualquer forma de governo, é absoluta e exclusivamente verdadeira. A verdade consiste nas relações justas dos objetos entre si. Uma maioria ou democracia pode governar de forma tão infame e causar um dano tão grande quanto uma oligarquia ou um despotismo – embora seja muito menos provável que o faça. Mas o grande mal é uma violação ou das relações que acabamos de referir ou da lei moral. O enganoso, o injusto, o cruel e o que é chamado de antinatural, embora não apenas permitidos como, em certo sentido (como a sombra está para a luz), inevitáveis no esquema divino, são, por toda a constituição desse esquema, parciais, inconsistentes e temporários, e apesar de conhecerem maioria ostensiva, são certamente destinados a fracassos, depois de causarem grande sofrimento.

Hegel traduz a teologia em ciência.[12] Todas as aparentes contradições na afirmação da natureza deífica por obra de diferentes eras, nações, igrejas ou pontos de vista são apenas expressões fracionais e imperfeitas de uma unidade essencial, da qual todas

12. Devo muito ao resumo de J. Gostick.

procedem – esforços crus ou papéis distorcidos a serem considerados inquestionáveis e coesos. Em suma (para colocar em nossa própria forma, ou resumindo), aquele pensador ou analista que, por uma inescrutável combinação de sabedoria cultivada e intuição natural, aceita mais plenamente, em perfeita fé, a unidade moral e a sanidade do esquema criativo na história, na ciência e em toda a vida e tempo, presente e futuro, é ao mesmo tempo o mais verdadeiro devoto ou religioso cósmico e o filósofo mais profundo. Enquanto aquele que, pelo período de sua própria vida e de suas circunstâncias, vê a escuridão e o desespero na soma dos trabalhos da providência de Deus, e que, nisso, nega ou prevarica, é, não importa quanta piedade brinque em seus lábios, o pecador mais radical e infiel.

Sinto-me mais seguro de tratar de Hegel um pouco mais livremente aqui,[13] não só por dar base à letra e ao espírito carlyliano – atravessando-os por vários ângulos desde as raízes e por baixo delas –, mas para servir de contraponto, desde a morte recente e a merecida apoteose de Darwin, aos princípios dos evolucionistas. Ainda que indizivelmente preciosos como são para a biologia, e daí em diante indispensáveis a hipóteses e objetivos corretos nos estudos, eles não abarcam nem explicam tudo – e, depois da maior dessas afirmações, ainda resta a última palavra ou sussurro, flutuando alto e para sempre, acima de tudo, e acima da metafísica técnica. Embora as contribuições que os alemães Kant e Fichte e Schelling e Hegel deram à humanidade – e que o inglês Darwin também deu em seu campo – sejam indispensáveis para a erudição do futuro da América, eu diria que em todas elas, e as melhores delas, quando comparadas aos lampejos e voos dos antigos profetas e *exaltés*, os poetas espirituais e a poesia de todas as terras (como na Bíblia hebraica), parece haver algo faltando – algo frio, um fracasso em satisfazer as

13. Repeti tudo deliberadamente, não apenas em contraste com o pessimismo e a decadência mundial de Carlyle, mas para apresentar os mais completos pontos de vista americanos que conheço. Na minha opinião, as fórmulas de Hegel, acima citadas, são uma justificação essencial e coroadora da democracia do Novo Mundo nos reinos criativos do tempo e do espaço. Há algo sobre elas que somente a vastidão, a multiplicidade e a vitalidade da América pareceriam capazes de compreender, de lhes dar alcance e ilustração, de estar aptas para elas, ou mesmo originar delas. É estranho para mim que elas tenham nascido na Alemanha ou no Velho Mundo. Enquanto um Carlyle, devo dizer, é um legítimo produto europeu.

emoções mais profundas da alma – uma carência de brilho vivo, carinho, calor humano, que os antigos *exaltés* e poetas suprem, e que os filósofos modernos mais aguçados até hoje não o fazem.

No conjunto, e para nossos propósitos, o nome desse homem certamente se encontra na lista dos recém-especificados médicos morais de primeira qualidade de nossa era atual – e com Emerson e dois ou três outros – embora sua prescrição seja drástica e talvez destrutiva, enquanto a deles é assimilável, normal e tônica. Feudais no núcleo, e rebentos mentais e radiação do feudalismo, assim como seus livros, eles oferecem valiosas lições à América democrática e conexões com ela. Nações ou indivíduos, certamente aprendemos mais profundamente com a diferença, com um oponente sincero, da luz lançada até mesmo com desprezo em pontos e compromissos perigosos. (Michelangelo invocou a proteção especial do céu contra seus amigos e bajuladores afetuosos; os inimigos palpáveis, ele era capaz de administrar por conta própria.) Em muitos detalhes, Carlyle era de fato, como Froude o chama, um daqueles longínquos oradores hebraicos, um novo Micaías ou Habacuque. Suas palavras às vezes borbulham com inspiração abismal. Sempre preciosos, tais homens; tão preciosos agora quanto em qualquer outro tempo. Seus tons grosseiros, ásperos, zombeteiros e contraditórios – o que é mais desejado em meio aos ecos ágeis, polidos, adoradores de dinheiro, equalizadores de Jesus e Judas, de soberania sufragista da América atual? Ele iluminou nosso século XIX com a luz de um intelecto poderoso, penetrante e perfeitamente honesto de primeira qualidade, voltado para a política, a vida social, a literatura e as personagens representativas da Inglaterra e da Europa – totalmente insatisfeito com todos e expondo impiedosamente a doença de todos. Mas enquanto ele anuncia a doença, e repreende e delira, ele mesmo, nascido e criado na mesma atmosfera, é uma ilustração marcada dela.

UM CASAL DE VELHOS AMIGOS – UM TRECHO DE COLERIDGE

Abril último – Segui para o meu retiro no campo por alguns dias e passo boa parte do tempo à beira da lagoa. Já tinha encontrado o meu martim-pescador aqui (mas apenas um – o companheiro não chegou ainda). Nesta bela e iluminada manhã, descendo pelo riacho, ele apareceu para se divertir, voando em círculos, adejando, gorjeando bastante. Enquanto escrevo estas linhas, ele brinca em círculos e dispara pelas partes mais largas da lagoa, contra cuja superfície ele arremete, uma ou duas vezes encharcando-se – o borrifo ao sol – lindo! Vejo claramente sua plumagem branca e cinza-escura, seu formato peculiar, agora que me deu a honra de aproximar-se de mim. O pássaro nobre e gracioso! Agora ele está sentado no galho de uma árvore já antiga, no alto, curvando-se sobre a água – parece estar olhando para mim enquanto escrevo a nota para a memória. Chego a crer que me conhece. *Três dias depois* – Meu segundo martim-pescador aqui com o companheiro – ou a companheira. Vi os dois juntos voando e girando ao redor. Várias vezes tinha ouvido, à distância, o que achava que era o claro e áspero *staccato* dos pássaros – mas não tinha certeza se as notas vinham de ambos até que os vi juntos. Hoje, ao meio-dia, eles apareceram, mas aparentemente sérios, ou apenas para um exercício breve. Neste momento, nenhuma brincadeira selvagem, cheia de livre diversão e movimento, indo para cima e para baixo por uma hora. Sem dúvida, ambos estão envolvidos pelos cuidados, deveres e responsabilidades da incubação. As brincadeiras são adiadas até o fim do verão.

Não sei como posso terminar o memento de hoje senão com as linhas de Coleridge, curiosamente apropriadas em mais de uma maneira:

Toda a Natureza opera – as abelhas se agitam
O estorninho bate asas – uma lesma sai da toca
E o inverno, que dormita preguiçoso a céu aberto
Sorri como quem sonha com uma alegre primavera;
E somente eu, que tudo vejo, vivo sem atividade
Sem par e prole, sem colmeia e mel, voz e canto.

VISITA DE UMA SEMANA A BOSTON

1º de maio de 1881 – Parece que todos os caminhos e meios de viagem na América de hoje foram estabelecidos não apenas com referência à velocidade e à objetividade, mas para o conforto de mulheres, crianças, inválidos e velhos como eu. Segui por um trem direto que viaja diariamente de Washington para a metrópole ianque sem baldeação. Você entra em um vagão-dormitório na Filadélfia logo depois de escurecer e, depois de refletir por uma hora ou duas, tem sua cama arrumada, fecha as cortinas, se quiser, e dorme – voa por toda a Jersey em direção a Nova York – escuta em meio a seu cochilo uma ou duas sacolejadas abafadas – é carregado inconsciente de Jersey City à meia-noite por um navio a vapor que contorna o Battery e segue sob a grande ponte até os trilhos que levam a New Haven – retoma a viagem para leste e, na manhã do dia segunte, você acorda em Boston. Tudo isso foi a minha experiência. Queria ir para a casa dos Revere. Um cavalheiro alto e desconhecido (com quem tinha acabado de conversar alguns momentos antes, ele também em viagem, a caminho de Newport, segundo me disse) me ajudou na multidão da estação, conseguiu uma carruagem de aluguel, me colocou nela com o meu saco de viagem, dizendo num sorriso silencioso: "Esta corrida é *minha*", pagou o motorista, e antes que eu pudesse protestar afastou-se com um meneio.

O motivo do meu passeio, suponho que é melhor dizer aqui, foi uma leitura pública do ensaio "A morte de Abraham Lincoln", no 16º aniversário daquela tragédia; leitura devidamente realizada na noite de 15 de abril. Passei então uma semana em Boston – me sentia muito bem (o humor propício, a paralisia aquietada) – passei por todos os lugares e vi tudo o que havia para ser visto, especialmente os seres humanos. O imenso crescimento material de Boston – comércio, finanças, lojas de produtos consignados, a infinidade de mercadorias, as ruas e calçadas movimentadas – constituía, é claro, o primeiro espetáculo surpreendente. Na minha viagem ao Oeste, no ano passado, achei que a varinha da prosperidade futura, o futuro império, certamente seria empunhada por Saint Louis, Chicago, pela linda Denver, talvez por São Francisco; mas vejo a dita varinha se estender de forma igualmente indiscutível em Boston, com a mesma certeza de ficar; evidências de abundante capital – na verdade, nenhum centro do Novo Mundo à frente dela (metade das grandes ferrovias no Oeste é construída com o dinheiro dos ianques, que recebem os dividendos). A velha Boston, com suas ruas em zigue-zague e ângulos múltiplos (amasse uma folha de papel de carta, jogue-a no chão e pise nela para ficar lisa – e esse é um mapa da velha Boston) – a nova Boston com milhas e milhas de casas grandes e de alto valor – a Beacon Street, a Commonwealth Avenue e centenas de outras. Mas as melhores novas partidas e expansões de Boston e de todas as cidades da Nova Inglaterra estão em outra direção.

A BOSTON ATUAL

Nas cartas que recebemos do dr. Schliemann (interessantes, mas questionáveis) sobre suas escavações na longínqua área homérica, noto que cidades, ruínas etc., quando tiradas de suas sepulturas, decerto estarão em camadas – isto é, sobre a fundação de uma velha área comercial, muito profunda, na verdade, há sempre outra cidade ou conjunto de ruínas, e sobre esta, outra – e às vezes sobre esta, ainda outra – cada uma representando um estágio longo ou rápido de crescimento e desenvolvimento, diferente do seu predecessor, mas inequivocamente crescendo a partir deste e consolidando-se sobre ele. Nos crescimentos morais, emocionais, heroicos e humanos (os principais de uma raça, na minha opinião), algo desse tipo certamente ocorreu em Boston. A metrópole da Nova Inglaterra de hoje pode ser descrita como ensolarada (há algo mais que aquece, domina até mesmo ventos e meteorologia, embora não se possam menosprezar essas coisas), alegre, receptiva, cheia de paixão, brilho, certo elemento de desejo, magnificamente tolerante, não a ponto de ser enganada; amante de boa comida e bebida – tão dispendiosa nos trajes quanto sua bolsa o permite; e através de sua melhor média de casas, ruas, pessoas, aquela coisa sutil (geralmente pensada como o clima, mas não – é algo indefinível *na raça*, a virada de seu desenvolvimento) que flui por trás do turbilhão da animação, estudo, negócios, um espírito público feliz e alegre, distintos da lentidão saturnina. Faz-me pensar nos vislumbres que recebemos (como nos livros de Symonds) das alegres e antigas cidades gregas. Na verdade, há muito de helênico em B., e as pessoas também estão ficando mais bonitas – alongadas, com movimentos mais livres e com cor em seus rostos. Nunca vi (embora isso não seja grego) tantas *belas mulheres de cabelos grisalhos*. Na minha palestra, peguei-me parando mais de uma vez para olhá-las, muitas em todos os lugares da plateia – saudavelmente e esposadamente e maternalmente e maravilhosamente encantadoras e bonitas – penso que tal como nenhum tempo ou terra senão os nossos poderiam mostrar.

MEU TRIBUTO A QUATRO POETAS

16 de abril – Visita curta, mas agradável, a Longfellow. Não sou do tipo que faz visitas, mas como o autor de *Evangeline* gentilmente se deu ao trabalho de ir me ver há três anos em Camden, onde eu estava doente, senti não apenas o impulso por prazer próprio, como um dever. Ele foi a única eminência particular que visitei em Boston, e logo não me esquecerei de seu rosto alegre e do calor e cortesia luminosos, à maneira do que se chama de velha escola.

E agora, aqui, sinto o impulso de inserir algo sobre os quatro grandes poetas que marcam este primeiro século americano com o nervo de sua literatura poética. Em uma antiga revista, um dos meus críticos, que deveria estar mais bem informado, fala da minha "atitude de desprezo e escárnio e intolerância" em relação aos principais poetas – de "ridicularizá-los" e pregar sua "inutilidade". Se alguém se importa em saber o que penso sobre eles – e há muito pensei e o tornei público –, estou inteiramente disposto a apresentá-lo. Não posso imaginar sorte melhor acometendo este país para um começo e iniciação poética do que o que veio de Emerson, Longfellow, Bryant e Whittier. Emerson, para mim, está decididamente à frente, mas, quanto aos outros, não sei a quem dar precedência. Cada qual ilustre, cada qual completo, cada qual particular. Emerson, por sua doce melodia de sabor vital, sua filosofia rimada e seus poemas de um âmbar tão claro quanto o mel da abelha selvagem que ele adora cantar. Longfellow, pelas ricas cores, as formas graciosas e os incidentes – tudo o que torna a vida bela e o amor refinado – competindo com os cantores da Europa em seu próprio território e, com uma exceção, com um trabalho melhor e mais belo que o de qualquer um deles. Bryant fazendo pulsar as primeiras batidas do verso interior de um poderoso mundo – bardo do rio e da floresta, sempre transmitindo um gosto de ar livre, com perfumes vindos de campos de feno, videiras, fronteiras de bétula – sempre com seu gosto discreto por trenodias – começando e terminando sua longa carreira com cantos de morte e, aqui e ali, atravessando tudo, poemas ou passagens de poemas tocando as mais altas verdades universais, entusiasmos, deveres – a moral tão sombria e eterna, se não tempestuosa e fatídica, quanto muita coisa em Ésquilo. Enquanto em Whittier, com seus temas especiais – (seu aflorado amor pelo heroísmo e a guerra, apesar da formação quacre, seus versos às vezes como o passo medido dos velhos veteranos de Cromwell) –, vive a paixão, a energia moral que fundou a Nova Inglaterra – a esplêndida retidão e ardor de Lutero, Milton, George Fox – não devo, não ouso dizer a teimosia e a rigidez – embora, sem dúvida, o mundo precise agora, e sempre necessitará, quase acima de tudo, de tal rigidez e teimosia.

QUADROS DE MILLET – ÚLTIMOS ITENS

18 de abril – Percorri 3 ou 4 milhas até a casa de Quincy Shaw para ver uma coleção de quadros de J.F. Millet. Duas horas arrebatadoras. Nunca antes fui tão penetrado por esse tipo de expressão. Fiquei muito tempo diante de *O semeador*. Acredito no que os homens da pintura chamam de "O primeiro semeador", uma vez que o artista executou uma segunda cópia e uma terceira e, pensam alguns, melhorou em cada uma delas. Mas disso eu duvido. Há algo que dificilmente se pode captar novamente – uma escuridão nebulosa e uma fúria original reprimida. Além dessa obra-prima, havia muitas outras (nunca me esquecerei da singela cena de entardecer, *Dando de beber à vaca*), todas inimitáveis, todas perfeitas como quadros, obras de pura arte; e assim me pareceu, com aquele último objetivo ético impalpável do artista (provavelmente inconsciente para si mesmo) que eu estou sempre procurando. Para mim, todos contaram a história completa do que aconteceu antes e exigiu a grande Revolução Francesa – o prolongado esmagamento precedente das massas de um povo heroico, em pobreza abjeta, fome – todo direito negado, a humanidade que se tentou fazer regredir por gerações – e no entanto a força da Natureza, titânica aqui, a mais forte e resistente para essa repressão – esperando terrivelmente para irromper, vingativa – a pressão sobre os diques e, por fim, a explosão – a tomada da Bastilha – a execução do rei e da rainha – a tempestade de massacres e sangue. Alguma surpresa?

PODERÍAMOS DESEJAR A HUMANIDADE DIFERENTE?

Poderíamos desejar as pessoas feitas de madeira ou pedra?

Ou que não haja justiça no destino ou no tempo?

A verdadeira França, base de todo o resto, decerto que está nesses quadros. Compreendo *Camponeses em descanso*, *Os cavadores* e *Angelus* sob esse prisma. Algumas pessoas sempre pensam nos franceses como uma pequena raça de 5 ou 6 pés de altura e sempre frívola e de sorrisos afetados. Nada do tipo. A maior parte do povo francês, antes da revolução, era forte, séria, trabalhadora como agora e simples. A revolução e as guerras napoleônicas diminuíram os padrões do tamanho humano, mas eles aumentarão novamente. No mínimo, eu deveria me dedicar, em minha breve visita a Boston, para me abrir ao novo mundo dos quadros de Millet. Será que a América terá um artista como ele a partir de sua gestação, corpo, alma?

Domingo, 17 de abril – Uma hora e meia, no fim da tarde, em silêncio e à meia-luz, na grande nave do Memorial Hall, em Cambridge, as paredes densamente cobertas de placas murais com os nomes de estudantes e diplomados da universidade que caíram na Guerra de Secessão.

23 de abril – Foi ótimo ter deixado a cidade em bom estado, pois, se tivesse ficado outra semana, teria morrido de bondade, comida e bebida.

PÁSSAROS – E UM AVISO

14 de maio – Em casa de novo; temporariamente no bosque de Jersey. Entre oito e nove da manhã um concerto repleto de pássaros, de diferentes lugares, em harmonia com o perfume fresco, a paz, a naturalidade que me cercavam. Tenho observado ultimamente um dorso terracota, do tamanho de um tordo ou um pouquinho menor, peito e ombros claros, com listras escuras irregulares – cauda comprida – fica de pé a cada hora esses dias, em cima de um arbusto alto ou árvore, cantando com alegria. Frequentemente me aproximo e ouço, já que ele parece manso; gosto de ver o trabalho do bico e da garganta dele, o flanco gracioso de seu corpo e a flexão de sua longa cauda. Ouço o pica-pau e, à noite e de madrugada, o vaivém do noitibó – ao meio-dia, o gorgolejo delicioso do tordo-eremita e o *miau* do pássaro-gato. Muitos não posso nomear; mas eu particularmente não procuro informação. (Você não deve saber muito, ou ser muito preciso ou científico sobre pássaros e árvores e flores e embarcações; alguma margem de liberdade, até vaguidão – talvez ignorância, credulidade –, ajudam o deleite dessas coisas e do sentimento da Natureza emplumada, arborizada, fluvial ou marinha em geral. Repito – não quero saber com muita exatidão, nem os porquês. Minhas anotações foram escritas à mão na latitude média de New Jersey. Elas descrevem o que vi – o que pareceu para mim – creio que o ornitólogo, botânico ou entomologista perito irá detectar mais de um deslize nelas.)

AMOSTRAS DE MEU LIVRO DE LUGARES-COMUNS

Não posso oferecer um registro destes dias, interesses, recuperações, sem incluir certo livro de lugares-comuns, antigo, cheio de trechos favoritos, que carreguei no meu bolso por três verões e absorvi repetidamente, quando o clima o convidou. Encontro tanto proveito em ter um poema ou boa sugestão mergulhando em mim (um pouco, ali, representa longas distâncias), preparada por essas influências naturais e de ociosa sanidade.

NOTA: Amostras do meu livro de lugares-comuns no riacho:

Tenho na aljava – diz o velho Píndaro – muitas flechas velozes que falam ao sábio, mas que precisam de intérprete para os que não pensam.

Tal homem leva séculos para se fazer, e séculos para se entender.
– *H.D. Thoreau*

Se você odeia um homem, não o mate, deixe-o viver. – *Budista*

Espadas famosas são feitas de material descartado, sem valor.
A poesia é a única verdade – a expressão de uma mente sã que fala a partir do ideal – e não a partir do aparente. – *Emerson*

A forma de juramento entre os índios shoshones é: "A Terra me ouve. O sol me ouve. Devo mentir?".

O verdadeiro teste da civilização não é o censo, nem o tamanho das cidades, nem as colheitas – não, mas o tipo de homem que o país produz. – *Emerson*

Todo o éter é o domínio da águia:
Toda a terra é a pátria do valente. – *Eurípides*

A especiaria cede sua picância sob o gral,
O perfume exala sua doçura sob os pés;
Queres saber em que momento a força se revela?
No instante em que o fogo toca o incenso.

Matthew Arnold fala do "enorme Mississipi da falsidade chamado História".

A norte e sul o vento sopra
A leste e oeste o vento leva;
Que o vento siga o seu caminho:
O navio encontrará o seu destino.

Não pregue aos outros o que devem comer, mas coma de forma conveniente e fique em silêncio. – *Epicteto*

Victor Hugo faz um burro meditar e declamar o seguinte:
Homem, meu irmão, escuta o que sabemos:
Estamos presos sob um mesmo teto;
Esta cela, não há força que a abale.
A fechadura mostra além deste concreto,
E a isto dá-se o nome de saber, sem que à mão tenhamos
A chave que nos tira da prisão.

"William Cullen Bryant me surpreendeu uma vez", relata um escritor em um artigo de Nova York, "dizendo que a prosa era a linguagem natural da composição, e ele se perguntou como alguém chegou a escrever poesia".

Adeus! Eu não sabia o teu valor;
Mas tu partiste, e já és celebrado:
Nisto não diferes dos anjos,
Que só ao partir da terra foram reconhecidos. – *Hood*

John Burroughs, escrevendo sobre Thoreau, diz: "Ele melhora com a idade – na verdade, requer que a idade tire um pouco de sua aspereza, amadurecendo-o. O mundo gosta de um bom inimigo e refutador quase tanto quanto gosta de um bom amante e conciliador – apenas prefere que ele fique à distância".

Louise Michel no enterro de Blanqui (1881)
Blanqui treinou seu corpo a sujeitar-se à sua grande consciência e paixões nobres, e, começando jovem, rompeu com tudo o que é sibarita na civilização moderna. Sem o poder de sacrificar a si mesmo, grandes ideias nunca darão frutos.

Surgiu da chama da fornalha
Uma massa de prata derretida;
Cortada, então, em três pedaços,
Ela veio a cumprir o seu destino.
Da primeira fez-se um crucifixo,
Colocado na mochila de um soldado;
Da segunda fez-se um belo medalhão,
Onde a mãe guardou o cabelo do filho morto;
Da terceira – um bracelete, brilhante e quente,
Que cingiu o braço de uma mulher sem fé.

Amar é uma dor poderosa
E é grande dor a dor da saudade;
Mas de toda dor a maior
É o amor em vão. – *Maurice F. Egan sobre De Guérin*
Ele tinha um coração pagão e uma alma cristã;
Seguia Cristo, mas por Pã morto suspirava,
Até que terra e céu se encontraram dentro de seu peito –

Como se Teócrito na Sicília
Tivesse descido sobre a Figura crucificada,
E perdesse seus deuses no profundo descanso dado por Cristo.

E se eu oro, a única oração
Que move meus lábios por mim
É deixe a mente que agora eu levo
E me dê liberdade. – *Emily Brontë*

Eu viajo sem saber,
Não o faria se pudesse;
Preferiria andar com Deus no escuro,
A andar na luz sozinho;
Preferiria andar com Ele pela fé
A deixar que os olhos escolhessem o caminho.

Prof. Huxley, em uma de suas últimas palestras
Eu mesmo concordo com o sentimento de Thomas Hobbes, de Malmesbury, de que "o escopo de toda especulação é a realização de alguma ação ou coisa a ser feita". Não tenho nenhum grande respeito, ou interesse, no mero "saber" como tal.

Príncipe Metternich
Napoleão era de todos os homens no mundo o que mais profundamente desprezava a raça. Ele teve uma percepção maravilhosa das maiores fraquezas da natureza humana (e todas as nossas paixões são ou fraquezas ou a causa de fraquezas). Ele era um homem muito pequeno de caráter imponente. Era ignorante, como um subtenente geralmente é: um notável instinto supria a falta de conhecimento. De sua opinião mesquinha sobre os homens, ele nunca guardou nenhum incômodo, temendo em seu lugar o erro. Ele arriscou tudo e conquistou um imenso passo em direção ao sucesso. Lançando-se em uma arena extraordinária, assombrou o mundo e se fez dele senhor, quando outros não são capazes de chegar a ser senhores de seus próprios lares. Então assim ele prosseguiu, até que chegou ao seu limite.

MAIS UMA VEZ, MEU SAL E AREIA NATAIS

25 de julho de 1881 – Far Rockaway, L.I. – Um bom dia aqui, em um passeio, em meio à areia e ao sal, uma brisa constante vinda do mar, o sol brilhando, o odor de junco, o barulho das ondas, uma mistura de murmúrios e estrondos, a crista branca como leite, enrolando-se sobre si mesmas. Tomei um banho descontraído e fiz um passeio nu, como antigamente, nas areias cinzentas e quentes, meus companheiros num bote em águas mais profundas (grito para eles as ameaças de Júpiter contra os deuses, do Homero de Pope).

28 de julho – para Long Branch – 8h30, no vapor *Plymouth Rock*, à beira da 23rd Street, em Nova York, com destino a Long Branch. Mais um belo dia, belas paisagens, as margens, a navegação e a baía – tudo reconfortante para meu corpo e alma. (Acho que a atmosfera humana e objetiva da cidade de Nova York e do Brooklyn é mais associativa para mim do que qualquer outra.) *Uma hora depois* – Ainda no vapor, agora sentindo o cheiro do sal bastante acentuado – o longo e pulsante *chapinhar* de nosso barco em direção ao mar – as colinas de Navesink e muitos navios de passagem – o ar, a melhor parte de tudo. Em Long Branch o grosso do dia, parada em um bom hotel, tudo feito com muita tranquilidade, um excelente almoço, em seguida um passeio de mais de duas horas, especialmente pela Ocean Avenue, o melhor caminho que se pode imaginar, 7 ou 8 milhas por toda a praia. Por toda parte ricas *villas*, palácios, milionários – (mas poucos entre eles como meu amigo George W. Childs, cuja integridade pessoal, generosidade e simplicidade não afetada vão além de toda riqueza mundana).

CALOR EM NOVA YORK

Agosto – Na cidade grande por um tempo. Mesmo no auge dos dias de canícula, há muita diversão em Nova York, se você só evita a agitação e aproveita toda a alegre salubridade que oferece. Mais confortável, também, do que a maioria das pessoas pensa. Um homem de meia-idade, com muito dinheiro no bolso, diz-me que esteve fora por um mês em todos os lugares elegantes, desembolsou uma pequena fortuna, sentiu calor e desorganização em todos os lugares e retornou para casa, ficando na cidade de Nova York pelas duas últimas semanas bastante contente e feliz. As pessoas se esquecem de que, quando está quente aqui, geralmente está mais quente ainda em outros lugares. Nova York está localizada de tal forma, com a ótima salmoura ozônica de ambos os lados, que apresenta as mais favoráveis condições de saúde do mundo. (Bem que a lotação sufocante de alguns de seus prédios residenciais poderia ser desfeita.) Acho que nunca tive olhos o bastante para ver o quanto os dois terços ao norte da ilha de Manhattan são bonitos. Estou hospedado em Mott Haven, agora familiarizado há dez dias com a região acima da 100th Street, ao longo do rio Harlem e de Washington Heights. Estou há alguns dias com meus amigos, sr. e sra. J.H.J., em uma casa alegre cheia de jovens senhoras. Estou dando os últimos retoques na prova do meu novo volume de *Folhas de relva* – o livro completo, finalmente. Trabalho duas ou três horas, depois desço e caminho a esmo ao longo do rio Harlem; acabo de ter um gostinho dessa recriação. O sol bastante toldado, uma suave brisa sul, o rio cheio de ioles (barcos leves e adelgaçados) subindo e descendo velozes, alguns isolados, vez por outra ioles longas, com seis ou oito jovens se exercitando – imagens muito inspiradoras. Dois belos iates estão ancorados na costa. Demoro-me bastante, aproveito o pôr do sol, o brilho, o céu rasurado de nuvens, as alturas, as distâncias, as sombras.

10 de agosto – Enquanto vago, claudicante, uma hora ou duas esta manhã pelas partes mais reclusas da praia, ou me sento sob um velho cedro no meio do morro, a cidade próxima à vista, muitos grupos de garotos se reúnem para tomar banho de mar ou nadar, esquadrões de meninos, geralmente de dois ou três, alguns maiores, ao longo do fundo de areia, ou mais adiante, em um velho píer próximo. Um carnaval peculiar e bonito – no ponto alto, cerca de cem meninos ou rapazes, muito democráticos, mas todos se comportando muito bem. O riso, as vozes, os chamados, as respostas – os banhistas que mergulham e surgem da longarina do píer em ruína, em que sobem e ficam longas fileiras deles, nus, rosados, com movimentos e posições que vão além de qualquer escultura. A tudo isso, o sol, tão brilhante, a sombra verde-escura das colinas do outro lado, as ondas âmbar, que mudam à medida que a maré ganha uma cor de chá transparente – o frequente chape na água dos garotos brincalhões, encharcados – as brilhantes gotas cintilantes e a boa brisa do oeste soprando.

"O ÚLTIMO REAGRUPAMENTO DE CUSTER"

Hoje saí para ver uma obra recém-concluída de John Mulvany, que esteve na distante Dakota, no local, nos fortes e entre os homens da fronteira, os soldados e os índios, nos últimos dois anos, com o objetivo de retratá-los a partir da realidade, ou do melhor que pudesse ser obtido dela. Fiquei mais de uma hora diante da imagem, completamente absorvido desde o primeiro instante. Uma tela imensa, talvez de 20 ou 22 pés por 12, carregada de elementos, porém sem excessos, transmitindo um jogo tão vivo de cor, exige um pouco de tempo para se acostumar. Não há truques; não há lançamento de sombras em massas; de pronto, tudo é dolorosamente real, avassalador, são necessários bons nervos para olhar para ela. Quarenta ou cinquenta figuras, talvez mais, com acabamento e detalhes completos no plano intermediário, com três vezes esse número, ou mais, pelos outros – bandos sobre bandos de selvagens *sioux*, com seus cocares de guerra, frenéticos, a maioria montada em pôneis, avançando através do fundo, através da fumaça, como um furacão de demônios. Uma dúzia das figuras é maravilhosa. No conjunto, uma fase autóctone da América, própria ao Oeste, as fronteiras, culminantes, típicas, mortais, heroicas ao extremo – nada existe nos livros como isto, nada em Homero, nada em Shakespeare; mais pesado e sublime do que ambos, tudo nativo, tudo nosso, e tudo um fato. Um monte de homens musculosos e bronzeados, levados sob circunstâncias terríveis a um ponto de não retorno – a morte no ar, mas todos homens destemidos, nenhum deles perde a cabeça, cobrando caro a derrota. Custer (com o cabelo curto, fica no meio), de olhos dilatados e braço estendido, apontando uma enorme pistola de cavalaria. O capitão Cook está lá, parcialmente ferido, sangue no lenço branco em volta da cabeça, apontando a carabina friamente, meio ajoelhado – (o corpo foi depois encontrado perto do de Custer). Os cavalos mortos ou quase mortos, formando barreiras, são um elemento especial. Dois índios mortos, hercúleos, jazem em primeiro plano, segurando seus rifles Winchester, bem característicos. Os muitos soldados, seus rostos e posturas, as carabinas, os chapéus de abas largas, próprios do Oeste, a fumaça de pólvora em baforadas, os cavalos agonizantes de olhos agitados, quase humanos, em sua agonia, as nuvens de sioux com cocares de guerra ao fundo, as figuras de Custer e Cook – com a cena inteira, de fato, terrível, mas com uma atração e beleza que ficarão em minha memória. Com toda a sua cor e ação feroz, certa continência grega a penetra. Um céu ensolarado e luz clara envolvem tudo. Há uma ausência quase total das características triviais das ações de guerra europeias. A fisionomia do trabalho é realista e ocidental. Só vi por uma hora ou coisa assim; mas precisa ser vista muitas vezes – precisa ser estudada repetidas vezes. Poderia observar tal trabalho a minha vida inteira, a intervalos curtos, sem me cansar; para mim, é muito revigorante; além disso, tem um propósito ético por trás, como toda grande arte deve ter. O artista disse que o envio do quadro para o exterior, provavelmente para Londres, foi comentado. Aconselhei-o que enviasse a tela para Paris, se fosse para o exterior. Acho que eles podem apreciá-la por lá – sim, eles certamente a apreciariam. Então eu gostaria de mostrar a Monsieur Crapeau que algumas coisas podem ser feitas na América assim como outras.

ALGUNS VELHOS CONHECIDOS – MEMÓRIAS

16 de agosto – “Pega o giz e anota a bela marca de hoje” era o que dizia um velho esportista amigo meu, quando tinha excepcional sorte e voltava para casa absolutamente cansado, mas com bons resultados de caça e pesca.

Bem, o dia de hoje poderia justificar essa marca para mim. Tudo esteve propício desde o começo. Estímulos revigorantes de uma hora, atravessando de trem 10 milhas da ilha de Manhattan, em direção ao sul, e tomando o coche das oito horas. Em seguida, um excelente café da manhã no Pfaff’s, na 24th Street. O próprio anfitrião, um velho amigo meu, surgiu rapidamente em cena para me receber e trazer as novidades, e, primeiro abrindo uma garrafa grande e gorda do melhor vinho da adega, conversamos sobre os tempos, *antebellum*, 1859-1860 e as ceias animadas em seu restaurante então na

Broadway, próximo à Bleecker Street. Ah, os amigos e nomes e frequentadores, aqueles tempos, aquele lugar. A maioria está morta – Ada Clare, Wilkins, Daisy Sheppard, O'Brien, Henry Clapp, Stanley, Mullin, Wood, Brougham, Arnold – todos se foram. E lá Pfaff e eu, sentados um diante do outro à mesinha, me lembrando de todos em um estilo que eles mesmos teriam aprovado, ou seja, grandes taças cheias de champanhe sorvidas em abstraído silêncio, sem pressa, até a última gota. (Pfaff é um generoso *restaurateur* alemão, silencioso, forte, alegre e, devo dizer, o melhor selecionador de champanhes na América.)

UMA DESCOBERTA DA VELHICE

Talvez o melhor seja sempre cumulativo. A comida e a bebida se querem frescas, para o momento, imediatamente e prontas – mas eu não daria um tostão para aquela pessoa ou poema, ou amigo, ou cidade, ou obra de arte, que não fosse mais grato pela segunda vez do que pela primeira – e mais ainda pela terceira. Sim, não acredito que qualquer qualidade grandiosa surja de primeira. Em minha experiência (pessoas, poemas, lugares, personagens), quase nunca descobri o melhor no começo (não há uma regra absoluta sobre isso, no entanto), explodindo às vezes repentinamente, ou se desvelando furtivamente para mim, talvez depois de anos de inconsciente familiaridade, sem dar atenção nem uso.

UMA VISITA, NO FIM, A R.W. EMERSON

Concord, Massachusetts – Aqui, em visita – temperatura elástica e amena de veranico. Chego hoje de Boston (um agradável passeio de quarenta minutos em um vapor, passando por Somerville, Belmont, Waltham, Stony Brook e outras cidadezinhas animadas), acompanhado de meu amigo F. B. Sanborn, rumo à sua ampla casa e à bondade e hospitalidade da sra. S. e sua boa família. Escrevo isto sob a sombra de algumas velhas nogueiras e olmos, logo após as quatro da tarde, na varanda, a poucos passos do rio Concord. Mais além, de frente para mim, do outro lado do rio, em um prado e colina, homens trabalham com o feno, o reúnem e carregam, estão na segunda ou terceira safra. A extensão verde-esmeralda e marrom, as pequenas colinas, as medas de feno pontilhando o prado, as carroças carregadas, os cavalos pacientes, a ação lenta e forte dos homens e dos forcados – tudo na tarde que caía, com pontos do amarelo esmaecido do sol, entrecortado de longas sombras – um grilo estridente, um arauto do crepúsculo – um barco com duas figuras deslizando silenciosamente ao longo do pequeno rio, passando sob o arco de pedra da ponte – a neblina leve e imóvel da umidade aérea, o céu e a tranquilidade se expandindo em todas as direções e ao alto – me preenchem e me acalmam.

A mesma noite – Nunca tive tanta sorte: uma noite longa e abençoada com Emerson, e de uma forma que não poderia ter desejado melhor ou diferente. Por quase duas horas ele esteve placidamente sentado, perto de mim, em um lugar onde podia ver seu rosto sob a melhor luz. A sala de estar da sra. S. estava cheia de pessoas, vizinhos, muitos rostos novos e encantadores, mulheres, a maioria jovens, mas alguns velhos. Meu amigo A. B. Alcott e sua filha Louisa chegaram cedo. Muita conversa, o tema Henry Thoreau – alguns novos vislumbres de sua vida e sorte, com cartas dele e para ele – uma das melhores, de Margaret Fuller, outras de Horace Greeley, Channing etc. – uma do próprio Thoreau, a mais pitoresca e interessante. (Sem dúvida eu parecia muito estúpido para o grupo que enchia a sala, dificilmente tomando parte na conversa; mas eu tinha "meu próprio balde para encher de leite", como diz o provérbio suíço.) Meu lugar e a organização relativa eram tais que, sem ser rude ou coisa do gênero, eu podia apenas olhar diretamente para E., o que fiz boa parte do tempo. Ao entrar, ele falou muito breve e educadamente a vários membros do grupo, depois se acomodou em sua cadeira, ligeiramente afastado, e, embora se colocasse como ouvinte e, como tal, alerta, permaneceu em silêncio durante toda a conversa e discussão. Uma amiga se sentou em silêncio ao lado dele para lhe dar atenção especial. Ele mostrava o rosto corado, os olhos claros, a bem conhecida expressão de serenidade e o velho aspecto de observador agudo intacto.

No dia seguinte – Muitas horas na casa de E. e o jantar lá. Uma antiga casa familiar (ele já está há 35 anos nela) bem consolidada e espaçosa, com mobília e uma elegância e plenitude simples, significando tranquilidade democrática, opulência suficiente e uma simplicidade admirável e antiquada – o luxo moderno, com sua mera suntuosidade e afetação, ou apenas ligeiramente sugerido ou ignorado por completo. O mesmo vale para o jantar. É claro que o melhor da ocasião (domingo, 18 de setembro de 1881) foi ver E. em pessoa. Como acabamos de dizer, tinha uma cor saudável nas bochechas, olhos limpos, expressão alegre, e somente a quantidade adequada de conversa, ou seja, uma palavra ou frase curta apenas quando necessário, e quase sempre com um sorriso. Além de Emerson, a sra. E., com sua filha Ellen, o filho Edward e sua esposa, com meu amigo F.S. e a sra. S., e outros, parentes e íntimos. A sra. Emerson, retomando o assunto da noite anterior (sentei-me ao lado dela), me forneceu informações mais completas sobre Thoreau, que, anos antes, durante a ausência do sr. E. na Europa, vivera por algum tempo com a família, a convite.

OUTRAS ANOTAÇÕES DE CONCORD

Embora a noite na casa dos Sanborn e o memorável jantar em família na residência dos Emerson tenham agradado e enchido permanentemente minha memória, não devo tratar de somenos outras notações de Concord. Fui para o velho Presbitério, caminhei pelo antigo jardim, entrei nos aposentos, observei a exoticidade antiquada, a grama e os arbustos em desalinho, os pequenos caixilhos nas janelas, os tetos baixos, o cheiro forte, as trepadeiras produzindo sombras. Fui para o campo de batalha de Concord, próximo, examinei a estátua de French, *The Minute Man*, li a inscrição poética de Emerson no pedestal, demorei-me algum tempo na ponte e parei diante do túmulo dos soldados britânicos anônimos enterrados no dia seguinte à luta de abril de 1775. Em seguida, partindo em carro (graças à minha amiga, a srta. M., e aos animados pôneis brancos dela, com a própria a conduzi-los), estive por meia hora diante dos túmulos de Hawthorne e Thoreau. Desci, subi, é claro, a pé, fiquei um bom tempo ali e meditei. Eles jazem próximos em um agradável local arborizado – "Sleepy Hollow" – no topo da colina do cemitério. A superfície plana do primeiro estava densamente coberta de murta, com uma árvore-da-vida ao lado, e o outro tinha uma lápide marrom com inscrições e elaborada com alguma simplicidade. Ao lado de Henry está seu irmão John, de quem muito se esperava, porém morreu jovem. Em seguida, fui para aquela bela folha de água sombreada que é a lagoa Walden e passei mais de uma hora ali. No local em meio à floresta onde Thoreau teve sua casa solitária, existe agora um monte de pedras, que assinalam o lugar; eu também peguei uma e a depositei na pilha. Enquanto voltávamos, vimos a School of Philosophy, mas estava fechada, e eu não queria que fosse aberta para mim. Perto, paramos na casa de W. Harris, o hegeliano, que saiu, e tivemos uma conversa agradável, durante a qual permaneci no carro. Não me esquecerei tão cedo dos passeios por Concord e, especialmente, a encantadora manhã de domingo com minha amiga, a srta. M., e os pôneis brancos.

BOSTON COMMON – MAIS SOBRE EMERSON

10 a 13 de outubro – Passo bastante tempo no *Common*, nesses deliciosos dias e noites – todo meio-dia, das onze e meia à uma da tarde – e quase todo pôr do sol por mais uma hora. Conheço todas as grandes árvores, especialmente os velhos olmos ao longo da Tremont e da Beacon Street, e cheguei a um entendimento silencioso e sociável com a maioria delas, na atmosfera iluminada pelo sol (no entanto, fresca e agradável), enquanto passeio pelas amplas trilhas não pavimentadas. Subindo e descendo pela Beacon Street, entre esses mesmos velhos olmos, caminhei por duas horas, num iluminadíssimo meio-dia de fevereiro, 21 anos atrás, com Emerson, então em seu auge, intelectualmente agudo, física e moralmente magnético, preparado em todos os pontos e, quando escolhia, exercendo a autoridade emocional tão bem quanto a intelectual. Durante essas duas horas, ele falou, e eu ouvi.

Foi uma declaração de argumentos, reconhecimento, crítica, cerco e ataque (como uma divisão do exército inteira, artilharia, cavalaria, infantaria), relativa tudo o que se poderia dizer contra aquele ponto (e um ponto importante) da construção dos meus poemas, "Filhos de Adão". Para mim, foi um arrazoado mais precioso que ouro – proporcionou-me, para sempre, uma lição estranha e paradoxal; os argumentos de E. eram incontestáveis, nenhum juiz era mais completo ou convincente, jamais poderia ouvir os pontos mais bem colocados – e então senti em minha alma a clara e inequívoca convicção de desobedecer a todos eles e seguir o meu próprio caminho. "O que você tem a dizer então sobre essas coisas?", perguntou E., chegando ao fim. "Apenas que, embora não consiga responder a elas, me sinto mais preparado do que nunca para aderir à minha própria teoria e exemplificá-la", foi minha sincera resposta. Ao que, em seguida, partimos e almoçamos muito bem na American House. Dali em diante nunca mais vacilei ou fui tocado com escrúpulos (como confesso que fora duas ou três vezes antes).

UMA NOITE OSSIÂNICA – OS MAIS CAROS AMIGOS

Novembro de 1881 – De novo em Camden. Ao atravessar o Delaware em uma longa viagem hoje à noite, entre as nove e as onze, a cena no céu é peculiar – velozes lençóis de gaze vaporizada, seguidos de densas nuvens lançando uma mortalha negra sobre tudo. Então, um momento daquela transparência do céu negro e cinza-aço que observei em circunstâncias semelhantes, sobre o qual a lua projetava sua luz por alguns instantes com sereno luzir, lançando larga e deslumbrante estrada sobre as águas para, então, as névoas retornarem. Tudo em silêncio e, no entanto, movido como que pela força das fúrias, ora tênues, ora densas – uma verdadeira noite ossiânica – em meio ao turbilhão, amigos ausentes ou mortos, o antigo, o passado, de algum modo ternamente sugerido – enquanto o cântico gaélico é entoado na neblina – ["Seja tua alma abençoada, ó Carril! no meio de teus redemoinhos. Oh, como desejava que viesses à minha casa quando estou só à noite! E tu vieste, meu amigo. Ouço sempre tua mão leve em minha harpa, quando pendurada na parede distante, e o som baixo toca meu ouvido. Por que não falas comigo em minha dor e me diz quando hei de reencontrar meus amigos? Mas passas em teus explosivos murmúrios; o vento assovia através dos cabelos grisalhos de Ossian"].

Mas, acima de tudo, essas variações da lua e das gazes de vapor expeditas e das nuvens negras, com a sensação da ação ligeira num estranho silêncio, lembram a crença longínqua de Erse de que tais acontecimentos nos céus eram os preparativos para receber os fantasmas dos guerreiros recém-mortos – ["Nós nos sentamos naquela noite em Selma, em torno da força da concha. O vento estava além, nos carvalhos. O espírito da montanha rugiu. A lufada surgiu farfalhando pelo corredor, e gentilmente tocou minha harpa. O som era triste e baixo, como a canção da tumba. Fingal ouviu primeiro. Os suspiros carregados de seu peito se elevaram. Alguns dos meus heróis são silenciosos, disse o grisalho rei de Morven. Ossian, toque a corda trêmula. Peça à tristeza que suba, que seus espíritos possam voar com alegria para os bosquedos das colinas de Morven. Toquei a harpa diante do rei; o som era triste e baixo. Curvem-se à frente de suas nuvens, disse eu, fantasmas de meus pais! Jaz junto ao terror vermelho de seu curso. Recebam o chefe que cai; se vem de uma terra distante ou se se levanta do mar ondulado. Deixem seu manto de névoa se aproximar; sua lança formada por uma nuvem. Coloquem um meteoro meio extinguido ao seu lado, na forma de uma espada de herói. E oh! permitam que o semblante do guerreiro esteja aprazível, para que seus amigos possam se deleitar em sua presença. Curvem-se à frente de suas nuvens, disse eu, fantasmas de meus pais, curvem-se. Essa foi a minha música em Selma, para a harpa levemente trêmula"].

Como ou por que eu não sei, apenas no instante, mas também reflito e penso em meus melhores amigos em suas casas distantes – em William O'Connor, Maurice Bucke, John Burroughs, a sra. Gilchrist – amigos da minha alma – amigos mais fiéis da minha outra alma, meus poemas.

APENAS UMA NOVA BALSA

12 de janeiro de 1882 – Um espetáculo como o que o Delaware apresentou uma hora antes do pôr do sol de ontem, por todo o percurso entre a Filadélfia e Camden, é digno de ser elaborado em uma entrada. Era maré cheia, uma brisa agradável vinha de sudoeste, a água castanho-clara, e movimento o bastante para que as coisas ganhassem uma aura brincalhona e animada. Acrescente a tudo isso um pôr do sol de esplendor incomum, um imenso rolar de nuvens, com muita neblina dourada e profusão de raios de luz e ofuscamento. Em meio a tudo, sob a clareza opaca da luz da tarde, subia o rio a nova balsa, a *Wenonah*, um objeto de beleza digna de sua atenção, deslizando com leveza e rapidez, nova e branca, coberta de bandeiras, o vermelho e azul translúcidos, tremulando na brisa. Apenas uma nova balsa e, no entanto, em sua aptidão, comparável ao mais belo produto da destreza da Natureza e rivalizando com ela. No alto do éter transparente, graciosamente se equilibravam em círculos quatro ou cinco grandes falcões, enquanto aqui embaixo, em meio à pompa pitoresca de céu e rio, singrava essa criação de beleza artificial e movimento e poder, à sua maneira não menos perfeita.

A MORTE DE LONGFELLOW

Camden, abril de 1882 – Acabo de voltar de um velho refúgio na floresta, onde adoro ficar vez por outra afastado de salões, calçadas, jornais e revistas – e onde, numa manhã clara, nos recessos da sombra de pinheiros e cedros e um emaranhado de velhos loureiros e trepadeiras, chegou-me a notícia da morte de Longfellow. Por falta de algo melhor, deixe-me enrolar delicadamente um raminho da doce hera que rasteja tão profusa por entre as folhas mortas aos meus pés, com reflexões daquela meia hora a sós, ali no silêncio, e deixo-os como minha contribuição à sepultura do bardo morto.

Longfellow, em suas volumosas obras, parece-me não apenas eminente no estilo e nas formas de expressão poética que marcam a época presente (uma idiossincrasia, quase uma doença, de melodia verbal), como traz o que é sempre mais querido como poesia para o coração e o gosto geral humano, e provavelmente deve ser assim na natureza das coisas. Ele é sem dúvida o tipo de bardo e contra-atacante mais necessário para o materialismo autoafirmativo de nossas raças anglo-saxãs, adoradoras de dinheiro, e em especial para a era atual na América – uma era tiranicamente regulada com referência ao industrial, o comerciante, o financista, o político e o operário – para quem e em meio a quem ele surge como o poeta da melodia, da cortesia, da deferência – o poeta do doce crepúsculo do passado na Itália, na Alemanha, na Espanha e no norte da

Europa – poeta de toda a compassiva gentileza – e o poeta universal de mulheres e jovens. Teria que pensar muito se me fosse pedido que nomeasse o homem que fez mais, e em direções mais valiosas, para a América.

Duvido que alguma vez tenha existido antes juiz e compilador tão intuitivo de poemas. Suas muitas traduções de peças alemãs e escandinavas são consideradas melhores que os originais. Ele não incita ou chicoteia. Sua influência é como boa bebida ou ar. Também não é morno, mas sempre vital, com sabor, movimento, graça. Ele atinge uma média esplêndida e não canta paixões excepcionais nem aventuras irregulares da humanidade. Não é revolucionário, não traz nada ofensivo ou novo, não dá golpes duros. Pelo contrário, suas canções acalmam e curam, ou se excitam, é uma excitação saudável e agradável. Mesmo sua ira é muito gentil e de segunda mão (como em "The Quadroon Girl" e em "Witnesses").

Não há elemento indevido de reflexão nas melodias de Longfellow. Mesmo na tradução primeira, da obra de Manrique, o movimento é como o de um vento forte e constante ou maré, sustentando-se e flutuando. Em seus muitos temas, a morte não é evitada, mas há algo quase cativante em seus versos e representações originais sobre esse terrível assunto – como, ao encerrar a disputa em "A terra mais feliz":

> E então a filha do senhorio,
> Ergue a mão aos céus e diz:
> "Não podeis mais argumentar:
> Aí está a terra mais feliz".

À rude queixa e acusação de falta de natividade vigorosa e originalidade especial, direi apenas que a América e o mundo podem muito bem ser reverentemente agradecidos – nunca poderão ser gratos o suficiente – por qualquer pássaro cantor que tenha sido concedido a partir dos séculos, sem pedir que as notas sejam diferentes das de outros cantores; acrescentando o que ouvi Longfellow em pessoa dizer: antes que o Novo Mundo possa ser dignamente original, e anunciar a si mesmo e a seus próprios heróis, ele deve estar bastante saturado da originalidade dos outros e respeitosamente considerar os heróis que viveram antes de Agamêmnon.

COMEÇANDO JORNAIS

Reminiscências (do *Camden Courier*) – Enquanto fazia minha navegação para o outro lado do Delaware na sólida balsa *Beverly*, uma ou duas noites atrás, fui procurado por dois jovens amigos repórteres. "Tenho uma mensagem para você", disse um deles; "O pessoal do *C.* me pediu que dissesse que gostariam de um texto seu para entrar no primeiro número. Você pode fazer isso para eles?"; "Acho que sim", disse eu; "E sobre o que poderia ser?"; "Bom, qualquer coisa sobre jornais, ou talvez o que você fez sozinho, do início". E os garotos foram embora, pois tínhamos chegado do lado da Filadélfia. Era um momento belo e ameno; a meia-lua reluzia; Vênus, com excesso de esplendor, pondo-se a oeste, e o grande Escorpião erguendo-se, mais da metade, a sudeste. Enquanto eu fazia vagarosamente a travessia por uma hora no agradável cenário noturno, as palavras do meu jovem amigo trouxeram uma série de reminiscências.

Comecei quando era apenas um menino de 11 ou 12 anos, escrevendo frases sentimentais para o velho *Long Island Patriot*, no Brooklyn; isso foi por volta de 1832. Logo depois, tive um ou dois textos publicados no então célebre e elegante *Mirror*, de George P. Morris, da cidade de Nova York. Lembro-me com que excitação meio sufocada costumava observar o grande entregador inglês, gordo, ruivo, lento e muito velho que distribuía o *Mirror* no Brooklyn; e quando peguei um, abrindo e recortando as folhas com os dedos trêmulos. Ah, como isso fez meu coração bater duas vezes mais rápido para ver o *meu texto* no belo papel branco, em bom tipo.

Meu primeiro empreendimento real foi o *Long Islander*, em minha bela cidade de Huntington, em 1839. Eu tinha cerca de 20 anos. Estava ensinando em escolas do campo havia dois ou três anos em várias partes dos condados de Suffolk e Queens, mas gostava de gráfica; tinha trabalhado nisso quando rapaz, havia aprendido o ofício de compositor e fui incentivado a começar um jornal na região onde nasci. Fui a Nova York, comprei uma prensa e os tipos, contratei uma pequena ajuda, mas fiz eu mesmo a maior parte do trabalho, até o gráfico. Tudo parecia estar dando certo (apenas minha inquietude me impediu de estabelecer aos poucos uma propriedade permanente lá). Comprei um bom cavalo, e toda semana percorria o campo a serviço do meu jornal, dedicando dia e noite a ele. Nunca fiz passeios tão felizes – indo para a região sul, para Babylon, pela estrada sul, cruzando em direção a Smithtown e Comac, e voltando para casa. As experiências daqueles passeios, os queridos fazendeiros à moda antiga e suas esposas, as paradas nos campos de feno, a hospitalidade, os bons almoços, as noites ocasionais, as garotas, as cavalgadas pelo mato surgem em minha memória até hoje.

Em seguida trabalhei no diário *Aurora*, de Nova York – como uma espécie de autônomo. Também escrevi regularmente para o *Tattler*, um jornal da noite. Ocupei-me desses dois jornais e de um pouco de trabalho externo até que fui editar o *Brooklyn Eagle*, onde por dois anos tive um dos trabalhos mais agradáveis da minha vida – um bom dono, bom salário e trabalho fácil e horas livres. Os problemas no Partido Democrata eclodiram naqueles tempos (1848-1849) e eu rompi com os radicais, o que levou a discussões com o chefe e "o partido", e eu perdi meu lugar.

Então desempregado, me foi oferecida de improviso (aconteceu no intervalo entre os atos uma noite no saguão do velho Broadway Theatre, perto da Pearl Street, na cidade de Nova York) uma boa oportunidade de ir a New Orleans como parte do pessoal do *Crescent*, um diário que seria iniciado lá com muito capital por trás. Um dos donos, que estava comprando material no Norte, encontrou-me andando no saguão e, embora fosse nosso primeiro contato, depois de quinze minutos de conversa (e uma bebida) fizemos um acordo formal e ele pagou-me 200 dólares para selar o contrato e arcar com minhas despesas até chegar a New Orleans. Comecei a viagem dois dias depois; tive um bom tempo de folga, já que o jornal não iria às ruas antes de três semanas. Gostei muito da minha viagem e da vida na Louisiana. Voltando ao Brooklyn um ou dois anos depois, comecei o *Freeman*, primeiro como um semanário e depois como diário. Logo a Guerra de Secessão eclodiu, e eu também fui atraído pela corrente para o sul, e passei os três anos seguintes lá (como já tratei antes).

Além de fundá-los, como mencionado anteriormente, estive envolvido, uma vez ou outra, durante a minha vida, com uma longa lista de jornais, em diversos lugares, às vezes em circunstâncias estranhas. Durante a guerra, os hospitais de Washington, entre outros meios de diversão, imprimiam um jornalzinho entre eles, cercado de feridas e morte, o *Armory Square Gazette*, para o qual contribuí. O mesmo aconteceu algum tempo depois, casualmente, para um jornal – acho que chamado *Jimplecute* – no Colorado, onde parei na ocasião. Quando estava na província do Quebec, no Canadá, em 1880, visitei uma curiosa graficazinha francesa, antiga, perto de Tadousac. Era muito mais primitiva e antiga do que a que meu amigo de Camden, William Kurtz, instalou na Federal Street. Lembro-me, quando jovem, de várias prensas antigas e características, de um tipo difícil de ser visto nos dias de hoje.

A GRANDE INQUIETUDE DE QUE SOMOS PARTE

Meus pensamentos flutuaram em vastas e místicas correntezas enquanto estive hoje solitário e à sombra, próximo ao riacho – retomando, principalmente, dois polos fundamentais. Um dos meus temas favoritos para um poema nunca realizado tem sido os dois impulsos do homem e do universo – neste, a inquietação incessante da criação,[14] a descamação (a evolução de Darwin, suponho). Realmente, o que é a Natureza senão a mudança em todos os seus processos visíveis e, sobretudo, invisíveis? Ou o que é a humanidade em sua fé, amor, heroísmo, poesia, até mesmo moral, senão a *emoção*?

DIANTE DO TÚMULO DE EMERSON

6 de maio de 1882 – Estamos sem tristeza diante do túmulo recém-aberto de Emerson – na verdade, sentimos uma alegria e fé solenes, quase uma arrogância – nossa bênção de alma, não um mero

---

14. "Cinquenta mil anos atrás, a constelação da Ursa Maior ou do Carro de Davi era uma cruz estrelada; daqui a cem mil anos o Carro imaginário estará de cabeça para baixo, e as estrelas que formam a caçamba e o puxador terão mudado de lugar. As nebulosas estão se movendo e, além disso, giram em grandes espirais, de um jeito ou de outro. Cada molécula de matéria em todo o universo balança de um lado para outro; cada partícula de éter que preenche o espaço vibra como geleia. A luz é um tipo de movimento, o calor, outro, a eletricidade, outro, o magnetismo, outro, o som, outro. Todo sentido humano é o resultado do movimento; toda percepção, todo pensamento é apenas o movimento das moléculas do cérebro traduzidas por aquela coisa incompreensível que chamamos de mente. Os processos de crescimento, de existência, de decadência, seja nos mundos, seja nos mínimos organismos, são apenas movimento."

"Descansa, guerreiro, que tua jornada se cumpriu",

pois jaz simbolizado aqui alguém que está além dos guerreiros do mundo. Um homem justo, equilibrado, amoroso, generoso e são e claro como o sol. Tampouco me parece ser Emerson quem estamos aqui para honrar – mas a consciência, a simplicidade, a cultura, os atributos da humanidade em seu melhor e, no entanto, aplicáveis, se necessário, a questões prosaicas, e apropriados a todos. Estamos tão acostumados a supor que uma morte heroica só pode advir de uma batalha ou tempestade, ou de um imenso conflito pessoal ou de incidentes dramáticos ou perigo (não temos sido assim ensinados há séculos por todas as peças e poemas?) que poucos, mesmo entre aqueles que mais dolorosamente lamentam a partida de Emerson, apreciarão plenamente a grandeza amadurecida do acontecimento, com seu jogo de calma e adequação, como a luz da noite sobre o mar.

Como vou doravante discorrer sobre as horas abençoadas quando, há não muito tempo, vi aquele rosto benigno, os olhos claros, a boca silenciosamente sorridente, a postura ainda ereta em sua idade avançada – até o fim, com tanta energia e jovialidade, e tal ausência de decrepitude, que nem mesmo o termo venerável parece adequado. Talvez a vida que agora se completa e se cumpre em seu desenvolvimento mortal e que nada mais pode mudar ou prejudicar conheça seu mais eminente halo não em seus esplêndidos produtos intelectuais ou estéticos, mas ao formar em sua inteireza uma das poucas (e quão poucas são!) justificativas perfeitas e irretocáveis para existir, de toda a classe literária.

Podemos dizer, como Abraham Lincoln em Gettysburg: não somos nós que consagramos os mortos – deles é que nós e nosso trabalho diário recebem, se é o caso, alguma consagração.

ESCREVENDO NO PRESENTE – PESSOAL

Carta para um amigo alemão – trecho

31 de maio de 1882 – "Hoje entro no meu 64º ano. A paralisia que me acometeu pela primeira vez há cerca de dez anos permaneceu desde então, com variado curso – parece se ter acomodado calmamente e assim provavelmente permanecerá. Canso-me facilmente, sou muito desajeitado, não consigo caminhar muito, mas meu ânimo está lá em cima. Passeio em público quase todos os dias – de vez em quando faço viagens longas, por ferrovia ou barco, centenas de milhas – fico bastante ao ar livre – estou queimado de sol e forte (peso 190 libras) – mantenho minha atividade e meu interesse pela vida, pelas pessoas, pelo progresso e os assuntos do cotidiano. Sinto-me bastante confortável aproximadamente dois terços do tempo. A mentalidade que sempre tive permanece inteiramente inalterada; embora fisicamente esteja parcialmente paralítico e provavelmente assim fique enquanto viver. Mas o principal objetivo da minha vida parece ter se cumprido – tenho os mais dedicados e ardentes amigos e parentes afetuosos – e dos inimigos realmente não faço caso."

DEPOIS DE EXPERIMENTAR UM LIVRO

Tentei ler um volume belamente impresso e acadêmico sobre "a teoria da poesia", recebido da Inglaterra pelo correio esta manhã – mas por fim desisti, era um trabalho ruim. A seguir estão alguns esboços caprichosos, como os encontro em minhas anotações:

Na juventude e na maturidade os Poemas estão carregados da luz do sol e do esplendor variado do dia; mas, à medida que a alma cada vez mais tem precedência (com o sensual ainda incluído), o Crepúsculo se torna a atmosfera do poeta. Também busquei, e sempre busco, o sol brilhante, e faço minhas canções de acordo com ele. Mas, conforme envelheço, as luzes mortiças da noite representam muito mais para mim.

O jogo da Imaginação, com os objetos sensuais da Natureza na condição de símbolos e Fé – com Amor e Orgulho como o impulso invisível e poder que tudo movimenta –, compõe o curioso jogo de xadrez de um poema.

Professores ou críticos comuns sempre estão às voltas com a pergunta "O que isso significa?". A sinfonia de um bom músico, o pôr do sol, as ondas do mar rolando na praia – o que querem dizer? Sem dúvida, no sentido mais sutilmente elusivo, significam alguma coisa – como o amor, a religião e o melhor poema –; mas quem deve investigar e definir esses significados? (Não quero com isso uma garantia de selvageria e fugas frenéticas – mas justificar a alegria frequente da alma naquilo que não pode ser definido à luz da parte intelectual ou do cálculo.)

Na melhor das hipóteses, o conhecimento poético é como o que pode ser ouvido de uma conversa no crepúsculo, de falantes distantes ou escondidos, dos quais recebemos apenas alguns murmúrios desconexos. O que não se compreende é muito mais – talvez o principal.

As maiores passagens poéticas devem ser compreendidas indiretamente, como às vezes quando procuramos estrelas à noite, não olhando diretamente para elas, mas observando-as a partir de um aspecto.

(*Para um estudante poético e amigo.*) – Procuro apenas colocá-lo em contato. Seu cérebro, coração, evolução não apenas devem entender o assunto, mas principalmente supri-lo.

CONFISSÕES FINAIS – TESTES LITERÁRIOS

Assim se aproxima o fim destas notas prolixas. Ocorreram sem dúvida repetições, erros técnicos na sequência das datas, nas minúcias botânicas, astronômicas etc., e talvez em outros lugares – pois ao reunir, escrever, imperiosamente despachar a cópia, neste calor (fins de julho e agosto de 1882) e sem atrasar a impressão, tive de me apressar o tempo todo, sem tempo de sobra. Mas segundo a mais profunda verdade de tudo – a reflexão sobre objetos, cenas, as efusões da Natureza em meus sentidos e receptividade, como me pareciam – o trabalho de dar alguns autênticos vislumbres, os dias exemplares da minha vida, àqueles que se interessam por ela – e o espírito e nas relações de boa-fé do autor para o leitor, em todos os assuntos abordados, até onde vão, sinto ter de fazer afirmações mais diretas.

O resumo do princípio da minha vida, Long Island, a cidade de Nova York e assim por diante, e os apontamentos dos diários da Guerra de Secessão contam sua própria história. Meu plano original ao começar o que constitui a maior parte da metade do livro era compilar observações e dados para um poema da Natureza que deveria comportar umas poucas horas da experiência de alguém, começando ao meio-dia e seguindo pela parte posterior do dia – suponho que tenha chegado a essa ideia pelo próprio entardecer de minha vida. Mas logo descobri que ficaria mais à vontade oferecendo a narrativa em primeira mão. (Então há uma lição humilhante que se aprende, em horas serenas, sobre um belo dia ou noite. A Natureza parece olhar para toda poesia e arte que a capturam como uma impertinência.)

Assim prossegui nos anos seguintes, várias estações e regiões, tecendo meu pensamento sob a noite e as estrelas (ou enquanto estava confinado em meu quarto, meio doente) ou ao meio-dia, mirando o mar, ou no extremo norte a bordo dos vapores rasgando o seio negro do Saguenay, anotando tudo sob a forma mais frouxa de ordem cronológica, e aqui imprimindo a partir de minhas notas improvisadas, a ordem das estações mal reconhecíveis, tampouco alguma coisa corrigida – pelo medo de perder o que o cheiro de ar livre ou o sol ou a luz das estrelas pudesse impregnar nas frases, não me atrevi a mexer com elas ou suavizá-las. De vez em quando (não muitas vezes, mas para folhear), levava um livro no bolso – ou talvez arrancasse de algum livro velho ou barato um monte de folhas soltas; quase sempre tinha algo do tipo à mão, mas só usava quando o humor exigia. Dessa forma, totalmente fora do alcance das convenções literárias, reli muitos autores.

Não posso me desfazer de meu apetite por literatura, mas acabo me vendo experimentando-o vez por outra pela Natureza – as *primeiras premissas*, como muitos a chamam, mas, na verdade, os resultados que coroam tudo, leis, registros e provas. (Nunca ocorreu a qualquer um como os testes finais e decisivos aplicáveis a um livro estão inteiramente fora da técnica e da gramática, e que qualquer produção verdadeiramente de primeira classe tem pouco ou nada a ver com as regras e a qualidade dos críticos comuns? Ou o giz sem sangue do dicionário de Allibone? Imaginei o oceano e a luz do dia, a montanha e a floresta, colocando seu espírito em um juízo sobre nossos livros. Imaginei uma alma humana desencarnada dando seu veredicto.)

NATUREZA E DEMOCRACIA – MORALIDADE

A Democracia acima de tudo se associa ao ar livre, é ensolarada e resistente e sensata apenas com a Natureza – tanto quanto é a Arte.

Algo se faz necessário para temperar ambas – controlá-las, impedir-lhes o excesso, a morbidez. Queria, antes de partir, dar testemunho especial a uma lição e requisito muito antigos. A Democracia norte-americana, em sua miríade de personalidades, nas fábricas, oficinas, lojas, escritórios – pelas densas ruas e pelas casas das cidades, e em toda a sua sofisticada vida multifacetada –, deve encontrar sua fibra e vitalidade no contato regular com o ar livre, a luz natural e tudo que cresce, cenas de fazenda, animais, campos, árvores, pássaros, o calor do sol e o céu aberto, caso contrário, certamente minguará e empalidecerá. Não podemos ter grandes raças de artesãos, operários e pessoas comuns (o único propósito específico da América) em termos menores. Não sou capaz de conceber elementos florescentes e heroicos da Democracia nos Estados Unidos, ou de uma Democracia que se sustente, sem que o elemento da Natureza seja parte fundamental – seu elemento de saúde e beleza – para realmente fundamentar toda a política, a sanidade, a religião e a arte do Novo Mundo.

Finalmente, a moralidade. "O que é a Virtude", pergunta Marco Aurélio, "apenas uma viva e entusiasmada solidariedade com a Natureza?" Talvez, de fato, os esforços dos verdadeiros poetas, fundadores das religiões, literaturas e de todas as eras tenham sido, e sempre serão, no nosso tempo e nos tempos futuros, essencialmente os mesmos – trazer as pessoas de seus teimosos desvios e abstrações doentias para a média sem preço, para a concretude divina e original.

Posfácio
Bruno Gambarotto

A DERRADEIRA CONSTELAÇÃO DE WHITMAN

Dias exemplares, de Walt Whitman (1819-1892), foi publicado pela primeira vez em 1882 em uma miscelânea de prosa, *Dias exemplares & Seleta*. Uma das primeiras resenhas que recebeu[1] (ao que tudo indica escrita pelo próprio poeta, que tinha o hábito de alimentar anonimamente na imprensa o debate sobre sua obra) apresentou-o como "um volume gêmeo de *Folhas de relva*", em referência àquela que é reconhecida como a fundação da poesia moderna americana. Podemos, no entanto, ir além. Sob a falsa ousadia de levar a público o "livro mais fragmentário, espontâneo e direto que já se imprimiu", Whitman oferece em *Dias exemplares* um de seus derradeiros e calculados esforços de justificativa da arquitetura final de *Folhas de relva*, ao mesmo tempo que reforça a unidade de sentido e propósito de sua vida pública e literária, então em sua quadra final.

Se na segunda parte do livro original, *Seleta* – não incluída nesta edição –, o tom é de consolidação de reflexões acerca das linhas

1. "Whitman's New Book". *The Boston Sunday Herald*, 15 de outubro de 1882.

mestras de sua poesia (a democracia como experiência política e espiritual e a sexualidade, temas centrais em sua defesa de uma literatura adequada às especificidades do "Novo Mundo"), em *Dias exemplares* a miscelânea de anotações de diário, esboços e ensaios visa à retrospecção sobre a trajetória daquele "Eu" que se celebra em "Canção de mim mesmo" – pedra fundamental de *Folhas de relva* – e conhece momentos de expansão profética, dissolução mística e recolhimento lírico, de comunhão política com as massas e enlace íntimo com os homens e mulheres de seu país.

Fechando apoteoticamente quarenta anos de produção poética, Whitman produz em *Dias exemplares* o que, nas palavras apócrifas do *The Boston Sunday Herald*, é "uma autobiografia à sua maneira". A dificuldade de pensar *Dias exemplares* como autobiografia, no entanto, é tão grande quanto a de estabelecer a natureza do *Eu* whitmaniano: em ambos os casos, a busca de um homem e de uma vida empírica se desestabiliza em face do quanto o dito homem desdobrou-se deliberadamente em *persona* poética e do quanto ambos – unidos sob a rubrica do *Eu* e uma suposta verdade íntima e individual – se abrem para abarcar uma experiência pública. A prosa de *Dias exemplares*, longe de marcar um afastamento crítico e verdadeiramente avaliativo do próprio percurso, serve ainda à construção da *persona* Walt Whitman, que ao longo de todo o pós-guerra lutara em meio à opinião pública e às instituições literárias para estabelecer a partir de si e das *Folhas de relva* o próprio paradigma da poesia norte-americana. A essa altura da vida de Whitman, essa construção envolve o esforço de um círculo de admiradores, que o auxiliam no processo de dar acabamento e unidade a uma vida e obra repletas de obscuridades e arestas e definir os contornos do que se pode entender como uma personagem de si mesmo.

Integrado ao conjunto de obras biográficas, estudos poéticos, artigos e testemunhos que resultam do trabalho desses intelectuais, *Dias exemplares* pode ser *literariamente* lido como uma reconfiguração em prosa de *Folhas de relva*. À medida que rememora passagens e personagens de uma vida, Whitman busca, na sutil circularidade de sua prosa, dar nova voltagem aos *topoi* de sua poesia. A partir do anúncio de "A ordem de um momento feliz", que abre o volume e tanto nos faz recordar de "Canção de mim mesmo" –

Nunca houve mais começo do que agora há,
Nem mais infância ou velhice do que agora há,
Nem jamais haverá mais perfeição do que agora há,
Nem mais céu nem mais inferno do que agora há.

–, veremos o poeta recobrar, em resposta a um admirador, a imagem fundadora da "ilha em forma de peixe" onde nasceu, Paumanok, a Long Island de suas linhagens materna e paterna, e seu convívio com as praias e o mar de alguns de seus mais significativos poemas de fins da década de 1850. Formado no seio de um primeiro contato com a natureza, Whitman passa ao homem urbano que foi, o editor, repórter e gráfico que imagina as multidões humanas como um oceano, destacando dele seus tipos favoritos – como os cocheiros de Nova York –, hábitos – como os passeios de ônibus, as viagens na balsa do Brooklyn – e prazeres – como seu amor pelo teatro e pela ópera, que lhe servem de referência para a consolidação das formas de sua experiência poética em fins da década de 1850. São brevíssimas as palavras sobre o longo processo de invenção levado a cabo na primeira metade da mesma década, do qual resultam os doze poemas da primeira edição das *Folhas de relva* (1855) em sua modalidade *avant la lettre* de verso livre, temperada de retórica política feroz e uma atenção aos processos de produção material da escrita só vistos, posteriormente, nas vanguardas europeias. A primeira revolução das *Folhas* será descrita, com absoluto desinteresse, como uma "enorme dificuldade de abandonar os rotineiros toques 'poéticos'", enfim superados.

O desinteresse tem muito do esforço de conversão do "radicalismo em respeitabilidade"[2], que move a construção da *persona* final das *Folhas*, e ecoa uma década inteira de dificuldades legais derivadas da "obscenidade" em que supostamente incorriam alguns de seus poemas do *antebellum*. Estes custaram a Whitman, em 1865, um posto de trabalho na Secretaria de Assuntos Indígenas do Ministério do Interior e, em 1882 (meses antes da publicação de *Dias exemplares*), o banimento das *Folhas* em Boston, depois de uma ordem de expurgo da obra, a pedido do procurador-geral de Boston,

2. David S. Reynolds, *Walt Whitman's America: A Cultural Biography*. Nova York: Vintage Books, 1996, p. 453.

não integralmente acatada pelo poeta. Transformados em introdução ligeira, os "anos heroicos" do Whitman da década de 1850 abrem caminho a seus "anos míticos" – quando se quis reconhecido como o "Bom Poeta Barbado", rival dos bardos da Antiguidade – e a um segundo momento formal do volume, no qual a prosa de *Dias exemplares* emula com a própria produção poética.

A publicação das anotações dos caderninhos improvisados que Whitman levava consigo em suas visitas aos hospitais de guerra em Washington tem uma história longa. Ela começa em um projeto de narrativa sobre a guerra datado de 1863, proposto a um editor de Boston, James Redpath. Onze anos depois, em 1874, Whitman organiza suas anotações de guerra em seis artigos publicados na *Weekly Graphic*, de Nova York, sob o título *Só se passaram dez anos*. Os artigos serão republicados em *Mementos do decorrer da guerra*, primeiro em edição privada, depois como parte de *Dois regatos* (1876), segundo volume da reunião poética que publica no ano do centenário da Independência norte-americana (conhecida como *Centennial Edition*).

Como evento de incomensurável peso social, econômico, humanitário e cultural, a Guerra Civil moveu os maiores expoentes da literatura norte-americana de então; no entanto – e nisto a modernidade das *Folhas* ou, mais especificamente, sua flexibilidade de *obra aberta*, é decisiva –, apenas Whitman pôde transformar o evento em núcleo de sua obra. A centralidade que a experiência da guerra ganha nas *Folhas* reflete a estratégia mais ampla de atualização permanente do livro em face dos acontecimentos nacionais. Nenhuma das sete principais edições das *Folhas* – 1855, 1856, 1861, 1867, 1872, 1876 e 1881 – deixa de se configurar como resposta ao calor dos acontecimentos, não apenas nos termos da produção poética em si, mas também da elaboração e organização das seções do livro. A edição das *Folhas* que vem a lume em 1867 é resultado de pelo menos cinco anos de embate em torno do livro; em que pese o fato de ter sido, por fim, pouco utilizado, o "Livro azul" (como viria a ser conhecido o exemplar da edição de 1861 das *Folhas* utilizado por Whitman durante os anos de guerra para uma longa e pensada revisão de seus poemas) reflete o imperativo de integração do livro à marcha da história americana. Tal integração incide, sobretudo, em sua arquitetura: os poemas dedicados à Guerra Civil, reunidos na seção "Repiques de tambor" e "Lembrança do presidente Lincoln", se tornam o coração das *Folhas* nas edições do *postbellum*, ao qual o grande ciclo das canções e as seções sobre o amor, o espírito e a política se dirigem e do qual partem, posteriormente, as seções outonais, em que a morte e a natureza ganham destaque.

Nesse miolo, a guerra surge não como a crise maior do projeto político norte-americano, em que duas concepções distintas de sociedade e Estado se digladiam, tampouco como fruto da tensão abolicionista; trata-se, antes de tudo, de um processo de expurgo e purificação da *União*, entidade política que deverá cumprir o destino histórico da República fundada com a Constituição de 1787. Sob a tese espiritualista de Whitman, os hospitais de guerra tornam-se o ponto de observação por excelência do país: por eles passam as novas multidões contidas no poeta ("*I contain multitudes*") de "Canção de mim mesmo"; em seus leitos, reencontraremos a *adesividade* (*adhesiveness*), termo apropriado da frenologia e que designa o "amor entre camaradas", assunto da melhor poesia lírica de Whitman; na dor, o poeta se ressignifica como figura pública – o enfermeiro (*wound-dresser*), bardo instalado no coração do país dilacerado para cuidar de suas chagas, que substitui o poeta provocador de 1855, o sábio de 1856 e o dândi desiludido de 1861 –, assim como sua escrita ganha nova consequência nas cartas assinadas em nome dos feridos de guerra, nas quais poderá assumir a voz do outro. Em *Memoranda*, porém, há uma importante inflexão de tom: a objetividade por vezes crua e extenuada das anotações promove uma visada mais crítica do que o olhar conciliado com a experiência da guerra expresso pela poesia de Whitman.

À maneira do que ocorre no "livro gêmeo", a Guerra Civil ocupa o centro de *Dias exemplares* e dá fecho ao grande passado de Whitman; nas duas seções seguintes, deparamo-nos com um Whitman presente e enfermiço, que busca no contato com a natureza recobrar o vigor perdido e que, em melhores condições, empreende a segunda grande viagem de sua vida, ao Meio-Oeste e ao Canadá. Os problemas de saúde de Whitman remontam ao período em que o poeta frequentou os hospitais: as queixas que faz em sua correspondência a amigos e familiares sobre crises de fraqueza, tontura e surdez se intensificam no período posterior à guerra sem que um diagnóstico preciso lhes fosse dado. A falta de diagnóstico claro só fez aumentar, aos olhos de Whitman, a ideia de que a guerra lhe havia consumido a saúde – algo discutível, uma vez que tais crises aparentemente se manifestam já em 1858 e só conflagram um problema de maior gravidade em 1873, ano do primeiro derrame (o diagnóstico de "hemorragia cerebral" é feito apenas em 1878). De qualquer forma, convertidos em atributo da *persona*, os problemas de saúde consolidam a analogia entre o Estado e seu poeta: como sua "União", Whitman vive no corpo as provações da crise e do dilaceramento; assumindo os golpes recebidos pelo país, o grande bardo americano adoece e carece de cuidados. O enredo exime o poeta de comentários sobre os dez anos que se seguiram à guerra, quando se fez funcionário público, radicou-se em Washington, reuniu em torno de si seu primeiro círculo de admiradores, fez-se conhecido na Europa e conheceu Peter Doyle, um antigo soldado confederado e cocheiro, com quem viveu seu primeiro grande relacionamento, jamais declarado em termos amorosos e interrompido em 1876. Realizado o salto cronológico de *Dias exemplares*, veremos um alquebrado Whitman mergulhar em um delicado recesso da natureza americana para, parcialmente restabelecido, correr o grande e moderno país reunificado rumo ao Oeste, em que um ideal de democracia americana e homem americano se consolida.

As visitas a Timber Creek estão entre as novidades surgidas no roldão das mudanças vividas pelo poeta entre aqueles que considerou seus piores anos (1873-1876), culminando no abandono do cargo na Procuradoria-Geral da União, na morte da mãe e, por fim, em sua mudança para a casa do irmão George em Camden, New Jersey. O acesso de Whitman à família Stafford e sua propriedade em Glendale tem início com um novo interesse pessoal e íntimo, o garoto Harry Stafford, que contava 18 anos e trabalhava para um impressor da cidade. A partir de 1876, ano do início de seu relacionamento com Harry, Whitman desfrutou momentos em família como os que tivera até a morte da mãe e cultivou – apesar dos conflitos, de que seus diários e correspondência dão notícia – seu ideal de "amor entre camaradas" (a *comradeship*) professo nos poemas de homoerotismo sutil de "Cálamo", primeiramente publicados na terceira edição das *Folhas* (1861) e, a partir dali, seção permanente da obra. Isso, porém, não se apresenta nas notas de Timber Creek; em seu lugar, vemos uma espécie de remissão, em chave menor, ao poeta "sem disfarces e nu" que cruza o bosque já aos primeiros versos de "Canção de mim mesmo" para entrar em um contato primordial com a natureza.

A plenitude do corpo celebrado nas *Folhas* transforma-se em memória literária. A exemplo do que ocorre na primeira parte biográfica de *Dias exemplares*, estamos diante de um Whitman leitor de si mesmo. Aqui, porém, a velhice emula a juventude; aquele que antes fora, em sua poesia, capaz de assimilar-se à figura imponente e sensual de animais selvagens agora busca seu bálsamo na força vital de nogueiras e carvalhos; procura sua verdade nas "qualidades, quase emocionais, palpavelmente artísticas, heroicas" de um álamo (p. 112), do mesmo modo que compreendera, em um dos grandes momentos de "Cálamo", a amizade nas formas de um carvalho da Louisiana; revive, em seus solitários banhos nus, a célebre cena dos 28 rapazes que tomam banho na praia em "Canção de mim mesmo", sublinhando sua solidão como quem ainda desejasse a presença de um *voyeur* à espreita. Mesmo uma das técnicas mais características da poesia das *Folhas*, os chamados "catálogos" – sequências anafóricas de forte poder evocativo –, reaparece discretíssima nas listas de flora e pássaros com que Whitman apresenta a natureza que o cerca.

Tão revigorado quanto a velhice e a doença o permitem, Whitman deixa seu hospital natural em Timber Creek para avançar ao Oeste e deparar-se com uma natureza mais grandiosa. A moldura da visita do poeta aos estados do Meio-Oeste mobiliza algumas das imagens da poesia da última década, como é o caso de "A uma locomotiva no inverno", poema bastante representativo dos já exíguos desenvolvimentos poéticos da quadra final da vida de Whitman e da perspectiva dourada que o autor assume em relação ao país nas décadas do pós-guerra, marcadas por um discurso de prosperidade, grandeza e conciliação nacional sob o qual proliferavam a corrupção, o individualismo predatório e um forte abismo social. Mais do que em qualquer outra passagem de *Dias exemplares*, é possível aqui constar a distância a que estamos do poeta do *antebellum*, cujos movimentos expansivos do *Eu* e a celebração da América incorporam os conflitos sociais configurados na defesa de um *ethos* democrático e livre em contraposição ao caráter aristocrático, excludente e hipócrita (no tocante à escravidão sulista) das instituições norte-americanas. Nesse sentido, o Oeste sempre esteve *latente* na poesia de Whitman, uma vez que o expansionismo norte-americano tensiona ao ponto da ruptura – a Guerra Civil – esse feixe de contradições; no entanto, em lugar do Oeste do caçador de peles casado com a nativa, que Whitman expõe como um de seus modelos de vida plena em "Canção de mim mesmo", veremos de forma irrefletida o Oeste do general Custer e do avanço da máquina de Estado norte-americana sobre sociedades verdeiramente integradas à natureza em seu modo de vida. Em lugar da liberdade turbulenta, vemos a instituição da lei entre as anedotas da longa viagem empreendida; as pradarias renderão um discurso (não pronunciado) dirigido à ordem, representada pela assembleia popular da pequena cidade de Topeka e uma atualização de sua antiga arte poética – "Encontrei a lei de meus próprios poemas" (p. 183) – agora mais bem representada por "essa plenitude de material, essa ausência total da arte, o jogo ilimitado da Natureza primitiva", como se as *Folhas* ali encontrassem sua imemorial e grandiosa prefiguração. No percurso dos ecos do mar em Long Island aos sublimes cânions do Colorado, encerra-se o ciclo das *Folhas*.

Dias exemplares deixa à flor do texto as ambiguidades de que a obra de Whitman se faz. Na viagem ao Meio-Oeste e ao Canadá, vemos com clareza a lâmina já um tanto embotada do derradeiro Whitman – este Whitman que, no esforço de divulgar suas *Folhas* como produto do século, fecha os olhos ao tempo contraditório dos homens em favor do tempo silencioso das pedras. Aqui se desfazem os conflitos: o poeta que no *antebellum* ridicularizava os *fireside poets* (Longfellow, Whittier) aqui se reconcilia com a instituição literatura que eles representavam; o poeta que subvertia o idealismo aristocrático de Emerson, ao colocá-lo nos versos incultos de um homem que, na opinião de seus detratores, mais parecia um cocheiro do miserável Bowery nova-iorquino, sentava-se reverente à mesa do filósofo já idoso para adivinhar em seu cansaço as marcas do gênio. O movimento conservador, porém, infundirá nessa mesma instituição a brasa viva da antiga revolução.

A consolidação das *Folhas* enterra uma concepção tradicionalista de verso e poesia e inaugura uma vigorosa tradição de invenção poética. Como centro do cânone da poesia norte-americana, as *Folhas* serão o tronco entalhado por Ezra Pound, a semente do prosaísmo analítico de William Carlos Williams e Robert Creeley, um dos modelos para o *Eu* negro da poesia de Langston Hughes, a precisão e movimento da prosa de Jack Kerouac e o empenho político radical de Allen Ginsberg. Os autores que farão a vigorosa literatura norte-americana do século XX fulguram, em maior ou menor medida, como estrelas do céu whitmaniano. Fracasso como autobiografia, *Dias exemplares* oferece um dos possíveis mapas do céu da obra de Whitman, uma derradeira constelação para seus poemas, cujo brilho ultrapassa o poeta.

BRUNO GAMBAROTTO é tradutor, mestre e doutor em Teoria Literária e Literatura Comparada pela Universidade de São Paulo (USP). Traduziu *Folhas de relva* (Hedra, 2011) e desenvolveu pesquisa sobre Walt Whitman e a formação da poesia norte-americana.

Primeira edição

Esta edição

Coleção Acervo, 2022

Título original
Specimen Days
[Filadélfia, 1882]

Preparação
Ana Lima Cecilio

Revisão
Floresta
Ricardo Jensen de Oliveira
Tamara Sender
Huendel Viana

Projeto gráfico
Bloco Gráfico

CIP-BRASIL. CATALOGAÇÃO NA PUBLICAÇÃO / SINDICATO NACIONAL DOS EDITORES DE LIVROS, RJ /
W593d / Walt Whitman, 1819-1892 /
Dias exemplares / Walt Whitman;
tradução e posfácio Bruno Gambarotto.
[2. ed.] São Paulo: Carambaia, 2022.
272 p; 20 cm. [Acervo Carambaia, 22] /
Tradução de: *Specimen Days*
ISBN 978-85-69002-85-7 / 1. Ficção americana. I. Gambarotto, Bruno.
II. Título. III. Série
22-79555 / CDD 813 / CDU 82-3(73)

Meri Gleice Rodrigues de Souza
Bibliotecária – CRB-7/6439

Diretor-executivo Fabiano Curi

Editorial
Diretora editorial Graziella Beting
Editora Livia Deorsola
Editora de arte Laura Lotufo
Editor-assistente Kaio Cassio
Assistente editorial/direitos autorais Pérola Paloma
Produtora gráfica Lilia Góes

Relações institucionais e imprensa Clara Dias
Comunicação Ronaldo Vitor
Comercial Fábio Igaki
Administrativo Lilian Périgo
Expedição Nelson Figueiredo
Atendimento ao cliente Meire David
Divulgação/livrarias e escolas Rosália Meirelles

Fontes
Untitled Sans, Serif

Papel
Pólen Bold 70 g/m²

Impressão
Geográfica

Editora Carambaia
Av. São Luís, 86, cj. 182
01046-000 São Paulo SP
contato@carambaia.com.br
www.carambaia.com.br

ISBN
978-85-69002-85-7